André Kubiczek

Der Genosse, die Prinzessin und ihr lieber Herr Sohn

André Kubiczek

Der Genosse, die Prinzessin und ihr lieber Herr Sohn

Roman

Piper München Zürich

Mehr über unsere Autoren und Bücher:
www.piper.de

Von André Kubiczek liegt im Piper Verlag vor:
Kopf unter Wasser

MIX
Papier aus verantwortungsvollen Quellen
FSC® C023842
FSC
www.fsc.org

ISBN 978-3-492-05234-4

Gesetzt aus der Swift
Satz: psb, Berlin
Druck und Bindung:
Bercker Graphischer Betrieb GmbH & Co. KG, Kevelaer
Printed in Germany

N!

Deus does not exist.

But if he does, he lives above me,
In the fattest largest cloud up there.
He is whiter than white and cleaner than clean.

The Sugarcubes
Life's Too Good

I

Neue Erde

6. April, Vientiane

Das Erste, was mir auffiel, als ich an der lächelnden Stewardess vorbei auf die Gangway hinaustrat, war die feuchte Hitze. Der späten Stunde wegen hatte ich derartige Temperaturen nicht mehr erwartet. Noch bevor ich die wenigen Stufen heruntergestiegen war, um meinen Fuß auf den Beton des Flugfeldes von Wattay zu setzen, brach mir der Schweiß aus. In meiner Notebooktasche, die ich über der Schulter trug, versuchte ich eines der Erfrischungstücher der Thai Airways zu finden und vergaß darüber, in jenem Moment meiner Mutter zu gedenken, in dem mein Fuß erstmalig den Boden ihrer Heimat berührte. So wie ich es mir während der Reise, seit ich in Tegel die Sicherheitsschranke passiert hatte, in Varianten immer wieder ausgemalt hatte. Erst als ich in einer Reihe mit den anderen Passagieren über das Rollfeld lief, dem Flughafengebäude zu, das mich von seiner Größe an die Mehrzweckhalle einer Kleinstadt erinnerte, fiel mir mein Vorhaben wieder ein. Ich bemühte mich, für einen winzigen, feierlichen Moment an meine Mutter zu denken, doch die Bilder des jungen Mädchens, das ich von alten Fotos kannte und das ich nun versuchte meinem Gedächtnis zu entlocken, weil ich annahm, dass sie genau so ausgesehen haben musste, damals, als sie mit vierzehn Jahren von hier fortgegangen war, wurden zu schnell von jenen der abgemagerten, todkranken Frau verdrängt, die aus einem Gebirge geblümter Kopfkissen über die Kameralinse hinweg mit weit aufgerissenen Augen in das Gesicht des Fotografen starrte.

Ich ließ es also lieber bleiben.

In einer neonhellen Halle stellte ich mich in die Schlange der Einreisenden, füllte ein Formular aus, reichte ein Passfoto über den Tresen und erwarb für ein paar Dollar mein Visum.

Das Zweite, was mir auffiel, war die Dunkelheit, die hier herrschte. Mein Kopf war noch vollgepackt mit den Erfahrungen immerwährender Helligkeit: all die gleißenden Flughäfen, durch die ich in den letzten vierundzwanzig Stunden gekommen war, die hell beschienenen nächtlichen Berliner Straßen mit den strahlenden Schaufenstern, den flackernden Reklamen, den erleuchteten Straßenbahnwaggons.

Als ich aus dem Flughafengebäude nach draußen trat, breitete sich die Nacht vor mir aus. Wie ein Baldachin wölbte sich der schwarze Himmel. Ich versuchte zu erkennen, wo die Stadt lag, ob es eine Kuppel aus Licht gab, die auf ihr belebtes Zentrum deutete. Aber ich konnte nichts entdecken, außer ein paar hellen Punkten am Horizont, wie versprengte Glühwürmchen, hin und wieder ein Scheinwerferpaar, das auf eine nahe Straße deutete.

Und es war still. Dunkel und still. Die meisten der Mitreisenden hatten sich zerstreut, nur ein paar junge Westler, containergroße Rucksäcke aufgeschnallt, standen mit mir vor dem Ausgang und unterhielten sich mit leisen Stimmen auf Englisch.

Wie ich es von den Besuchen bei Katharinas Eltern auf dem Brandenburger Land kannte, erklang in der Ferne von Zeit zu Zeit das Bellen eines Hundes.

Das einsame Taxi, das schließlich vorfuhr, überließen die jugendlichen Touristen mir, da sie die zehn Dollar für die Fahrt in die Stadt überteuert fanden. Sie wollten einen Lkw anhalten oder bis zum nächsten Morgen auf einen Bus warten, aber ich bezweifelte, dass hier überhaupt je ein Bus vorbeikam.

Ich setzte mich neben den Fahrer, der kein Englisch sprach, deutete im Stadtplan auf einen Punkt, um den herum eine Handvoll Pensionen eingezeichnet waren, und lehnte mich zurück. Ich kurbelte das Fenster herunter und hielt dem Fahrer die Zigarettenschachtel hin. Er bedankte sich nickend und gab mir Feuer. Bevor er die Tür zuschlug und losfuhr, schob er eine Kassette in den Rekorder, und sofort ertönte der leiernde Gesang eines thailändischen Mor-Lam-Sängers.

Wir fuhren mit vierzig durch die dunklen Straßen, der Fahrtwind trocknete mir den Schweiß im Gesicht. In den Häusern brannten, wenn sie überhaupt beleuchtet waren, wattschwache Energiesparlampen, die Bebauung wurde immer dichter, je länger wir fuhren. In Zentrumsnähe wurden die Häuser höher, plötzlich gab es Neubauten und warm beleuchtete Restaurants. Menschen liefen auf den Bürgersteigen, und Schwärme von Mopedfahrern kamen uns entgegen, japanische Autos und dreirädrige Tuk-Tuks. Ich sah auf die Uhr, die ich schon in Bangkok umgestellt hatte: Es war erst kurz nach zehn.

Das Dritte, was mir schließlich an diesem ersten Abend in der Fremde auffiel, die theoretisch ein Teil meiner Heimat hätte sein sollen, war der Geruch, der in der Luft lag. Ein Geruch, den ich kannte. Ein Geruch, der mit der Kindheit zu tun hatte. Ich kam bloß nicht drauf, was es war.

Weil ich mich zu alt fühlte, um mit den jugendlichen *guesthouse*-Touristen Dusche und WC zu teilen, nahm ich mir für zwanzig Dollar die Nacht ein Zimmer im Hotel *Lane Xang*, das gleich um die Ecke lag. Ich sagte, ich würde mindestens bis zum 12. bleiben, wolle möglicherweise aber verlängern, und die Rezeptionistin erwiderte, das sei kein Problem.

Nachdem mein Gepäck auf dem Zimmer war, ging ich noch einmal hinaus in die Nacht. Ich hatte auf dem Stadtplan gesehen, dass sich jenseits der Fa-Ngum-Straße, an der das Hotel lag, das Mekongufer befand.

Das Wasser floss kaum wahrnehmbar in der Ferne, die Ränder des Flussbettes waren weit ausgetrocknet – ich schätzte in der Dunkelheit auf zwanzig bis fünfzig Meter –, im flackernden Fackellicht der Uferrestaurants konnte man die Schemen von einigen späten Spaziergängern erkennen, die jetzt dort liefen, wo in der Regenzeit reißende Stromschnellen entlangschossen.

Der Anblick des Flusses, in den Dokumentationen, die ich zu Hause im Fernsehen gesehen hatte, als Lebensader Indochinas beschrieben, war enttäuschend. Umso tröstender erschienen mir da die Uferrestaurants, die ich nicht erwartet hatte, mal wild zusammengezimmerte Bretterbuden oder überdachte Steinterrassen mit gedeckten Tischen und einem Tresen, dann wieder nur wenige Plastikkisten, die um zwei oder drei improvisierte Grills gruppiert waren und an denen man gegrillte Fische oder Fleischspieße verzehren konnte, die der Besitzer vormariniert in gekühlten Metalleimern bereithielt. Die Bierflaschen steckten in Eimern voller Eiswürfel, einige in den Boden gerammte Gartenfackeln spendeten Licht. Über der friedlichen Szenerie lag der melodiöse Singsang der einheimischen Stimmen, während aus den Lautsprecherboxen der Terrassenrestaurants das Quäken thailändischer Popmusik in die Nacht drang.

Als ich mich einer dieser provisorischen Grillstellen näherte, in der Hoffnung auf ein kaltes Getränk, das es mir leichter machen würde, später in den Schlaf zu finden, merkte ich, welche Ursache jener Geruch hatte, der überall im Land in der Luft lag, zu fast jeder Tageszeit, zuweilen so intensiv, dass das Atmen schwerfiel, dann wieder nicht stärker als der Hauch eines verwehenden Parfums: Es war das Aroma brennender Holzkohle. So hatte es damals im Wohngebiet gerochen, wenn Herr Schwarz für die Bewohner unseres Aufganges auf dem abendlichen Trockenplatz gegrillt hatte, wenn das Fett von den Rostbräteln in die Glut getropft war, wenn die Würste geplatzt waren und ihr würziger Saft das Feuer hatte zischen lassen. Und so roch es hier, sollte ich bald feststellen, fast überall, wo Essen zubereitet wurde.

Ich bestellte einen gegrillten Hühnerspieß, obwohl die Website des Auswärtigen Amtes darauf hingewiesen hatte, dass, von China kommend, die Vogelgrippe in Indochina auf dem Vormarsch sei. Dazu orderte ich mein erstes Beerlao, dem ein zweites und drittes folgten. Ich sah über den schwächlichen Fluss auf das gegenüberliegende thailändische Ufer, das mir nur unwesentlich heller vorkam, und wo die schwarzen Gerüste von Sendemasten und Antennen standen. Ich hatte die sanfte Stimme eines Ladyboys aus Nong Khai im Ohr, der indische Gewürzzigaretten rauchte und seinem amerikanischen Begleiter in Pidginenglisch erzählte, dass er über die

Friedensbrücke im Westen der Stadt für ein paar Tage auf Verwandtenbesuch nach Vientiane gekommen sei. Kurz vor zwölf löschte der Gastgeber die Fackeln und kippte das Eiswasser aus dem Biereimer über die Holzkohleasche.

Am nächsten Morgen frühstückte ich im dunkel getäfelten Speisesaal, in dem, wie ein mehrsprachiges Schild informierte, am Mittag ein Kongress der nationalen Tourismusbehörde stattfinden sollte. Ich aß nur Toast und ein wenig Obst zum bitteren Kaffee, dann ging ich hoch auf mein Zimmer und packte endlich den Koffer aus. Ich hatte nicht mehr dabei als ein paar Anziehsachen, eine Kamera, ein Handy, mein Notebook, verschiedene Adapter und Kabel sowie einen zugeklebten A5-Umschlag, den ich seit Jahren in einem jener Umzugskartons im Keller verwahrte, auf denen wichtigtuerisch *Archiv* geschrieben stand. Im Gegensatz zu all dem anderen Papierkram und Plunder, den Steuerbelegen und alten Mietverträgen und sinnlosen Seminarscheinen, die in diesen sogenannten Archiven verklappt waren, hatte ich stets genau gewusst, in welcher der Kisten sich dieser eine Umschlag befand. Er war stark vergilbt, was an der Qualität des Papiers lag: Der Fortschritt seiner Verwitterung ließ nicht nur auf das Land schließen, in dem er hergestellt worden war, die DDR, sondern auch ahnen, wie lange sich die Dokumente darin schon befanden. Der Umschlag war nicht beschriftet, aber mir war ohnehin klar, was er enthielt, denn abgesehen von einem Fünfzigmarkschein, der am Tag ihres Ablebens wohl zufällig in ihrer Geldtasche im Krankenhausnachttisch gesteckt hatte, war der Umschlag das einzige Erbe, das mir die Mutter hinterlassen hatte. All ihr Schmuck, den ich als Kind so gern angelegt hatte, die massiven Goldketten mit den filigranen Anhängern, die Ringe mit den Diamanten und Rubinen, all der kleine Nippes aus Gold und Silber, die Schweizer Uhren und nicht zuletzt die Orden ihres Vaters, meines Großvaters, den ich nie kennengelernt hatte, waren nicht mehr da.

Waren verhökert worden für einen Bruchteil ihres Wertes, weil wir das Geld gebraucht hatten, um der Mutter ihre letzte Reise zu ermöglichen. Erst als alles schon zu spät gewesen war, hatte es plötzlich die Möglichkeit zur Ausnahme gegeben, und sie, die sich verliebt und euphorisch im Jahr '68 hatte einbürgern lassen und seither als DDR-Bürgerin galt, durfte endlich wieder das Land besuchen, aus dem sie stammte. Mittlerweile war ich mir sicher, dass sie nicht so schnell verfallen wäre, wenn man sie früher hätte reisen lassen, immer mal wieder, alle paar Jahre. Sie hätte sich auf etwas freuen können, das ihr Kraft gab. Sie hätte dann den Alltag in der Fremde leichter ertragen können, die rauen Manieren und seltsamen Sitten, die Kälte der Städte, das oft Hinterwäldlerische ihrer Bewohner und das deutsche Essen. Doch die Genehmigung hatte es erst gegeben, als eine solche Reise keinen Sinn mehr hatte, und ich fragte mich, warum sie noch einmal nach Deutschland zurückgekommen war, die Schmerzen ertragend, die die Reise ihr brachte und die sich kaum bändigen ließen mit Morphium und Codein, zurück ins hässliche Europa, statt hier zu sterben, im Warmen, wo sich ihre Brüder und Schwestern um sie hätten kümmern können statt der Maschinen auf der Krebsstation im Klinikum Buch.

Die zwei, drei Fotos kamen mir jetzt in den Sinn, die unten in meinem Kellerarchiv ruhten. Kurz vor dem Abflug damals, Schönefeld, Parkplatz: eine erschöpfte Familie. Meine

Mutter, links von Tante Dui gestützt, die ihr Studium unterbrochen hatte und aus Moskau gekommen war, um ihre Schwester auf der Reise zu begleiten, rechts an den Wartburg Tourist gelehnt, die Krücken an den Ellbogen, in einem Jeansoverall steckend, der schon lange nicht mehr passte, den sie zehn Jahre zuvor gekauft hatte und der ihr gestanden hatte wie eine zweite Haut, ein buntes französisches Seidentuch in den Kragen gesteckt, das ihren abgemagerten Hals verbarg und die Narbe von der Schilddrüsenoperation. Eine große spiegelnde Sonnenbrille, die den Ausdruck der Augen im bleichen, sonnenentwöhnten Gesicht versteckte. Der Versuch eines Lächelns. Die eigens für die Reise lieblos zu einer Durchschnittsdauerwelle frisierten Haare. Das groteske Volumen der toupierten Haare im Verglich zum eingefallenen Gesicht.

Ein Foto zum Erbarmen. Jeder sah müde aus, der Vater, die Tante, die Mutter, ich. Nur der Bruder strahlte aus vollem Herzen in die Kamera, die Naivität des leicht geistig Behinderten in den Zügen. Den Auslöser hatte an jenem Nachmittag unser Onkel Than betätigt, der jüngste der Brüder, der auf Beschluss des Familienrates statt in Moskau nun nordwestlich von Berlin Ingenieurswissenschaften studierte, in Velten, und der jedes Wochenende zu Besuch kam, um seiner älteren Schwester beizustehen und für sie zu kochen, so lange zumindest, wie sie ihr Krankenlager zu Hause aufgeschlagen hatte und mehr zu sich nehmen konnte als ungesüßten Tee und Reisschleim.

Er war ein gut aussehender junger Mann gewesen in jenen Tagen. Mit seidigen Haaren und einem Mittelscheitel, der ihm tief in die Augen hing. Er trug enge Jeans, kragenlose Fleischerhemden, Kletterschuhe und einen grünen knielangen

Militärparka. Er hatte silberne Ringe an den Fingern und ein Lederband um den Hals, und wären da nicht sein dunkler Teint gewesen und seine Schlitzaugen, hätte man ihn für einen Bluesfan aus dem Thüringer Wald halten können. Am Wochenende schlief er auf dem Boden meines Kinderzimmers, wo ein paar Polsterkissen der Sofagarnitur zusammengeschoben waren, und später, als ich etwas älter geworden war, saßen wir, wenn Stille in die Wohnung eingekehrt und nur ab und zu ein Seufzer oder ein schlaftrunkenes Stöhnen zu vernehmen war, gemeinsam am offenen Fenster, tranken Bier, das er flaschenweise in seinem Rucksack angeschleppt hatte, und rauchten zusammen Zigaretten.

Hätte man sie früher gelassen, wäre es nicht so weit gekommen. Die Mutter war ein halbes Jahr in ihrer alten Heimat geblieben. Ich dachte nicht oft an sie in dieser Zeit. Ich musste für die Klausuren zum Abitur lernen und später für die mündlichen Prüfungen. Ich spielte mit Michael in unserer Band, ich lernte Katharina kennen.

Auch der Vater fuhr wenig später für zwei Monate ins Ausland, nach Genf, wo er zum wiederholten Male als Vertreter der DDR an einer Abrüstungskonferenz teilnahm. Er brachte mir Bücher von Beckett mit, den wir zu dieser Zeit bewunderten. Und von Charles Bukowski. Der Bruder lebte währenddessen in einem staatlichen Internat.

Ich hörte nicht viel von meiner Mutter und war im Grunde froh darüber. Ich dachte: Keine Nachrichten sind besser als schlechte. Geschähe etwas Schlimmes, würde ich es ohnehin erfahren.

Ich war froh, endlich wieder ein paar Freunde mit nach Hause nehmen zu können. Ohne erklären zu müssen, warum mein Bruder sich so seltsam verhielt oder warum wir nicht ins Wohnzimmer konnten oder weshalb es bei uns immer so komisch roch, ein wenig nach Krankenhaus und ein bisschen nach Klo.

Ich wusste nicht einmal, wann genau sie wiederkommen sollte. Ich bestand das Abitur. Und eines Tages, noch vor Ende der Sommerferien, hieß es, sie komme in der folgenden Woche zurück. Es hieß, sie sei erholt, ihr Zustand habe sich gebessert, sie freue sich auf uns Kinder.

Ich wurde unruhig. Fürchtete, das Wohnzimmer könne für unbestimmte Zeit abermals zur Krankenstation werden. Gleichzeitig freute ich mich auf eine zurückhaltende Art, sie wiederzusehen. Sie war schließlich meine Mutter.

Noch bevor wir nach Schönefeld aufbrechen konnten, um sie abzuholen, erhielten wir einen Anruf, dass wir nicht zu kommen bräuchten. Ein Notrettungswagen, den die Interflug-Besatzung angefordert habe, stehe am Flughafen bereit, um sie direkt nach der Landung in das Klinikum nach Berlin-Buch zu bringen.

Schon am nächsten Morgen war sie tot gewesen, und erst jetzt, im Zimmer des *Lane-Xang*-Hotels sitzend, kurz davor, den vergilbten Umschlag zu öffnen, fiel mir auf, dass Onkel Thans Abschiedsfoto vom Flughafenparkplatz unser letztes Beisammensein festgehalten hatte. Die letzte Zusammenkunft der Familie.

Ich wusste, was der Umschlag enthielt: das Manuskript ihrer Lebensgeschichte, die sie ein Jahr vor ihrem Tod aufzuschreiben begonnen hatte. Der Umschlag war schmal, und dennoch hatte ich in den vergangenen zwanzig Jahren keinen Moment für würdig genug befunden, um mit der Lektüre zu beginnen. Ich wollte diesen Text nicht entweihen, ihn als Pausenfüller zwischen irgendeinem Beziehungstrara und meiner stupiden Lohnarbeit missbrauchen, zur puren Zerstreuung.

Ich zog die Rollläden halb vor die Fenster, stellte die Klimaanlage auf Stufe drei und löste den brüchigen Klebefalz des Umschlags. Der Manuskriptstapel, den ich herauszog, war noch dünner, als ich befürchtet hatte. Er bestand aus zwei verschiedenen Papiersorten: aus blassgelben linierten Karteikarten und aus den herausgerissenen und in der Mitte gefalteten Seiten eines A4-Schreibheftes. Auf den Karteikarten erkannte ich sofort die kleine, eckige, wie gemeißelte Handschrift meiner Mutter, mit der sie mir früher Ansichtskarten ins Ferienlager geschrieben hatte, um mein Heimweh zu zerstreuen, um mich zur Disziplin zu ermahnen. Später waren es kurze Notizen aus den Krankenhäusern gewesen, die besagten, dass es ihr gut gehe, was nur eine kindertaugliche Umschreibung gewesen war für: Ich bin noch am Leben.

Auf den A4-Blättern flossen dagegen die ausholenden, runden Schönschriftbuchstaben einer Frauenhand gleichmäßig durch die Zeilen, und schnell bemerkte ich, dass es sich um die zweite Fassung des gleichen Textes handelte. Das Original der Mutter war sprunghaft, in Schüben unkonzentriert, die Syntax, schien mir, hin und wieder von den körperlichen Schmerzen durcheinandergebracht, unter denen sie während des Schreibens litt. Die orthografischen Fehler ihres Deutsch dagegen, das sie akzentfrei sprach, hielten sich im Rahmen des Normalen.

In der anderen Fassung, vermutlich von einer vertrauten Ärztin erstellt oder einer Krankenschwester, waren Rechtschreibfehler getilgt, manche verlorenen Fäden zusammengefügt und versprengte Satzglieder wieder verbunden, ohne dass der eigentümliche Stil der Fremdsprachlerin korrigiert worden war.

Ich wollte zunächst die Fassung der Mutter lesen, doch nach der ersten Karteikarte gab ich es auf, wandte mich der redigierten Fassung zu, die wie das Original keine Überschrift besaß, kein Datum, keine Widmung, sondern – vielleicht dem Mangel an schmerzfreier, klarer Zeit geschuldet – mit einem einfachen Satz begann:

Ich hatte nie den Ehrgeiz besessen,

mich mit dem Niederschreiben von Tagebüchern, mit der Aufzeichnung von Erinnerungen aus meinem Leben zu befassen. Doch durch die Umstände, insbesondere wegen einer langwierigen und schweren Krankheit, die mich zum behinderten Menschen mit Querschnittslähmung gemacht hat, habe ich mir dennoch vorgenommen, auf diese Weise Abschnitte meines leider zu kurz geratenen Lebens zu schildern.

Es war zu kurz, aber schön.

Ich komme aus einer einfachen Familie. Meine Eltern lebten damals im Süden. Ich wurde 1946 in der Stadt Paksong geboren. Ich war das dritte Kind, und ich sollte in den folgenden Jahren neun weitere Geschwister bekommen. Mein Vater stammte aus einem ärmlichen Haus. Schon als Jugendlicher hatte er sich verpflichtet gefühlt, für seine drei Geschwister zu sorgen, denn die Mutter war früh verstorben.

Im Alter von siebzehn, Anfang der Dreißigerjahre, machte er sich zu Fuß auf den Weg in die Hauptstadt. Er wollte studieren, aber es fehlten die Mittel. Er ging in die besseren Viertel Vientianes, dort, wo die europäischen Häuser aus Stein standen, mit Blumengärten, Terrassen und Balustraden, und er fragte nach Arbeit. Er bot sich den Herrschaften an, als Dienstbote, als Hausangestellter, als persönlicher Sekretär.

Der Zufall wollte es, dass ausgerechnet die Gattin des Prinzen Souvanna Phouma an dem zielstrebigen Jungen Gefallen fand. Sie bat ihn herein, ließ ihm eine Erfrischung bringen, und er erzählte, wofür er das Geld aus der Anstellung brauchte: für seine Geschwister im Süden und für ein Studium der Rechtswissenschaften, das es ihm eines Tages erlauben würde, in einem ähnlich prächtigen Haus zu wohnen wie diesem.

Prinz Souvanna Phouma war der Sohn des letzten Vizekönigs von Luang Prabang. Er hatte in Frankreich Ingenieurswesen studiert und nach seiner Rückkehr begonnen, in der französischen Kolonialverwaltung zu arbeiten. Seine junge Frau, Aline Claire Allard, war die Tochter eines französischen Vaters und einer laotischen Mutter. Sie verfügte über jenes Aussehen, das die Laoten für edel hielten, eine schmale Nase und eine helle Haut. Sie stellte meinen Vater als Gärtner ein.

Das Nachtlager, auf dem er abends für sein Studium lernte, bestand aus einer dünnen Matratze, die tagsüber zusammengerollt wurde. Auf diese Art lebte er mehrere Jahre im Haushalt des Prinzen, der ihm bald ein väterlicher Freund und Mentor wurde, obwohl er nur fünfzehn Jahre älter war.

Mein Vater schloss sein Studium ab, wurde Advokat und ging in den Süden zurück, wo er im Jahr 1946 als Dolmetscher und Sekretär in die Dienste der Franzosen eintrat.

Von dem Geld, das er bei den ungeliebten Besatzern verdiente, ernährte er sowohl seine Geschwister als auch seine eigene Familie, die er mit einem einfachen, unerfahrenen Mädchen ohne Stand und Besitz gegründet hatte: meiner Mutter. Sie kümmerte sich um die Kinder, führte den Haushalt und tat auch sonst alles, um ihren Mann zu entlasten.

Zur Zeit meiner Geburt hatte sich die finanzielle Lage unserer Familie sehr verbessert. Es gab jetzt genug zu essen, wir hatten ein eigenes Dach über dem Kopf und konnten darüber hinaus ein bisschen Geld zurücklegen.

Im Jahr 1949 wurde mein Vater zum Gouverneur der Provinz Sam Neua im Norden ernannt. Das war der Zeitpunkt, an dem seine politische Laufbahn begann. Sam Neua war eine Provinz, in der es ständig Kämpfe zwischen der Neo Lao Itsala, der Front Freies Laos, und den Franzosen gab.

Das Leben meines Vaters, der für die Franzosen arbeitete, schwebte jetzt häufig in Gefahr. Doch weil er es verstand, gut mit dem einfachen Volk umzugehen, aus dem er selbst kam, wurde er verschont.

Nach zwei Jahren Arbeit als Gouverneur im Norden versetzte man ihn nach Vientiane, wo er als Abgeordneter ins Parlament gewählt wurde.

–

Es war Anfang Dezember 1960, ich war vierzehn und saß in der Klasse, als meine älteste Schwester hereinkam und sich flüsternd mit dem Lehrer zu unterhalten begann. Sie sprachen eine Weile miteinander, dann sagte der Lehrer, ich solle sofort meine Sachen zusammenpacken und könne dann gehen. Ich hatte keine Ahnung, worum es ging. Erst als wir im schweren Dienstwagen meines Vaters saßen, erklärte mir meine Schwester, dass wir sofort zum Flughafen fahren würden.

Die Straßen waren noch gezeichnet von den Kämpfen der letzten Monate: aufgerissene Straßen, Einschusslöcher in den Fassaden, Trümmer- und Wrackteile, die an den Wegesrändern lagen. Nach einem unblutigen Staatsstreich gegen die rechtsgerichtete Regierung hatten deren Truppen im September versucht, die Stadt zurückzuerobern. Aber sie waren mit den vereinten

Kräften von Kong Les Fallschirmbataillon, von kommunistischen Pathet-Lao-Kämpfern und mit sowjetischer Unterstützung zurückgeschlagen worden. In der neuen Regierung unter Prinz Souvanna Phouma wurde mein Vater Informationsminister. Doch die Truppen des alten Regimes hatten sich erneut um die Hauptstadt zusammengezogen. Sie lauerten im Süden, hinter der thailändischen Grenze und im Osten der Stadt. Sie waren dabei, die Offensive zu eröffnen, als wir an diesem Morgen Richtung Flughafen rasten. Von Thailand herüber kamen über den Mekong die dunklen Schatten der tiefen Bombenflugzeuge. Aus der Ferne konnte man schon vereinzelte Detonationen hören. Aber nicht davor hatte ich Angst, sondern ich fürchtete vor allem, meine Schulfreundinnen nicht wiedersehen zu können, die ich soeben verlassen hatte, ohne Auf Wiedersehen zu sagen. Seltsamerweise verhielten sich die Menschen auf den Straßen, als würde nichts passieren, als wäre das ein ganz normaler Tag.

In der Abfertigungshalle von Wattay, dem Flughafen, erkannte ich sofort die Mutter. Sie saß, hochschwanger, auf einem Koffer, inmitten eines Gebirges aus anderen Gepäckstücken. Die kleinsten meiner Geschwister, wir waren zu der Zeit elf, klammerten sich ängstlich an ihre Beine. Die größeren wirkten unbekümmert. Sie jagten durch die Halle, spielten Fangen und Verstecken.

Als sie mich und meine ältere Schwester erkannte, war die Mutter erleichtert. Jetzt konnten auch wir die Kleinen trösten, und weil wir damit sehr beschäftigt waren, vergaßen wir schnell unsere eigene Angst.

Erst als der Vater in die Halle stürmte, begann mein Herz schneller zu schlagen. Er hatte keinen Koffer dabei und wurde von seinem Chauffeur begleitet. Für einen Moment hoffte ich trotzdem, dass er mit uns fliegen würde, in das sichere Exil, nach Phnom Penh, in die Hauptstadt Kambodschas. Aber eigentlich wusste ich, dass er nur gekommen war, um sich zu verabschieden. Das tat er mit ernster Miene. Den Größeren gab er mahnende Worte mit auf den Weg: Wir sollten fleißig sein, auf unsere Geschwister achten und der Mutter beistehen. Er werde so lange im Land bleiben, wie es seine Pflicht als Mitglied der Regierung war. Das letzte Mitglied, das noch im Land weilte, denn alle anderen waren mit Prinz Souvanna Phouma längst nach Kambodscha geflohen.

Ich fürchtete um sein Leben. Im thailändischen Radio hatten Sympathisanten der gestürzten Rechtsregierung immer wieder gedroht, dass sie kurzen Prozess machen würden, sobald sie jemanden aus unserer Familie in die Finger bekämen. Sie wussten, dass mein Vater in Vientiane geblieben war und dass er zuvor in Vietnam gewesen war, um die dortige Regierung um Beistand zu bitten.

Schon eine Woche vor dem Abflug unserer Familie war es zu ersten heftigen Kämpfen gekommen. Wir Kinder mussten weg von zu Hause, wurden bei guten Bekannten versteckt. Es waren schreckliche Tage, ohne Gewissheit, wo sich mein Vater befand. Meine Mutter und die beiden älteren Geschwister waren in unserem Haus geblieben. Tag und Nacht waren Schüsse, Flugzeugmotoren und explodierende Bomben zu hören gewesen. Ich hatte bis dahin keine Ahnung gehabt, was Krieg bedeutet. Ich kannte den Krieg nur aus Büchern und Filmen. Aber mit eigenen Ohren zu hören, wie die Flugzeuge in den Sturzflug gingen und aufheulten, wie die Mörsergranaten vom anderen Ufer des Mekong herüberflogen und detonierten, das erzeugte eine Angst, die ich nie wieder vergessen sollte.

In dieser Zeit hatte der burmesische Botschafter in Vientiane Kontakt zu meinem Vater aufgenommen und angeboten, unserer Familie zu helfen und uns Kinder und meine Mutter nach Phnom Penh zu begleiten. Auch der erste sowjetische Botschafter in Laos war in den Plan eingeweiht gewesen und hatte ihn gebilligt.

Bevor er wieder zu seinem Wagen hinausging, wandte sich mein Vater an uns alle, und er sagte in einem feierlichen, fast offiziellen

Ton: »Ich werde hier die Stellung halten. Jemand muss sich schließlich für das Land verantwortlich fühlen, für die Menschen, die den Kampf für die Freiheit und Unabhängigkeit begonnen haben. Man muss den Kampf zu Ende führen. Wenn ich euch, meine Familie, in Sicherheit weiß, dann bin ich beruhigt und kann mich meinen Aufgaben widmen.«

Das Flugzeug, eine kleine Sondermaschine, brachte außer unserer Familie einige höhere Beamte aus dem Umfeld Souvanna Phoumas und deren Angehörige ins Exil. Wie verabredet begleitete uns der Botschafter Burmas.

Im Dämmerlicht der Kabine, unter dem gleichmäßigen Propellergeräusch fielen die Kleinen sofort in einen erschöpften Schlaf. Auch meine Mutter schlief ein. Nur ich selbst kam nicht zur Ruhe, weinte bitterliche Tränen, musste immer wieder an den Vater denken, an die Ungewissheit ein Wiedersehen betreffend. Mein Vater, der immer für uns gesorgt hatte und sich jetzt allein in der umstellten Stadt befand, über der die Bomber kreisten.

Nach zwei Stunden Flug landeten wir auf dem Flughafen Pachentong in Phnom Penh. Mitarbeiter der burmesischen Botschaft empfingen uns, regelten die Einreiseformalitäten. Unsere Pässe wurden kontrolliert und die Aufenthaltsgenehmigungen ausgestellt.

Wir blieben stundenlang an den Flughafen

gefesselt, bis alle Formalitäten erledigt waren. Wir waren hungrig, und die Kleinen fingen an, Krach zu machen. Wenigstens war das Dezemberwetter erträglich. Der burmesische Botschafter lief hin und her. Er versuchte, Kontakt zur laotischen Botschaft herzustellen. Nach vierstündiger Verhandlung mit verschiedenen Stellen lud man uns in einen Kleinbus, der uns ins Zentrum Phnom Penhs brachte.

Wir hielten vor einer Villa, und ich erkannte an dem Schild, dass es die Residenz des laotischen Botschafters war. Wir wurden hineingebeten. Als wir in das Empfangszimmer eintraten, erblickte ich lauter bekannte Gesichter. Da saßen sie alle um einen großen Tisch versammelt, die Herren Minister und der Ministerpräsident Souvanna Phouma persönlich, und sie genossen in aller Ruhe ihren Tee, als ob in Laos Frieden geherrscht hätte, als ob mein Vater nicht gerade den Kopf für sie alle hinhielte. Sie starrten uns fragend an. Man merkte, dass sie sich doch in ihrer Haut nicht so wohlfühlten. Wir bekamen einen kleinen Imbiss. Es fing langsam an zu dämmern. Wir hatten immer noch kein Nachtlager. Für zwölf Personen einen Schlafplatz zu beschaffen war nicht leicht. Man beschloss schließlich, uns im Hotel »Kirinow« unterzubringen. Wir bekamen drei Zimmer, es war sehr eng, aber wir mussten uns damit abfinden, denn wir waren als Flüchtlinge gekommen und nicht als Gäste des Landes.

Nur eine Woche blieben wir im Hotel, sahen in dieser Zeit lediglich den burmesischen Botschafter, der sich freundlich um uns kümmerte. Die Herren von der laotischen Botschaft und auch die von der Regierung blieben auf Distanz. Mein Vater war ihnen mit seiner unbestechlichen, idealistischen Art unbequem, vielleicht weil seine Haltung ihre Defizite deutlich werden ließ.

Einige Zeit später nahm die sowjetische Botschaft Verbindung mit uns auf. Sie mieteten für uns eine Dreizimmerwohnung am Ufer des Mekongs. Das Haus stand direkt neben dem Königspalast. Besonders schön war es abends, wenn die Sonne unterging und alles auf dem Wasser reflektierte. Ich konnte die Menschen auf ihren Booten beobachten. Manche luden ihre Waren ab, um sie zum Markt zu bringen. Am Flussufer herrschte immer ein lebendiges Treiben. Die Frauen waren meist schlank und ihre langen Gestalten in wunderschöne bunte Röcke gekleidet. Ich war fasziniert von dieser Tracht. Die Frauen hier trugen die Saris bis zu den Fersen, während die Laotinnen sie nur wadenlang trugen.

Wir gingen in diesen Tagen oft mit den jüngeren Geschwistern im Park nahe dem Palast spazieren. Manchmal sahen wir eine lange Reihe schwarzer eskortierter Limousinen vor dem Palast stehen. Dann wussten wir, dass der König Norodom Sihanouk mit seiner Frau, Prinzessin Monique, einer Halbfranzösin, zu einer Reise aufbrach. Sie hatten es sich angewöhnt, von Zeit zu Zeit über das Land zu fahren, den Menschen zuzuwinken und gelegentlich Stoffe oder andere kleine Geschenke an die Untertanen zu verteilen.

Der häufige Kontakt zur sowjetischen Botschaft, den wir in Phnom Penh hatten, blieb nicht ohne Einfluss auf mich. In Laos waren Nordvietnam, Rotchina und die Sowjetunion als die bösen Länder dargestellt worden, als die gefährlichen, die unheimlichen.

Doch seit ich in Phnom Penh war, kam mir die Sowjetunion als etwas Besonderes vor. Ich hörte, dass es in diesem Land gelungen war, die Ausbeutung des Menschen durch den Menschen abzuschaffen, und ich sah, wie die Botschaft dieses Landes uns half, sich um unsere Familie zu kümmern. Sie hatten uns eine Wohnung besorgt und Schulplätze, sie holten uns immer wieder ab, um gemeinsam Formalitäten zu erledigen, oder einfach, um uns die Stadt zu zeigen. Sie gaben uns Sicherheit, denn Phnom Penh war eine große, undurchschaubare Welt verglichen mit unserem kleinen Vientiane. Hier gab es mehrgeschossige Gebäude. Alles schien sauberer und moderner: die Märkte, die Straßen, die Restaurants. Schon immer war es für Laoten eine große Ehre gewesen, wenn sie zum Studium nach Phnom Penh geschickt wurden.

Trotz der neuen Eindrücke und der Begeisterung für das Land blieb die Angst um unseren Vater. Wir hatten jetzt mehrere Wochen keine Nachricht von ihm erhalten. Was war mit ihm geschehen? War Vientiane besetzt worden? Lebte mein Vater überhaupt noch? Jeder dachte im Stillen das Schlimmste, aber wagte es nicht auszusprechen.

Es war Ende Dezember, als wir den Radiosender Vientiane in den Empfänger bekamen. Wir saßen stumm beisammen und konzentrierten uns auf die Nachrichten von zu Hause. Und dann kam sie endlich, die Meldung über unseren Vater: Es hieß, Quinim Pholsena, der bis jetzt Informationsminister der Regierung Souvanna Phouma gewesen war, sei zum Ministerpräsidenten ernannt worden und habe in einer ersten Amtshandlung die Regierungen Vietnams, Chinas und der Sowjetunion offiziell um Hilfe und Unterstützung gebeten.

Wir fielen uns in die Arme. Wir waren erleichtert, und auch die Kleinen, die noch nichts verstanden, bekamen mit, wie die Last der Sorge von meiner Mutter und uns Großen abfiel.

Froh wie schon lange nicht mehr, feierten wir Silvester beim laotischen Botschafter. Wir tranken Sekt, es gab ein Feuerwerk, und nach Mitternacht begleitete mich ein Kommilitone meiner älteren Schwester zum Mekongufer hinunter. Einige Male schon hatte er uns zu Hause besucht. Er war schmal, zurückhaltend und still. Er war aus gutem Hause, und er war wie wir aus Vientiane geflohen.

Er war drei Jahre älter als ich, trug weiße Hemden und schmale Anzughosen. Sein Haar war straff gescheitelt und glänzte von Pomade. Wenn er sich anstrengte oder wild bewegte, fiel ihm manchmal eine Strähne ins Gesicht. Dann sah er verwegen aus.

Immer wenn er seinen Besuch ankündigte, um meiner Mutter seine Aufwartung zu machen, versuchte ich zu Hause zu sein. Er schien das zu bemerken, brachte mir Süßigkeiten mit, kleine Ringe und Halsketten. Irgendwann kam er nicht mehr bloß, weil unsere Elternhäuser miteinander bekannt waren, sondern allein wegen mir. Meist, um mich für einen Spaziergang abzuholen. Dann gingen wir in die Stadt, streiften über die Märkte, tranken Kaffee oder setzten uns ans Mekongufer und sprachen miteinander: Das bedeutungslose Geplapper des ersten Verliebtseins, das man sein Leben lang nicht mehr vergisst.

Schon vorher hatte ich gern geflirtet, ich hatte den Jungen schöne Augen gemacht, aber wenn mir auffiel, dass einer von ihnen zu einer Liebeserklärung ansetzen wollte, hatte ich Schluss gemacht. Das war diesmal anders: Ich hörte mir die Erklärung an. Ich gab sie nicht zurück, aber ich widersprach ihr auch nicht.

Seine Hand jedoch hielt ich zum ersten Mal in der Silvesternacht, als wir am leise plätschernden Wasser spazieren gingen.

Mitte Februar 1961 erhielten wir ein Telegramm von unserem Vater. Den rechten Putschisten war es gelungen, Vientiane zu besetzen. Die Regierungstruppen und die Pathet-Lao-Kämpfer zogen sich nach Vangvieng und Xiangkhouang zurück, in die Ebene der Tonkrüge, wo sie in Stellung gingen und das Gebiet verteidigten.

Unser Vater forderte uns auf, nach Hanoi zu kommen, wo er auf uns warten würde. Er wollte ein Sonderflugzeug schicken, um uns abzuholen, aber bis dahin dürften wir niemandem von unserem Vorhaben, Phnom Penh zu verlassen, erzählen.

Am Tag unserer Abreise gingen wir Kinder wie gewöhnlich in die Schule, bevor wir am frühen Abend zum Flughafen aufbrachen. Am Abend zuvor schon hatte ich mich von dem Jungen verabschiedet, der mir seine Liebe gestanden hatte. Gemeinsam liefen wir durch unsere Stadt, Phnom Penh, suchten wir noch einmal all die Orte auf, an denen wir zusammen gewesen waren.

Als wir ein letztes Mal am Mekong saßen, rauchte er aus Traurigkeit eine Zigarette nach der anderen. Weil er wusste, dass er das, was er mir noch sagen wollte, nicht sagen konnte, hatte er es vorher auf einen Zettel geschrieben, den er mir nun gab: »Es fällt mir schwer, eine so junge, unerfahrene Freundin wie dich in die unendliche Welt gehen zu sehen. Ich werde dich in guter Erinnerung behalten.«

Sein Brief machte mich wehmütig.

Der erste Kuss, den wir uns gaben, war ein Abschiedskuss.

Wir kamen erst spät in Hanoi an. Mein Vater erwartete uns auf dem Flughafen. Er begrüßte jedes einzelne seiner elf Kinder, und er begrüßte seine Frau, die im kommenden Monat sein zwölftes gebären würde.

In einer Kolonne aus mehreren Wagen fuhren wir ins Zentrum. Die Kleinen schliefen schon, als wir vor einem gewaltigen Gebäude aus der Kolonialzeit hielten: dem Gästehaus der Regierung.

Zu unserer Begrüßung waren die Angestellten erschienen und bildeten ein Spalier. Wir bekamen riesige Gladiolensträuße überreicht in den buntesten Farben. Später wurde ein kleines Essen serviert, bevor wir unser neues Heim inspizierten: Die Einrichtung war von einem Luxus, den ich noch nie erlebt hatte.

Mit meiner zwei Jahre jüngeren Schwester bezog ich ein eigenes Zimmer. Wir gingen ins Bad, und wir waren sprachlos: Zum ersten Mal sahen wir eine Badewanne. Wir kannten Badewannen nur aus Büchern, wenn jemand in der Wanne saß und obendrein noch las.

Das war schon eine großartige Sache, ein ganzes Badezimmer und nur für

6. April, Vientiane

Mitten im Satz brach das Manuskript ab.

Vielleicht war der Arzt zur Visite erschienen. Oder man hatte den Wagen mit dem Mittagessen hereingeschoben. Vielleicht waren die Schmerzen zu stark geworden, oder das Schmerzmittel hatte zu wirken begonnen, die schreibende Hand ermatten lassen und den Kopf schläfrig gemacht.

Dieser Text, das Einzige, was mir die Mutter hinterlassen hatte, mein Erbe, machte mich ratlos. Je häufiger ich ihn las, desto weniger konnte ich mit ihm anfangen. Ich musste mich bemühen, Ruhe zu bewahren. Mir eingestehen, dass die hohe und nun enttäuschte Erwartung das Ergebnis meines jahrelangen Zögerns war. Ich hätte den verdammten Umschlag damals einfach aufreißen und mir seinen Inhalt ansehen sollen.

Trotzdem war es bitter: Meine Mutter hatte offensichtlich zu lange gehofft, dass sie wieder gesund werden würde, und deshalb viel zu spät zu schreiben begonnen. Mit weniger Optimismus, dachte ich, wäre mehr von ihrem Leben erhalten geblieben.

Ich packte die Blätter in meine Notebooktasche und ging vor die Tür. Ich lief durch die Mittagshitze der staubigen

Stadt, hörte den Lärm des kriechenden Verkehrs auf der Fa-Ngum-Straße, die Rufe der Tuk-Tuk-Fahrer, das Hupen und Klingeln, das Fluchen und Schreien und Lachen. Ich roch den Holzkohleduft der Imbissstände, die Aromen von Kräutern und Gewürzen. Ich kam nach wenigen Minuten auf einen Platz, in dessen Mitte sich ein Brunnen befand, dessen Fontäne nicht funktionierte, der berühmte Nam-Phou-Brunnen, wie ich später im Plan nachlas. Ein Platz, um den sich europäische Restaurants drängten, kleine Läden und einige Reisebüros, die von Engländern und Deutschen geführt wurden. Am westlichen Rand standen zwei weidenartige Bäume, deren Kronen übersät waren mit purpurfarbenen, frisch explodierten Blüten. Und mit einem Mal wurde mir leicht ums Herz, so sehr wie lange nicht mehr, wie zuletzt in den Tagen, als wir alle zusammen am Hubertusdamm gelebt hatten, die junge Familie, mit den netten und den aufdringlichen Nachbarn, mit Feinden, die nicht bedrohlicher gewesen waren als Frau Fouqué aus dem vierten Stock, eine Gemeinschaft ohne Furcht und ohne Hoffnung. Ich war nun doch froh, den Umschlag erst jetzt und erst hier geöffnet zu haben und war froh, nicht in Berlin sein zu müssen, das ich bislang als meine Heimat betrachtet hatte.

Ich lief langsam eine Runde um den Platz, kam an einer schwedischen Bäckerei vorbei, einer italienischen Pizzeria und einem französischen Restaurant, das Spezialitäten aus dem Burgund anbot, und bog dann in die angrenzende Straße ein, wo ich nach wenigen Metern fand, was ich gesucht hatte: ein Internetcafé.

Es gab keine Klimaanlage, dafür waren ein halbes Dutzend Standventilatoren im Raum verteilt. Auf sechs Tischplatten thronten sechs wuchtige Röhrenmonitore, drei der

Plätze waren von bärtigen jungen Männern in Shorts und Badelatschen besetzt, die europäisch aussahen. Hinterm Tresen am Eingang saß ein junges Mädchen, mit Kopfhörern auf den Ohren und leicht toupiertem Haar. Es zog die schmalen Augenbrauen hoch, als ich eintrat, legte ihr Telefon zur Seite und wies mir einen Platz zu. Ich versuchte ein Lächeln. Sie wandte den Blick ab und griff wieder nach ihrem Handy. Ich kam mir alt vor. In zwei Jahren würde ich vierzig sein, ein Alter, das meine Mutter nicht mehr erreicht hatte.

Ich nahm eine Büchse Bier aus dem Getränkekühlschrank, der neben dem Tresen stand, und setzte mich vor den Rechner, Dinosauriertechnik aus dem letzten Jahrhundert, die behäbig und zäh auf jede Eingabe reagierte. Kurz war ich versucht, all jene deutschen Nachrichtenseiten aufzusuchen, die ich zu Hause mehrmals am Tag ansurfte, wie süchtig nach all dem Krempel, der dort unter den Rubriken Politik, Wirtschaft und Kultur verhandelt wurde. Doch noch bevor ich die erste Meldung lesen konnte, brach ich den Ladevorgang ab und rief stattdessen eine Suchmaschine auf: Ich gab die Namen jener Kinder ein, die vor dreißig Jahren im selben Neubaugebiet gewohnt hatten wie ich oder im selben Block oder, wie Antje, sogar im selben Aufgang. Ich hatte ihre Namen nie vergessen, obwohl die meisten Gesichter in meiner Erinnerung verblasst waren.

Zu René fand ich nichts, was an seinem verbreiteten Nachnamen liegen mochte. Auch zu Kai-Uwe konnte ich auf die Schnelle nichts finden. Als ich allerdings den Namen seiner Mutter eingab, jener blonden Fernsehansagerin, um die wir anderen Kinder ihn beneidet hatten, las ich, dass sie Anfang der Achtzigerjahre in den Westen ausgereist war. Zu jener Zeit waren wir wegen des einen zusätzlichen Zimmers schon in das andere Wohngebiet am entgegengesetzten Ende der Stadt gezogen. Ich war mir immer sicher gewesen, dass sich in meiner alten Heimat zwischen Autobahnbrücke, Schule und Garage nichts verändert hätte und ich jederzeit wieder in unsere große Kindergemeinschaft zurückkehren könnte, wenn ich denn wollte. Ein tröstender Gedanke, der mich die neue Umgebung hatte leichter ertragen lassen, der es mir ermöglicht hatte, in einer neuen Schulklasse unter fremden Kindern zu bestehen.

Und es gab mir jetzt, all die Jahre später, tatsächlich einen kleinen Stich, dass einer meiner besten Freunde nicht da gewesen wäre, hätte ich den Hubertusdamm besucht, dass es die Möglichkeit, ihn zu treffen, schon lange nicht mehr gegeben hatte, als ich noch an sie geglaubt und sie mich im unbekannten Wohngebiet gestärkt hatte.

Als Letztes tippte ich Antjes Namen ein. Ich hatte kaum Hoffnung, sie zu finden. Abgesehen davon, dass sie höchstwahrscheinlich verheiratet war, war ihr Nachname nicht gerade selten. Mir fiel wieder ein, dass ihre Mutter auf der Beerdigung meines Bruders – oder war es die meiner Mutter gewesen? – erzählt hatte, dass Antje mit ihrem Freund zusammengezogen war. Das war vor zwanzig Jahren gewesen.

Ich drückte die Entertaste, und wie in Zeitlupe erschienen die Suchergebnisse auf dem Schirm, zigtausende Dokumente. Ich überflog nur die ersten Treffer und wollte schon aufgeben, ergänzte dann aber in der Suchmaske Antjes Namen um den unseres Wohngebietes.

Das erste Ergebnis war eine jener Seiten, auf denen man sein Profil hinterlassen konnte, um in Kontakt mit ehemaligen Klassenkameraden zu treten. Ich fand Antjes alten Nachnamen, Schwarz, sowie ihren neuen, der wohl aus einer Ehe stammte. Ich fand das Jahr unserer gemeinsamen Einschulung, 1975, und auch die Adresse unserer ehemaligen Schule. Neben Antje hatten sich noch vier andere Schüler unserer alten Klasse eingetragen.

Um nähere Auskünfte zu erlangen, die E-Mail-Adresse zu sehen oder das Profilfoto, musste man selbst Mitglied der Community werden, und so tat ich, was ich zu Hause – immer in der Furcht, jemand könne durch das Unsympathische seines Auftretens in der Gegenwart auf einen Schlag auch alle Bilder von der Vergangenheit, alle Erinnerungen ruinieren – nie über mich gebracht hätte: Ich meldete mich an, und als ich zehn Minuten später von der heißen Straße, wo ich eine Golden Triangle geraucht hatte, zurück an meinen Platz kam, fand ich im Postfach eine Mail mit den Zugangsdaten.

Am meisten fürchtete ich mich vor Antjes Foto. Ich kniff, mir der Lächerlichkeit dessen bewusst, schnell die Augen zusammen, nachdem ich den Link zu ihrer Seite angeklickt hatte. Anschließend öffnete ich die Augen sehr langsam, erkannte aber schon durch den Schleier der Lider, dass Antje kein aktuelles Foto gewählt hatte, sondern sich stattdessen so präsentierte, wie ich sie am besten in Erinnerung hatte: als Schulmädchen mit wippenden Zöpfen, in schwarz-weiß, wie auf den Fotos, die ich von uns beiden aus jenen Tagen Mitte der Siebziger noch besaß.

Ich las, dass sie in unserer Heimatstadt als Grundschullehrerin arbeitete, dass sie geschieden und die Mutter zweier schon fast erwachsener Kinder von siebzehn und sechzehn Jahren war.

Ob sie noch wisse, leitete ich meine Nachricht an Antje ein, wie sie und die anderen Kinder des Wohngebietes und auch viele Erwachsene in unserem heimeligen Neubaugebiets-Mikrokosmos Mitte der Siebzigerjahre behauptet hatten, dass meine Mutter eine Prinzessin aus einem fernen Land sei? Und wie mir als Kind diese Gerüchte so auf die Nerven gegangen seien, dass ich mich manchmal geweigert hatte, das Haus zu verlassen?

Ich schrieb ihr, wie sehr ich mich als Kind danach gesehnt hatte, in der Masse zu verschwinden, wie sehr ich schon allein deshalb die Fahnenappelle gefürchtet hatte, wegen der Möglichkeit, jederzeit nach vorn gerufen zu werden – ob einer Bestrafung wegen oder um gelobt zu werden, war dabei vollkommen egal –, eine Situation, von der ich heute noch manchmal träumte. Ich bekam damals schon genug Aufmerksamkeit, der Schlitzaugen wegen zum Beispiel, die viel deutlicher ausgeprägt gewesen waren als heute, wegen des Unfalls meines Bruders, wegen seines Komas, wegen seiner anschließenden Behinderung.

Ich berichtete, dass ich mich gerade im Heimatland meiner Mutter aufhielt, um in wenigen Tagen einen der vermutlich letzten Geburtstage meiner Großmutter zu begehen, und ich schloss die E-Mail mit der Frage, ob auch sie manchmal an die alte Zeit zurückdenke.

Dann rief ich die Website meines Cousins Yai auf, die ich schon zu Hause nach kurzer Suche gefunden hatte, eine Visitenkarte im Netz, die einige biografische Angaben enthielt, in der Hauptsache aber bunt und unübersichtlich war und auf der kleine primitive Animationen neongrell vor einem dunklen Hintergrund herumzuckten. Ich schrieb meinem Cousin, dass ich in der Stadt sei, im Hotel *Lane Xang*, und ich bat ihn, dem Rest der Familie, die ich überraschen wolle, noch nichts von meiner Anwesenheit zu erzählen.

Die E-Mail, die ich anschließend an Kupfer verschickte, begann ich mit einer angedeuteten Entschuldigung: »Kupfer! Es tut mir leid, aber irgendwie auch nicht. Dass ich nach all den Ereignissen schlecht in deiner Suppenküche weiterarbeiten konnte, wird selbst dir einleuchten. Dass ich Geld vom Geschäftskonto genommen habe, würde ich möglicherweise bedauern, hättest du nicht im Voraus Katharina dafür bekommen. Versteh mich nicht falsch: Ich weiß, dass sie freiwillig zu dir gegangen, dass sie keine Ware ist. Das Geld, das ich mir im Gegenzug genommen habe, sehe ich eher als eine Art Aufwandsentschädigung für all die sinnlosen Stunden, in denen ich mir über euch beide den Kopf zerbrochen habe. Abgesehen davon bin ich mir sicher, dass du das bisschen Kohle verschmerzen kannst. Mir dagegen wird sie nützen, um was Neues zu beginnen, keine Ahnung, was genau und wo immer das auch sein wird. Es grüßt dich nicht herzlich, aber auch ohne Grimm, aus der tiefsten Tiefe Asiens dein ehemaliger Stubenkamerad K.«

Dabei hätte ich Kupfers Geld nicht einmal gebraucht. Der Verkauf der vier Aquarelle Felix Münchebergs hatte mir einiges ins Portemonnaie gespült. Ich hatte auch vorher schon als Küchenchef, dank Kupfer, gut verdient und kaum etwas ausgegeben, weil mir erst die Zeit und später die Lust dazu gefehlt hatte, mir Dinge zu kaufen, die teuer waren und nicht besonders notwendig. Aber das Geld war eben leicht verfügbar gewesen, in den Tagen vor dem Abflug, und der Gedanke an Rache nie ganz aus meinem Kopf gewichen.

Entweder Kupfer hatte über all der Aufregung vergessen, mir die Vollmacht für das Geschäftskonto zu entziehen, oder er hielt mich für unendlich loyal, jedenfalls hatte es mich selbst gewundert, dass schon der erste, nicht mal ernst gemeinte Versuch des betrügerischen Geldtransfers erfolgreich über die Bühne ging, zwei Tage bevor ich die Stadt verließ. Erst am Flughafen in Tegel warf ich meine Kündigung in den Postkasten, die ich auf altmodische Art und mit lapidarer Hand auf ein A4-Blatt gekritzelt hatte. Im Postskriptum ließ ich schöne Grüße an Katharina ausrichten und deutete gleichzeitig an, dass es keinen Zweck hätte, nach mir zu suchen.

Jetzt schickte ich die Mail ab, lehnte mich zurück und ließ den Ventilator, der hinter mir stand, meinen Nacken kühlen. Ich trank einen Schluck Bier, schloss die Augen und versuchte unter dem gleichmäßigen Klang der klappernden Tastaturen all das wieder zu vergessen, was mich in den letzten Stunden beschäftigt hatte. Als ich endlich nicht mehr genau sagen konnte, warum ich eigentlich hier war, in diesem Café, in dieser Stadt, in diesem Land, da stand ich auf, bezahlte am Tresen meine Rechnung und legte ein ebenso hohes Trinkgeld obendrauf.

Das Mädchen schenkte mir ein Lächeln.

II

Hubertusdamm

Kupfer

Ich weiß es noch genau: Es war an einem Freitag, als mein Bruder starb, und ich kann mich nur deshalb so gut daran erinnern, weil immer freitags am Abend großer Wochenputz war, von halb sieben bis zum Beginn der Nachtruhe um neun, oder war es um halb zehn, ich hab's vergessen. Zu einer Zeit jedenfalls, wenn jeder, der an diesem verdammten einhundertundvier Meter langen Flur lebte, schon fix und fertig war von dem, was er tagsüber getrieben hatte: Durch brennende, mit Napalm bestrichene Türrahmen zu springen, die auf einer Lichtung im Wald vor sich hin loderten, zwei Stück, um genau zu sein, leicht versetzt zueinander stehend, auf einer baumlosen Anhöhe, und man kam sich vor wie eine junge Raubkatze im Zirkus, die auf Kommando durch den Feuerreifen zu springen lernt, wie ein abzurichtendes Tier.

»Macht hin, ihr lahmen Säcke!«, schrie der stellvertretende Zugführer im Dienstgrad eines Feldwebels die zumeist klapperdürren Rekruten an, die in ihren dick wattierten Einstrich-Keinstrich-Winterkampfmonturen dennoch wie aufgequollen wirkten. Der Gasmasken wegen, die sie vor den verschwitzten Gesichtern trugen, konnte er sie nicht mit Namen aufrufen, er brüllte im Militärstakkato Instruktionen in die klirrende Winterluft, wie das unheimlich flammende Hindernis am besten und ohne Verletzung zu überwinden sei.

Manche von uns sprangen wie die Löwen und schrien dabei wie am Spieß, allein schon um den Feldwebel zu foppen, der früher am Tag, beim Bajonetttraining, ebenjenes Schreien zur Demoralisierung des Feindes gefordert hatte, denn die korrekte Reihenfolge bei der Nahkampfsimulation ging so: Rennen, Schreien, Zustechen und zum Finale, wenn das Bajonett tief in der strohgefüllten Gegnerattrappe steckte, eine halbe Drehung des gesamten Gewehrs, wobei der rechte Arm die dazu nötige Kraft auf den Kolben übertrug, während der linke, kraftlosere nur half, die hölzerne Kalaschnikow-Attrappe in der Waagerechten zu stabilisieren.

Einige wenige bewegten sich grazil wie Rehe durch die brennenden Rahmen, in denen die verrußte Tür nur noch in der oberen Angel hing, ohne dafür auch nur ein klitzekleines raues Kompliment des Feldwebels zu kassieren oder zumindest ein anerkennendes Kopfnicken, und natürlich gab es, genau wie überall sonst, auch hier jene Handvoll Ängstlicher, Verzagter, körperlich Benachteiligter, die in diesem genauso wie in jedem anderen der idiotischen Spielchen versagten, Spielchen, denen man uns aussetzte, um uns zu testen oder zu brechen, wie die Mehrheit von uns meinte. Um uns zu stärken und zu trainieren, für unser Vaterland, die Diktatur der Proletarier und den ganzen Scheiß, wie der Politoffizier behauptete und der Kompaniechef, ein aalglatter Endzwanziger, der sogar frisch rasiert einen Schatten von schwarzem Bart im Gesicht trug. Von diesen Verzagten wiederum waren die weichen mit den sanften Gesichtszügen am auffälligsten, schmale Jungen eigentlich, gerade achtzehn, neunzehn, wie fast alle hier, die trotzdem mädchenhaften Babyspeck auf den Hüften trugen, noch oder schon wieder, das ließ sich nicht sagen, blasse, langfingrige Abiturienten, die jeden Tag Briefe von zu Hause bekamen und wöchentlich ein Päckchen mit schöngeistigen Büchern, gemahlenem Kaffee, Schokoladentafeln und gebügelten Stofftaschentüchern. Anders als die meisten der Jungen hatten ausgerechnet diese Waschlappen Freundinnen, die zu Hause auf sie warteten, und anders als die Mehrheit auf dem Flur waren sie nicht in Neubauwohnungen aufgewachsen, mit anderthalb Meter breiten Küchen und quadratischen Nasszellen ohne Fenster, nicht in Wohngebieten, die Zentrum Ost hießen, Waldstadt II, Silberhöhe oder Frohe Zukunft, sondern in frei stehenden, massiven Häusern, die sie sich nicht mit weiteren Familien zu teilen brauchten. Nicht nur hatten deren Väter studiert, wie einige unserer Väter auch, sondern schon die Väter ihrer Väter hatten das getan.

Unsere Großväter, Bauern und Arbeiter, unterdrückte Klasse, wären früher die Lakaien von deren Großvätern gewesen, hätten sich knechten und unterdrücken lassen, weshalb wir, die ihre Enkel waren, uns mit deren Enkeln noch immer im Krieg befänden, in einem Erbkrieg nämlich.

Das wenigstens behauptete Kupfer, der einer von vier Stubenkameraden war und den ich nur Kupfer nannte, weil seine Haare rot waren und mir sein richtiger Name nicht in den Kopf wollte. Beinah täglich wiegelte er uns zum Kampf gegen die schwächlichen Jüngelchen auf, wie er sie nannte, und gegen alles, wofür sie, wie er fand, standen: Einfamilienhaus, Segelboot, Privat-Pkw vom Wartburg Tourist aufwärts. Außerdem ein Medizinstudium, das nach der Armee auf sie wartete und ihnen, wenn sie es schließlich absolviert hätten, unermessliche Reichtümer im Erwachsenenalter bescheren würde, falls, und das vergaß er nie zu betonen, *falls* wir es zuließen, dass sie ohne bleibende Blessuren diese Hölle auf Erden hier wieder verließen. Kupfer jedenfalls war entschlossen, seinen ausgemachten Klassenfeinden einzuheizen, und nach ein paar Wochen des Zweifels hatte ich schließlich das Gefühl, dass das schon in Ordnung ginge, denn ließ man sich aus Mitgefühl doch einmal mit einem von denen ein, wurde er schnell unverschämt im Gespräch, reagierte sarkastisch oder rechthaberisch und war im Grunde noch unsympathischer als ein Tyrann wie Kupfer, der es für wert hielt, so jemanden zu quälen.

Kupfer hatte käseweiße Haut und Sommersprossen, die so in seinem Gesicht saßen, als habe, wie er bei jeder unpassenden Gelegenheit zu wiederholen pflegte, Gott in einen Ventilator geschissen. Er kam aus Berlin, der Hauptstadt unsrer ruhmreichen Republik, und er war sich hundertprozentig sicher, dass diese Tatsache hinreichender Grund sei für seinen Anspruch auf eine gewisse informelle Führerschaft innerhalb des Rudels, das unser Zug, einer von dreien, auf dem Kompanieflur bildete. Er trug eine silbergerahmte Pilotenbrille mit ordentlich dicken Gläsern und das flammende Haar gescheitelt, sein Nacken war rasiert, wie bei allen von uns, und insgesamt sah er aus wie der Streber in jenen dämlichen Schulstreichefilmen, die in den Siebzigerjahren an frühen Sonntagnachmittagen im Westfernsehen liefen. Er war ein Maulheld, und ich war mir sicher, dass nur weniges von dem stimmte, was er über sich und seine Vergangenheit im Zivilleben erzählte. Er schwadronierte von Mädchen, die zu Hause auf ihn warteten, von seiner Musikanlage, die Tausende von

Mark gekostet hätte, von Autos, die er sich nach der Fahne kaufen wolle, und vor allem immer wieder von Geschäften, die er getätigt habe oder noch erledigen wolle und die ihm Unmengen von Geld einbrächten. Das alles klang wenig glaubhaft, aber weil Kupfer spannend erzählte, mit wechselndem Tonfall und von theatralischen Posen begleitet, hörte ich ihm gern zu und hakte nie nach.

Sein Hass auf die körperlich Schwachen und gleichzeitig irgendwie Bessergestellten, sein Hang, sie laut, wortreich und bei jeder Gelegenheit in die Arena des allgemeinen Spottes zu zerren, schien einerseits dem autoritären Genius des Ortes geschuldet, andererseits aber durchaus eine Strategie zu sein, von den eigenen mannigfachen Unzulänglichkeiten abzulenken, unter denen seine wunden, stinkenden Füße nur eine der offensichtlicheren waren, um nicht seine mangelnde Kondition, seine Beleibtheit, seine Senk-, Spreiz- und weiß der Geier wie noch verformten Quanten zu erwähnen, kurz: seine grandiose Unfähigkeit zum Sport, die ihn in all den kindischen Wettkämpfen nicht besser aussehen ließ als jene bedauernswerten Jüngelchen, die er sich zu seinen persönlichen Feinden erkoren hatte.

An jedem verdammten Nachmittag dieses halben Jahres militärischer Grundausbildung, in der Verschnaufpause zwischen Dienstschluss und Abendbrotfassen, zwischen fünf und sechs also, setzte sich Kupfer an den kleinen Gemeinschaftstisch der Fünfzehnquadratmeterstube, auf dem unsere braunen Kaffeebecher aus Plaste dampften, mit je zwei gehäuften Teelöffeln Mocca-Fix gefüllt und aufgegossen mit dem kochenden Betonwasser der hiesigen Dübener Heide, das unsrem Tauchsieder binnen einer Woche einen halbzentimeterdicken Kalkmantel hatte wachsen lassen. Er friemelte sich die

Knobelbecher von den Füßen, warf sie mit großer Geste nach hinten über die Schulter und grinste zufrieden, wenn wir vier anderen erschrocken innehielten in dem, was wir gerade taten – Jupp etwa, ein zwei Meter fünf großer Bauernsohn aus dem Eichsfeld, bohrte gern tief und gedankenverloren in der Nase –, und ihn ansahen, weil die schwarzen Noppenlederstiefel mit derbem Knall auf dem ochsenblutfarbenen Linoleum aufgeschlagen waren.

Dann rollte sich Kupfer die grauen Arbeitsstrümpfe von den Waden, vorsichtig, als seien diese Waden mundgeblasen worden in den berühmten Glasbläserhöhlen Lauschas, und wickelte anschließend, wenn die formlose Baumwolle in zwei feuchten Häufchen unter seinem Stuhl lag, genüsslich den anderthalb Meter langen Verband ab, der statt eines käsigen, rot behaarten Unterschenkels darunter zum Vorschein gekommen war. Der Verband triefte von der Salbe, die Kupfers wunden Füßen Erleichterung und Heilung verschaffen sollte, und sie war von der gleichen Farbe wie der Eiter, auf den sie geschmiert worden war. Hatte er den Mull vollständig von seinen Beinen geholt, hielt er die dreckigen Binden in ihrer ganzen prachtvollen Länge für einen Moment in die Höhe – man konnte einige braune Flecken getrockneten Blutes erkennen, sah man denn hin –, blickte sich triumphierend im Raum um und drapierte sie dann wie zwei Partyluftschlangen über dem Tisch, an dem sich unterdessen Jupp, der eigentlich immer aß oder etwas in den Mund steckte oder kaute, niedergelassen hatte und mit einem Taschenmesser Scheiben pechschwarzer Blutwurst von einer stumpf glänzenden, pechschwarzen Wurstkugel säbelte.

»Du alte Drecksau«, sagte Jupp dann immer in seiner komischen Sprache und gab seinem Gesicht einen angewiderten Ausdruck, und es ließ sich nicht genau sagen, ob seine Empörung nur gespielt war, er das Ganze also doch irgendwie lustig fand, oder ob er sich in Wahrheit ekelte und nur so tat, als fände er diese Schweinerei lustig, um sich die Gunst Kupfers zu erhalten, der den elend schlaksigen, schwer dialektgebeutelten Thüringer aus irgendeinem dunklen Grunde in sein Herz geschlossen hatte.

»Jungs, ihr müsst dit ma' so sehn ...«, hob Kupfer dann meist zu einer seiner ausschweifenden Entgegnungen an, die ihren Witz nicht nur seiner – zuweilen durchaus selbstironischen – Großspurigkeit verdankten, sondern auch der andauernden Benutzung komischer, irgendwie altertümlich wirkender Berliner Vokabeln. Kupfer sagte Flitzpiepe, ohne dass es aufgesetzt wirkte, er sagte Keule und Atze und Penunze. Er sagte Deetz, wenn er den Kopf meinte. All diese Wörter lagen ihm auf der Zunge, er musste nicht, wie etwa ich, der ich immerhin auch mit dem Dialekt aufgewachsen war, erst im Gedächtnis nach ihnen graben. Noch bevor er weitersprach, stellte ich allerdings meist die Ohren auf Durchzug und versuchte mich, im oberen Bett neben der Tür liegend, auf das Buch zu konzentrieren, in dem ich gerade las, und Frank aus Görlitz, im Bettstockwerk unter mir, der nach der Asche Bergbauingenieurswesen studieren wollte, las in einer seiner technischen Zeitschriften, während Jupp die eben zurechtgeschnittenen, keine Handbreit neben den versifften Mullbinden in einer Reihe auf dem blanken Tischsprelacart liegenden Wurstscheiben mit seinem Taschenmesser aufspießte und – dabei vollkommen in Gedanken versunken – in den Mund zu balancieren versuchte. Blieb also nur noch Ulf übrig als Adressat von Kupfers kleiner Eloge auf den benutzten Mullverband, Ulf, dessen Einzelbett unterm Fenster stand, der älter war als wir anderen, fünf oder sechs Jahre, schätzte ich, etwas langsamer dachte und formulierte, aus Magdeburg stammte und folglich den breiten anhaltinischen Dialekt sprach, der für mich immer nach Werkhalle und Umkleidekabine klang, weil die Werkskollegen meines Großvaters ihn gesprochen hatten, ein Dialekt, der sogar einen eigenen Geruch hatte, und zwar den nach Kühlmilch und Maschinenfett, Ulf, der obendrein stotterte und, als sei all das nicht genug, Berufsunteroffizier werden wollte, was so ungefähr das Allerletzte war. Ulf hatte wirkliche Angst vor Kupfer, seit der ihn wegen irgendeiner Lappalie zur Sau gemacht hatte, eines umgeschütteten Kaffees wegen, glaube ich. Zornesrot im Gesicht, den Oberkörper leicht vorgebeugt, den linken Daumen hinterm Koppelschloss verhakt und mit der rechten Hand gegen den zwanzig Zentimeter Größeren fuchtelnd, so hatte Kupfer minutenlang und aus voller Brust Ulf angeschrien. Ulfs Adamsapfel war dabei hoch- und wieder runtergegangen, hoch und wieder runter, ein gleichmäßiger, allmählich aber schneller werdender Rhythmus, und Ulfs Augen hatten zu glänzen angefangen und waren dann wenig später richtig wässrig geworden, wie geflutet von innen, und erst der UvD, der Unteroffizier vom Dienst, der die Stubentür vom Flur aus mit solchem Schwung aufgestoßen hatte, dass die Klinke eine faustgroße Delle in Franks Spind hinter der Tür schlug, konnte den jähzornigen Ausbruch beenden, indem er den schreienden Kupfer mit einem ohrenzerfetzenden »Achtung!« seinerseits überbrüllte. Binnen Zehntelsekunden wich die Spannung aus Kupfers Körper, das Gesicht wurde wieder weiß, und die Sommersprossen kehrten zurück. Er richtete sich auf, stützte die Hände in die Hüften, bog für einen Moment den Rücken zum Hohlkreuz durch, und als er damit fertig war, schickte er ein feistes Grinsen in Richtung des UvDs, salutierte nachlässig und sagte langsam, fast lallend: »Nüscht für unjut, Jenosse Unteroffizier«, was den UvD, der vermutlich gerade zu einer Rüge ansetzen wollte, so verblüffte, dass er nur »Weitermachen!« sagte und, ansonsten wortlos, die Stube wieder verließ.

Auch Frank, Jupp und ich waren aus der Versteinerung erwacht, in die uns Kupfers Raserei versetzt hatte. Ich wandte den Blick von Ulfs Stiefelhose ab, die einzig er als Berufsunteroffiziersanwärter tragen durfte und von der ich im Moment, bevor der UvD in die Stube gestürzt war, gedacht hatte, sie würde sich im Schritt dunkel einfärben. Wenigstens das blieb uns erspart, vor allem natürlich blieb es Ulf erspart, und während wir so taten, als sei nichts geschehen, uns gegenseitig Zigaretten anboten und Feuer gaben, uns an den Tisch setzten, unsere Kaffeebecher hochnahmen und mit spitzen Fingern mundgerechte Wurststücke von Jupps Taschenmesser pickten, das er uns, einem nach dem anderen, entgegenhielt, stand Ulf noch immer an derselben Stelle vor seinem Bett und zitterte wie ... ja nun ... Espenlaub.

»Jetz setz dich ma' wieder hin, du Eumel«, hatte Kupfer dann abschließend gesagt, und als hätte Ulf nicht eigentlich immer auf der Bettkante gehockt, um dort seinen Kaffee zu trinken und seine Staubkekse zu essen, wann immer wir anderen am Tisch saßen, der nur für vier Platz bot, hatte sich Ulf an diesem Tag tatsächlich umgesehen, als suche er nach dem fünften Stuhl, den es aber definitiv nicht gab in diesem Raum, bis Kupfer ihn schließlich angeblafft hatte: »Na, uffs *Bett*. – Du machst ma' janz kirre, Alta. – Platz! – *Platz*, ha' ick jesagt. – Na komm ausm Tee!«

Und weil er seit jenem Nachmittag in den ersten Tagen

unseres Hierseins Angst vor Kupfer hatte, lauschte Ulf nun dessen Nonsensausführungen »Über die dekorativen Aspekte benutzter Verbände auf gedeckten Kaffeetischen unter besonderer Berücksichtigung der vorweihnachtlichen Besinnungszeit«, so wie er auch jedem anderen Blödsinn, den Kupfer von sich gab, mit scheinbarem Interesse zuhörte. In Wahrheit stand er dabei jedes Mal wie unter Strom, und diese Anspannung kurz vorm Zittern, Sekunden vorm Zusammenbruch, hielt sich so lange in seinem Körper, bis Kupfer das Zeichen zum Lachen gab, ein mit den erhobenen Zeigefingern angedeuteter Dirigentenschwung, das Signal zur *Ent*spannung, wobei er meistens einfach nur sagte: »Nu lach doch ooch mal, du Flachpfeife!«, und dann gab er Ulf, der außerdem unser Stubenältester war – ich vergaß, diese Funktion zu erwähnen –, mit der flachen Hand einen gut gemeinten und trotzdem nicht allzu sanften Schlag auf den Hinterkopf.

Kupfer war, anders als die Söhne aus den angeblich besseren Kreisen, schlau genug gewesen, sich recht bald den sportlichen Spielchen zu entziehen, die militärischen Wettkämpfe zu meiden, die er seiner körperlichen Verfasstheit wegen nicht bestehen, geschweige denn gewinnen konnte. Eine Woche bereits nachdem wir den Flur bezogen hatten in der zweiten Etage des dreistöckigen Kastengebäudes, waren seine Füße wund geworden. Mit kleinen Blasen zunächst unter den Zehen hatte es begonnen, die Blasen waren von Tag zu Tag gewachsen, sie vermehrten sich, und die älteren begannen recht bald zu platzen, sich zu entzünden, Sekrete zu bilden, und so unappetitlich weiter. Einen robusten Burschen wie Kupfer mit den empfindlichen Füßen einer Ballerina ausgestattet zu haben, hätte wie eine ironische Laune der Natur erscheinen können, doch in Wirklichkeit war die leichte Entzündlichkeit seiner Quanten nichts weiter als das Ergebnis einer schleichenden Selbstverstümmelung, wenn man so will, die damit begonnen hatte, dass Kupfer die Ratschläge des stellvertretenden Zugführers, Präparation von Schuh- und Strumpfwerk vor Gewaltmärschen betreffend, nicht etwa ignorierte, sondern praktisch ins Gegenteil wendete. Das heißt, statt sich, wie empfohlen, zwei Paar gebrauchte, stinkende Baumwollarbeitssocken übereinanderzuziehen, weich gemacht schon einmal vom Schweiß, der beim erneuten Gehen aufgewärmt würde und wie Balsam für die Füße wäre, gönnte sich Kupfer lediglich ein einziges, dafür nagelneues Paar der dünnen Ausgehsocken, deren synthetisches Gewebe, zumal vor dem ersten Waschen, nicht *einen* Tropfen Flüssigkeit aufzusaugen in der Lage war. Es hätte mich nicht gewundert, wenn er zusätzlich seine feuchten Füße in jenem feinen grauen Sand gewendet hätte, der täglich scheffelweise und wie aus dem Nichts in unserer Bude auftauchte, obwohl wir ihn jeden Abend, während der Stubenreinigung, mit zwei, drei beherzten Besenschwüngen zurück unter die Spinde kehrten.

Auf diese Art war Kupfer nach drei Wochen schon Dauergast im sogenannten Medpunkt geworden, der Krankenstation, der Versehrtenbaracke, die er jeden Morgen nach dem Frühstück, wenn wir anderen zum Tagesdienst antraten, aufsuchte, nur um sich bestätigen zu lassen, dass keinerlei Besserung eingetreten oder auch nur in Sicht sei, und um sich ansonsten mit neuem Verbandsmaterial, Tinkturen, Salben und Leukoplast einzudecken.

Irgendwann im Laufe des Vormittags stieß er, böse humpelnd und mit verkniffenem Mund, zu uns anderen, sofern wir die Kaserne nicht verlassen hatten und auf Exerzier-, Sport- oder ebenjenem Platz zugange waren, wo die Strohpuppen an Metallgalgen baumelten, um von den brüllenden Bajonetteleven abgestochen zu werden, oder er lungerte, lediglich bekleidet mit dem bequemen Trainingsanzug unterm Wintermantel, am Rande der Sturmbahn herum, während wir anderen uns bemühten, sie in voller Kampfmontur zu überwinden. Grinsend feuerte er diejenigen an, die er leiden konnte, und goss Hohn und Spott über die feinen Pinkel aus, die den Villenvierteln seiner paranoiden Phantasie entstammten und die nun vor aller Augen mit selbstmörderischer Geschwindigkeit gegen die Eskaladierwand anrannten, ein irrer Anlauf der Verzweiflung, den man ihren weichen Körpern eigentlich nicht zugetraut hätte. Die Jüngelchen waren so gut wie nie in der Lage, diesen Anlauf in einen Sprung münden zu lassen, aus der schieren Geschwindigkeit irgendeinen Vorteil für die Höhe zu ziehen, und so klatschten sie, ohne mit den Händen nach einem möglichen Halt zu suchen, nach dem Fenstervorsprung zum Beispiel, den man erwischen musste, wollte man das Hindernis überwinden, lediglich mit Karacho gegen die olivgrün getünchte Bretterwand, um von ihr zurückgeworfen zu werden und auf dem gefrorenen Boden aufzuschlagen wie ein nasser Sack.

Der stellvertretende Zugführer, unser Feldwebel, der nur noch sechsunddreißig Wochen abzureißen hatte, um seinerseits jene fiesen drei Jahre hinter sich gebracht zu haben, die bei uns gerade begonnen hatten und die ihm im folgenden Herbst irgendein Studium an der Leipziger Universität eröffneten, fluchte dann pflichtgemäß, obwohl seine Mundwinkel wegen eines unterdrückten Grinsens zuckten, und Kupfer schrie mir, die Hände tief in den Manteltaschen vergraben, zu: »Haste jesehn, Alta? – Wie'n Schluck Spucke ist der vonne Wand jetropft.«

»*Du* bist vielleicht ein Arschloch, Kupfer!«, schrie ich zurück.

»Ach komm, du kennst ma' doch«, brüllte Kupfer dann und setzte sein fiesestes Hauptstadtbewohnergrinsen auf. »Is doch allet nich' so jemeint, weeßte doch, is doch allet nur aus Daffke.«

Und der Feldwebel brüllte, um der Sache den nötigen Ernst zurückzugeben, dem sich aufrappelnden, noch leicht benommenen Unteroffiziersschüler aus der dritten oder vierten Intelligenzija-Generation zu: »Zurück, Mann! Noch mal von vorne! – Sie müssen springen, Sie Nulpe. – Nicht einfach nur dagegenrennen, auch wenn Sie 'nen Helm auf der Birne haben.«

»Bei olle Ihmchen da hapert's mächtig mit de' Hand-Fuß-Koordination«, meldete Kupfer sich wieder zu Wort. »Keen Ehrgeiz, keen Kampfeswillen, stattdessen bloß pazifüstische Weinerlichkeit. Oder wat meinen Sie, Feldwebel?«

Der Angesprochene schüttelte tadelnd den Kopf und musste einmal mehr sein arrogantes Chefgrinsen unterdrücken. »Mann, Kupfer, was sind Sie nur für ein Kameradenschwein. Was, in aller Welt, ist bloß schiefgelaufen in Ihrem Leben? War's was in der Kindheit? War'n Sie mal scharf auf Ihre Mutter, oder was? Haben Sie vielleicht Ihren Vater um die Ecke gebracht deswegen?«

»Ick bin lediglich für Jerechtichkeit, Jenosse Feldwebel, weita nüscht. – Und für Frieden und Sozialismus natürlich ooch noch.«

»Und ich kann Ihnen nur eines sagen, Kupfer, Gnade Ihnen Gott, wenn Ihre Füße eines Tages wieder funktionieren.«

Kupfer schüttelte den Kopf, und für einen Moment sah er tatsächlich resigniert aus.

»Dit werden sie nich' mehr, Feldwebel. Sosehr ick's mir für Sie wünschen täte. Nich' mehr in diesem Leben, nich' hier.«

Den längsten Flur der Welt fegen

Ich weiß nicht, ob es wirklich ein Freitag war, als mein Bruder starb, oder ob es nur die Nachricht seines Todes war, die mich an einem jener verhassten Kompanieputzabende erreichte. Kupfer und ich jedenfalls waren für den Flur eingeteilt worden, das meistverabscheute der sogenannten Reviere, noch vor den stinkenden Gemeinschaftsklos.

»Kupfer!«, brüllte der Feldwebel, vor der angetretenen Kompanie hin und her stolzierend, die Brust herausgestreckt, die Hände hinter dem Rücken verschränkt, »Sie müssen doch vor Energie nur so strotzen, so wie Sie sich täglich die Eier schaukeln.«

»Globen Sie mir: Dit täuscht.«

»Wie auch immer, Sie übernehmen heute den Flur.«

»Immer uff die Kleenen, Jenosse Feldwebel«, maulte Kupfer.

»Was?«

»Ick meine: Zu Befehl!«

»Den zweiten Mann können Sie sich selbst aussuchen.«

»Aye, aye, Sir«, salutierte Kupfer, drehte den Kopf in meine Richtung, der ich neben ihm stand, und grinste mich an.

»Du Sackgesicht!«

Wer mit Kupfer zusammenarbeitete, konnte sich darauf gefasst machen, mindestens zwei Drittel der Arbeit allein zu verrichten, denn Kupfer war es egal, ob eine Aufgabe erledigt war oder nicht, ihm war schnuppe, ob er bestraft wurde oder ob man ihm den zweimonatlichen Kurzurlaub strich, womöglich sogar der dreiwöchentliche Abendausgang in eine der Kneipen des Kurstädtchens, zu dem unser Kasernenkomplex gehörte. Er war einer der wenigen, der sich aus vollkommen freien Stücken für die drei Jahre verpflichtet hatte, wegen des schnöden Mammons, den er als Unteroffizier bekommen würde, einen Sold, der für wenig mehr als das Nichtstun deutlich über dem Lohn eines normalen Arbeiters lag, von denen Kupfer im zivilen Leben ja selbst angeblich einer gewesen war. Und wenn es einen Gott der Schmarotzer und Großkotze gab, so hielt er ständig seine schützende Hand über Kupfers flammendes Haupt, denn nie, wirklich nie ereilte ihn bei all seiner Renitenz eine der wirklich harten Strafen. Das Schlimmste, was ihm passierte, war, dass er beim Putzen für den Flur eingeteilt wurde, und das Schlauste, was er daraus machte, war, sich einen Partner zu wählen, der noch Ehrfurcht vor Sanktionen hatte.

»Einen schönen Kameraden haben Sie da, Genosse Unteroffiziersschüler«, sagte der Feldwebel zu mir und grinste dabei Kupfer an, bevor er mit der Einteilung fortfuhr.

Fegen, Wischen, Wachsen, Blankwienern mittels eines schweren gusseisernen Bohnerbesens, eine Tätigkeit, die hier Keulen genannt wurde – aus diesen vier Durchgängen bestand das Reinigungsritual für die hundertvier Meter polierten Waschbetons, von dem alle Rekrutenzimmer abgingen, die Waschräume, die Toiletten, die Waffenkammer, die Büros der

Zugführer und des Kompaniechefs, nicht zuletzt der kombinierte Fernseh- und Klubraum, in dem wir montags den »Schwarzen Kanal« zu sehen gezwungen wurden oder in endlos zähen abendlichen Sitzungen das Fehlverhalten Einzelner diskutieren mussten, etwa wenn Frank und ich uns erwischen ließen beim John-Peel-Hören oder wenn aufflog, dass Frank, Jupp, ich und dreißig bis vierzig andere beim morgendlichen Frühsport jede zweite Dauerlaufrunde kauernd hinter der Ziernadelholzgruppe verbrachten, die den Eingang des Offizierskasinos dekorierte. Oder weil jemand im hinteren Teil der Marschformation einen Walkman herumgereicht hatte, auf dem Slime lief, und dann das gesamte Ende des Zuges irgendwann so laut »Deutschland muss sterben« mitbrüllte, »damit wir leben können«, dass es selbst die Pfeife von Leutnant an der Spitze mitbekam.

Schon nach zwanzig Metern Fegen jedenfalls war von Kupfer nichts mehr zu sehen, hatte er sich vermutlich auf eine der Stuben verdrückt und rauchte jetzt eine Zigarette, trank Kaffee und hielt ansonsten Maulaffen feil, wie immer, während alle um ihn herum arbeiteten. Ich bemerkte sein Fehlen, als ich mich umdrehte, um zu sehen, wie groß mein Vorsprung wäre: Kupfers Besen, ein meterbreites verfusseltes Ungetüm, lehnte herrenlos an der Wand.

Als ich auf meiner Spur die Fünfzigmetermarke erreicht hatte, warf ich einen zweiten Blick nach hinten und sah, dass Kupfer wiederaufgetaucht war und nun auf derselben Höhe seine Spur bearbeitete, wo eben noch der verlassene Besen gelehnt hatte. Kupfer fegte, wie man mit einer Forke im Herbst feuchtes Laub zusammenkehrt. Sein Ungeschick war ostentativ. Als ich auf meiner Spur den ersten Durchgang, das Fegen, endlich beendet hatte, lag Kupfers Besen einsam und wie gefällt auf dem Flur, vor den Borsten eine schmale Linie Dreck, etwa bei der Metermarke 30.

Der Ruf des Feldwebels unterbrach mich in der hässlichen Überlegung, dass ich über den Abend hinweg allmählich in die Rolle von Kupfers unfreiwilligem Lakaien hineinrutschen würde. Er schien bereits zu wissen, was los war, als er mich in seinem vollgequarzten Aufenthaltsraum empfing, denn der Zynismus war aus seiner Stimme verschwunden, ebenso wie die Arroganz aus seinem Gebaren. Er wirkte zum ersten, aber auch letzten Mal wie der sensible Student der Geisteswissenschaften, der er in einem Jahr tatsächlich sein würde, und er bot mir eine Zigarette an.

Er forderte mich auf, bequem zu stehen, sagte, er habe eine Anweisung für mich. Ich solle sofort die Arbeit unterbrechen, mir den Mantel überwerfen und ins Büro des OvDs, des Offiziers vom Dienst, gehen. Alles Weitere würde ich dort erfahren.

Es war Anfang Dezember, ich kann mich noch genau erinnern, eine feine Reifschicht lag auf dem kurz geschnittenen Rasen vor den Kasernenblocks, auf den kahlen Sträuchern, die die Wegkreuzungen zierten, auf den Nadelgehölzen vor dem Kasino. Der Nachthimmel war bedeckt, die Wolken hingen tief und drückten auf die Lunge, die Fenster leuchteten kalt vom Licht der Neonröhren. Ich sah Menschen im Inneren hantieren. Vor dem Stabsgebäude angekommen, blieb ich stehen, zündete mir eine nächste Zigarette an und machte wieder kehrt. Mir wollte ums Verrecken kein Grund einfallen, weswegen ich zum OvD zitiert werden konnte. Ich drehte mich um und ging denselben Weg zurück, noch langsamer, kam am Zeitungskiosk vorbei, der gegenüber dem Küchenkomplex stand, und starrte kurz in seine Auslage, passierte den Medpunkt, dann das sogenannte Kasino, in dem sich die Offiziersmesse befand, ein Friseur und eine Buchhandlung mit einer netten jungen Verkäuferin zwischen den Regalen, wo all die Raritäten stapelweise herumlagen, die man draußen nur mit guten Beziehungen bekam: Christa Wolf und Christoph Hein, Aitmatow und Jewtuschenko und die anderen bis zum Bersten mit Symbolik aufgeladenen, präapokalyptischen Sozialismusvisionen, dazu Kafka und Freud; kam schließlich am Ausländerblock vorbei, der neben dem unseren stand und dieser Tage schmächtige Angolaner, blasse Vietnamesen und einen Trupp libyscher Offiziersanwärter beherbergte, unrasierte, braun gebrannte Männer mit gegerbten, mürrischen Gesichtern, die deutlich älter waren als alle anderen Rekruten und dennoch bibbernd gegen die Wintersonne blinzelten, wenn sie zum Essen fassen vor ihrem Haus antreten mussten. Ihre Gerichte enthielten mehr Fleisch als unsere, allerdings manchmal auch welches vom Schwein, wie ich einmal beim Küchendienst gesehen hatte, sie bekamen schwarzen süßen Tee zu trinken, und es ging das Gerücht, dass ihre Regierung hundert Dollar pro Tag und Mann für die Ausbildung bezahlte.

Als ich schließlich vor dem offenen Büro des OvD stand, fiel mir sofort das antike Röhrenradio mit seiner grün leuchtenden Senderskala auf, das gedämpft klassische Musik spielte und auf einem hölzernen, mit einem geklöppelten Deckchen verzierten Teewagen stand. Über dem Teewagen hing das gerahmte Standardfarbfoto des Staatsratsvorsitzenden und Generalsekretärs. Der OvD im Range eines Hauptmanns kam an die Tür, als ich auf seine Aufforderung, einzutreten, mich noch immer nicht bewegte. Er trat einen Schritt nach draußen zu mir auf den Flur. Er legte mir seine Hand auf die Schulter und schob mich mit sanftem Druck in Richtung eines ausladenden Bürotisches, dessen penible Ordnung der warme Lichtkegel einer Schreibtischlampe beschien. Ich hörte das Gluckern einer Kaffeemaschine und roch die vom heißen Wasser überbrühte herbe Mocca-Fix-Melange. Ich sah in der Mitte des Tisches einen geöffneten Umschlag liegen, in dem ein gefalteter Zettel steckte.

Dass es ihm leidtue, sagte der Hauptmann, noch bevor er mir das Telegramm reichte. Auch er hielt mir seine Club-Schachtel hin. Ich nahm eine Zigarette, er gab mir Feuer, und während ich so tief inhalierte, wie ich konnte, las ich, was mir auf diesem Wege mitgeteilt wurde.

Warum wischt niemand dieses verdammte Blut weg, hatte ich drei, vier Tage lang gedacht, wenn ich morgens und nachmittags auf dem Schulweg an jenem rostbraunen Fleck vorbeikam, der die Form eines Medizinballs hatte und über den ich jedes Mal hinwegstieg, als läge noch der Körper da. Sein Rand, das konnte man sehen, wenn man sich hinkniete, um ihn genauer zu betrachten, zerfaserte in winzig feine Striche. Selbst von oben, aus dem fünften Stock, wenn ich mir eine Fußbank ans Balkongeländer rückte, mich daraufstellte und über die Brüstung beugte, konnte ich ihn noch erkennen. Oder, überlegte ich den Schultag über, war das Blut möglicherweise derart in den porösen Beton der quadratischen Gehwegplatten gesickert, dass es nicht so ohne Weiteres beseitigt werden konnte, mit Schrubber und Fitwasser etwa, so wie ich alle zwei Wochen unseren Treppenabschnitt im Hausflur bearbeiten musste, vielleicht saß die Färbung wie bei einer Tätowierung tief unter der Oberfläche fest und wäre nur mit einer Kombination aus speziellen Chemikalien und

Hochdruckreinigungsmaschinen zu entfernen? Oder müssten die Platten vielleicht gar ausgetauscht werden, und wer hätte dann für die anfallenden Kosten aufzukommen, und falls tatsächlich wir dies wären – denn das Blut gehörte schließlich uns, das heißt, stammte von einem der Unseren –, müsste dann auch ich einen Teil meines ohnehin nur unregelmäßig gezahlten Taschengelds abgeben?

Mehr aber noch als diese Gedanken quälte mich die Frage, ob die Leute im Wohngebiet wirklich wüssten, dass das Blut von uns stammte. Bei einigen war ich mir sehr sicher, denn sie hatten ja schließlich um das gestürzte Kind herumgestanden, hilflos und zum Warten verdammt, Mitleid bekundend und Sorge, nachdem das Nötigste schon getan worden, die Schnelle Medizinische Hilfe von der nächstgelegenen Telefonzelle aus gerufen und der Bruder vom Fahrrad befreit worden war, das nach dem Sturz seinen Körper begraben hatte. Immer mehr Fenster in den umliegenden Blocks waren geöffnet worden, die Menschen hatten sich aus den Fenstern gelehnt, einige die verschränkten Unterarme auf Kissen gestützt, sie hatten die wachsende Menschentraube auf dem Gehweg betrachtet, und als schließlich auch ich um die Hausecke bog, den kostbaren Lederfußball auf die Betonplatten tippend, weil eines der Nachbarskinder geschrien hatte, gleich da vorn in der Gluckstraße sei etwas passiert, das sollten wir uns mal aus der Nähe angucken, da ließ sich vor lauter umstehenden Menschen nicht mehr das erkennen, was in ihrer Mitte lag, das, worum sie sich eigentlich geschart hatten. Exakt im selben Moment, in dem ich den gelb-grünen Rahmen des Zwanzigzollfahrrades erkannte, das jemand auf die angrenzende Rasenfläche gelegt hatte, drang das Martinshorn des Rettungswagens in mein Ohr. Der Ball versprang mir, einer der mitlaufenden Freunde fing ihn, und ich überlegte, dass wahrscheinlich Hunderte dieser maschinell lackierten Kinderfahrräder verkauft worden waren und es deshalb schon ein großer böser Zufall sein müsste, wenn ausgerechnet dieses hier ... Ach was, Hunderte. Tausende!

Die Menschentraube vor Augen nahm ich den Ball wieder an mich, verlangsamte den Schritt und fiel auf diese Art, unbemerkt von den Freunden, die eine fiebrige Neugier gepackt hatte, zurück. In zehn Schritten Entfernung vielleicht blieb ich einfach stehen. Ich drehte mich erst um und begann loszurennen, als ich erkannte, dass die Freunde gleich den äußeren Ring der Ansammlung durchbrechen würden, indem sie ihre schmalen Jungenkörper an den glotzenden Erwachsenen vorbeischlängelten. Erst im Treppenaufgang unseres Blocks beendete ich den Spurt, die Haustür fiel hinter mir zu, und während ich die Luft anhielt, um für einen Moment meinen hechelnden Atem abzustellen, und dabei den Ball an die Brust presste, hörte ich Staubsaugergeräusche aus der Wohnung im Erdgeschoss, in der Frau Schwarz zusammen mit ihrem Mann und ihrer Tochter Antje wohnte.

Antje kannte ich, seit wir '73 in den gerade fertiggestellten Block gezogen waren. Monatelang hatte man die Eingänge nur über improvisierte Holzstege erreichen können. Wir lebten damals inmitten einer wüsten Baustelle, ohne Straßen, ohne Bürgersteige, ohne Pflanzen und ohne jegliches andere Dekor, zwischen Sandbergen und großen Haufen von Baumaterial, gestapelten Betonplatten, Holzbohlen, Rohrsegmenten, Gullydeckeln, gebrannten Tonröhren, wir spielten in den offenen Baugruben und in den Schlammsuhlen, die sich nach jedem Regen bildeten. Außer im Sommer, wenn wir – Jungen wie Mädchen mit kurzen Lederhosen bekleidet – oft barfuß gingen, trugen wir fast das ganze Jahr über Gummistiefel an den Füßen.

Mit Antje zusammen hatte ich den Kindergarten besucht, und gemeinsam mit Antje ging ich nun in die dritte Klasse, wo wir in derselben Schulbank saßen. Antjes Mutter, Frau Schwarz, arbeitete als Verkäuferin in der Wohngebiets-Kaufhalle, ihr Vater war Schlosser im Karl-Marx-Werk und baute im Schichtbetrieb Autodrehkräne zusammen. Oft, wenn er abends arbeiten musste und unsere eigenen Eltern auf einer ihrer vielen Versammlungen in der Akademie waren, durften mein ein Jahr jüngerer Bruder und ich bei Antje übernachten. Trat man, nachdem man die Straßenschuhe ordentlich auf ein niedriges Schuhregal neben der Wohnungstür gestellt hatte, aus dem Treppenflur in die mit hell gebeiztem Holz ausgeschlagene Diele der Schwarz'schen Wohnung, umfing einen der Duft von frischem Tannenwald oder Zitrone. Nie roch es nach Essen. Die Wohnzimmerrückseite nahm eine helle, staubfreie Schrankwand ein, in der einige Bücher, gerahmte Fotos, Vasen und Reisesouvenirs locker arrangiert waren. Immer steckte in der bauchigen, handbemalten Vase auf dem Couchtisch ein kleiner Strauß Blumen, Tulpen oder Narzissen im Frühling, im Sommer und Herbst eine bunte Mischung, die Frau Schwarz aus den Zierbeeten ihres Kleingartens schnitt, im Winter dürre Nelken aus dem Laden. Der Boden war mit flauschigem Teppich ausgelegt, ein Rasen aus künstlicher Wolle, in dem wir Kinder uns nach dem Baden – jedes Mal, wenn wir auf Übernachtungsbesuch waren, mussten wir zu dritt in die schaumgefüllte Wanne, obwohl unser aller Badetag doch eigentlich der Sonntag war – nackt wälzten und mit quadratischen Sofakissen bewarfen, bis uns Frau Schwarz zum Abendbrot in die schmale L-Küche rief. Dort standen auf einem Klapptisch drei bunte Brettchen bereit, belegt mit Wurstbroten und Scheiben von gekochtem Ei, mit Gewürzgurkenstreifen dekoriert, mit halben Radieschen aus dem Garten und Apfelvierteln. Wir tranken, ohne dass er davon erfahren durfte, rote Brause aus den kostbaren Bierkrügen, die Herr Schwarz sammelte und die Frau Schwarz sofort ausspülte, waren sie geleert, und ins Wohnzimmerregal zurückstellte. In den kalten Monaten, wenn wir Früchtetee bekamen, brannte in der Mitte unserer kleinen Tafel eine Kerze, und während wir im Schlafanzug auf Hockern sitzend aßen und schwatzten, mal übermütig, mal schon erschöpft, stand Frau Schwarz einfach an den Herd gelehnt da, ein Küchenhandtuch um die Hüfte gebunden, die Arme vor der Brust verschränkt, und lächelte auf uns herab.

Später, als die Betonstraße vor dem Haus gegossen war, die Fugen mit Teer gefüllt, der in der Sommersonne so weich wurde, dass man ihn mit Stöcken herauspulen konnte, wobei er lange Fäden zog, wusch Herr Schwarz jeden zweiten Sonnabend sein Auto, einen gebrauchten Wartburg 353. Antje und ich durften ihm helfen, wenn wir gegen elf aus der Schule kamen. Wir warfen unsere Ranzen in den Hausflur, schnappten uns Schwämme oder einen Putzlappen und polierten das Chrom der Stoßstangen mit Elsterglanz.

Herr Schwarz trug Koteletten, und seine Haare waren mit Wasser nach hinten gekämmt. Im Hochsommer baute er auf dem Wäschetrockenplatz vor dem Haus ein Schwimmbecken für die Kinder unseres Blocks auf, das er anschließend mit dem Autowaschschlauch auffüllte. Er trug dabei nur ein Unterhemd, eine kurze grüne Turnhose und eine massive Goldkette ohne Anhänger. Er legte bei Hausgemeinschaftsversammlungen Würste und Rostbrätel auf den Holzkohlegrill, und er sorgte für kalte Getränke. Wenn wir ihn darum baten, nahm er sich die älteren Kinder aus den Nachbarblocks zur Brust, und er lieh meinem Vater seine Schlagbohrmaschine, wollten wir ein Bild aufhängen. Meist kam er später noch hoch, um das Loch selbst zu bohren, den Dübel zu setzen und den Haken einzudrehen, weil nach etlichen Versuchen und unzähligen Flüchen es niemand von uns geschafft hatte. Trinkgeld wollte er keines nehmen, weil das gegen seine Nachbarsehre ging, und fast nie gab es in unserem Kühlschrank ein Bier, das man ihm hätte anbieten können, oder einen Schnaps, sodass, immer wenn Herr Schwarz uns geholfen hatte, für den Rest des Tages schlechte Stimmung in unserem Haushalt herrschte und folglich die Wände unserer Wohnung recht kahl blieben.

Nicht nach Zitronenmelisse roch es in unserer Wohnung, nicht nach Nadelwald, Kirschblüte oder Kamille, sondern nach Knoblauch, und zwar: bestenfalls. Niemand sonst aß Knoblauch in diesen Tagen, außer den Studienfreunden meiner Eltern, den sowjetischen Besatzungssoldaten in den Kasernenkomplexen und ein paar anderen Ausländern, denen jedoch nicht so leicht zu begegnen war im städtischen Alltag, am ehesten noch an den Universitäten, in den Fachhochschulen und Studentenwohnheimen. Manchmal traf man einen von ihnen im O-Bus oder in der Straßenbahn, und war es dort voll, weil die Menschen Feierabend hatten und nur schnell nach Hause wollten, roch man stets zuerst die Knoblauchfahne, bevor man im Gedränge dann tatsächlich einen krausen Kopf, schwarze Haut oder ein mongolisch geschnittenes Gesicht entdeckte. Auch uns hatte man im Bus schon so angestarrt, und man hatte versucht, trotz der Enge von uns abzurücken, nur mit ganz leicht verzogenen Gesichtern, nur sehr vorsichtig, symbolisch sozusagen, nicht weil irgendwer wirklich fürchtete, an unseren Knoblauchfahnen zu ersticken. Nur einmal hatte ein älterer Herr es gewagt, obendrein eine unvorsichtige Bemerkung zu machen und laut in die Runde zu fragen, was für Gesindel hier mittlerweile eigentlich leben dürfe.

Obwohl so gut wie alle Passagiere es gehört hatten, pflichtete keiner dem Alten bei, im Gegenteil, eine Frau mit geblümtem Kopftuch und einer Handtasche in der Armbeuge brachte so etwas wie eine kollektive Entschuldigung hervor, indem sie, den Kopf leicht abgewandt von uns, sagte, dass wir uns nichts draus machen sollten, weil der Olle betrunken sei.

Mein Vater jedoch, Anfang dreißig, der drei Schritte entfernt an der Tür stehen geblieben war, sodass niemand vermutete, er gehöre zu meiner Mutter, meinem Bruder und mir, wühlte sich plötzlich mit rohen Bewegungen zu dem Alten durch – der Bus stand gerade vor einer roten Ampel –, tippte ihm auf die Schulter und riss, als der sich umsah, seinen Trenchcoat zurück, unter dem am Jackettaufschlag das ovale Abzeichen der Partei zum Vorschein kam, auf das genau in diesem Moment und trotz der dicht beieinanderstehenden Menschen ein Sonnenstrahl traf und es dieserart aufglühen ließ, bevor die Ampel umschaltete, der Bus anzog und es in den Schatten zurückfiel. Mein Vater packte den verdutzten Pöbler am Kragen der blauen Arbeitsjacke und zog ihn, der kräftig gebaut und wenigstens anderthalb Köpfe größer war, Richtung Ausstieg, was der andere widerstandslos mit sich geschehen ließ. Als der Bus endlich hielt und sich die hydraulischen Türen zischend auseinanderzogen, stieß mein Vater den betrunkenen Arbeiter die drei Stufen hinunter und zerrte ihn anschließend zur Bank des Wartehäuschens, wo er ihn nötigte, Platz zu nehmen, während er gleichzeitig versuchte, mit der freien Hand seine lederne Aktenmappe zu öffnen. Mehr konnte ich in diesem Moment nicht sehen, denn die Hand meiner Mutter griff mir in den Nacken und zwang mich mit leichtem Druck, den Kopf in die entgegengesetzte Richtung zu drehen.

Als mein Vater erst spätabends nach Hause kam, lagen wir Kinder im Bett, ohne schlafen zu können. Durch die dünne Wand zum Wohnzimmer konnte ich die vorwurfsvolle Stimme unserer Mutter hören, auf die der Vater mit einem Lachen reagierte, das lauter war als gewöhnlich und ungezwungen klang. So ging es eine Weile hin und her, dann wurde es ruhiger in der Wohnung, und beim Einschlafen, das leise Murmeln des Fernsehapparates im Ohr und die gleichmäßigen Atemzüge des Bruders im Nebenbett, hoffte ich, mein Vater hätte den Alten ordentlich verprügelt, malte mir mit schwindenden Sinnen die Szene so blutig wie möglich aus und vertonte sie mit Geräuschen aus Bud-Spencer-Filmen.

Dass unser Vater am Abend angetrunken nach Hause gekommen sei, erfuhren wir am nächsten Morgen von unserer noch immer empörten Mutter. Statt sofort nachzusehen, wie es seiner Familie gehe, habe er auf dem Heimweg bei einem Kollegen geklingelt, ihm von der Tat berichtet, mit der er seine Familie verteidigt hatte, und sich von diesem zum Besuch einer Gaststätte überreden lassen, weil ein solch außerordentliches Ereignis angeblich gebührend gefeiert werden müsse.

Während sie erzählte, belegte sie unsere Pausenbrote, und ich sah, dass das Brot noch schiefer geschnitten war als sonst, noch dicker, und dass die harte Butter zwar so ungleichmäßig verstrichen war wie immer, heute aber das unwirsch geführte Messer sogar einige Löcher in den Teig gerissen hatte.

Deshalb trank ich schweigend den Kakao und vermied es einerseits, nach dem Ausgang der Prügelei zu fragen, andererseits, auf die akkurat gefertigten Stullen meiner deutschen Großmutter aus dem Harz hinzuweisen – wie ich es einmal in meinem Leben leichtsinnigerweise getan und damit einen Tränensturz ausgelöst hatte und das Klagen, dass sie es der Schwiegermutter sowieso nie recht machen könne, dass sie nun mal keine deutsche Hausfrau sei und es auch gar nicht sein wolle, obwohl jeder erwarte, dass sie diese hässliche Rolle spiele. Tränen, die mich am nächsten Tag zu der Behauptung bewogen, dicke Brote mit einer hauchdünnen Teewurstschicht würden mir fast noch besser schmecken als normale, als jene der Großmutter zum Beispiel, die nicht nur eine mechanische Brotschneidemaschine besaß, sondern auch so viel Umsicht, nachts vor dem Schlafengehen die Butter aus dem Kühlschrank zu nehmen, wenn sie meinem Großvater am nächsten Morgen das Frühstück für seine Schicht im Eisenhüttenwerk bereiten musste.

An diesem Abend hatten die Eltern eine ihrer Versammlungen in der Akademie, und wir blieben allein zu Hause, denn Herr Schwarz hatte Frühschicht und musste zeitig zu Bett gehen. Auch am nächsten Tag fand ich keine Gelegenheit, mich nach der Bushaltestellenschlägerei zu erkundigen, und hatte am übernächsten schließlich die Angelegenheit komplett vergessen.

Erst beim sonntäglichen Mittagessen, es gab Rinderschmorbraten mit Tomaten und Salzkartoffeln, ich hatte obendrein das Endstück ergattern können und beabsichtigte keineswegs zu sprechen, fragte der Vater scheinheilig, ob er eigentlich schon erzählt habe, wie es an jenem Nachmittag an der Bushaltestelle denn weitergegangen sei, falls wir uns erinnerten. Er wusste ganz genau, dass er es noch nicht erzählt hatte, und trotzdem zwinkerte er keinem von uns anderen zu.

Nein, sagte ich und ließ die Gabel sinken, auf der ein großes Stück des dunklen, in seine Fasern zerfallenden, auf der Zunge beinahe schmelzenden Fleisches steckte. Der Mutter schien bei diesem Thema als Erstes die Rückkehr aus der Gaststätte einzufallen, denn ein Schatten des Missmuts flog ihr übers Gesicht, bevor sie tat, als habe sie nichts gehört. Und auch der Vater schien daraufhin von einer Sekunde auf die nächste die eigene Frage wieder vergessen zu haben. Ohne sich um mein erwachtes Interesse zu kümmern, aß er seelenruhig weiter, tat sich, im Gegenteil, noch eine weitere Kartoffel auf den Teller und nahm obendrein die letzte Scheibe des Bratens.

Wat war denn nu?, platzte ich heraus.

Wie, antwortete er.

Na, da an der Haltestelle.

Ach so, sagte er, und noch bevor er begann, vom Ereignis zu berichten, bot ich ihm aus Ungeduld und auch ein wenig, um ihn anzufeuern, eine Brücke an: Musste der ins Krankenhaus?

Wer denn? Von wem sprichst du? Er schien bereits jetzt leicht entnervt.

Jetzt lasst mal, schaltete sich die Mutter ein.

Der Betrunkene natürlich, insistierte ich.

Wie kommst du denn aufs Krankenhaus?

Na, wegen der Schlägerei, sagte ich, du hast ihm doch 'ne Tracht Prügel verpasst, oder nich'?

Wieso Prügel?

Hast du gar nich'?

Lasst doch mal, das war kein schöner Tag für uns.

Nein, habe ich nicht, natürlich habe ich das nicht. Für wen hältst du mich denn?

Ach so. Ich schob mir das Fleisch in den Mund und aß weiter. Aber was gibt's dann zu erzählen?

Ich habe mir zum Beispiel seine Adresse geben lassen und die Adresse seines Betriebes und den Namen des Parteisekretärs, der für seinen Bereich zuständig ist. Und den des BGL-Vorsitzenden.

–

Na, kapiert?

Ach so.

Ich habe ihm außerdem erzählt, dass ich vom MfS bin und dass wir ihn in Zukunft beobachten werden. Und falls er sich nur das Geringste zuschulden kommen lassen sollte, dass es dann nicht mehr so glimpflich für ihn ausgehen wird wie heute.

Ach so.

Er hat dabei geguckt wie die Kuh vorm neuen Tor und sich fast in die Hose gemacht.

Ach so.

Kannst du vielleicht auch noch was anderes sagen als *Ach so*?

Ja.

Auch wenn es schöner gewesen wäre, hätte der Vater jenen Pöbler verprügelt, war ich ein wenig stolz auf ihn. Ich wollte es nur nicht zeigen. Sogar, dass er sich hinterher betrunken hatte, gefiel mir, weil es zeigte, dass auch er sich benehmen konnte wie die anderen Männer aus dem Wohngebiet. Er hatte die Situation eben mit List und Tücke gelöst, mit Köpfchen, wie es so schön hieß. Das Handgreifliche war die Sache von Leuten wie Antjes Vater, die auch die Statur dafür hatten. Worauf es ankam, war, dass man sich mit den passenden Leuten verbündete, dann verfügte man über das Gehirn *und* die Faust.

Ein weiteres Mal rettete mich der Vater dann viel später, als ich dreizehn geworden war und in die achte Klasse der Polytechnischen Oberschule ging.

Wochenlang hatte ich mich damals wehren müssen, bis endlich die Werber verschwanden, die mich und ein paar andere Jungen wie Mücken in den Pausen umschwirrt hatten: die Klassenlehrerin, Leute vom Schulamt, deren genaue Funktion ich nicht kannte, Zivilisten, von denen ich annahm, dass sie das Wehrkreiskommando entsandt hatte, uniformierte NVA-Angehörige, gebrechliche alte Männer vom Komitee der Antifaschistischen Widerstandskämpfer, denen ich kaum in die Augen zu blicken wagte und die erstaunlicherweise alle dicke Siegelringe trugen, auf die sich ersatzweise starren ließ. Bis auf die Veteranen, die mir entweder schweigend gegenübersaßen, als wüssten sie nicht, weshalb sie hier einem verstockten Pubertierenden ausgesetzt waren, oder ein Hohelied auf die frühen Tage des sozialistischen Aufbaus anstimmten, auf die Errichtung der Talsperre Sosa oder die Trockenlegung der Friedländer Wiesen, sangen alle anderen denselben öden Dankbarkeitsforderungssong, und der ging so: Dass der Staat mir acht Jahre lang eine kostenlose Bildung ermöglicht hätte, um nicht beim Kindergarten anzufangen oder gar der Krippe, die einem Geldwert von mindestens soundso vielen Tausend Mark entspräche, und ob ich angesichts dieser Tatsache nicht fände, dass es nur recht und billig wäre, diesem Staat in naher Zukunft etwas zurückzugeben. Zum Beispiel ihn, der mich stets umsorgt und beschützt hat, selbst zu bewachen und zu beschützen. Mit der Waffe in der Hand und zwar als Beruf, ein Leben lang.

Aber warum denn gerade ich?

Warum denn gerade *nicht* du?

Na, weil ich keine Lust hab.

Das ist keine Antwort.

Doch.

Nein, ist es nicht!

Ach so.

Pause.

Und, hast du mir noch mehr zu sagen als *weil ich keine Lust hab*?

Nöh.

Dann bis nächste Woche, Jugendfreund, mit einer hoffentlich besseren Antwort.

Mal sehn.

Vermutlich hätte es Monate gedauert, die Bagage wieder loszuwerden, oder aber ich wäre vorher von ihr zermürbt und zu einer Zusage überredet worden, wäre nicht mein Vater eines Tages im Direktorenzimmer aufgetaucht und hätte den bewährten Manteltrick vorgeführt: den Kragen des Trenchcoats zurückschlagen, dann das goldumrandete Zeichen der Partei in einem zufällig just in diesem Moment durchs Fenster scheinenden Sonnenstrahl kurz aufblitzen lassen. Wenigstens stellte ich mir vor, dass es so gewesen war, denn mein Vater erzählte am Abendbrottisch keine Details, sagte lediglich, dass ich von nun an in Ruhe gelassen würde, und zwar in einem Tonfall, der kein Nachfragen erlaubte.

Was den Geruch angeht, muss ich zugeben, es waren noch die besseren Tage, an denen es in unserer Wohnung lediglich nach Knoblauch roch und nicht nach Kapi, einer Paste aus gehackten, fermentierten Garnelen, die über abenteuerliche Umwege von Bangkoks Straßenmärkten hin und wieder in unseren Kühlschrank gelangte und deren Aroma atemberaubend war – so musste es in der Kühlkammer eines Fischkutters riechen, wenn der Strom für eine Woche ausgefallen war –, oder nach Padaek, einer Soße aus zerstückelten, eingesalzenen Mekongfischchen, die in Tonkübeln auf der Terrasse unserer Großmutter in Vientiane reifte, monatelang manchmal, bis sie uns, portionsweise in kleine Frühstücksbeutel aus Plaste abgefüllt, von einem dienstreisenden Verwandten bei einem Zwischenaufenthalt am Flughafen Berlin-Schönefeld feierlich übergeben wurde: stinkende Kostbarkeiten in unseren ostdeutschen abgeschotteten Breiten.

Wahrscheinlich nicht zuletzt der Dünste wegen, die aus unserer Küche in den Treppenflur waberten, hielt uns die kinderlose Frau Fouqué aus dem vierten Stock für Ausländer, obwohl wir trotz der Abstammung meiner Mutter genau genommen gar keine waren. Bestenfalls sahen wir, den Vater ausgenommen, alle etwas komisch aus, hatten schwarze Haare, was hier selten war, breitere Nasen und viel kleinere, schmalere Augen als die normalen Menschen. Unsere Augen waren nicht groß und hell, sondern dunkel, sie sahen etwas zusammengekniffen aus, als würden wir ständig in die Sonne blinzeln. Immer jedenfalls, wenn Frau Fouqué meiner Mutter begegnete, sprach sie besonders langsam, besonders akzentuiert, gerade so, als habe sie jemanden mit einem leichten Dachschaden vor sich. Auch die akzentfreien Entgegnungen meiner Mutter konnten sie über all die Jahre hinweg nicht von dieser Marotte abbringen, bis zu unserem Auszug nicht. Und auch mir lauerte sie so manches Mal auf. Unter dem Vorwand, ein Bonbon verschenken zu wollen, riss sie dann die Wohnungstür auf, obwohl ich, wie jeden Tag, wenn ich aus der Schule kam, versucht hatte, auf Zehenspitzen vorbeizuschleichen. Sie stellte mir mit freundlicher Stimme Fragen: Ob mir die Schule Freude mache, was meine Lieblingsfächer seien, und dann leitete sie allmählich zu unserem Haushalt über, zur Tätigkeit meiner Eltern, zu deren Freunden, die manchmal zu Besuch waren und dann doch ziemlich laut seien. Ich versuchte, Antworten zu geben, von denen ich dachte, sie würden ihr gefallen. Über die Tätigkeit meiner Eltern jedoch wusste ich tatsächlich nichts zu berichten, außer dass sie in der »Akademie« beschäftigt waren.

In was denn für einer Akademie?

Na, in *der* Akademie.

Es gibt doch aber verschiedene Akademien, Junge.

Ach so.

Zum Abschluss dann zog sie ein zweites Bonbon aus ihrer Kittelschürzentasche, reichte es mir, und während ich mich duckte, um nicht von ihrer großen, weißen Hand getätschelt zu werden, lobte sie wie immer, dass ich so gut Deutsch sprechen könne.

Aber ich kann doch nur Deutsch, Frau Fouqué.

Und zwar erstaunlich gut, für jemanden, der von so weit her gekommen ist.

Ein bisschen Russisch vielleicht noch.

Armes Kind.

Außerdem komme ich aus Babelsberg.

Wegen der Essensgerüche allerdings hatte sie ihren Gatten vorgeschickt, einen stillen Mann, von dem ich mir vorstellte, er könne sehr gut im Führerstand einer Straßenbahn arbeiten oder als Bibliothekar, in einem ruhigen Beruf, der sich ohne viele Worte erledigen ließ. Er stand eines Abends, mein Vater war wieder einmal auf einer seiner Sitzungen, stammelnd vor unserer Wohnungstür und versuchte meiner Mutter schonend und deshalb ein wenig umständlich beizubringen, aus welchem Grund ihn seine Frau bei uns hatte klingeln lassen.

Aber sie würde doch beim Kochen schon immer das Fenster öffnen, sagte meine Mutter.

Ihm selbst seien diese, wie solle er es ausdrücken, exotischen Gerüche auch vollkommen egal. Aber seine Frau sei eben etwas, na ja, pingelig.

In der Kinderzimmertür stehend sah ich Herrn Fouqué resigniert mit den Schultern zucken. Ich schätzte ihn doppelt so alt wie meine Mutter, die Anfang dreißig war. In ihrem engen, teuren, aus Frankreich stammenden und im *Exquisit* der Innenstadt erworbenen Jeansoverall sah sie aus, als arbeite sie beim Film oder im Theater. Ihre eigentlich glatten schwarzen Haare trug sie schulterlang, den Scheitel zu einer burschikosen Welle frisiert, die ihr weit ins Gesicht fiel. Besonders mochte ich es, wenn sie eine verspiegelte Pilotenbrille dazu trug. Mein Vater dagegen ging meist in Kunstfaseranzügen aus dem HO-Kaufhaus zur Arbeit, besaß aber für die Freizeit eine weiche dunkelblaue Lederjacke, die ebenfalls aus dem Exquisit stammte. Kombinierte er diese Jacke mit einer moderaten Schlaghose, den spitzen braunen, mit filigranen Perforationen und Nähten verzierten Halbschuhen und der Fünfzigerjahre-Sonnenbrille, die er seinem Vater, meinem Großvater, abgeschwatzt hatte, sah er fast aus wie ein Filmschauspieler der DEFA.

Herr Fouqué blickte auf die lackierten Zehen meiner Mutter hinunter, dann zupfte er sich am Ohr, sagte: Nichts für ungut, und stapfte, ohne missmutig zu wirken, in seinen Filzpantoffeln wieder davon.

Die Mutter allerdings versetzte dieser Besuch in helle Aufregung. Erst überlegte sie, sich von der Telefonzelle an der Ecke in die Sitzung zu meinem Vater durchstellen zu lassen, ging dann aber nur zu Frau Schwarz, Antjes Mutter, hinunter, deren Mann auf Spätschicht war. Erleichtert kehrte sie nach einer Stunde zurück. Frau Schwarz erzählte am nächsten Tag ihrem Mann von der ungeheuerlichen Begebenheit, der wiederum am darauffolgenden Morgen Herrn Fouqué auf dem Weg zur Arbeit im Treppenhaus abpasste, um mit harmloser Miene und drohendem Unterton zu fragen, was denn nun genau das Problem mit unseren Essensgerüchen sei. Herr Fouqué tat eine Minute lang so, als wisse er nicht, worum es ging, um dann nach einem demonstrativen Blick auf die Armbanduhr alle Schuld an dem Missverständnis dem Querulantentum seiner Frau zu geben, das, wie Herr Schwarz doch selber wisse, bisweilen groteske Züge annehme. Noch am selben Abend wartete Frau Fouqué, assistiert von ihrem aufgebrachten Gatten, so lange hinter ihrer Wohnungstür, bis im Treppenflur die Schritte meines Vaters zu vernehmen waren. Eine Viertelstunde lang erging sie sich in Reue und Demut, nicht jedoch ohne Herrn Fouqué, der im Hintergrund der Diele verharrte, als Verursacher der ganzen Sache hinzustellen, denn schließlich habe dieser eine ihrer harmlosen, wenn auch sehr emotionalen Bemerkungen als Aufforderung zum Handeln missverstanden. Als Frau Fouqué endlich fertig war, zog ihr Mann wie aus dem Nichts ein winziges Holztablett hinter seinem Rücken hervor, auf dem drei Gläschen mit grasgrünem Versöhnungslikör standen.

Plötzlich ging der Staubsauger in Frau Schwarz' Wohnung aus. Ich presste den Rest Luft aus meiner Lunge, dann atmete ich tief ein und wieder aus, ein und wieder aus, ein und wieder aus, doch es half nichts, mein gesamter Körper vibrierte. Ich warf den Lederfußball in den Kellervorraum und japste. Als mir wieder einfiel, weswegen ich hier herumstand, überlegte ich, bei Frau Schwarz zu klingeln und zu fragen, ob Antje vielleicht da sei und herauskommen könne zum Spielen, und wenn Frau Schwarz dies verneinte, weil Antje ja schon draußen war, wie ich wusste, wenn Antje also nicht kommen könnte, weil sie in genau diesem Moment mit den anderen um den schwer gestürzten Radfahrer herumstand, ein Kind höchstwahrscheinlich, was sich aus der Rahmengröße ableiten ließ und aus den beigefarbenen Zwanzigzollreifen, ein Kind, das vielleicht sogar schon von den Rettungssanitätern geborgen worden war und jetzt mit Blaulicht Richtung Krankenhaus raste, dass ich Frau Schwarz stattdessen möglicherweise um ein Glas Brause bitten könnte, und wenn ich es dann in der Küche sitzend austrinken würde, während sie gütig lächelnd am Herd lehnte, ob ich ihr nicht wie nebenbei von dem Unfall erzählen sollte und ein wenig später auch von dem Verdacht, den ich hegte, und danach vielleicht von der Aufgabe, die mir die Eltern übertragen hatten, weil sie heute beide länger arbeiten mussten in der Akademie, nämlich mich um den Bruder zu kümmern, der tollpatschig war hin und wieder und immer ein wenig Aufsicht benötigte: Ich hatte ihn bei den Hausaufgaben beaufsichtigen und ihm Stullen für das Abendbrot schmieren und, falls es später werden sollte als geplant, auch ins Bett bringen sollen. Ich könnte Frau Schwarz außerdem erzählen, wie schade ich es fände, dass wir nicht mehr bei ihr übernachten durften, nicht mehr zusammen baden und anschließend auf dem Teppich toben, weil unsere Eltern meinten, wir wären jetzt alt genug, um auf uns selbst achtzugeben. Und vor allem hätte ich Frau Schwarz bitten wollen, zur Telefonzelle zu gehen und jene Nummer in der Akademie zu wählen, die sie für Notfälle besaß.

Der Staubsauger begann wieder loszuröhren, ich nahm den Zeigefinger vom Klingelknopf, rannte die fünf Treppen nach oben und öffnete mit dem Schlüssel, den ich an einem Stück zusammengeknotetem Geschenkband um den Hals trug, die Wohnungstür. Eine Weile blieb ich in der Diele stehen, dann zog ich mir vorsichtig die Schuhe aus, weil ich dies im Hausflur vergessen hatte, und schlich auf Socken ins Wohnzimmer. Ich hielt inne und lauschte: Kein Martinshorn, keinerlei Geräusche von draußen drangen an mein Ohr, auch aus dem Treppenhaus war nichts zu hören. Durch das Balkonfenster konnte ich den gegenüberliegenden Block sehen und den Parkplatz, nicht jedoch die Straße und den Gehweg, auf dem der Unfall passiert war. Ich schob die Stores zur Seite, drehte den schwarzen Bakelitgriff der Balkontür und trat nach draußen: Kinderrufe, Motorenknattern, niemand im gegenüberliegenden Block sah aus dem Fenster. Es dauerte ein wenig, ehe ich mich orientiert hatte, denn der Bürgersteig war menschenleer, und nur der dunkle Fleck auf den Platten, den es vorher nicht gegeben hatte, ließ mich die Stelle überhaupt finden, um die sich die Menschen eben noch herumgestanden hatten. Das Fahrrad war fortgeschafft worden, und da bisher niemand bei mir gemeldet hatte, um es abzugeben, schöpfte ich wieder Hoffnung.

Ich ging ins Kinderzimmer, holte Bücher und Hefte aus dem Ranzen und begann, mich gewissenhafter als gewöhnlich den Schularbeiten zu widmen. Jeden Strich einer Ziffer setzte ich wie in Zeitlupe, sorgfältig darauf bedacht, die vorgegebenen Kästchen im Mathematikheft nicht zu überschreiben: Ich malte meine Hausaufgaben.

Es dämmerte bereits, als die Türklingel losschrillte. Behutsam, ohne ein Geräusch zu erzeugen, legte ich den Füllfederhalter ab und knipste die Schreibtischlampe aus. Ich schlich zur Kinderzimmertür, die nur angelehnt war, zog sie ein Stück weiter auf und streckte den Kopf in den Flur. Ich konnte nichts hören außer meinem Herzschlag. Die Eltern hatten einen Schlüssel, genauso wie mein Bruder. Antje oder einer der anderen Freunde würden nicht so lange stillhalten, sie würden rufen oder Sturm klingeln, wenn sich nach dem ersten Mal in der Wohnung nichts tat. Es klingelte ein zweites Mal, wieder kurz, dann ein drittes Mal, und dann hörte ich, wie der Unglücksbote mit schweren Schritten die Treppe runterpolterte. Ich ging zum Kinderzimmerfenster und sah an den roten Teddyübergardinen vorbei zum Hauseingang hinunter. Die Straßenlaternen waren schon angegangen und tauchten den Wäschetrockenplatz, die Straße, die Autos auf dem Parkplatz in milchiges Licht. Als Erstes trat Frau Schwarz aus der Haustür, sie hatte ein Kopftuch umgebunden und trug einen Mülleimer in der Hand. Ihr folgte ein Mann mit einem runden Hut, nein, kein Hut, es war eine Mütze, eine Uniformmütze. An der Hüfte des Mannes baumelte eine Kartentasche, seine Schulterstücke glänzten matt im Laternenlicht, es war der Abschnittsbevollmächtigte. Jener Mann, der dem Direktor die Kinder nennen konnte, die am Montag beim Appell nach vorn treten mussten, um sich für ihre Taten bestrafen zu lassen.

Während Frau Schwarz zu den Mülltonnen hinüberlief, unterhielt sie sich mit dem ABV. Einmal blieb sie stehen, drehte sich um und zeigte nach oben, genau auf mein Fenster, genau auf mich, der ich die beiden heimlich beobachtete. Auch der ABV hatte sich umgedreht, und seine Augen folgten blitzschnell der Spur, die ihre Finger wiesen. Selbst wenn ich Zeit gehabt hätte, mich zu ducken, so fehlte mir doch die körperliche Spannung, es zu tun. Also blieb ich einfach stehen und hoffte, sie hätten mich nicht entdeckt. Und tatsächlich drehten sie sich um und schlenderten plaudernd zu den Mülltonnen weiter. Dort angekommen, half der ABV Frau Schwarz, den schwergängigen Deckel einer Tonne hochzuziehen, Frau Schwarz leerte den Eimer, zog den Deckel wieder herunter und gab dem ABV zum Abschied die Hand.

Ich sah auf meine Armbanduhr: Es war Abendbrotzeit. Ich legte mich angezogen aufs Bett und beschloss, noch eine halbe Stunde im Dunkeln abzuwarten, mir dann ein Brot zu schmieren, die Hausaufgaben zu beenden und schlafen zu gehen. Während ich mir vorstellte, was es bei Antje zu essen gab, döste ich weg.

Der nächste Morgen war wie ein normaler Wochentagsmorgen, nur dass mein Bruder am Frühstückstisch fehlte und sein Kinderfahrrad im Wohnungsflur lehnte, statt im Keller zu stehen. Auf den ersten Blick schien es unbeschädigt, bei näherem Hinsehen entdeckte ich eine Acht im Vorderrad, eine verbogene Pedale und verschiedene Stellen, an denen der Lack abgeplatzt war. Wie ich erfuhr, hatte der ABV das Rad bei Frau Schwarz abgegeben, weil Antje ihm noch am Unfallort gesagt hatte, wem es gehörte. Der ABV hatte auch die Eltern verständigt, nachdem ihm von Frau Schwarz der Notfallzettel mit der Nummer der Akademie gezeigt worden war.

Froh, nicht mehr allein in der Wohnung zu sein, ließ ich mir erzählen, dass mein Bruder auf den Kopf gestürzt war, dass etwas gebrochen war an seinem Schädel, aber keine Gefahr für sein Leben bestand.

Am Nachmittag saß ich in meinem Zimmer und wartete darauf, bestraft zu werden, wenn die Eltern von der Arbeit zurückkämen. Seit dem Frühstück, als die Erleichterung noch überwogen hatte, dass der Bruder am Leben war, hatten sie einen halben Tag Zeit gehabt, sich etwas auszudenken. Ich hatte auf ihn achten sollen, aber er war mir entwischt, weil mir die Freunde wichtiger gewesen waren. Als ich den Schlüssel in der Tür hörte, öffnete ich meine Zimmertür einen Spalt und sah in den Flur. Es war die Mutter. Sie sah müde aus. Als sie mich entdeckte, stellte sie ihre Taschen ab und breitete die Arme aus. Ich drückte meinen Kopf an ihre Brust, und sie legte ihre Arme um meine Schultern. So standen wir da, einen langen Augenblick. Ich roch ihr Parfum und den Duft des Weichspülers, der noch in ihrer Kleidung hing, und während ich es selbst nicht konnte, fragte ich mich, ob sie wohl weinte.

Eine ganze Woche lang ging ich nachmittags nicht mehr aus dem Haus, traf keine Freunde mehr – nur Antje leistete mir manchmal im Kinderzimmer Gesellschaft –, sondern starrte stattdessen den Fleck vom Balkon aus an und schämte mich, Bruder eines Unfallopfers zu sein. Ich schämte mich, verwandt mit jemandem zu sein, dessen Blut den Bürgersteig verschmutzt hatte. Ich hatte Angst, die Leute im Wohngebiet würden schlecht von uns reden, würden denken, wir seien unvorsichtig, wir könnten nicht Rad fahren oder unsere Räder entsprächen nicht der Straßenverkehrsordnung. Ich befürchtete, die Leute könnten den alten Gerüchten, die über uns in Umlauf waren, neue hinzufügen. Frau Schwarz war es selbst nach Jahren nicht gelungen, die Kunden in der Kaufhalle, die nach meiner Mutter fragten, davon zu überzeugen, dass diese keine in der Heimat verstoßene Prinzessin war. Kleine Kinder, die ich nicht kannte, fragten mich unvermittelt auf dem Schulhof, warum mein Opa denn ein so böser König sei, der seine Tochter, die Prinzessin, ins Ausland verbannt hatte.

Nach einer Woche war der Fleck verschwunden, wie von Zauberhand, restlos. Ich bemerkte es auf dem Schulweg und vergewisserte mich später vom Balkon aus. Von da an ging ich wieder raus, spielte Fußball, Schießen oder Doppel-E und, wenn ich mich unbeobachtet glaubte, mit Antje und ihrer Freundin Gummihopse.

Nach drei Wochen wurde mein Bruder aus dem Krankenhaus entlassen. Wir fuhren mit einem weißen Wolga-Taxi nach Babelsberg und ließen den Fahrer vor dem Eingang warten. Ich hatte einen riesigen Blumenstrauß aus Frau Schwarz' Garten dabei und überreichte ihn meinem Bruder, der einen dicken Verband um den Kopf trug und nicht wusste, was er mit dem Strauß anfangen sollte, und sich vergeblich bemühte, ihn mir zurückzugeben, während der Arzt meinen Eltern erklärte, dass alles wie früher werden würde und keinerlei Beschädigungen zurückblieben. Am Nachmittag bekam mein Bruder Besuch von Frau Schwarz und Antje, die ihm ein nagelneues Stempelspiel schenkten, abends brachte Frau Fouqué eine Pralinenschachtel hoch: Alle waren erleichtert und versicherten einander, dass die Sache überstanden sei.

»Wollen Sie einen Kaffee?«

»Nein, Genosse Hauptmann.« Ich hielt ihm das Telegramm hin.

»Das können Sie behalten, wenn Sie wollen«, sagte er. »Gehen Sie jetzt zurück auf Ihre Kompanie. Legen Sie sich hin, schlafen Sie sich aus. Ich rufe den UvD an, dass man Sie in Ruhe lässt.«

Als ich wieder vor dem Stabsgebäude stand, fielen dürre Schneeflocken aus dem tief hängenden Himmel. Ich faltete das Telegramm auf Zigarettenschachtelgröße zusammen, steckte es ein und setzte mich langsam in Bewegung. In der Kioskauslage lag *Der Störfall*, den man im normalen Leben, draußen, nur unterm Ladentisch erwerben konnte.

Ich drehte zwei große Runden über das Gelände, an der Sturmbahn vorbei, am Küchenkomplex, der Wäscherei, in der sich die Duschen befanden, die wir einmal pro Woche benutzen durften, am Medpunkt und am Offizierskasino. In der dritten Runde kauerte ich mich hinter die Ziernadelbaumreihe vor dem Kasinoeingang und zündete mir eine weitere Zigarette an: Ich hatte keine Lust, auf den Flur zurückzugehen und die Beileidsbekundungen der Kameraden entgegenzunehmen.

Der Feldwebel hatte entsprechend schon auf mich gewartet. Er empfing mich an der Treppe, legte seine rechte Hand auf meinen linken Unterarm und sagte: »Der OvD hat schon angerufen. Für Sie ist der Dienst zu Ende. Sie können auf die Stube. Machen Sie, was Sie wollen.« Dann schrie er nach Kupfer, dessen Besen jetzt auf derselben Höhe lag, auf der ich meinen vorhin zurückgelassen hatte, bei Metermarke 50.

Kupfers Kopf erschien in einem der Türrahmen. Er schrie: »Zur Stelle, Jenosse Feldwebel!«

»Kupfer, Sie Schwachkopf, kommen Sie mal rein!« Er verschwand mit Kupfer in seinem Büro. Ich zog den Filzmantel aus, hängte ihn übers Geländer, schnappte mir meinen Besen und fegte weiter, bis ich Kupfers dröhnende Stimme hinter mir vernahm: »Dit kann do' nich' wahr sein. Lässt du wohl dit Ding da fallen! Aber stante pede.«

Er kam angerannt und wollte mir den Besen entwinden, den ich zu verteidigen versuchte. Während des Handgemenges, halb Ernst, halb Spiel, entglitt er uns beiden und fiel mit einem hellen Knall nieder. Als Nächstes spürte ich Kupfers Proletarierpranke im Nacken.

»Jetz' lass ma' den Papa machen!« Er schob mich sanft, aber bestimmt auf unsere Stube, wo Ulf dösend auf dem Bett lag.

»Ach-tung!«, schrie Kupfer. Ulf fuhr hoch. »Schon fertig?«

»Schon lange«, sagte Ulf und ließ sich wieder auf die Decke sinken.

»Umso besser«, sagte Kupfer, »Befehl vom Feldwebel: Du übernimmst den Flur für olle Ihmchen hier. Der is aus persönlichen Gründen verhindert. – Und, äh, für mich auch. Weil ick uff ihn aufpassen muss.«

»Aber ich bin doch ...«

»*Wat*, du Eierkopp? *Wat* bist du? Komm, sag's mir! Komm, sag's laut! Na komm schon!«, schrie Kupfer ihn an und machte einen Schritt auf Ulfs Bett zu. Doch dann trat er wieder zurück und fuhr mit gedämpfter Stimme fort: »Und nimm dir no' zwei oder drei von diese Milchreisbubis mit, damit die dir helfen könn'.«

Nachdem Ulf gegangen war, schlug Kupfer mein Deckbett zurück, schüttelte mir das Kissen auf, faltete meine Klamotten und verstaute sie im Spind. Als ich im Bett lag, löschte er das Licht und setzte sich im Dunkeln an den Tisch. Vom Flur her hörte ich den metallischen Klang der Bohnerbesen, die rhythmisch über den Steinfußboden glitten, hin und her, hin und her, hin und her, klack – klack – klack, und ich hörte, wie Kupfer ein Streichholz anriss und wie das Zigarettenpapier und der trockene Tabak unter der Flamme knisterten und wie er inhalierte und den Rauch ausblies, und ich konnte den süßlichen Duft der Zigarette riechen, der zu mir herüberzog.

Im Unterholz

Drei Wochen vor Weihnachten am Abend des folgenden Freitags nach Dienstschluss trat ich meinen Sonderurlaub an, den ersten überhaupt nach mehr als einem Monat der Kasernierung, um an der Bestattung meines Bruders teilzunehmen. Eine schwere Wolkendecke lag seit Tagen über der Dübener Heide, immer wieder rissen einzelne Windspitzen die Schauer aus der geschlossenen Formation, und auch jetzt, da ich mich unsicheren Schrittes dem Kontrolldurchlass näherte, peitschten wuchtige Regenböen durch die Luft.

Der Posten, dem ich meine Papiere reichte, Urlaubsschein und Wehrdienstausweis, trat zwei Schritte zurück und richtete den Kegel der Taschenlampe in mein Gesicht. Er sagte nichts, stand nur da und blendete mich. Ich versuchte ruhig zu stehen, nicht zu blinzeln. Nach einer halben Minute kniff ich die Augen doch zusammen. Er löschte das Licht, gab mir die Papiere zurück und öffnete das Tor des Personendurchgangs.

Ich stand, noch immer leicht geblendet, auf der nassen Landstraße, warf mir die Reisetasche über die Schulter und marschierte zur Bushaltestelle, die sich gut zwei Kilometer entfernt im Ortszentrum befand. Durchnässt, den schweren

Filzmantel auf den Schultern, passierte ich die warm leuchtenden Fenster der Häuser am Straßenrand, in denen ich ab und zu einen der Bewohner sehen konnte, die jetzt Abendbrot aßen, fernsahen, Kreuzworträtsel lösten, die Bier tranken, erschöpft von der Arbeitswoche und froh über die kommenden zwei freien Tage. Die Butzenscheiben der HO-Gaststätte am Busbahnhof lockten in warmen Farben die Passanten aus der ungemütlichen Nacht herein. So froh war ich, der Kaserne entkommen zu sein, dass mir erst später, in der Bahnhofs-Mitropa von Bitterfeld, wieder einfiel, weshalb ich mich auf dieser Heimreise befand.

Der Pfarrer sprach von Tragik und Unausweichlichkeit, von der Demut, vom Erdulden und von der Erlösung zum Schluss, die keineswegs schon das Ende sei. In den Gesichtern, die seiner Rede folgten, war nur eines zu lesen: Unglaube. Doch was hätte uns der Pfaffe sonst erzählen sollen? Es war sein Beruf, zu beschwichtigen, den Menschen den Zorn zu nehmen und sie stattdessen mit Floskeln einzulullen. Er war Teil der großen Verschwörung, die die Menschheit in die Unmündigkeit zurückzuführen trachtete. Wie sollte ausgerechnet jemand wie er Leuten wie uns Trost spenden? Der Vater: mit achtzehn aus der Kirche ausgetreten, die Mutter: Buddhistin mit Hang zum Geisterglauben. Mein Bruder und ich: nicht getauft, erst Pionierorganisation, dann FDJ, eine Jugend ohne Gott. Hätte nicht meine Großmutter, die in den Dreißigerjahren der Liebe halber zum Katholizismus konvertiert war, auf der Rede des Pfarrers beharrt, hätte womöglich der BGL-Vorsitzende der Akademie dort vorn gestanden und von der sozialistischen Persönlichkeit gefaselt, die der Verstorbene gewesen sei. Wie immer hatte man nur die eine Wahl: Pest oder Cholera.

Der Regen prasselte aufs Dach, das Wasser rauschte die Fallrohre hinunter. Das Wetter passte großartig zu der deprimierenden Handvoll Menschen, die in der unbeheizten Kapelle zitterten, zu den anämischen Nelken, die den Kranz zierten, auch zur immer schneller werdenden Rede des Pfaffen, der wohl mitbekommen hatte, wie er gerade dabei war, einer wenn nicht feindseligen, so doch äußerst misstrauischen Versammlung von Atheisten einen vom göttlichen Pferd zu erzählen, und der sich deshalb immer häufiger zu verhaspeln schien.

Nur die ersten beiden Sitzreihen der Kapelle waren spärlich gefüllt, keine ehemaligen Klassenkameraden waren gekommen, um Abschied zu nehmen, keine Freunde, die mein Bruder nicht besessen hatte, überhaupt: niemand – von mir selbst abgesehen –, der nur annähernd in seinem Alter war. Lediglich die steinalte Schwester jener Diakonie war erschienen, in der er bis zur Einlieferung in die Brandenburger Nervenheilanstalt seine Wochentage mit Häkeln, Stricken und Besenbinden verbracht hatte. Im Herbst hatten sie Tiere aus Eicheln und Kastanien gebastelt, im Frühling Osterkarten, die an die Verwandten verkauft wurden. Die wenigen Male, die ich in der Einrichtung gewesen war, um ihn am späten Nachmittag nach Hause zu holen, hatte ich das Gefühl gehabt, dass es trotz hübsch bepflanzter Beete, geharkter Wege und des gedämpften, rücksichtsvollen Tons nur darum ging, den niedrigen Status quo seiner körperlichen und geistigen Verfassung zu halten, so wie den all der anderen Jugendlichen und infantilen Erwachsenen auch, der Spastiker, Mongoloiden, Epileptiker und Autisten, die in den pittoresken Backsteinkulissen der Anlage wandelten wie lebendige Tote.

Ich betrachtete die Schwester aus den Augenwinkeln, die gestärkte Haube auf den weißen Haaren, die Brille mit dem goldenen Rahmen, während sich meine Großmutter neben mir leise in eines der bestickten Damasttaschentücher schnäuzte, die, Teil ihrer Aussteuer, sie seit jeher mit einigen Spritzern Kölnischwasser parfümierte.

Im Hinausgehen sah ich Frau Schwarz in der letzten Bankreihe sitzen, sie nickte mir zu, bevor sie aufstand, um sich dem kurzen Trauerzug anzuschließen. Wir folgten, aufgespannte Schirme haltend, der Urne in Tippelschritten. Das Schmatzen des aufgeweichten Wegs unter unseren Schuhen klang obszön.

Nachdem die Urne versenkt worden war, standen die Hinterbliebenen in zwei, drei Gruppen beieinander, rauchten und unterhielten sich leise. Die Großmutter redete mit dem Pfarrer und der Schwester, mein Vater mit Kollegen aus seinem Institut. Ich begrüßte Frau Schwarz, die jetzt Anfang vierzig sein musste und die nur um die Wangen ein wenig voller geworden war, seit wir einander vor zwei Jahren das letzte Mal begegnet waren, auf der Beerdigung ihrer ehemals besten Freundin, meiner Mutter.

Um nicht schon wieder vom Tod zu reden, fragte ich schnell nach ihrer Tochter Antje und erfuhr, dass sie an der Pädagogischen Fachschule studierte, Unterstufenlehrerin werden wollte und zusammen mit ihrem Freund, einem Koch im zweiten Lehrjahr, in einer Einzimmer-Ausbauwohnung im Westen der Stadt lebte, die Toilette auf halber Treppe, mit Kohleöfen, feuchten Wänden und schadhafter Dielung. Jedes Wochenende besuchten sie und Herr Schwarz das junge Paar, um die etwas heruntergekommene Studentenbude gemeinsam wohnlicher zu machen, aber wie das bei jungen

Leuten, verliebten zumal, so sei, schienen die beiden trotz des fehlenden Komforts zufrieden und glücklich, was sich nicht zuletzt in ihrem gemeinsamen Wunsch zeige, nach Antjes erfolgreichem Examen im nächsten Jahr zu heiraten und ein Baby zu bekommen.

»Schade«, sagte ich. »Nein, nicht das mit dem Baby. – Dass sie heute nicht da war. – Antje!«

Frau Schwarz bot an, mir die Adresse von Antjes Ausbauwohnung aufzuschreiben, aber ich sagte, dass mein Sonderurlaub für einen Besuch ohnehin zu kurz sei. Dann fragte ich nach ihrem Mann, nach der Kaufhalle und dem Befinden von Frau Fouqué.

Es hatte sich in den sieben Jahren, seit wir wegen eines zusätzlichen Zimmers in das andere, nagelneue und anfangs noch wie eine Baustelle wirkende Wohngebiet am Wald gezogen waren, nicht viel ereignet in der alten Nachbarschaft. Frau Schwarz hatte ein paar Lehrgänge absolviert, genauso wie ihr Gatte, beide waren in der Hierarchie ihrer Betriebe ein, zwei Stufen geklettert und verdienten nun ein paar Mark fuffzich mehr.

Eine Sache jedoch sei anders geworden, erklärte Frau Schwarz nun, etwas hatte die Zeit nicht überdauert, eine Nuance nur: Es war der selbstvergessene Stolz, den viele der jungen Mütter im Wohngebiet ausgestrahlt hatten, einschließlich meiner eigenen Mutter, damals, Mitte der Siebziger bis Anfang der Achtziger, ein sonniges Gemüt, mit Anmut gepaart, eine fröhliche Selbstsicherheit.

Ja, sagte ich, ein Selbstbewusstsein, das der Großherzigkeit entsprang. Ein unbewusster Stolz. Ich wusste, er hatte diese Mütter zu schönen, aufrechten Frauen gemacht und der perfekt mit ihren bunten Blumenkleidern harmoniert hatte, mit ihren Miniröcken aus Jeansstoff und Wildleder, den braun gebrannten Beinen in den hochhackigen Lackschuhen, mit ihren Schüttelfrisuren, Bubiköpfen und wippenden Pferdeschwänzen, mit ihren weit in die Betonwüste hineinleuchtenden, sattrot geschminkten Lippen.

Beim Abschied bat ich Frau Schwarz, Grüße auszurichten, Frau Fouqué, ihrem Gatten und natürlich Antje.

Keiner meiner Schulfreunde weilte an diesem Dezemberwochenende in der Stadt, alle waren sie in den Kasernen des Landes. Ich fuhr von Wohngebiet zu Wohngebiet, um an den Türen ihrer Eltern zu klingeln, denn fast niemand verfügte über einen Telefonanschluss, und einmal wurde ich sogar in die Stube gebeten, musste Platz nehmen und vom Soldatenalltag berichten. Der Vater bekam glasige Augen, als ich stockend erzählte, schenkte mir Schnaps ein und stieß mit mir, der ich nun auch ein richtiger Mann sei, an. Nach dem dritten Glas begann er, von der eigenen Armeezeit zu schwärmen, von den Reservistenübungen und den Feldlagern der Kampfgruppen, die bisher noch immer in alkoholische Exzesse ausgeartet waren. Er palaverte so lange von seiner verlorenen Jugend und der Freiheit des Besoffenseins, bis die Mutter meines abwesenden Freundes mich unter einem schlecht erfundenen Vorwand aus der Wohnung komplimentierte.

Ich stapfte durch die dämmrige, feuchtkalte Stadt und suchte jemanden, der mich in eines der Cafés am Nauener oder Brandenburger Tor begleitete, wo wir uns als Abiturienten täglich nach Schulschluss eingefunden hatten und geblieben waren bis in den Abend, Gin-Tonic-Gläser auf dem Tisch und Weißweinflaschen, Zigaretten zwischen den Fingern und große Worte über die Kunst des Fin de siécle auf den Lippen, über das Revolutionäre des Dandytums und die

Literatur des russischen Symbolismus, während man sich an den Nachbartischen kleinkrämerisch über banale, hässliche Dinge wie das Politbüro beklagte, das Zentralkomitee oder den Generalsekretär.

Aber es war wie verhext: Ich fand niemanden zum Trinken. Sogar dem morschen Gründerzeithaus am Rande des Parks, in dem sich Katharinas Jugendzimmer befunden hatte, stattete ich einen Besuch ab. Doch schon von draußen, am glitschigen Kastanienstamm lehnend, sah ich die dunklen Fenster und versuchte erst gar nicht, zu klingeln. Katharina war in Rostock, nahm ich an, wo sie seit September Germanistik studierte, um später einmal Theaterdramaturgin werden zu können oder Lektorin in einem Verlag.

Unser gesamter Jahrgang schien fort zu sein, war eingezogen worden, auf die Universitätsstädte verteilt, besuchte Fachschulen in der Provinz oder war in den Westen gegangen. Nur Antje wohnte noch hier und studierte in ihrer kleinlichen Heimatstadt, aber weil ich mir ihre Adresse nicht hatte geben lassen, musste ich sogar den verzweifelten Plan verwerfen, sie und ihren Freund zu besuchen. Stattdessen setzte ich mich in die Straßenbahn und fuhr nach Hause. Im Keller fand ich eine Flasche Rotwein, deren Korken ich mit dem Wohnungsschlüssel in die Flasche drückte, bevor ich sie, auf der Treppe sitzend, auszutrinken begann und trotzdem nicht aufhören konnte, an Antje zu denken, meine ehemals beste Freundin, etwa an den Appell damals, als dieser Sänger ausgewiesen worden war und wir Händchen gehalten hatten.

Als der Wein leer war, ging ich hoch, packte meine Reisetasche und stellte den Wecker, um pünktlich den Montagmittagszug zu erreichen, damit ich spätestens um achtzehn

Uhr dem Diensthabenden am Kontrolldurchlass meine Papiere vorzeigen konnte.

Zwei Tage nachdem ich wieder auf dem Flur wohnte, passierte jene Sache, die Kupfer und mich für die nächsten fünf Monate noch enger zusammenschweißte.

Wir hatten Wachdienst, und unser Zug war für die Außenanlagen eingeteilt worden, die sich jenseits des Kasernengeländes im Wald befanden. Nach dem Mittagessen begannen die Vorbereitungen, das Wachexerzieren, bei dem die korrekte Reihenfolge der Ablösung trainiert wurde sowie der Umgang mit der Waffe: Kalaschnikow-Maschinenpistolen, die in unserem Fall – wir gehörten zu den Luftstreitkräften – über einklappbare Schulterstützen verfügten. Anschließend putzten wir unsere Stiefel, packten die Tornister, wurden, als wir damit fertig waren, vom OpD, dem Operativen Diensthabenden, in das jeweilige Wachrevier eingewiesen. Wir empfingen je sechzig Schuss Munition, füllten die Magazine und traten zur Vergatterung an. Um sechzehn Uhr brachen wir auf, müde vom Vormittagsdienst, schlaff schon bei der Vorstellung, vierundzwanzig Stunden nicht richtig schlafen zu können. Der Zugführer zwang uns, während unsere Stiefel auf dem Kolonnenweg dröhnten, Lieder zu singen, *Spaniens Himmel breitet seine Sterne, Zum Kampf sind wir geboren, Die Moorsoldaten.* Er ließ uns Zwischenspurts von mehreren hundert Metern absolvieren, und wenn er unvermittelt »Tieffliegerangriff von vorne!« schrie, lösten wir in Windeseile die Marschformation auf und rannten dem imaginären Flugzeug, das uns beschoss, geduckt entgegen, um uns dann nach und nach in die Straßengräben abzurollen.

Nach Luft ringend und trotz der winterlichen Temperaturen durchgeschwitzt, erreichten wir unsere Wachstube, einen quadratischen Flachbau von fünf mal fünf Metern, der den Wachen dreier Postenbereiche als Ruheort diente und aufgeteilt war in einen Schlafraum mit drei Doppelstockbetten, einen Aufenthaltsraum mit Kaffeemaschine und Radio, Tischen und Stühlen sowie den Dienstraum des Wachhabenden, wo das Telefon mit Direktleitung zum OpD stand. Des Weiteren gab es eine Toilette mit Handwaschbecken. Wir zogen zu elft in die Wachstube ein, die bereits nach einer halben Stunde roch wie ein Stall.

Jeder einzelne Posten war mit drei Mann besetzt, die sich im zweistündigen Rhythmus abwechselten: Einer stand draußen, einer schlief, einer war in Bereitschaft und durfte lesen, Radio hören, Briefe schreiben, Karten spielen. Die Befehlsgewalt auf der Wachstube besaßen der Wachhabende, ein Unteroffizier mit Pistole im Halfter, und der Gehilfe dieses Unteroffiziers, der ihn, wenn er selbst schlief, vertrat, war an diesem Nachmittag niemand anderer als Kupfer, der vergeblich darum gebettelt hatte, seiner maroden Füße wegen Innendienst schieben zu dürfen. Jupp, Ulf und ich waren für das Tanklager eingeteilt worden. Ich ging als Erster raus, drehte meine Runde um das eingezäunte Tanklager, suchte mir eine Erdkuhle und rauchte, die Glut mit der Hand verdeckend, eine von den herausgeschmuggelten Zigaretten. Den Kolonnenweg, der sich am Tanklager vorbeizog, fuhren noch vereinzelt Fahrzeuge entlang, ich sah einen Ello mit angekoppelter Gulaschkanone und einen Trabant-Kübel. Sogar eine komplette Kompanie in ABC-Schutzkleidung schleppte sich Richtung Kaserne. Um sieben kam Ulf, um mich abzulösen, begleitet vom Unteroffizier, der die Wachübergabe beaufsichtigte.

Ich legte mich schlafen, aß später eine Kleinigkeit und spielte mit den anderen in Bereitschaft Skat. Meine zweite Runde begann um elf. Es war jetzt stockdunkel, die Bäume ächzten, das Unterholz knackte. Vögel stoben aufgeschreckt vom Boden hoch, wenn ich ihren Weg kreuzte. Es raschelte, schniefte und grunzte um mich herum. Dauernd brachen Äste von den Bäumen oder schlug mir nasses Laub ins Gesicht. Der Wald lebte, und er war feindlich. Das Pfeifen des Windes war die Melodie zu diesem Schauerstück.

So geräuschvoll wie möglich stampfte ich durchs Dickicht Richtung Tanklager, das von einem Dutzend Peitschenlampen beleuchtet wurde. Mit dem Licht verschwanden die Geräusche. Ich lief zwei Runden um das Lager, jeden Schritt hinauszögernd, für eine dritte war ich zu müde, konnte mich aber nicht einfach an den Zaun hocken und schlafen, da das Lager von der Wachstube aus komplett einsehbar war. Während ich in den Wald zurücktrabte, begann es stärker zu regnen. Ich zog mir die Kapuze der Regenplane über den Helm und versuchte die Stelle zu finden, an der ich mich am frühen Abend schon niedergelassen hatte. Stattdessen entdeckte ich eine unterhöhlte Kiefernwurzel, ließ mich in die Kuhle sinken, nahm die Kalaschnikow in Anschlag und lauschte in die Dunkelheit. Die Regentropfen, die monoton auf die Kapuze fielen, übertönten die Geräusche der Tiere, sodass ich fast augenblicklich, die rechte Hand am Sicherungshebel der Waffe, einschlief.

Kurz nach eins weckte mich eine Stimme aus Richtung Tanklager. Ich tastete nach dem Abzug, erhob mich und taumelte gebückt und noch leicht schlaftrunken auf das Licht zu, wobei ich versuchte, im Schatten zu bleiben. Nach zehn Schritten erkannte ich im fahlen Schein des Tanklagers Ulfs lange, gebeugte Gestalt. Neben ihm, einen Kopf kleiner, stand Kupfer in Turnschuhen, die er vorschriftswidrig in seinem Tornister mitgebracht haben musste, und rief jetzt noch einmal und etwas lauter meinen Namen. Ulf blickte nervös in der Gegend umher, er murmelte irgendwas vor sich hin.

»Halt do' mal die Fresse!«, herrschte Kupfer ihn an.

»Schrei nicht so rum, Kupfer, hier bin ich doch.«

Kupfer riss die Taschenlampe in meine Richtung: »Mann, wo warste denn?«

»Da hinten im Wald, bei den Tieren. Wo sich Fuchs und Esel Gute Nacht sagen. Ich hab sogar vor 'nem Fuchsbau geschlafen.«

»Haste den Fuchs *jesehn*?«

»Nee, nur gehört.«

»Und wat hat der Esel jesagt?«

»Ih-ah.«

»Du kannst doch nicht einfach schlafen auf Wache«, sagte Ulf und sah Kupfer an. Er hatte sich die Kapuzenbänder so fest unter seinem Kinn zusammengeschnürt, dass sie in die Haut schnitten

»Mann, Ulf, du siehst aus wie Rotkäppchen«, sagte ich.

»Stimmt, wie'n kleenet Mädchen«, sagte Kupfer, »aber eens mit volle Buchse.«

»Wölfe gibt's nicht da draußen«, sagte ich zu Ulf, senkte die Stimme und zeigte aufs Dickicht, »aber ich hab ein paar Wildschweine gehört. Muss ne ganze Rotte gewesen sein, so wie's geklungen hat. Jetzt kommt nämlich langsam die Zeit, wo die auf Nahrungssuche gehen. Da kriechen die aus ihren Löchern vor. Und ich sag dir eins: Die kennen kein Pardon, wenn's ums Fressen geht. – Genau wie Kupfer.«

»Quatsch, Kubi, du willst mich doch bloß verkohlen.«

»Du wirst's ja sehn.«

»Jetzt lasst uns den Mist hier ma' über die Bühne bringen«, sagte Kupfer. »Los, Ulf, Magazin rinn, Waffe laden! Ick frier mir hier sonst no' den Sack ab.«

»Ich geh jetzt rüber pennen«, sagte ich und lief los, »viel Spaß mit den Tieren des Waldes, Ulf.«

»Jetz' zeig mir wenigstens noch deine Knarre«, rief Kupfer und hinkte mir hinterher.

Ich blieb stehen, nahm die Waffe vom Rücken, hielt sie, wie wir es auf dem Schießplatz gelernt hatten, im Fünfundvierzig-Grad-Winkel nach oben, entsicherte, entnahm das Magazin und zeigte es Kupfer.

»Allet paletti«, sagte er, drehte sich um und rief Ulf zu, »laden, du Pfeife, aber pronto!«

Ich steckte das Magazin in die Magazintasche am Koppel und drückte den Abzug. Es machte: klack.

Keine Sekunde später zerriss das Geknatter einer Maschinenpistolengarbe die Luft. Ich hörte, wie die Salve an mir vorbeipiff, warf mich zu Boden und sah mich nach Ulf um. Der lag, hilflos wie eine Schildkröte, rücklings auf dem Kolonnenweg, die Kalaschnikow noch immer im korrekten Fünfundvierzig-Grad-Winkel an die Brust gepresst. Der Lauf zeigte in meine Richtung. Der Rückstoß hatte ihn umgeworfen, der Schreck mochte dessen Kraft verstärkt haben.

»Wat für ein Riesenarschloch«, schrie Kupfer, der sich nicht auf den Boden geworfen hatte. Er hinkte auf Ulf zu, der den Heranstürmenden mit offenem Mund von unten anstarrte und sich nicht rührte. Als Kupfer bei ihm angelangt war, trat er zu, zweimal in Ulfs Seite, nicht mit voller Wucht, er trug schließlich leichte Turnschuhe an den wunden Füßen, aber so, dass es wehtun musste. Man konnte die Tritte hören. Ich rannte zu den beiden rüber, Kupfer trat noch ein weiteres Mal zu, bevor ich ihn von hinten umfasste und wegzog. Erst jetzt kehrte das Leben in Ulfs Gesicht zurück. Er legte die Waffe neben sich ab, worauf Kupfers massiver Körper die Spannung verlor. Ich gab ihn wieder frei, und für ein paar Sekunden verharrten wir so. Das Wachgebäude blieb dunkel, die Tür ging nicht auf. Sie mussten dort drin die Schüsse aber gehört haben, und auch den anderen Posten, die draußen durch die Nacht wateten, konnte die Salve nicht entgangen sein. Es war unwahrscheinlich, dass jeder Einzelne von ihnen sich eine Kuhle oder einen anderen Unterschlupf gesucht hatte, um dort seinen Wachdienst zu verschlafen. Natürlich schluckte der Regen einiges, und auch der Wind mochte das Geräusch der Salve ein wenig zerrieben haben, mir selbst jedenfalls war es aber bis ins Mark gegangen.

»Los weg hier, raus aus dem Licht«, flüsterte ich, half Ulf hoch, dem jetzt allen Ernstes Tränen über seine Rotkäppchenpausbacken zu laufen begannen. Ich zog ihn am Ärmel hinter mir her in den Schatten des Waldrands, von wo aus man, ohne selbst gesehen zu werden, ein Stück des Kolonnenwegs und das Tanklager im Blick hatte. Kupfer folgte uns fluchend. Am Waldrand nahm er Ulf die Kalaschnikow aus der Hand, entfernte das Magazin und die im Lauf verbliebene Patrone. Dann hielt er die Waffe hoch, sah Ulf an und legte den Finger an den Abzug. Ulf schloss die Augen und hielt sich mit den Handflächen die Ohren zu. Kupfer zog den Zeigefinger durch, und es machte: klack.

Dann leerte er das Magazin in sein Taschentuch und zählte die Patronen: »Fünfundzwanzig, wat bedeutet, dass du fünf Stück in den Wald jeballert hast.«

Ulf wimmerte vor sich hin.

»Hör bloß uff zu flennen, du Pflaume. Du hätts't ma' erschießn könn. Oder dir selba, dann wär die Kacke vielleicht am Dampfen jewesen, ey.«

»Und was jetzt?«, fragte ich. »Wir müssen langsam mal zurück, sonst fällt's auf, oder die denken, wir sind desertiert, und fahren hier großes Geschütz auf.«

»Keene Ahnung. Olle Ihmchen jedenfalls«, Kupfer nickte Richtung Ulf, »wird morgen, wenn's wieder hell ist, die fünf Patronenhülsen suchen.«

Wir rauchten noch eine Zigarette, dann drückte Kupfer die fünfundzwanzig Patronen zurück ins Magazin, lud die Kalaschnikow durch, steckte das Ersatzmagazin hinein und legte den Sicherheitshebel um.

»Du hältst jetzt ma' schön die Füße still, Ulf. Du tust einfach so, als wär nüscht passiert. Ick versuch dit mit dem Wachhabenden zu regeln. Und wenn dit allet klappt, wirste für immer mein Sklave sein, verstanden?«

Ulf nahm die Maschinenpistole und starrte Kupfer an, ohne zu begreifen, was der von ihm wollte.

In der Wachstube *konnte* man die Schüsse nicht gehört haben. Jemand hatte, Klinke auf fünfpoligen DIN-Stecker, seinen eingeschmuggelten Walkman an das Radio des Bereitschaftsraums angeschlossen, das somit zum Verstärker wurde. Als wir reinkamen, lief infernalisch laute Musik, Motörhead, *Bomber*, ich erkannte das Stück sofort, denn wann immer Katharina bei mir zu Hause gewesen war, hatte ich es abgespielt, weil ich wusste, dass ihr zartes Seelchen das Stück hasste wie kein zweites. Vier Rekruten, alle im langärmligen Unterhemd, zwei in wattierter Einstrich-Keinstrich-, die beiden anderen lediglich in langer Unterhose, sprangen herum und versuchten sich währenddessen anzurempeln. Die, die das Lied kannten, grölten mit. Inmitten des Chaos saß Jupp und schnitt seelenruhig und wie in Zeitlupe dicke Scheiben von einer Schlackwurst. Der wachhabende Unteroffizier saß auf einem Stuhl und bediente den Walkman.

»Ich dachte, der schläft«, sagte ich zu Jupp.

»Dacht ick eigentlich auch.«

»Geht das schon die ganze Zeit so?«

»Als ick vorhin raus bin mit Ulf, hamse die Konstruktion grad aufjebaut.«

Das Lied war zu Ende. Die vier Pogotänzer hielten inne, verschnauften, tranken einen Schluck Kaffee, aßen Thüringer Schlackwurst oder zündeten sich eine Zigarette an, während der Unteroffizier die Kassette zurückspulte. Ich stellte meine Waffe ab, hängte die nassen Klamotten auf. Der Wachhabende drückte die Stopp- und dann die Abspieltaste und landete in den ersten Takten von *Ace of Spades*, mitten im schnellen Anfangsbasslauf. Die Vierermeute fing sofort wieder an, auf und ab zu hüpfen, Jupp nickte mit seinem großen Schädel, ohne in den Takt zu finden.

»Äh, Meista, es gibt da ein kleenet Problem«, schrie Kupfer den Wachhabenden an. Dann beugte er sich zum Ohr des Unteroffiziers und redete ein paar Worte auf ihn ein, die ich nicht verstehen konnte, der Unteroffizier jedenfalls stand auf und ging mit Kupfer aus dem Bereitschaftsraum.

Nach fünf Minuten kamen sie wieder rein. Der Wachhabende schaltete erst das Radio ab und danach den Walkman, während sich Kupfer breitbeinig im Türrahmen aufbaute, die Fäuste in die Hüften stemmte und brüllte: »Alle ma' herhören. Ick sprech hier im Namen vom Jenossen Wachhabenden, dessen Jehülfe ick die Ehre habe zu sein.« Er hielt kurz inne und sah den Unteroffizier an, die Augen aller Rekruten folgten seinem Blick. Der Unteroffizier nickte unwirsch und nahm die Kassette aus dem Walkman.

»Folgendes«, fuhr Kupfer fort, »wir haben Anweisung von janz oben, will sagen vom OpD höchstpersönlich, ab morjen früh, wenn's helle wird, die Augen aufzuhalten zwecks Findung von Patronenhülsen, und zwar leeren. Auf allen Wachabschnitten, vor allem aber am Tanklager, wo deswegen der reguläre Posten von einem Bereitschaftsmänneken untastützt wird.«

Die Rekruten murrten, besonders laut Jupp.

»Noch wat: Derjenige, der die meisten Hülsen findet, kricht als Anerkennung seiner Leistung vom Jenossen Wachhabenden höchstpersönlich zwei Schachteln Zijaretten überreicht, und zwar von den juten, sagen wir mal: Club. – Is dis ein Anjebot oder isses keins, Leute?«

Alles in allem fanden wir bis zum späten Nachmittag sechzehn Patronenhülsen, nagelneu glänzende, matte und vollkommen verrostete, und ich fragte mich, wie viele davon jemanden durchschossen hatten und wie viele um ein paar Zentimeter vorbeigegangen waren wie heute Nacht.

»Aber was nutzt uns das denn? Viel wichtiger als die leeren Hülsen sind doch die fehlenden Patronen. Spätestens bei der Waffenabgabe werden die auffallen«, flüsterte ich Kupfer zu, als wir kurz vor der Wachablösung am Tanklager angetreten waren und darauf warteten, in die Kaserne zurückzumarschieren. Ulf hatte sich zwar nichts angetan in der Nacht, war aber käsebleich von seiner Schicht zurückgekommen und wirkte seitdem, als würden ihm permanent die Lippen zittern, als bebte irgendetwas in seinem Inneren.

»Unser Jenosse Wachhabender hat 'nen juten Kumpel in

der Waffenkammer. Die kennen sich vom ersten Tag an, und ick denke, der wird wat gegen unsre kleinen Sorgen tun können.«

»Wieso sollte er?«

»Ick sag nur zwei Wörta: Alkohol und illejalet Frühstück.«

»Du willst die *Unteroffiziere* anscheißen? Und das, weil sie in ihrem Dienstzimmer frühstücken statt im Speisesaal?«

»Isses erlaubt oder isses nich?«

»Na ja. Man kann's auch übertreiben.«

»Verjiss den Alkohol nich', und außerdem: Die Disko heute Nacht hier war ooch nich' von schlechten Eltern. Ick könnte wetten, die haben außerdem Zivilklamotten janz hinten im Spind.«

»Du musst wissen, was du machst.«

»Weiß ich, mein Freund«, sagte Kupfer und grinste mich an.

»Maul halten im Glied!«, brüllte der Unteroffizier in unsere Richtung.

»Der wird sich no' wundern, Alta«, zischte Kupfer.

Erst ein paar Tage später, als wieder eines der vom Buschfunk gestreuten Gerüchte die Runde machte, einer sei auf Wache umgekommen, wurde uns wirklich klar, was für ein Glück wir gehabt hatten. Es erreichte uns, wie üblich, im hektargroßen Speisesaal, wo wir uns auf Kommando an Sprelacarttischen niederließen, die zu langen, exakt ausgerichteten Tafeln zusammengeschoben waren. Wir saßen auf lehnenlosen Holzschemeln und spachtelten den Fraß – mit Alubesteck von Plastetellern – gegen die Stoppuhr des Feldwebels in uns hinein: das nie versiegen wollende Porreegemüse, die zig Variationen vom schweinernen Büchsenfleisch, den wässrigen

Reis, die Suppen aus Aufschnittresten, die Mehlpuddings, die aschfahlen Salzkartoffeln, auf denen graue Fetzen ausgeflockter Stärke klebten.

Im Höllenlärm des Speisesaals, zwischen den ein- und ausrückenden Kompanien, beim nervösen Gedrängel an der Essensausgabe und beim Anstehen am Schweinekübel schwirrten die Nachrichten von den unerhörten Begebenheiten hin und her, unter dem Quietschen der dünnen Schemelbeine auf dem Steinboden erfuhr man von grauenhaften Geschichten, die den Bewohnern anderer Flure passiert waren. Sie handelten von Verhaftungen, von verzweifelten Desertionsversuchen, von alkoholischen Exzessen im Objekt, von Schlägereien mit den einheimischen Dorfdeppen und deren verwandtschaftlichem Anhang während des Ausgangs, von rituellen Demütigungen der Schwachen, von Unfällen mit Handgranaten, Napalm und Phosphor, von Rauch- und Gasvergiftungen, von gesplitterten Knochen und zertrümmerten Kiefern auf der Sturmbahn, aber am häufigsten und immer wieder von den tödlichen Vorfällen, die es nachts auf Postengängen im Unterholz oder während der Wachablösungen gegeben hatte, davon, ob der Junge, der jetzt tot an seine Eltern überstellt wurde, sich mit Vorsatz erschossen hatte oder sich die Schüsse aus Versehen gelöst hatten, wie ein paar Tage zuvor bei Ulf.

Ein halbes Jahr später, im Sommer '88, wurden wir zu Unteroffizieren befördert. Gleich nach dem Appell packten wir die Sachen. Frank und Jupp wurden nach Neubrandenburg kommandiert, wo es einen Militärflughafen vor den Toren der Stadt gab, Kupfer bekam eine Stelle in Straußberg, von wo er mit der S-Bahn nach Berlin fahren konnte, gerade mal eine halbe Stunde von seinem Zuhause entfernt. Ulf blieb für weitere sechs Monate an der Militärtechnischen Schule, um seine Ausbildung zum Berufssoldaten fortzusetzen.

»Alta, hier is meine Adresse. Schreib mir mal«, sagte Kupfer, als wir in Leipzig auf dem Bahnsteig standen, die jeweiligen Marschbefehle in der Tasche, die Seesäcke mit unserem Kram zwischen den Füßen. Er reichte mir eine selbst gebastelte Visitenkarte aus Pappkarton, auf die er in Druckbuchstaben seine Berliner Anschrift geschrieben hatte, vielmehr: Er hatte sie darauf gemalt, und man konnte auf den ersten Blick erkennen, dass Kupfer nicht sonderlich geübt war im Schreiben. An einigen Stellen hatte er den Füller zu lange auf dem Karton gelassen, sodass die Tinte verlaufen war, am Beginn jeder der drei schiefen Zeilen hatten die Buchstaben großen Abstand zueinander, um am Ende eng nebeneinandergequetscht zu stehen.

»Danke, Kupfer.«

»Hier, Alta, lass uns noch einen uff den Abschied trinken«. Er zog eine kleine Flasche Korn aus der Hose seiner Ausgangsuniform und reichte sie mir. Ich trank und gab sie ihm zurück.

»Weeßte noch, wie olle Ulf dir damals beinahe die Rübe wegjeschossen hatte.«

»Ja, das war äußerst witzig gewesen.«

»Mann, so mein ick es doch gar nich. Ick finde bloß, jetze, wo die jemeinsame Zeit vorbei is, stell ick fest, es war gar nich so schlimm.«

»Für dich vielleicht.«

»Stimmt ja, dein Bruda is jestorben.«

»Das meinte ich jetzt gar nicht.«

»Wat hatta denn eigentlich jehabt?«

»Keine Ahnung. Als Kind ist er mal mit dem Fahrrad gestürzt und hat sich den Schädel verletzt. Und von da an ist es nur noch bergab gegangen.«

»Wat für 'ne Welt«, sagte Kupfer, klopfte mir auf die Schulter und hielt mir die Flasche hin. »Wat die andern jetzt wohl machen?« Er sah nach der Bahnhofsuhr.

»Frank und Jupp sitzen im Zug nach Neubrandenburg, und Ulf wird vor Freude auf dem Tisch tanzen, dass er uns endlich los ist. Vor allem dich.«

»Ach komm, du übatreibst, so schlimm war ick nu auch wieda nich.«

»Du bist das größte Arschloch, das ich je getroffen habe, Kupfer. Aber ehrlich.«

»Danke, Alta. Aber dit war doch alles nich' so jemeint, wie ihr alle jedacht habt, besonders Frank und du. Ihr Studiosis in schpee müsst dit Leben einfach auch mal 'n bisschen leichter nehmen. Ihr seid zu verbiestert, weeßte? Ihr nehmt allet gleich persönlich, und auch, wenn ihr mal zufällig ironisch seid, is dit immer gleich euer vollster Ernst. Dit kann auf die Dauer nüscht werden, glaub mir dit, Kubi, dit geb ick dir kostenlos mit als Rat für dein weitres Leben. Für deine Zukunft, vastehste?«

»Oh Mann, Kupfer, ich danke dir: ein sinnloser Rat, der kostenlos ist.«

Als Kupfers Zug endlich einfuhr und mit kreischenden Bremsen hielt, umarmten wir uns. Kupfer tat so, als müsse er sich eine Träne aus dem Augenwinkel wischen, dann stieg er ein. Ich wuchtete ihm den Seesack hoch, wir rauchten eine letzte Zigarette, er in der offenen Zugtür stehend, ich auf dem Bahnsteig, und dabei reichten wir uns hastig die Flasche hin und her, bis nichts mehr drin war. Erst als wir fertig waren, hob der Schaffner die Kelle und pfiff zur Abfahrt. Kupfer zog die Waggontür zu, ich drehte mich um und warf die leere Flasche in den nächsten Papierkorb.

Ich habe ihm nicht geschrieben damals, weil ich nicht wusste, was ich ihm mitteilen sollte, vor allem aber auch, weil ich mir sicher war, dass er mir nicht geantwortet hätte.

Hubertusdamm ’78

Er kann seine Augen nicht mehr aufmachen!

Warum, zum Henker, kann er denn seine verdammten Augen jetzt nicht mehr aufmachen? Was haben denn die Augen mit dem ganzen anderen Mist zu tun? Fällt denn jetzt nach und nach alles aus? Was ist denn dann als Nächstes dran: die Ohren? Kann er dann nichts mehr hören, oder was? Geht denn auf diese Art der ganze Mensch kaputt, jeden Tag ein anderer Teil? Bis endlich nichts mehr funktioniert oder bis mal was ausfällt, das unverzichtbar ist, anders als die Augen, Ohren, Hände, Füße? Bis das Herz dran ist oder die Lunge?

Scheiße, er ist ein verdammtes Ausschussmodell mit seinen paar Lebensjahren, er geht dauernd kaputt wie irgendein beschissener Fernseher, den jede Woche ein Mechaniker inspizieren kommt und der trotzdem nie richtig funktioniert. Bei dem erst das Bild durchläuft und als Nächstes der Lautsprecher knackt, und in der dritten Woche dann bleibt plötzlich die Farbe weg. Aber irgendwas funktioniert trotzdem immer, weshalb man die Hoffnung nicht aufgibt, dass eines Tages alles wieder gut wird, dass alles wieder geht. Man lässt sich narren und narren und narren, aber nichts wird gut, nie wieder. Man ahnt es, weil man ja nicht bekloppt ist, aber man weigert sich, es zu wissen, weil man andererseits kein scheiß Roboter ist.

Es war Mitte Oktober, es war schweinekalt, ich stand in meiner scheiß Lederjacke auf dem Schotterparkplatz der neuropsychiatrischen Klinik, wo nur noch einige wenige Autos der sonntäglichen Besucher parkten. Ich fror wie ein Schneider und sah die Glut meiner Zigarette in der abendlichen Dunkelheit leuchten, während ich darauf wartete, dass mein Vater die verdammte Tür von unserem Wartburg Tourist aufschloss. Ich weiß nicht, ob seine Hände genauso zitterten wie meine und ob es deshalb so lange dauerte. Die Glut jedenfalls hüpfte leicht auf und ab, wenn ich den Arm ausstreckte und die Zigarette fixierte, die zwischen meinem Zeige- und Mittelfinger klemmte. Mein Vater fluchte leise, dann hörte ich, wie die Tür aufklappte. Ich nahm einen letzten tiefen Zug, schnippte die Kippe in eine der Pfützen, wo sie zischend ausging, und in diesem Moment schien es mir, als wehte ein Wispern von den roten Backsteingebäuden herüber, deren Fenster hinter zwei, drei Reihen herbstkahler Bäume in der Dunkelheit glommen. Es war wie ein Flüstern all der gepeinigten Seelen, die hier seit hundert Jahren zurechtgebogen worden waren, die untot und in wilder Unruhe durch die hallenden Gänge der Einrichtung flogen, ein stetig wachsendes Heer der Aussortierten und Disparaten.

Ehe mich die Assoziation vollkommen in Beschlag nahm, übergab ich sie dem Rationalitätshäcksler in meinem Kopf, denn, nein, es gab keine Seele nirgends, auch wenn Katharina es immer wieder behauptete, nicht weil sie wirklich daran glaubte, was mich nicht gestört hätte, sondern aus romantischer Schwärmerei, und es war natürlich der Wind, jenes himmlische Kind, der an einem losen Fallrohr rüttelte, der dürre Zweige aneinanderrieb und Ballen des schweren feuchten Laubes die Kieswege entlangschleifte, der in den weggeworfenen Kekspackungen der Besucher raschelte und der hin und wieder in eine der leeren Limonadenflaschen fuhr, die in den Gitterpapierkörben des Krankenhausparks standen, und ihnen auf diese Art sekundenlang pfeifende, quietschende Töne entlockte. Ja, es war lediglich der Wind, der die Geräusche der toten Seelen imitierte, um mich zum Besten zu halten, und bevor ich aus der Abendkühle in die abgestandene Luft des Autos stieg, durchzuckte mich heiß, blitzartig und im Nacken beginnend ein Gefühl von Scham. Darüber, der Situation meines Bruders nicht die ungeteilte Aufmerksamkeit geschenkt, nicht das volle Mitleid aufgebracht, sondern einen Teil davon für mich selbst abgezwackt zu haben: Selbstmitleid sozusagen. Nicht schön.

Überlegungen zu meiner Frisur etwa, die mir ständig in den Kopf schossen, während ich meines Bruders Hand hielt und fassungslos auf seine lockeren Gesichtszüge starrte, auf das Lächeln um den Mund, den konzentrierten Ausdruck um die Augen, die zuckenden Lider, die wirkten, als kneife er sie mutwillig zu, um die Ärzte zu täuschen, um ihnen einen Streich zu spielen, sie in Ratlosigkeit zu stürzen, die vor allem wirkten, als koste ihn dieser Trick die letzte Kraft. Es war der Blick des Kindes, der ihm auf einmal fehlte, die offenen, arglosen Augen, die jedem sofort signalisiert hatten, dass sie hier einem Zurückgebliebenen gegenüberstanden, einem Behinderten, einem Siebzehnjährigen – er war exakt elf Monate und drei Wochen jünger als ich –, der das Gemüt eines Drittklässlers hatte, jemanden, den man nicht für voll nehmen musste. Jetzt, den Kopf auf dem weißen, gestärkten Bettzeug, wirkte sein Gesicht schmaler, die Augenhöhlen waren von dunklen Rändern eingefasst, eine Schnabeltasse stand auf dem Nachttisch, ein Infusionsschlauch führte vom Tropf bis in die Armbeuge, wo er mit breiten Leukoplaststreifen festgeklebt war.

Das verlorene Sehvermögen schien seine anderen Sinne geschärft, schien ihm eine Klarheit gegeben zu haben, die ich vorher nie bemerkt hatte. Man konnte fast schon sehen, wie er die Ohren spitzte, wenn ich ihm aus Verlegenheit zum x-ten Mal von den Dingen erzählte, die wir ihm mitgebracht hatten, von den ersten Lebkuchen des Jahres, dem Apfelsaft aus Werder, von einem Netz Mandarinen, das Frau Schwarz besorgt und nach einer Fahrt durch die halbe Stadt bei einer Nachbarin für uns abgegeben hatte, da niemand zu Hause gewesen war.

Und trotzdem kehrten meine Gedanken immer wieder zu meiner verdammten Frisur zurück, zu meinem juckenden Schädel, zu der Glatze, die ich mir in der vergangenen Woche geschabt hatte und die ich seitdem mit all ihren Schrunden und Schrammen unter einer Baskenmütze versteckt hielt, denn in vierzehn Tagen bereits hatte ich mich in aller Herrgottsfrühe an einem Seiteneingang des Hauptbahnhofs einzufinden, und wenn ich schon nichts gegen diesen Einberufungsbefehl unternehmen konnte, so hatte ich mir überlegt, wollte ich doch wenigstens niemandem die Möglichkeit eröffnen, mir wie einem Schaf und kraft seiner puren Befehlsgewalt die Haare zu scheren.

Ich hörte erst auf, von Mandarinen und Gebäck zu sprechen, als mein Bruder mir, überdeutlich und langsam artikuliert wie selten, vorschlug, sie doch an die anderen Patienten zu verteilen, da er ohnehin gerade nichts essen könne und in Sorge sei, dass sie verderben könnten, bis seine Nahrungsaufnahme wieder normal funktioniere. Aber die Nahrungsaufnahme werde ja hoffentlich bald wieder funktionieren. Er drückte meine Hand, nicht als wolle er seinen klaren Worten etwas hinzufügen, sondern als müsse er sich versichern, dass sie noch immer in der seinen liege.

Ob er noch wisse, wer Frau Schwarz sei, fragte ich, um abzulenken, ob er sich erinnern könne, wie wir als kleine Kinder mit Frau Schwarz' Tochter Antje Kissenschlachten veranstaltet hätten, auf dem flauschigen Teppich in deren Wohnzimmer, damals im alten Wohngebiet. Nach dem gemeinsamen Bad.

Ich konnte es seinem Gesicht ansehen, wie er um eine Erinnerung rang, wie er sich anstrengte, den Namen, die ich genannt hatte, etwas zuzuordnen, ein Gesicht, eine Bemerkung, die jemand im Zusammenhang mit diesen Namen hatte fallen lassen. Wie er sich bemühte, mich nicht zu enttäuschen, bis ich es nicht mehr aushielt und seine Qual unterbrach, indem ich murmelte, dass auch meine Erinnerungen an die Kindheit stark nachließen. Dass das alles sowieso keine Rolle mehr spiele.

Die Spannung fiel aus seinem Gesicht und ließ es erschlaffen, er drückte abermals meine Hand, aber auf eine andere Art, ich konnte es deutlich fühlen, auf eine bedauernde diesmal.

Dass ich nach Zigaretten riechen würde, sagte er, und ob ich nicht wisse, dass Rauchen schädlich sei, dass man davon sogar sterben könne.

So viel würde ich nun auch wieder nicht rauchen, und sobald er hier herauskomme, würde ich sowieso ganz damit aufhören, Pionierehrenwort, hoch und heilig versprochen, vielleicht schon zu Weihnachten, es sei ja nicht mehr lange hin bis zur Adventszeit, gerade mal noch sechs Wochen, ob er sich denn etwas Besonderes wünsche?

Wer denn Weihnachten zu Besuch komme, wo doch fast alle tot seien.

Na ja, sagte ich: Oma, dann Papa hier, Onkel Than aus Laos, der ja jetzt in Leipzig Germanistik studierte. Und du selbst natürlich auch, sagte ich zu ihm, ganz klar. Da kämen noch einige zusammen. Von wegen, sagte ich: alle tot.

Und Frau Schwarz und ihre Tochter, mit der wir damals gespielt haben?

Nein, die natürlich nicht. Erinnerst du dich jetzt doch an sie?

Und kommst du?

Mal sehn, falls ich Urlaub kriege, schon. Du weißt doch, dass ich im November zur Armee muss. In ein paar Wochen oder so.

Eine verfluchte halbe Stunde Besuch, die ihn zusehends erschöpfte. Die schleppenden Dialoge. Die Trockenheit in meinem Hals, das dauernde Schluckenmüssen. Die zitternden Tropfen der Nährlösung, die im Fünfzehnsekundentakt fielen. Die vereinzelten Schreie draußen auf dem Gang. Der runde Kragen seines Nachthemdes. Des Vaters vergebliche Versuche, Witze gegen die Beklemmung zu reißen. Die Peinlichkeit, dass keiner lachte, und dann die windgepeitschten Äste vor dem Fenster, die im Licht des Krankenzimmers wild schwangen. Das Surren der Neonröhren, der abgeplatzte Lack der beigefarbenen Bettgestelle. Die antike Bettpfanne unter dem leeren Gestell des Nachbarbetts. Die zellenartige Proportion des Raumes. Unser gemeinsamer alter, vertrauter

Plüschfuchs auf dem Nachttisch, den ich mit sieben in einem Geburtstagspäckchen gefunden und an ihn weitergegeben hatte, der das abgegriffene Tier nun noch immer liebte. Daneben die Saftflasche. Und immer wieder der Duft dieser scheiß Mandarinen, der an Weihnachten erinnerte, an bunte Teller und Kerzengestecke.

Der Druck seiner Hand zum Abschied, schwach, nur noch ein Reflex auf den Impuls, den meine zupackenden Finger gewesen waren. Der Nimmerwiedersehensdruck, wie ich ein paar Wochen später, an jenem bösen Novemberfreitag, erfahren sollte. Das war das letzte Bild von ihm, und es prägte sich ein, übermalte alle anderen. Dieses und das der getrockneten Blutlache am Tag nach dem Fahrradsturz.

Mein Vater hatte den Motor angelassen, das Radio lief, warm orange leuchtete die Senderskala, und der Sprecher verkündete mit dunklem Timbre in der Stimme die Unwetterböen, die in den kommenden Stunden übers Land ziehen würden, ungemütliches Herbstwetter, dreckig, schmutzig und gemein, jahreszeittypisch, nicht zu ändern.

Ich stieg ein. Abschließender Blick aufs Klinikgelände. Eine Menschenfabrik, eine Reparaturanstalt, der niemand heil entkommen konnte. Ich nahm an, dass mein Bruder jetzt schon erschöpft eingeschlafen war, dass er am nächsten Morgen aufwachen und wieder nicht wissen würde, was mit ihm los war, dass er immer nur hinzunehmen gezwungen gewesen war, jede Kapriole seines Körpers, jeden Aussetzer seines Kopfes, jede Fehldiagnose, jedes falsch angesetzte Skalpell. Die Knochensägen, die seinen Schädel geöffnet hatten, die Schläuche, die unter seiner Haut verliefen. Es war alles schon immer geschehen, wenn er wieder aufwachte, und es gab niemandem, der etwas erklärte. Ich dachte: Entweder werten es die Vorgesetzten als Affront, dass ich mich selbst verunstaltet und ihnen damit die erste große Chance genommen habe, mich zu demütigen, oder aber sie nehmen es mit Humor, sportlich sozusagen. Wir fuhren durch die verkehrslose Dunkelheit des preußischen Landstraßennetzes, und bald war ich wie paralysiert vom monotonen Kratzen der Scheibenwischer, die uns die Sicht durch stehende Wasserwände freizuschlagen versuchten.

Ich hatte sie satt, diese Autofahrten, immer den Kranken hinterher, den Versehrten. Und nach jedem Tod, nach jeder Beerdigung eines vormals Besuchten hatte ich gehofft, dass mit diesem Sterben wenigstens auch die Fahrten zu Ende gingen, aber sie hörten einfach nicht auf. Denn war einer gestorben, traf es den Nächsten. Diese verfluchten Pilgerfahrten des Elends, jeden Sonntag, wenn Besuchszeit war in all den Krankenhäusern, Nervenheilanstalten, Rehabilitationskliniken der Republik.

Draußen schien die herrlichste Junisonne, und trotzdem trug ich eine lange, gebügelte Stoffhose, ein steifes Hemd mit ausladendem Kragen und darüber den gestrickten Westover aus Wolle. Ich hielt einen Blumenstrauß in der Hand, der in feuchte Zeitungsbögen eingeschlagen war, während ich an den Wagen – ein froschgrün lackiertes, heckgetriebenes Fabrikat aus der ukrainischen Industriestadt Saporoshje – gelehnt wartete, dass die Erwachsenen endlich herunterkämen. Der Vater musste nur noch seine Rasur beenden, die Mutter Lippenstift auftragen und meine Großmutter ihre goldene Feiertagsarmbanduhr anlegen.

Nach fünf Minuten des Rumstehens wurde die Hemdmanschette meines rechten Ärmels feucht, denn statt den Strauß nach unten hängen zu lassen, hielt ich ihn, fiel mir jetzt auf, in die Höhe. Ausgerechnet in diesem Moment kam einer der Jungen aus dem Nachbarblock vorbei und fragte, warum ich hier so allein herumstünde, ob mir nicht heiß sei in der langen dunklen Hose. Außerdem erzählte er, dass sie beim Spielplatz einen toten Hund gefunden hätten, der wahrscheinlich mit der Tollwut infiziert sei, weshalb jetzt alle nach oben gingen, um sich bei ihren Müttern Plastebeutel zu besorgen, diese leeren ausgewaschenen Milchtüten, in die wochentags unsere Schulbrote gepackt wurden, oder besser natürlich noch Gummihandschuhe, weil sie der Sache mit dem toten Hund selbst auf den Grund gehen wollten, bevor sie dann irgendwann am Nachmittag beim ABV zu klingeln gedachten, um ihm die Angelegenheit zu übergeben. Es werde wahrscheinlich auch nichts schaden, sich Taschentücher vor die Münder zu binden. Man bekomme ja riesige Spritzen reingedonnert, und zwar mitten in den Bauch, wenn man sich an so einem toten und verseuchten Hundevieh ansteckte. Der Junge riss, um mir die Spritzengröße zu verdeutlichen, seine Arme zu vollständiger Spannweite auseinander.

Als er endlich in einem der Aufgänge verschwunden war, um die Utensilien zur Erforschung des Hundekadavers zu besorgen, trat zu meinem Pech Frau Fouqué auf den Plan. Sie hielt einen Korb nasser Wäsche vor die Brust gepresst, um sie auf die gespannten Leinen der Trockenwiese hinter den Parkplatz zu hängen, und sie fiel, ohne den Korb abzusetzen oder sich mit einer Begrüßung aufzuhalten, sofort in einen Singsang des Barmens und Jammerns, klagte, dass meine Mutter es sowieso nie leicht gehabt habe, fern der Heimat, fremd und ohne Verwandte, und dass sie es für einen ganz besonders niederträchtigen Zug des Schicksals halte, wenn ausgerechnet sie mit einem neuerlichen Schlag wie diesem gestraft werde. Ganz sicher habe das Unglück meines Bruders mit dem Fahrradsturz damals begonnen. Dieser Blutfleck auf dem Gehweg, der tagelang nicht entfernt worden war, sei ihr immer wie ein böses Omen vorgekommen. Und dann, als wüsste ich es nicht selbst am besten, begann Frau Fouqué die Fälle von Krankheit und Siechtum aufzuzählen, die es in den letzten Jahren in unserer Familie gegeben hatte, und sie klagte, wie ungerecht es sei, dass es immer dieselbe Familie treffe, erst der Unfall des Bruders, dann der Großvater im Harz mit seiner Prostata, die Operation der Mutter, die ja glücklicherweise gut verlaufen sei, und nun schon wieder der Bruder, der nach *seiner* Operation nicht wieder aufgewacht sei. Kaum sei der eine halbwegs genesen und etwas Gras über die Sache gewachsen, treffe es den Nächsten, sagte Frau Fouqué, und vor allem mich bedauere sie ja so schrecklich.

Da ich nicht wagte, den Kopf auch nur einen Millimeter zu bewegen – ich wollte nicht, dass sie aus einer Regung Zustimmung oder Ablehnung herauslas –, begann mir der Nacken zu schmerzen. Das Blumenwasser war mittlerweile bis zum Ellbogen vorgedrungen, und Frau Fouqué fing an, sich in ihrem Sermon zu wiederholen, als, wie von einer gnädigen Macht geschickt, Frau Schwarz aus der Haustür trat. Ohne den Kopf zu heben, konnte ich sie am Klappern ihrer Clogs erkennen, und als sie endlich neben mir stand und ihre Hand mir wie ein blitzschneller Hauch über die Haare fuhr, hob ich den Kopf.

Frau Schwarz hatte einen leeren Plastekorb unter den Arm geklemmt, den sie nun absetzte, und während sie Frau Fouqué in ein Gespräch verwickelte, das sich um das Warenangebot der Kaufhalle drehte, nahm sie mir den triefenden Strauß aus der Hand und legte ihn auf dem Autodach ab. Sie drückte sanft meinen ausgestreckten Arm nach unten, öffnete meine Hemdärmel und krempelte sie bis zu den Ellbogen auf. Ich merkte, wie mein rechter Unterarm sofort in der warmen Sommerluft zu trocknen begann, und sah, mutig geworden, Frau Fouqué ins cremeglänzende Gesicht. Genau in diesem Moment fiel ihr ein, dass sie eigentlich in Eile war, denn auf ihrem Grundstück mussten die reifen Erdbeeren geerntet werden. Sie werde auf jeden Fall am Abend eine Schüssel zu uns hochbringen, sagte Frau Fouqué und lief zum Trockenplatz weiter. Bevor auch Frau Schwarz ihren Korb aufnahm, um die frische Wäsche von der Leine zu nehmen, öffnete sie mir noch den obersten Knopf des Hemdkragens, betupfte mit dem Zipfel ihrer nach Weichspüler duftenden Schürze meine Stirn, und mir wurde erst in diesem Augenblick bewusst, dass ich schwitzte.

Trotz der Hitze bestand der Vater darauf, die Fenster geschlossen zu halten, um das Dröhnen in der Fahrgastzelle nicht unnötig zu verstärken. Draußen zog der herrliche Tag vorbei, samt seinen tausend Möglichkeiten zum Abenteuer. Ich dachte an den abgekratzten Köter vom Spielplatz und was die Kinder wohl machten, nachdem sie ihn ausgiebig untersucht hätten und ihnen irgendwann langweilig würde. Ich stellte mir das verdatterte Gesicht unseres feisten ABVs vor, wenn zum Beispiel René, den Frau Fouqué *asozial* nannte, weil er drei Geschwister hatte und sich seine Eltern auf der Straße lauter unterhielten als andere, oder vielleicht der lange Kai-Uwe, der keinen Vater hatte und nur mit Oma und Mutter, einer eleganten Fernsehansagerin des zweiten Programms, in der

Dreiraumwohnung lebte, wenn jedenfalls einer der Jungen mit der größten Klappe an der Wohnungstür vom ABV klingelte und den Sachverhalt vortrug. Vielleicht war auch Antje unter den Kindern, und vielleicht hatten sie das tote Hundevieh gleich mitgebracht und dem ABV direkt vor die Tür platziert.

Der ABV, stellte ich mir vor, nur mit Unterhemd und Trainingshose bekleidet, eventuell sogar eine Flasche Bier in der Faust, starrte nun abwechselnd auf jenes Fellbündel, das auf seinem Fußabtreter lag, und dann wieder auf die durcheinanderplappernden Kinder, deren Hände seltsamerweise allesamt in aufgeschnittenen und ausgewaschenen Milchbeuteln steckten und die der riesigen karierten Männertaschentücher wegen, die sie sich aus Seuchenschutzgründen vor die Gesichter gebunden hatten, ein bisschen aussahen wie eine Bande DEFA-Cowboys in der staubigen jugoslawischen Pampa.

Ich malte mir aus, dass der ABV den verreckten Kojoten auf dem Abtreter leicht mit der Spitze seines Filzpantoffels anstupsen, sich dann räuspern und wichtigtuerisch an die Mädchen wenden würde, die wie immer bei solcher Gelegenheit hinter der lärmenden Traube der Jungen stünden, auf der Treppe zur darunterliegenden Etage, an Antje oder vielleicht sogar an die blonde Yvonne aus unserer Klasse, die schon in zwei Filmen mitgespielt hatte und in die alle gleichaltrigen Jungs des Neubaugebietes heimlich verliebt waren, seit sie sekundenlang nackt im Fernsehen zu sehen gewesen war. Yvonne zog es jedoch vor, mit dem ein Jahr älteren René und seiner Bande an der Teppichklopfstange neben dem Spielplatz herumzulungern. Halb liegend, halb sitzend, hingen sie dort in einem Stahlgestell, das eigentlich dem Ablegen der Teppichrollen diente, tranken Cola aus kleinen braunen Flaschen, und René, der olle Angeber, rauchte die ekligen *Juwel 72* seines Vaters auf Backe und gab vorübergehenden Erwachsenen, die ihn deswegen nach seinem Alter fragten, unverschämte Antworten.

Eines der angesprochenen Mädchen jedenfalls würde einen Knicks machen, bevor es den ABV über Fundort und -zeit des toten Hundes unterrichtete sowie über die getroffenen Vorsichtsmaßnahmen zur Verhinderung einer Tollwutausbreitung im Neubaugebiet, und es würde schuldbewusst den Kopf auf die Brust senken und merklich erröten, wenn sie der ABV, stellvertretend für die anderen unaufmerksamen Kinder, für den Leichtsinn tadelte, diese Eins-a-Virenschleuder, die der Kadaver nun einmal darstelle, durch die Gegend getragen zu haben, statt, wie es in der Schule anhand von Fundmunition gelehrt wurde, den Ort des Geschehens mit Stöcken und, zum Beispiel, einem auffälligen Schal abzustecken und erst nach dieser Maßnahme die Volkspolizei oder Feuerwehr zu informieren, damit diese die Bombe entschärfen könnten.

Wat'n für 'ne Bombe? (Aus der dritten Reihe.)

Pardong: das tote Tier natürlich.

Tote Tiere entschärfen?

Jetzt reicht's aber gleich. (Aufbrausend der ABV, ohne allerdings zu vergessen, kurz die Bierpulle anzusetzen.)

Na jut, dann haun wa eben wieda ab, würde einer der vorn stehenden Jungen sagen, und einer von weiter hinten, dass sie sich wegen dem doofen Köter noch lange nicht beleidigen lassen müssten. Unter allgemein zustimmendem Gemurmel würden sich die Kinder umdrehen und abziehen, dabei aber extra laut die Treppe runterpoltern. Unten vorm

Haus des ABVs würden sie sich empört schnatternd gegenseitig und äußerst vorsichtig die von Tollwut verseuchten Milchtüten von den Händen streifen und anschließend mithilfe zweier Stöcke in einen der Papierkörbe verfrachten. Sie würden die Taschentücher abnehmen, zusammenfalten und in ihren Hosentaschen oder ledernen Brustbeuteln verstauen. Dann würden sie, noch immer aufgebracht über den ABV – denn wenigstens *eine* Bemerkung des Dankes, nur ein einziges ihre Umsicht anerkennendes Wort hatten sie sich insgeheim erhofft –, zum Spielplatz schlendern, um dort, einige auf dem Klettergerüst sitzend, die Mädchen, stählerne Querstreben in den Kniekehlen, im Schweinebaumel hängend, der Rest sich auf den sonnenwarmen Steinplatten des Sandkastenrandes rekelnd, zu beratschlagen, was sie als Nächstes unternehmen könnten, denn der Sonntagnachmittag hatte ja gerade erst begonnen, und bis zum Tele-Lotto um sieben, das sie allesamt vor dem wöchentlichen Wannenbad sehen durften, war es noch lange hin.

In einem riesigen Bogen umkurvten wir Westberlin, ratterten über schattige Alleen, durchquerten sonntagstote Dörfer, deren schrundige Gemäuer, rostige Schmiedezäune und von Entengrütze grüne Feuerwehrteiche im Sonnenlicht nicht verfallen wirkten oder verwahrlost, sondern malerisch, kleine Flecken im flachen Brandenburger Land, die exakt so aussahen, wie ich mir die ländlichen Kulissen von Strittmatters *Tinko* vorstellte. Nur hin und wieder saß ein altes Bauernpaar auf einer verwitterten Bank neben einer Kirchpforte oder im Schatten einer Trauerweide – beide die schweren, ledrigen Hände in den Schoß gelegt, er einen Zigarrenstumpen im Mundwinkel, sie ein geblümtes Tuch um den Kopf gebunden – und sah teilnahmslos den Autos hinterher, die über den Kopfstein der Dorfstraße fuhren.

Um uns die Zeit zu verkürzen und weil kein Radio in unserem ukrainischen Personenkraftpanzer verbaut war, hatten wir einen einfachen japanischen Monokassettenrekorder dabei, den auf der mit rot-schwarz gescheckten Synthetikfell überzogenen Rückbank sitzend, ich bedienen durfte. Ich spielte La Bionda, Donna Summer und Hot Chocolate ab, alles Lieder, die manchmal die Mutter, meist aber ich selbst mithilfe eines fünfpoligen DIN-Kabels von unserem Schwarz-Weiß-Fernseher aufgenommen hatte, aus Sendungen, die *disco* hießen oder *Musikladen*, wo entweder spindeldürre Ansager im zuckenden Stroboskoplicht zappelten oder große blonde Frauen ihre großen nackten Brüste im Rhythmus der Musik schwangen, sodass man gar nicht wusste, wohin mit den Augen, wollte man nicht beim Hinstarren erwischt werden. All der Flitter, das Licht, die gute Laune, ganz anders als bei *rund*, schien mir, wo Jugendliche in FDJ-Hemden, Cordsakkos und ärmellosen Pullovern so taten, als würde ihnen Plastic Bertrand, der wie angesengt durch die Kulissen schoss, etwas bedeuten.

Ich spulte vor, wenn es jemand verlangte, ich spulte zurück, wollte jemand ein Lied zum zweiten Mal hören, und während meine Finger fast schon virtuos über die eckigen, schwer zu drückenden Bedienknöpfe wanderten, überlegte ich, was Kai-Uwe, Antje, Yvonne und die anderen Kinder nun taten, nachdem sie den Spielplatz verlassen hatten.

Ich dachte an den Schrottplatz, zu dem sie vielleicht unterwegs waren und der gleich hinterm Bahnhof Drewitz lag, von wo die weinroten, dieselgetriebenen Wagen – von allen Leuten nur Eule genannt, vermutlich ihrer abgerundeten Formen wegen und weil sie zwei Frontscheinwerfer besaßen, die wie weit aufgerissene Augen wirkten – über den Zwischenhalt Rehbrücke bis nach Genshagener Heide fuhren. Hier musste man umsteigen und eine hölzerne Fußgängerbrücke überqueren, wollte man den Doppeldecker vom gegenüberliegenden Gleis nehmen, der via Schönefeld bis nach Berlin-Ostbahnhof fuhr. Dort stieg man in die S-Bahn um und stand wenig später auf dem Alexanderplatz, der vor Menschen nur so wimmelte. Das hier war die richtige Stadt: Haus des Lehrers, Haus des Reisens, Hotel *Stadt Berlin*, die Kongresshalle, der Fernsehturm, nicht zuletzt das Centrum-Warenhaus mit den Klimaschleusen am Eingang, wohin die meisten der auswärtigen Besucher drängten, die Sachsen, Thüringer, Mecklenburger und auch wir Potsdamer, in dem unbedingten Willen, es so leer wie möglich zu kaufen und so den ungerechten Konsumvorteil der Hauptstadt höchstpersönlich wieder auszugleichen. Alle kamen, um zu jagen: Toaster, Mixer, Heizkissen, Trockenhauben die Frauen, Bohrmaschinen die Männer, Kaffeebrühhalbautomaten die Großeltern und Kassettenrekorder der halbstarke Nachwuchs.

Ich liebte diesen Platz, die wimmelnden Menschen, die dennoch kaum Hektik ausstrahlten, die Satzfetzen, die in zig Dialekten durch die Luft flogen, das Kindergeschrei, die Polizisten, die ein Auge darauf hatten, dass alles seinen geregelten Lauf nahm.

Wir, meine Mutter und ich, hatten es zur Regel werden lassen, als Erstes im Imbiss des Alextreffs einzukehren, um uns dort zwei der großartigen Currywürste zu bestellen, bevor wir, noch den scharfen Geschmack der Soße am Gaumen, ins Centrum-Warenhaus weiterzogen, vielleicht ein tschechisches Plastegewehr erwarben oder einen Plüschaffen aus Sonneberg, in der nächsten Etage einen Rock, eine seidene Bluse oder einen Lippenstift in der Kosmetikabteilung. Um die Mittagszeit schlenderten wir an Fernsehturm und Marienkirche vorbei zum Neptunbrunnen, wo wir einen Augenblick verweilten, sie auf einer Bank, die Beine ausgestreckt, die Augen geschlossen, die Sonnenbrille in die Haare geschoben, ich auf dem Brunnenrand sitzend, um mit hochgekrempelten Ärmeln nach den Münzen zu fischen, die im Wasser funkelten. Zum Spaß untergehakt wie ein Liebespaar, kichernd zuweilen, wenn uns ein neugieriger oder, besser noch, ein missbilligender Blick traf, liefen wir weiter Richtung Spree, und schon nach wenigen Schritten konnte ich die Schreie der Möwen hören und die dumpf knatternden Motoren der Weiße-Flotte-Schiffe, über denen sie kreisten, gierig lauernd auf das Stückchen Toastbrot eines satten Touristen. Am anderen Ufer, mehr elegant als majestätisch, erkannte ich voller Vorfreude die Fassade jenes modernen Gebäudes, in dem wir unsere Mittagspause verbringen würden und in dessen braun getönten Scheiben sich jetzt die Sonnenstrahlen brachen: den Palast der Republik. Immer wenn ich ins Foyer trat, hielt ich für einen Moment den Atem an, um dann umso tiefer den Duft des Außergewöhnlichen einzusaugen. Ich genoss den polierten Boden unter den Füßen und die Höhe des Raumes über meinem Kopf, und jedes Mal war ich aufs Neue über die Lampenkonstruktionen erstaunt, die darin wie schwebende Raumschiffe wirkten.

Über breite Treppen und trittdämpfende Läufer stiegen wir ins Restaurant hoch, und wie fast immer, wenn ich allein mit meiner Mutter unterwegs war, erhielten wir sofort einen Tisch, und war wirklich einmal alles besetzt, durften wir an der Bar Platz nehmen. Ich ließ mir ein Zigeunersteak mit

Pommes frites bringen, die ich kräftig nachsalzte und erst aß, wenn sie sich mit der leicht scharfen Paprika-Tomaten-Soße vollgesogen hatten, ich trank Tonicwasser aus einem schlanken Glas, in dem zwei Eiswürfel neben einer halben Limettenscheibe schwammen. Beim Abkassieren fragte mich der livrierte Kellner, ob meine Schwester schon vergeben sei, und zwinkerte dabei mit dem rechten Auge.

Und die Mutter antwortete, sie danke schön für das Kompliment, doch ich sei gar nicht ihr Bruder, sondern ihr lieber Herr Sohn, abgestellt vom Herrn Papa zum sicheren Geleit.

Pardon, Madame, sagte der Kellner und verbeugte sich theatralisch, aber weil er nur selten eine so adrette und gleichzeitig exotische Frau bedienen dürfe, habe er sich die Frage einfach nicht verkneifen können. Aber jetzt, wo er wisse, woran er sei, bitte er mich, den Herrn Sohn, dem werten Herrn Papa nichts von der Sache zu erzählen.

Mit dem Wechselgeld brachte er zwei Schnapsgläser an unseren Tisch, eines mit roter Flüssigkeit gefüllt, das andere mit grüner, und wir stießen an. Ich kippte meine Limonade in einem Zug hinter, so wie es mein Großvater mit seinen »Kurzen« immer machte, und dann torkelte ich an der Seite meiner Mutter die polierten Stufen hinab aus dem Palast ins Freie.

Wir zogen weiter in die Leipziger Straße, wo es sagenumwobene Modeboutiquen gab und exotische Lebensmittelgeschäfte, wir erwarben polnische Blaubeerkonserven, ein Pfund frische Champignons, den Viertellaib eines dunklen polnischen Bauernbrotes und eine Flasche indonesisches Ketjap-Manis. In den Umkleidekabinen half ich, schwer erreichbare Reißverschlüsse zu öffnen und zu schließen, ich hielt Bügel, stand ansonsten rum und ließ mir ab und zu von einer der Verkäuferinnen den Kopf tätscheln.

Auf dem Weg zum S-Bahnhof, kehrten wir, schwer bepackt, in eine Mokka-Milcheis-Bar ein, wir machten halt an der Weltzeituhr, um nachzusehen, wie spät es in Moskau wäre, wo meine Tanten Dui und Some studierten, und wie spät in Vientiane, wo meine Großmutter mit dem sagenhaften Dollarkonto lebte und meine Tante Chanh Vorsitzende der laotischen Frauenunion war.

Müde, erschöpft, aber zufrieden stieg ich an der Hand meiner Mutter am Abend aus der Eule. Der Schrottplatz am Horizont glomm im goldenen Licht des Sonnenuntergangs. Wir warteten auf den O-Bus – es war exakt an derselben Haltestelle, wo mein Vater einst den Betrunkenen herausgezerrt hatte, um ihm zu drohen –, und als wir endlich im gemütlich zuckelnden, fast leeren Gefährt saßen, dessen Scheinwerfer ebenso rund und freundlich waren wie die der Eule, brachen wir, weil uns ein leichter Appetit überkommen hatte, Stücke vom knusprigen Brot ab, dessen Geruch sich sofort im Fahrgastraum ausbreitete. Ich verspeiste erst die krachende Kruste, um dann den weichen Teig zwischen den Fingern zu kleinen Kugeln zu rollen, bevor ich auch diese aß. Ich konnte erkennen, dass uns der Fahrer, obwohl wir nur wenig sagten und das sehr leise, missbilligenden Blickes im Rückspiegel beobachtete, aber ich erzählte es meiner Mutter nicht, die mit dem Rücken zu ihm saß, um sie nicht zu beunruhigen. Ich kontrollierte nur alle paar Minuten, ob er es aufgegeben hatte, uns anzustieren, doch seine finsteren Augen wanderten, als wir bereits ausstiegen, vom Innen- in den Außenrückspiegel und ließen erst von uns ab, nachdem der Bus wieder angefahren war und wir ein wenig ratlos zwischen all unserem Gepäck, den Beuteln, Tüten und Netzen, an der Haltestelle standen.

Ich fragte die Mutter, ob auch ihr der komische Busfahrer aufgefallen sei.

Sie sagte, nein, wieso, was denn so komisch mit dem gewesen sei, und weil ich den schönen Tag nicht verderben wollte, sagte ich, ach, es wäre wohl doch nichts gewesen. Die kleine stille Straße, die von der Haltestelle zu unserem Block führte, war in gleißend orangefarbenes Licht getaucht. Die Mutter nahm ihre französische Sonnenbrille aus dem Haar und setzte sie auf. Dann ergriffen wir unser Gepäck und liefen langsam los. Die Vögel zwitscherten in den Bäumen, und wir beschlossen, uns einen schönen Abend zu machen mit den Delikatessen aus Berlin, die wir ohne Teller und Besteck gleich aus dem Einwickelpapier essen würden. Mit Musik aus dem Rekorder, zu der wir im Schlafzimmer vor dem großen Spiegel die neuen Sachen probieren wollten, so wie wir es immer machten nach einem solchen Einkaufsbummel.

Ob denn der Vater nicht schimpfen würde, weil wir wieder so viel Geld für unnützes Zeug ausgegeben hätten, fragte ich.

Aber meine Mutter lachte über meine Besorgnis nur laut auf und sagte, dass der Vater eben keinen Sinn habe für solche Dinge und außerdem sehr beschäftigt sei mit seiner Doktorarbeit, und übrigens würde er wie ein Bauer herumlaufen, wenn sie nicht auch ihn einkleide. Er schimpfe manchmal ein bisschen, aber er meine das nicht ernst.

Unser Auto überquerte bei Schönefeld die Berliner Stadtgrenze, und ich stellte mir vor, wie jetzt Antje, René, Kai-Uwe und die anderen, vom ABV verscheucht, auf ihren Fahrrädern zum Schrottplatz fuhren, der gleich neben dem Bahnhof Drewitz begann, keinen Steinwurf vom DEFA-Gelände entfernt. Das Tor war mit einer Eisenkette gesichert und einem Vorhängeschloss, das durch seine pure Größe schon abschreckte. Dahinter erhoben sich sanft die begehrenswerten Hügel aus Schrott, die nur bei genauerem Hinsehen schroff erschienen, zerklüftet und kantig.

Alle, die an diesem frühen Nachmittag ohne eigenes Rad waren, zumeist, weil ihre Eltern die sogenannte Sonntagsruhe hielten, wozu gehörte, dass sie die Schlafzimmertüren abschlossen und sich tot stellten, wenn die Kinder klopften, um nach den Schlüsseln für den Fahrradraum zu fragen, fuhren grölend auf den Gepäckträgern ihrer Freunde mit, feuerten sie an und brachten sie mit ihrem übermütigen Gehampel ins Schlingern. Deshalb geriet immer wieder eines dieser Doppelgespanne aus dem Gleichgewicht, und es warf Fahrer und Sozius auf den Beton der Gehwegplatten, an dem sie sich Knie und Ellbogen aufschürften, frische Wunden neben dem alten, dunklen Schorf des letzten Sturzes, an dem sie so gern herumpulten, auch wenn er schon beinahe von selbst abfiel.

Aber ohne viel Aufhebens standen sie grinsend wieder auf, hatten noch größere Klappen als vorher, und nur insgeheim fuhren sie etwas bedachter oder schlossen die Mitfahrer ein wenig fester die Finger um den Gepäckträger, um sich festzuhalten.

Es waren zehn oder zwölf Räder verschiedenster Farben und Rahmenhöhen, die an diesem Tag Richtung Drewitz preschten. Renés Fuchsschwanz, den sein Westonkel geschickt hatte, flatterte im Fahrtwind. Die anderen hatten sich Stofffetzen aus den Putzlappenvorräten der Mütter geklaut, mit Bastelscheren grob in Dreiecksform geschnitten und auf die Enden von angespitzten Weidenruten gespießt, die mit dicken Lagen Lenkerband am Rahmen befestigt waren. Auch diese

Wimpel wehten knatternd im Wind, und es knatterten außerdem die Rahmbutterdeckel, die die Kinder mittels zweier Wäscheklammern so an der hinteren Radaufhängung angebracht hatten, dass sie in die Speichen hineinragten und beim Fahren ein gleichmäßiges Geräusch verursachten. Das waren ihre Motoren. Um die Radnaben hatten sie alle jene bunten zweifarbigen Ringe gewickelt, deren flauschige Oberflächen Ölreste und Straßenmatsch aufnahmen und die es für ein paar Pfennige im Fahrradladen der Babelsberger Innenstadt einzeln zu kaufen gab.

Ohne auch nur zu versuchen, das Haupttor zu überwinden, schlug sich die Meute links davon in die Büsche, wo es einen schmalen, sandigen Weg gab, den die Mopedreifen der halbstarken Jungen dort ins versteppte Sommergras gezogen hatten, wenn sie in der Dämmerung, stille, anschmiegsame Mädchen auf dem Soziussitz, ziellos durch die Gegend fuhren, nur um das Gefühl der weichen, sich an sie klammernden Körper ins Endlose zu verlängern.

Zwischen Bahndamm und Schrottplatzgelände zog sich dieser Schleichweg zweihundert Meter entlang, bis er an einer Stelle vorbeiführte, an der sich der Maschendraht der Umzäunung anheben ließ, wie eine Buchseite, die man umblätterte. Links und rechts dieser magischen Stelle legten die Kinder ihre Räder ins Gras, und eines nach dem anderen schlüpfte durch das Loch im Zaun aufs Gelände.

Dort war es sehr still. Nur gelegentlich hörte man auf den holprigen Gleisen nebenan die Eule vorbeirauschen, das Tor war von hier aus nicht zu sehen, die Hauptstraße, wo der O-Bus fuhr, so weit entfernt, dass kein Geräusch des sonntäglichen Ausflugsverkehrs herüberdrang.

Die Kinder aber, nachdem sie eine Weile fast ehrfürchtig

geschwiegen und sich auch nicht gerührt hatten, eine kleine Andacht, die sowohl dem Wunder des Durchschlupfes galt als auch der Pracht des zu Entdeckenden, das sich nun zum Greifen nah vor ihnen ausbreitete, fingen plötzlich zu lärmen an und erklommen johlend den ersten Schrottberg. Mit bloßen Händen wühlten sie an den rostigen Hängen, gleichzeitig Schätze findend und den Freunden, die am nächstgelegenen Abhang wühlten, lautstark über ihre Funde Auskunft gebend.

Immer wieder zogen sie einzelne Teile heraus und warfen sie schwungvoll nach unten, wo sie auf dem Betongrund des Platzes scheppernd aufkamen. Löchrige Wehrmachtshelme, undefinierbares Gestänge, Essgeschirre aus Emaille, die Kofferraumklappe eines Moskwitschs, eine barock geschwungene Olympia-Schreibmaschine.

Nach einer Viertelstunde wurden die ersten Arme schwer. Antje und Yvonne zogen sich an den Zaun zurück, an dem auch René schon lässig lehnte und mit theatralischen Zeitlupengesten eine Zigarette rauchte.

Nach und nach kamen auch die anderen von den Schrottbergen herunter, um die Schätze zu sichten, die sie von den Gipfeln und Hängen hinabgeschleudert hatten. Sie stellten fest, dass sie kaum etwas davon gebrauchen konnten, denn die Mühe, das eine oder andere mitzunehmen, überstieg bei Weitem den zu erwartenden Nutzen, zumal sie wussten, dass die Mütter, wenn sie ein solches Schrottplatzteil im Kinderzimmer fanden, es, ohne zu fragen, dem Müll übergaben.

Aber wenn sie schon nichts mitnehmen konnten, machten sie sich wenigstens daran, die Dinge, die sie so mühsam geborgen hatten, vollkommen zu zerstören, sie kaputter als kaputt zu machen.

Sie hieben mit dem Wehrmachtshelm kopfgroße Dellen

in den Kofferraumdeckel, sie ließen die Schreibmaschine immer wieder an den ausgestreckten Armen zu Boden fallen, jedes Mal von Neuem hell auflachend über das Läuten des eingebauten Glöckchens beim Aufschlag, so lange, bis sich der gesamte Wagen gelöst hatte und das Glöckchen nicht mehr klang, bis sämtliche Typenhebel herausgebrochen waren, mit denen sie sich noch für ein paar Minuten bewarfen.

Hier, nimm das »Z«.

Und hier kommt, Damen und Herren, das »A« wie Arschkrampe.

Schon im Weggehen friemelte einer das seltsamerweise noch feuchte Tintenband aus der Farbrolle und legte es seinem Freund über die Schulter, der reflexartig danach griff und sich den hellen Nicki beschmierte und die Hände, die er aus Rache am kurzärmligen Strickpulli des anderen wieder abwischte.

Drei weitere Jungen hatten an Kleidung und im Gesicht Schreibmaschinentinte, als sie schließlich wieder draußen auf dem Schleichweg standen, die Räder zwischen den Knien hielten und beratschlagten, was sie als Nächstes tun könnten, denn der Tag war noch jung und der Montagmorgen mit den Lasten und Pflichten und dem Fahnenappell weit.

Nach einigem Hin und Her, einem großen Palaver, das angereichert war mit Beleidigungen und Schimpfwortkanonaden, beschlossen sie, sich in zwei Gruppen zu teilen. Jene von René geführte wollte ins Wohngebiet zurückfahren, um dort aus dem Keller seiner Eltern den gummibereiften Handwagen zu holen, mit dem sie dann ins angrenzende Komponistenviertel zu ziehen gedachten, wo das protzige Einfamilienhaus des Altstoffhändlers stand.

An zwei Nachmittagen in der Woche öffnete der Altstoffhändler seine Tore, und die Kinder der Nachbarschaft standen dann in langer Reihe bis weit auf den Fußweg, vollgeladene Bollerwagen neben sich, klirrende Netze und Beutel zwischen den Füßen. Ganz hinten in der Schlange ging es laut und ausgelassen zu, die Jungen trugen Boxduelle aus, versuchten sich an Karatetritten und Judogriffen, imitierten wild gestikulierend Szenen aus den Fernsehfilmen des vergangenen Abends. Die Mädchen spielten Gummihopse, ließen ihre Springseile durch die Luft pfeifen oder tauschten glänzende Stammbuchbilder. Doch je weiter voran man kam, umso leiser wurde es, umso mehr straffte sich die Schlange von einem wilden Pulk zu einer exakten Reihe. Ganz vorn herrschte Schweigen, die Kinder, den Blick gesenkt, warteten darauf, vom Altstoffhändler aufgerufen zu werden, der, eine Waage zu seiner Rechten, an einem klappbaren Gartentisch saß. Auf den Unterarm des Altstoffhändlers war ein Kreuz tätowiert, das auf einem Berg stand und strahlte. Er trug eine goldene Uhr am Handgelenk und nicht nur *eine* goldene Kette um den Hals, wie Antjes Vater, sondern gleich zwei. Auf dem Tisch stand eine Geldkassette, daneben lagen ein speckiger Quittungsblock und ein Bleistiftstummel.

Immer nur ein Kind durfte zum Altstoffhändler herantreten, sofern er mit herrischer Stimme rief, dass der Nächste dran sei, und wenn er dies getan hatte, rückten die anderen synchron und wie an Marionettenschnüren gezogen einen Schritt nach, ohne dabei den Mindestabstand zum Tisch zu verletzen, der zwei Meter betrug und den ein fetter weißer Kreidestrich auf dem Betonboden markierte. Mit unwirschen Handbewegungen wies der Altstoffhändler das Kind an, die Zeitungsbündel auf die Waage zu legen und leere Flaschen und Gläser, nach Farbe und Art sortiert, links zu seinen Füßen aufzustellen. War dies zu seiner Zufriedenheit geschehen, was er durch ein kurzes Nicken andeutete, erhob er sich ächzend, las die Skala der Waage ab und zählte Flaschen und Gläser. Dann schrieb er eine Zahl auf den Quittungsblock, riss das Blatt mit großem Schwung ab, faltete es und nahm ein paar Münzen aus der Kassette, die er dem eingeschüchterten, aber plötzlich auch aufgeregten Kind zusammen mit dem Zettel über den Tisch reichte.

Und jedes, wirklich jedes Mal beschiss er die Kinder dabei. Nie stimmte die Summe, die sie in die Hand bekamen, mit jener überein, die sie sich vorher ausgerechnet hatten. Deshalb hatte niemand etwas dagegen, wenn einer wie René, der auf die Schule pfiff und dem sein Ruf im Wohngebiet egal war, an einem stillen Sommersonntag wie diesem, da die gesamte Altstoffhändlersippe auf ihrer Datsche weilte, über den schwarzen Jägerzaun stieg, der das Altstofflager zur Hauptstraße hin begrenzte, und für acht bis zehn Mark Altpapier stahl, um es in der folgenden Woche an der Waage des notorischen Betrügers wieder abzugeben.

Den Handwagen parkten sie im Schatten der dichten Straßenbäume. Zwei Kinder standen ein paar Meter die Straße auf- und abwärts Schmiere, eines stapelte die Bündel, die René ihm herüberreichte, im Wagen, den der Rest mit seinen Körpern vor möglichen Blicken abschirmte.

Der andere Trupp, den Kai-Uwe anführte, fuhr auf dem Schleichweg weiter, der auf Höhe der Kiesgrube hinterm Bahndamm in einen breiten Feldweg mündete.

Sie rollten unter der neuen Schnellstraßenbrücke hindurch und unter einer Brücke aus dick isolierten silbernen Fernwärmerohren, die vom Heizwerk jenseits der Gleise heißes Wasser ins neue Wohngebiet Am Stern leiteten. Von dieser

Stelle waren es nur noch zweihundert Meter bis zum dicht bewachsenen Strand der Nuthe, die an warmen Tagen wie heute schwarz und beinahe ölig im Schatten der mächtigen Uferbäume Richtung Havel floss. Die Kinder ließen ihre Räder ins Gras fallen, zogen Schuhe und Sandalen aus, krempelten sich die Hosenbeine auf und stürmten dann die Uferböschung hinunter.

Nur Antje und Yvonne blieben oben. Sie suchten sich breite, scharfe Grashalme, spannten sie zwischen die Daumen ihrer gewölbten Hände. Dann bliesen sie die Backen auf und pusteten. Die schrillen Laute erregten die Aufmerksamkeit der Jungen, die allesamt bis zu den Hüften im Wasser standen. Für einen Augenblick unterbrachen sie ihr Spiel und sahen nach oben, wo Yvonne und Antje im Gegenlicht der Nachmittagssonne saßen und nun vom Ehrgeiz gepackt um die Wette flöteten. Aber wenig später schon griff einer der Jungen wieder zum Schilfrohr, um es dem Nebenmann über den Kopf zu ziehen, der seinerseits eine Erdscholle aus der Böschung brach, um sich mit einem gezielten Wurf zu verteidigen.

In triefenden Hosen, den nassen, hellen Scheitel aufgelöst im Gesicht, kletterte Kai-Uwe als Erster die Böschung wieder hoch, um auf die Armbanduhr zu sehen, die er aus seinem Schuh zog. Es war fast schon drei, weshalb er auch die anderen Jungen hochrief und zur Eile antrieb, denn um Punkt vier, so hatten sie es vorhin ausgemacht, waren sie mit Renés Gruppe unter der Autobahnbrücke verabredet, um den weiteren Nachmittagsablauf zu besprechen.

Links und rechts der Autobahnbrücke dehnten sich Kiefernwälder, unmittelbar darunter, neben der Leitplanke, verlief ein schmaler Weg. Dort stellten sie sich mit geschlossenen Augen hin, ließen das Rauschen und Dröhnen des

Verkehrs ihre Köpfe füllen und lachten, wenn die Erschütterungen vorbeifahrender Lkws ihnen den Bauch zum Kribbeln brachten. Später dann saßen sie auf der Schräge des Betonwiderlagers herum und sagten die Modellnamen der vorbeifahrenden Westautos auf: Opel Rekord, VW Scirocco, Ford Capri.

Audi 100, grün.

Ich legte die letzte Kassette dieser quälenden Hinfahrt ein, *The Sound of Philadelphia*, wir bogen am alten Friedrichstadtpalast auf den Schiffbauerdamm ein, der Vater kurbelte jetzt endlich doch das Fenster herunter und zeigte der Großmutter die Sehenswürdigkeiten des Viertels, Bertolt Brechts Berliner Ensemble, das Deutsche Theater, er zählte die Namen von Schauspielern auf, die auch durch Fernsehauftritte bekannt geworden waren, und fuhr eigens einen kleinen Umweg dafür. Irgendwann aber hielten wir doch, krochen mit tauben Gliedmaßen aus dem Wagen, und ich sah jenseits des Parkplatzes die verfluchte Charité.

Selbst an einem hellen Sommertag wie diesem kam mir das Gebäudeensemble wie eine eigene kleine Siedlung vor, die grausame Miniaturvariante einer Stadt aus finsterer Vorzeit: die roten Backsteinhäuser, der Efeu, der über die Mauern kroch, die Turmaufgänge und Bogenfenster, die vergitterten Erdgeschosse, die Giebel, Schieferkacheln und Spitzdächer, all das Verwinkelte und Unübersichtliche. Die alten Bäume, die in den Sichtachsen standen, sodass man nie sicher war, was einen an der nächsten Ecke erwartete.

Sobald wir die mächtige Tür durchschritten hatten, schlug mir der Geruch von Kampfer und kaltem Mittagessen in die Nase, von Putzmitteln und warmen Gummibettlaken.

Ich lief im Abstand von ein, zwei Metern hinter den anderen her, betrachtete das Sonnenlicht im gebohnerten, spiegelnden Boden, konzentrierte mich auf den Schattenwurf der Fensterkreuze. Ich atmete versuchsweise durch den Mund und bemühte mich, keinen der Patienten, die in Hausschuhen und Bademänteln über die Gänge schlurften, anzusehen. Ich hörte die Schwestern Anweisungen rufen, sah ihre weißen Socken unter dem Saum ihrer Kittel leuchten, ich sah die Räder der Teewägen, die geschoben wurden, ich hörte Tassen klirren, atmete nun tief ein, und tatsächlich überdeckte der Geruch von Muckefuck und Hagebuttentee den Gestank des Kampfers und das muffige Aroma gekochter Kartoffeln. Aus der Teeküche, wo schon das Abendbrot vorbereitet wurde, roch es nach Pfefferminze und Aufschnitt. Ich nahm den Blumenstrauß herunter, den ich, obwohl mein Blick die meiste Zeit auf dem Boden klebte, wie einen Schild vor meinem Gesicht getragen hatte, und ich merkte, dass mein Hemdärmel noch immer nass war. Ich hätte stundenlang so weiterlaufen können, wäre mir nur der Schritt erspart geblieben, der nun, als plötzlich alle anhielten, unmittelbar bevorstand. Der Vater rückte seine Krawatte zurecht, legte sich das Jackett über den Arm. Ein Kamm fuhr mir durch die Haare, und ich erkannte am Kölnischwasserduft, dass es das spitzenumfasste Sonntagstaschentuch meiner Großmutter war, das mir speichelfeucht durchs Gesicht fuhr. Meine Mutter zog sich die Lippen nach, dann verstrich eine Sekunde der Sammlung, in der niemand etwas tat oder sagte, bevor mein Vater schließlich vorsichtig an die Zimmertür klopfte.

Die purpurnen, glänzenden Narben auf seinem Schädel sahen aus, als hätten ihm die Ärzte versehentlich dicke Maden unter die Haut genäht, als sie all die Stellen wieder verschlossen, die sie mit Hämmern, Meißeln und Knochenbohrern vorher in die Schädeldecke unter der rasierten Kopfhaut gerissen hatten.

Allerdings hatten sie zu arbeiten begonnen, ohne eine Karte zu besitzen, die ihnen Auskunft über die exakte Lage der empfindlichen Schichten geben konnte, die darunter verborgen lagen. Sie waren – ein Routineeingriff, um zu starken Wasserdruck vom Hirn zu nehmen – davon ausgegangen, dass ein Schädel wie der andere sei, und sie hatten sich im Vertrauen auf die Vernunft des Seriellen ans Werk gemacht, und es war schiefgegangen.

Ich hatte aufgehört, die Wochen zu zählen, die er jetzt nicht mehr wach gewesen war, die Halbjahreszeugnisse jedenfalls hatten wir schon bekommen, auch Ostern war längst vorbei, und in wenigen Wochen würde ich ins Ferienlager in der Mecklenburgischen Seenplatte fahren.

Ich fragte mich, ob mein Bruder sitzen bleiben würde. Ich überlegte, dass er nach drei Jahren im Koma elf wäre und noch immer in die zweite Klasse ginge. Wenn das Koma sechs Jahre dauerte, dann wäre er sogar mit vierzehn noch in der zweiten, bekäme schon seinen Personalausweis, ein Moped möglicherweise, und alle seine Mitschüler würden sich vor ihm fürchten, weil er viel größer und stärker war als sie selbst, aber hinter seinem Rücken würden sie spotten, sie würden sich lustig machen und ihn Riesenbaby nennen, weil er trotz seines enormen Alters beim Rechnen noch immer die Finger zur Hilfe nehmen musste. Ihre Eltern würden heimlich die Köpfe schütteln, wenn sie ihm in der Kaufhalle begegneten.

Meine Mutter forderte mich auf, einen Schritt näher zu treten. Ich zögerte, denn noch immer fürchtete ich mich vor diesem Körper, der angeblich irgendwann wieder mein Bruder werden würde, der auf eine eigene Art tatsächlich lebte, denn seine Hand war ja warm, wie ich merkte, wenn ich sie zur Begrüßung ergriff, weil ich dazu gezwungen wurde. Ich sprach ein paar Worte, die ihn angeblich in seinem dämmernden Innern berühren und zurück ins Bewusstsein holen könnten, obwohl es nicht danach aussah, so regungslos, wie er da im starren Kissen lag. Wie konnte das denn jemals wieder anders werden? Mit all den Schläuchen und Maschinen, mit diesen Narben und glänzenden Flecken auf seinem Schädel, wie abgeheilte Brandwunden, auf denen nie wieder Haare wachsen würden.

Ich wusste einfach nicht, was ich sagen sollte, während ich seine Hand hielt, es hatte doch keinen Sinn, ihm von der Schule zu erzählen, vom Fernsehprogramm oder von Nachbarskindern, mit denen er lange nichts mehr zu tun gehabt hatte. Weil mir mein nasser Ärmel wieder auffiel, versuchte ich, ihm von Frau Schwarz zu erzählen, die er mochte, ich kramte Episoden aus meinem Gedächtnis, in denen Antje vorkam, und während ich stammelte, knetete ich seine Hand, so wie meine Mutter es vor mir getan hatte.

Ich glaubte nicht, dass mein Reden zu ihm vordrang, dass die zwar warmen, aber trotzdem toten Hände etwas fühlten, und ich glaubte auch nicht, dass er gelächelt hatte, wie meine Mutter, plötzlich aufspringend, losjubelte. Mein Vater und ich jedenfalls konnten es nicht bezeugen, denn beide hatten wir woanders hingesehen, er aus dem Fenster, ich auf das gerahmte Familienfoto auf dem Nachttisch meines Bruders.

Meine Großmutter, die mit einer Vase zurückkam, erlöste mich schließlich, indem sie mir des Bruders Hand abnahm und mich runter vor die Tür schickte, wo ich vor der Rückfahrt noch ein bisschen Luft schnappen sollte.

Ich wusste damals nie, was wirklich los war, kannte nie den exakten Namen einer der Krankheiten, nie die Symptome, wie sie in den Lehrbüchern standen, wusste nichts über ihre Verläufe und ob sie tödlich endeten oder heilbar waren. Ich konnte nicht einmal sagen, ob das, woran einer gerade litt, noch Teil der Krankheit oder schon Folge der Behandlung war.

Ich sah sie alle nur in die Krankenhäuser gehen und Wochen, manchmal auch Monate später viel kaputter als vorher zurückkommen. Sie sahen aus wie normale Menschen, wenn sie losfuhren, und kamen als Schwerbehinderte zurück, abgemagert, radioaktiv verseucht, durchgelegen, an Stöcken, an Krücken und in Rollstühlen, mit künstlichen Darmausgängen und Kathetern.

Erst wenn es zu spät war, wenn schon ohne Kompass und Karte mit dem Skalpell im Gehirn herumgesucht worden war, wenn man nach Wochen der Bewusstlosigkeit nicht mehr weiterwusste und gezwungen war, das auch zuzugeben, weil die ewig gleichen Beschwichtigungen die Angehörigen allmählich wütend werden ließen, dann ging plötzlich die Grenze auf, dann wurde die Mauer durchlässig, und der hoffnungslose Fall durfte in die Computertomografenröhre des Westberliner Universitätsklinikums geschoben werden, wo festgestellt wurde, dass sich die Topografie dieses Hirns unterschied von der der meisten anderen, weshalb man versehentlich etwas verletzt hatte, das besser verschont geblieben wäre.

Dabei fing es immer ganz harmlos an. Zunächst standen da nur diese ganz gewöhnlichen Reisetaschen, Rucksäcke und Proviantbeutel im Flur der Wohnung herum, nachmittags schon gepackt, damit am nächsten Morgen, wenn die Fahrt in eine Klinik bevorstand, keine Hektik mehr aufkäme, man noch in Ruhe zusammen frühstücken konnte und sich dann so gelassen ankleiden würde, als bräche man nur zu einem Kurzurlaub auf. Alles sollte normal erscheinen.

Den Rucksack meines Bruders hatten wir an einem Sonntag gemeinsam gepackt: Buntstifte, zwei Bücher – er war in der zweiten Klasse und begann gerade, selbst zu lesen –, ein Solitärsteckspiel, ein Tierquartett, eine Rolle Fruchtdrops, zwei Tafeln Schokolade. Obendrauf setzten wir meinen Plüschfuchs, so, dass dessen Kopf, Brust und Vorderpfoten, auch wenn der Rucksack geschlossen war, noch herausschauten. Wir legten den Rucksack achtlos zu der karierten Reisetasche, doch den ganzen Abend, wann immer ich über den Flur musste, beim Tischdecken, beim Abräumen, sogar in der Nacht noch, als ich einmal auf die Toilette ging und für eine Weile den Geräuschen aus dem Wohnzimmer lauschte, bevor ich zurück ins Bett schlich, grinste mich dieser Plüschfuchs an.

An jenem Morgen, als ich das Haus verließ, weil ich in die Schule musste, war mein Bruder ein ganz normaler, leicht übergewichtiger Junge mit schwarzbraunen, meist zum Seitenscheitel gekämmten, weich fallenden Haaren und braunen Augen hinter einer viereckigen Brille. Ich machte mir keine Sorgen – er war der Erste, der zu einem dieser Höllenausflüge aufbrach –, denn damals lebte ich in dem Glauben, man komme ins Krankenhaus, um geheilt zu werden. Weil ich etwas getrödelt hatte und deshalb spät dran war, verabschiedete ich mich nur flüchtig, kaum, dass der Händedruck, den ich ihm gab, herzlich gemeint war.

Als er ein Dreivierteljahr später im Rollstuhl zurück in unseren Wohnungsflur geschoben wurde – der Pfleger, der ihn im Krankenwagen gebracht hatte, blieb zweimal im Türrahmen hängen, sodass es splitterte – war er nur mit Nachthemd und Bademantel bekleidet, und sein Kopf, auch wenn die Augen zu lächeln versuchten, hing kraftlos zur Seite.

Dass die Ärzte gesagt hätten, er werde mich möglicherweise nicht wiedererkennen, erzählten die Eltern, und dass niemand zu sagen vermöge, was mit seinem Gedächtnis sei, dass aber eine theoretische Chance bestehe, alles könne wieder werden wie zuvor.

Mensch, soll ick dir ma' wat sagen?

Ja.

Du warst schon mal im Westen.

In *echt*?

Nee, im *Koma*, haha, aber besser als gar nich', oder?

Als ich abends vor unserem Block aus dem Saporoshez stieg, war die Manschette meines Hemdes noch immer nicht vollständig getrocknet. Frau Schwarz lehnte im offenen Küchenfenster und passte meine Mutter ab, um sich die Neuigkeiten berichten zu lassen, meine Großmutter stieg die Treppen zur Wohnung hoch, wo sie den Abendbrottisch decken wollte.

Der Vater, statt auch nach oben zu gehen, blieb komischerweise in der geöffneten Wagentür sitzen und rührte sich nicht, als spielte er toter Mann ohne Wasser. Ich setzte mich auf die Bordsteinkante vor dem Haus, betrachtete seine Reglosigkeit, wunderte mich ein wenig darüber. Aus einem offenen Fenster unseres Blocks drang Schlagermusik, ich hörte, wie meine Mutter sich mit Frau Schwarz unterhielt und vom angeblichen Lächeln des Bruders berichtete, und ich überlegte, ob die Hausaufgaben für den nächsten Schulmorgen schon erledigt waren und dass Antje jetzt wahrscheinlich gerade in der Wanne saß und darauf wartete, sich von ihrer

Mutter die Haare mit dem duftenden Eishampoo einschäumen zu lassen.

Plötzlich bog der Junge von heute Mittag bei der Teppichklopfstange um die Ecke, sah mich und kam herangeschlendert.

Wo warst'n die janze Zeit jewesn, ey?

Hab ick dir doch vorhin schon jesagt.

Haste jar nich.

–

–

Wat war denn nu mit dem Hund?

Wat denn für 'n Hund?

Na, der tote.

Ach, der tote. Nüscht war mit dem. Dafür ham wa bei die Garagen wat urst eklijet entdeckt.

Echt?

Doch er kam nicht mehr dazu, das Eklige näher zu beschreiben, denn im Nachbarblock ging ein Fenster auf, und eine Frau, Lockenwickler im Haar, schrie lang gezogen seinen Namen in die beginnende Dämmerung. Bevor er losspurtete, bot er mir an, die Geschichte am nächsten Tag zu erzählen. Aber weil wir nicht in dieselbe Klasse gingen, sah ich ihn am folgenden Tag nur einmal kurz im Essensraum. Ich fragte Antje, was das Eklige gewesen sei, aber Antje sagte, sie hätten am Sonntag nicht bei den Garagen gespielt, sondern mit Yvonne, Kai-Uwe und ein paar anderen auf dem Schrottplatz.

Und weil ich vergaß, den Jungen am nächsten und am übernächsten Tag nach dem Ekligen zu fragen, erfuhr ich nie, worum es sich dabei gehandelt hatte, obwohl ich immer mal wieder daran denken musste, selbst Jahre später noch.

Dann öffnete sich auch in unserem Block ein Fenster, und

meine Großmutter rief herunter, dass wir jetzt alle hochkommen sollten, um uns die Hände zu waschen, die Wiener Würstchen stünden bereits auf dem Tisch und würden sonst kalt. Der Vater erwachte aus seiner Starre, schloss den Wagen ab, die Mutter verabschiedete sich von ihrer Busenfreundin und wartete, bis ich vom Bordstein aufgestanden und zu ihr herangekommen war. Sie legte mir den Arm um die Schulter, und während wir langsam die erste Treppe hochstiegen, hörte ich noch, wie Frau Schwarz den Vater grüßte, der so langsam herübergeschlendert kam, als lege er es geradezu darauf an, kalte Wiener zu essen. Dann schloss Frau Schwarz das Küchenfenster, zog die blütenweißen Stores davor, um, wie ich annahm, sofort zu Antje zu eilen, die mit Gänsehaut auf den Armen und verschrumpelten Fingern im abgekühlten Badewasser saß und langsam fror.

Der Vater, immer auf der Suche nach einer *Pyongyang Times* oder einer *Prawda*, aus denen er Artikel ausschnitt, die, bevor er sie einmal im Jahr nach Stichworten archivierte, lose in seinem Arbeitszimmer herumlagen, auf dem Schreibtisch, in den Regalen, auf dem Fußboden, die immer durcheinanderwirbelten, sobald man die Tür öffnete, weil man zum Essen rufen sollte oder die große Schere suchte, der Vater sah, obwohl doch Sonntag war, noch einmal in den leeren Briefkasten hinein, bevor er zu uns aufschloss, die Mutter um die Taille fasste und wir gemeinsam den Treppenanstieg zum Abendbrot in Angriff nahmen.

Später, nachdem wir wegen des zusätzlichen Zimmers ins neue Wohngebiet gezogen waren, nach Waldstadt II, als wir, ohne darauf gewartet zu haben, einen Wartburg Tourist in Deluxeausstattung besaßen, der genau wie unser japanischer

Farbfernseher von den sagenhaften Dollars meiner laotischen Großmutter bezahlt worden war, fuhren wir immer andersherum, wenn wir sonntags auf die Krebsstation nach Berlin-Buch mussten. Nordwestlich über den Berliner Ring an den Rieselfeldern vorbei, wo Berlin aussah wie eine Reihung von Dörfern.

Die gleichen Gerüche auf den Fluren wie zehn Jahre vorher in der Charité, denselben Kloß im Hals, die Angst in den Knochen, immerhin den Bruder nun an der Seite, der sich freute, seine Mutter zu sehen, egal in welcher Verfassung sie war, im Morphiumrausch lächelnd oder in angstvoller Erwartung des kommenden Schmerzgipfels und des nächsten und des übernächsten, ob mit Haaren auf dem Kopf, ohne Haare, der Bruder, vierzehn Jahre alt, der ihr ein Buntstiftbild mitgebracht hatte, das tatsächlich aussah, als hätte es ein Zweitklässler gemalt, Tiere mit Strichbeinen, Kulleraugen und jeweils drei dicken Barthaaren im lachenden Gesicht, Menschen ohne Hals, die aus zwei Kugeln bestanden und deren Hände gebundenen Bastbesen ähnelten; der noch mehr als seiner Mutter der Rückfahrt entgegenfieberte, die er vorn auf dem Beifahrersitz neben dem Vater verbringen durfte.

All die kalkweißen, todgeweihten Gesichter in den Betten, das schmerzvolle Lächeln der Besucher, wenn sie ins Zimmer traten und einen ersten furchtsamen Blick auf ihre elenden Verwandten warfen, das unangerührte Mittagessen auf dem Nachttisch der Mutter, der kalte Kartoffelgeruch abermals und die antrocknende Soße auf der Hackbratenscheibe, die grüne Götterspeise im Plasteschälchen, auch nicht angerührt, und nein, man wollte sie nicht essen, niemals würde man hier auch nur einen Bissen herunterbekommen, kaum dass man ein Wort hervorbrachte, wenn man aufgefordert wurde, seinen Alltag zu schildern, in dem man tun musste, als sei alles normal, obwohl das Wichtigste fehlte: die eigene Mutter.

Man musste in der Schule so tun, als hätte es noch irgendeinen Sinn, gute Zensuren zu bekommen, als seien Wandzeitungen und Schulspartakiaden weiterhin von Bedeutung. Nein, schon zu diesem Zeitpunkt war alles sinnlos geworden, es gab keine Zukunft, und die Gegenwart war zum Kotzen.

Dann die vorsichtige Gegenfrage nach dem Befinden, auf die man gar keine Antwort haben wollte, denn zu offensichtlich war der Zustand. Schwaches Lächeln als Einleitung und Entschuldigung: Schilddrüse weg, Morphiumspritzen, Codein in Tropfenform, Dehydrierung, Schluckbeschwerden, Migräneattacken.

Alles Gute, bis nächste Woche.

Rossendorf später, Forschungsreaktor, Kernkraftstrahlen, Darm zerstört, künstlicher Ausgang stattdessen, Muskelschwund wegen permanenter Bettlägerigkeit, keine fünf Meter an Krücken, kein selbstständiger Gang ins Bad mehr möglich.

Das heimische Wohnzimmer als Krankenlager, weil die Klinik nichts mehr zu tun wusste. Eine Schwester, die täglich die Verbände wechselte, Nervengift spritzte, Salbe auf den wunden Rücken schmierte. Der Körper einer Verhungernden, kein Fett, keine Muskeln, kaum Fleisch, die hervortretenden Beckenknochen, die spitzen Halswirbel, der Finger, der den Ehering nicht mehr ausfüllte. Eine Nierenschale neben dem Bettsofa zum Wasserlassen. Der Geruch von Urin und Franzbranntwein. Der Geruch nach Kot beim schamhaften Beutelwechsel. Stundenlanges Lüften, chinesische Tigersalbe, um den pochenden Schädel zu beruhigen, das Ziehen an den

Haaren gegen den Kopfschmerz, das Tannennadelduftspray aus dem Intershop, Schwarzer Tee und ungewürzter Reisschleim, Morphium und Codein und Morphium und Codein.

Erst spät am Abend kehrten der Vater und ich vom Besuch des Bruders in der Nervenheilanstalt zurück. Der Wolkenbruch, der uns in der dunklen Einsamkeit des brandenburgischen Landstraßennetzes überraschte, hatte uns gezwungen, kilometerweit im Schritttempo zu fahren.

Nebeneinander in der Küche stehend, schmierten wir uns ein paar Brote.

Meinst du, seine Augen werden irgendwann wieder funktionieren?

Der Arzt hat gesagt, dass er auch nicht weiß, woran das liegt.

Und das alles hat damals begonnen, im Hubertusdamm, als er mit dem Fahrrad gestürzt ist?

Wie kommst du denn darauf? Der Vater sah von seiner Brotscheibe hoch.

Das dachte ich immer.

Das ist erst nach der Charité schlimm geworden. Nach dem Koma.

Aber vielleicht war die Charité nur der zweite Akt.

Vielleicht, wer kann das schon sagen.

Ja, wer kann das schon.

Wir gingen ins Wohnzimmer rüber, setzten uns vor den Fernseher und aßen. Dann holte der Vater eine Flasche Rotwein, und wir tranken sie aus. Er holte die nächste und dann noch eine. Wir waren beide zu müde, um noch viel zu sagen, aber eines war uns beiden, ohne dass es einer aussprach, am

Ende dieses Tages klar: Wir waren die Einzigen, die übrig bleiben würden von unserer gottverdammten Familie, und als der Vater gegen Mitternacht betrunken ins Bett schwankte, blieb ich einfach sitzen und machte allein weiter.

III

Ein perfekter Sommertag

Südwestlich von Berlin, wo sich der Harz erhebt, an schroffe Berge gesetzt, die wie Wände drei der vier Himmelsrichtungen verstellen, in einem Kessel, in den zwei Gleise führten aus der vierten, utopischen Richtung, um an einem Prellbock aus verwittertem Holz zu enden, in einer Sackgasse also und von rötlichem Staub überpudert, für den es keine nachweisliche Ursache gab, lag, ihr qualmendes Herz, das Eisenhüttenwerk, geradezu liebevoll umschließend, jene fast zwanzigtausend Einwohner fassende Industriestadt, in der die Eltern meines Vaters wohnten und die zur Kreisverwaltung Quedlinburg des Bezirkes Halle an der Saale gehörte.

Wann immer ich später in die kleine Stadt kam, hatte ich ein ungutes Gefühl. Anders als in meiner Heimatstadt hielten sich die Jugendlichen hier häufig draußen auf. In Gruppen von zehn bis zwanzig Personen lungerten sie in Parks und Gartenanlagen herum oder saßen einfach auf dem Bordstein, tranken Bier aus Flaschen und ließen ein Rohr mit klarem Schnaps, mit grünem Pfeffi oder rotem Kirschwhisky kreisen, rauchten Zigaretten und drehten die Sternrekorder bis zum Anschlag hoch. Sie waren, teils aus den umliegenden

Dörfern stammend, bestens motorisiert, die Älteren fuhren die kleineren ETZ mit hundertfünfundzwanzig oder hundertfünfzig Kubikzentimeter Hubraum aus den Motorenwerken Zschopau, die Jüngeren Mopeds der Baureihe S 51 aus den Gebrüder-Simson-Werken zu Suhl. Nur wenige besaßen ein älteres Gebrauchtmodell aus den Sechziger- oder Siebzigerjahren, das sie aufgrund der rundlichen, irgendwie niedlichen Formen von Scheinwerfer, Tank und Schutzblechen eher im Abseits ihrer Clique stehen ließ, vermutlich auch wegen der harmlosen Vogelnamen, auf die in früheren Tagen die Gefährte getauft worden waren, Habicht, Spatz, Sperber, Schwalbe. Eine Position, die jedoch nicht nur Nachteile hatte, denn neben dem Spott der Anführer, der einem gewiss war, erregte man mit ähnlicher Wahrscheinlichkeit irgendwann das Mitleid der schönsten, der begehrtesten Mädchen der Gruppe. Jener mit den längsten, den blondesten Haaren, den am tiefsten ins Gesicht hängenden Ponysträhnen und den Brüsten, die sich am deutlichsten, weil sie am größten waren, unter den bunten Sommernickis abzeichneten. Mit etwas Glück, ein durchaus zweischneidiges Schwert, wurde dieses Mädchenmitleid zu einer echten Zuneigung, und wenn es dann genug andere in der Clique gab, deren Mopeds ornithologische Namen führten, bestand sogar die Möglichkeit, dass das neue Liebespaar nicht ausgeschlossen und mit einem Bann belegt wurde, der Diskotheken und Jugendklubs einschloss, sondern weiterhin geduldet wurde.

Alle Mopeds und Motorräder, ob alt oder neu, waren penibel gepflegt, wurden einmal pro Woche mit handwarmem Fitwasser einer sanften Wäsche unterzogen, auf die stets eine zärtliche Trockenreibung mit weichen Fensterledern folgte. Sämtliche Chromteile waren mit Elsterglanz poliert, sodass sie nicht nur in der Sonne funkelten, sondern auch spät am Abend noch im Scheinwerferlicht der anderen Zweiräder. Viele der Jungen hatten weit ausgestellte, im Grunde überflüssige, lediglich der Zier dienende Seitenspiegel an die Lenker montiert, einige hatten sich vom Sattler echtes Leder über die Sitzbänke ziehen lassen, andere hatten nur mittels Hosenträgerclips ein synthetisches Tigerfellimitat darübergespannt. Verchromte Rückenlehnen für den Soziussitz oder einen Fuchsschwanz besaßen nur die wenigsten: die Anführer und einige ihrer informellen Stellvertreter.

Die Mädchen führten stets kleine Spiegel in den Umhängetäschchen mit, die ihnen an langen Lederriemen über die Schultern hingen, und so beiläufig wie damenhaft, als würden sie nicht allesamt eine Lehre in der Hütte machen, wo sie wochentags in ölverschmierten, blau verwaschenen Arbeitsanzügen an Schraubstöcken standen und unförmige Übungswerkstücke aus Stahl rechtwinklig feilten, oder auf einer der Landwirtschaftlichen Produktionsgenossenschaften im magischen Dreieck zwischen Wernigerode, Halberstadt und Quedlinburg, wo sie im Akkord Ferkel kastrierten – man sah nur kurz das Skalpell in der Mittagssonne aufblitzen, hörte für eine Sekunde das Tier quieken, und schon war der Griff zum Nacken des nächsten männlichen Kandidaten erfolgt –, als wäre es das Selbstverständlichste der Welt und als würden sie den lieben langen Tag nichts anderes tun, zogen diese angehenden Arbeiter- und Bäuerinnen die Taschenspiegel hervor, wechselten ihn in die linke Hand, warfen einen prüfenden Blick hinein, während Zeigefinger und Daumen der rechten bereits den Lippenstift aus dem Umhängetäschchen zogen, die Schutzkappe entfernten und das weiche Stiftinnere um einen Zentimeter herausschraubten. Ein weiterer, nicht mehr als angedeuteter Blick in das spiegelnde Rechteck, eine Bewegung, präzise wie die des Skalpells, das sie am Tage führten, und ihre Lippen glänzten nicht weniger als die Tanks der S 51 in der nagelneuen feuerwehrroten Ausführung. Im nächsten Augenblick schon war alles wieder verstaut, und die Mädchen nahmen die Zigaretten wieder auf, die sie vorsichtig auf der Bordsteinkante abgelegt hatten, gerade so in der Balance, dass die Glut frei überm Rinnstein hing. Sie ließen sich die Likörflasche für einen Schluck reichen und flirteten weiter mit den Anführern, spielten die Stellvertreter gegeneinander aus oder verteilten ihr Mitleid an die Luschen mit den Gebrauchtfahrzeugen.

Den Jungen ragten noch immer die bunten Stielgriffe ihrer PVC-Kämme aus den Gesäßtaschen der Konsum-Jeans, Marke Wisent oder Boxer – so wie es Ende der Siebziger einmal Mode gewesen war –, wenn sie alle zusammen an warmen Frühsommerabenden vor einem der Wartehäuschen des Busbahnhofs lungerten, der sich gleich gegenüber dem Reichsbahnhof befand. Ein zweistöckiger holzverschalter Bau mit Schnitzereien am Giebel und einer durchgehend überdachten, teilverglasten Veranda in der oberen Etage, der schon die liebliche Bäderarchitektur vorwegnahm, die zwei Kilometer weiter Richtung Bodetal einst das Kurviertel dominiert hatte, bevor sich Niedergang und Verfall dort auszubreiten begannen und die Verantwortlichen beschlossen, anstatt ein paar alte, wenn auch schöne Gebäude für die wenigen zu renovieren, lieber ein komplett neues Stadtgebiet für die vielen zu errichten, die in drei Schichten im Hüttenwerk schufteten und es allmählich satthatten, sich trotzdem mit heißem Wasser aus dem Kessel waschen zu müssen und die Notdurft im Toilettenverschlag auf halber Treppe zu verrichten. Aus diesem Grund war in den Siebzigern am westlichen Stadtrand und dennoch nur fünfzehn Fußminuten vom Zentrum entfernt das praktische, wenn auch recht unansehnliche und von Anbeginn im Kontrast zum bergig grünen Hintergrund des ansteigenden Harzes stehende Neubaugebiet Auf den Höhen gebaut worden, samt Mehrzweckgaststätte und Dienstleistungswürfel, der von Kaufhalle, Post und chemischer Schnellreinigung bis hin zu einer Produktionsgenossenschaft des Friseurhandwerks alles beherbergte, was der berufstätigen Frau ihre Freizeit erleichterte. Und während Auf den Höhen also das Leben gedieh, verfielen in der Oberstadt die einst strahlenden Kurhotels und Gästehäuser der wilhelminischen Zeit. Eines nach dem anderen stellte erst den Publikumsbetrieb ein, um wenig später aus baupolizeilichen Gründen komplett gesperrt zu werden. Weder entschied man sich, die leicht kitschigen, dennoch den meisten Augen schmeichelnden Schmuckstücke wiederherzustellen, noch brachte man es fertig, sie schnöde abzureißen und die Lücken mit standardisierten Plattenbauten zu füllen. So verfielen die Gebäude still vor sich hin, verloren durch die Jahre ihre Farbe. Die Scheiben der Frühstücksräume wurden blind, die Fundamente zerrieselten zu Staub, das feuchte Holz begann unter dem sich schälenden Ölanstrich zu verrotten. Nur einige der wenigen Abiturienten, die es hier gab, erfreuten sich noch am morbiden Anblick des Kurviertels, wenn sie es in neoromantischer Verfasstheit als Kulisse für einen verliebten Abendspaziergang benutzten.

Von den Jungs und Mädels, die im Wartehäuschen saßen und neugierig jeden taxierten, der aus der Schwingtür der Schalterhalle nach draußen trat, kurz nachdem einer der Bummelzüge aus der Kreisstadt eingefahren war, ging keiner auf die erweiterte Oberschule, um später einmal zu studieren und das zu werden, was die meisten in der Hütte mit abschätzigem, leicht angeekeltem Blick *etwas Besseres* nannten. Ihnen reichte es, in die werktätigen Fußstapfen ihrer Eltern und Großeltern zu treten, und im Grunde ließ sich, den Arbeiterstaat vor Augen, in dem sie ja bekanntermaßen lebten, und die Diktatur des Proletariats im Hinterkopf, an die niemand so wenig glaubte wie sie selbst, nichts gegen eine solche Entscheidung für die Gewohnheit sagen.

Die Motorräder und Mopeds der Gruppe jedenfalls standen heute in einer ordentlichen Reihe geparkt am Rand der Rathausstraße, und doch war selbst dieses vorbildliche Verhalten nur scheinbar korrekt. In Wirklichkeit verstieß es genauso gegen geltende Vorschriften wie das lautstarke Herumlungern, denn sie blockierten mit ihrer akkurat ausgerichteten Formation die Haltestelleneinfahrt des Linienbusses nach Aschersleben, die auch außerhalb der Verkehrszeiten frei zu halten war.

Alle, die durch die Bahnhofstür traten und ohne zu stocken ihres Weges gingen, waren uninteressant, da es sich offensichtlich um Einheimische handelte, die berufshalber in der Kreisstadt zu tun hatten oder von einem Theater- oder Restaurantbesuch zurückkehrten, mit dem Ehepartner, manchmal mit der ganzen Brigade, in jedem Fall herausgeputzt wie die Pfingstochsen.

Dann gab es die Tagestouristen, Paare oft von Anfang zwanzig bis dreißig, mit leichtem Handgepäck, die für ein verlängertes Wochenende kamen und stets kurz innehielten, nachdem sie die Pendeltür durchquert hatten, sich erst auf dem kleinen Bahnhofsvorplatz die Zigaretten anzündeten und kurz das Panorama erfassten, linker Hand die Eisenbahnstraße, am nördlichen Rand das Kino *Central*, die ansteigende Rathausstraße, der Friedenspark mit seinen alten, hohen Bäumen, die Grasflächen, Blumenrabatten sowie die evangelische St.-Petri-Kirche, deren schiefergedeckter Turm wie die kreuzgeschmückte Spitze einer sowjetischen Interkontinentalrakete aus dem umgebenden Grün ragte. Rechter Hand der Busbahnhof, wo sich in einem Wartehäuschen eine Horde grölender Jugendlicher eingenistet hatte und sehr wahrscheinlich auf Ärger erpicht war. Erst ganz zum Schluss erkannten sie über den Baumkronen des Parks die zerklüfteten Felsen und bewaldeten Berge, ein fast erhabener Anblick, der sie den heimlichen Ärger über die Jugendlichen vergessen ließ.

Und es gab die schwer beladenen Familien, die der Kinder wegen in der Ferienzeit kamen, um ihren zweiwöchigen FDGB-Urlaub anzutreten, leicht missmutig, da sie lieber an die Ostsee gefahren wären, wo es aber in diesem Jahr, wie auch schon im letzten, keine freien Plätze mehr für sie gegeben hatte.

Auch diese Neuankömmlinge waren nicht weiter interessant für die Clique, aus deren aufgedrehtem Rekorder abgestandene Rockmusik wie Steppenwolfs *Born to Be Wild* in die kompakter werdende Dunkelheit am Ende des Tages dröhnte oder schlimmer noch: eine jener deutschsprachigen Mitgrölschnulzen von Marius Müller Gartenzwerg oder Heinz Rudolf Eimer, die einem das Blut in den Adern gerinnen ließen.

Nein, die kleinstädtische Simson-Bande hatte es auf die Sonderlinge abgesehen, auf die einzelnen Fremden, die sich in die Stadt verirrten, auf die Unsicheren. Jene, die, an hiesigen Maßstäben gemessen, entweder komisch aussahen oder sich affig verhielten. Denen die Furcht ins Gesicht geschrieben war. Und außerdem waren sie durchaus bereit, sich mit denen anzulegen, die ihnen von oben herab dumm kamen. Mit den arroganten Schnöseln und Besserwissern aus der Stadt, mit den Herren Ingenieuren zum Beispiel und den Parteibonzen aus dem Ministerium in Berlin, die ab und zu in die Stadt kamen, um Dinge im Werk zu regeln und die Arbeiter zu kontrollieren.

»Ey, Schwuchtel!«

Obwohl ich um die Verhaltenscodes des Ankommens wusste, obwohl mir klar war, dass ich mir die Zigarette noch auf dem Bahnsteig hätte anzünden sollen, um dann rasch aus dem Bahnhofsgebäude zu treten und mich schnurstracks wie ein Einheimischer ohne jedes Zögern nach rechts zu wenden – ich kannte mich hier schließlich bestens aus –, hundertfünfzig Meter die Bahnhofstraße zügig voranzuschreiten, dann scharf nach links abzubiegen, die leichte Steigung der Thälmannstraße hinaufzugehen, wo nach weiteren circa hundertfünfzig Metern die rettende Tür war. Stattdessen war ich nach meiner Ankunft auf dem Vorplatz stehen geblieben, hatte, ohne hier je Tourist gewesen zu sein, einen bewundernden Blick auf das Panorama geworfen, auf Kino, Park, Kirchturmspitze, die scherenschnittartigen Andeutungen zweier Bergketten am anthrazitfarbenen Horizont, von denen ich wusste, dass sich ihre beiden Gipfel, Rosstrappe und Hexentanzplatz, nur zwei Steinwürfe entfernt gegenüberlagen, getrennt durch ein steil abfallendes Tal, an dessen Grund das wilde Wasser der Bode durchs felsige Flussbett schoss.

Ich war also, statt die Beine in die Hand zu nehmen, stehen geblieben, hatte in aller Ruhe aus der Innentasche meiner Lederjacke eine Packung f6 gezogen, und wie angeblich einem Sterbenden kurz vor dem allerletzten Moment das Leben noch einmal im Zeitraffer durch den Kopf geht, waren mir in kurzen Sequenzen Bilder aus den Siebzigerjahren ins Bewusstsein geschossen, als diese Stadt der einzige Ort auf der Welt gewesen war, an dem es zwei oder drei Sommer hindurch einen makellosen, einen in jeder Hinsicht perfekten Tag hätte geben können. Ein paar zusammenhängende Stunden, in denen alles stimmte, beginnend beim Wetter. Einem unvorstellbaren, glücklichen Zufall geschuldet oder der großen Gnade einer göttlichen Macht, der es nichts ausmachte, dass man nicht an sie glaubte. Aber hatte es diesen perfekten Tag tatsächlich einmal gegeben? Oder immer nur die nachträgliche Bitte um seine Möglichkeit?

»Ey, Schwuchtel, bist du taub?«

Ich hörte die dröhnende Musik, die wie der süße Märchenbrei aus ihrem Rekorder kroch und den gesamten Bahnhofsvorplatz verklebte, und ich merkte, dass mir die Hand leicht zitterte, als ich das erste, nutzlos abgebrannte Streichholz wegschnippte. Die Zigarette zwischen den Lippen war noch immer kalt, denn bevor ich sie in Brand setzen und einen Zug nehmen konnte, musste ich die Haarsträhne zur Seite schieben, die mir, im Kontrast zum ausrasierten Nacken, bis zum Kinn hing und die ansonsten gleichfalls Feuer gefangen hätte. Es wäre nicht das erste Mal gewesen, dass ich mir auf diese Weise die Haarspitzen versengte. Auf der D-Zug-Toilette hatte ich die Strähne kurz hinter Magdeburg extra noch einmal in Form gebracht, mit Haarfestiger, was sie jetzt spröde und ein wenig starr sein ließ und mich daran hinderte, sie beiläufig zur Seite zu pusten, wie ich es in der Stadt getan hätte. Nahm ich andererseits die Hand zur Hilfe, bestätigte ich möglicherweise ihr Urteil – vielleicht war es auch nur als belangloses Schimpfwort gemeint –, das sie mir jetzt bereits zweimal zugerufen hatten, denn jede Geste, mit der man sich eine überlange Strähne aus dem Gesicht strich, war weder souverän noch sonderlich männlich. Insgeheim verfluchte ich mich, dass ich aus dummer Eitelkeit, im Prinzip nur, um mich vor jenen Provinzeiern aufzuspielen, die mich jetzt tatsächlich in Schach hielten, die Haare nicht unter meiner Baskenmütze versteckt hatte, an deren Seite ein kleiner Button mit rot-schwarzem Stern festgesteckt war, gekauft beim Nicaragua-Solidaritätstag: *¡No pasarán!* Den hätten sie von der Bushaltestelle aus garantiert nicht erkannt. Andererseits verhinderte die Strähne, dass sie die Form der Augen sahen, die mir meine Mutter mitgegeben hatte und die sie leicht mit den vietnamesischen Vertragsarbeitern im Arbeiterwohnheim der Hütte in Verbindung bringen konnten. Sie mochten die fremden Arbeiter nicht, ohne sich komplizierte Begründungen für ihre Abneigung auszudenken. War eben so. Punkt. Hätten sie die Augen erkannt, dann hätte es jetzt Fidschi geheißen statt Schwuchtel, was durchaus unangenehmer gewesen wäre, weil es neben den ästhetischen Implikationen auch eine politische Dimension gäbe, sogar dann noch, wenn sie nur mir selbst bewusst geworden wäre. Wie hätte ich denn dann reagieren sollen? Zurück in die Schalterhalle und die TRAPO rufen, die Eisenbahnbullen? Das MfS?

»Guck dir den doch mal an, ey. Sieht aus wie ’n Mädchen.«
»Steht da wie ’n Ölgötze und rührt sich nicht.«
»Voll die Klamotten aus’m A und V, der Olle.«
»Aber echt mal.«
»Ey, Schwulibert, komm doch mal rüber!«
»Wenn de Feuer brauchst, hier kannste welches kriegen!«

Von wegen A&V. Das Einzige, was ich je aus dem An- und Verkauf besessen hatte, war eine rot lackierte Halbresonanz-E-Gitarre für vierhundert Mark, was eine Menge Geld war, und die ich zu Hause mangels eines richtigen Verstärkers ans Küchenradio anschloss. Um das Kinderzimmer zu beschallen, reichte es allemal, und die Rückkopplungen, die ich mit Hingabe erzeugte, war ich am Nachmittag nach der Schule allein zu Hause, waren bei offenem Fenster mindestens noch zwei Blocks weiter zu hören, *Psychocandy*, live in der Waldstadt Numero II.

Es hatte ein halbes Jahr gedauert, bis ich die Gitarre endlich zwischen all dem alten Gebrauchtplunder fand, den ich mehrmals in der Woche durchwühlte. Mit Michael, einem Freund, traf ich mich von nun an immer donnerstags im Keller der Erweiterten Oberschule, wo es in einem fensterlosen, mit Eierpappe ausgeschlagenen Proberaum nicht nur diverse Vermona-Röhrenverstärker und Mikrofone gab, sondern sogar ein komplettes Schlagzeug.

Michael war Mitte der elften Klasse von der Kinder- und Jugendsportschule zu uns gestoßen, weil er mit fünfzehn zu wachsen aufgehört hatte und nun, trotz seiner eins neunzig, zu klein war für die Profikarriere als Ruderer, die er als Kind einst angestrebt hatte. Er spielte das Schlagzeug, und er sah bullig aus, ja, gefährlich, wenn er auf dem Schemel saß und auf die Becken und Toms eindrosch, als gäbe es kein Morgen. Was ganz im Gegensatz zu der poetischen Ader stand, die zu besitzen er sich öffentlich rühmte. Er zitierte Gedichte von Baudelaire, und er las Schopenhauer, von dem er ein paar Bände auf dem Trödel gekauft hatte. Außerdem trug er stets weiße Hemden und dunkle Anzüge, was ihn romantisch aussehen ließ und zu einem Mädchenschwarm der Schule machte, auch wenn seine Sakkos um die Schultern meist ein wenig spannten.

Unsere Band brachte es in der kurzen Geschichte ihres Bestehens auf mehr Namen, als wir Titel im Repertoire hatten, und das waren ganze acht. Praktisch jede Woche tauften wir unsere Combo um, fanden den bestehenden Namen mal zu poetisch, *Dreams That Money Can Buy*, mal zu politisch, *Viet Congs*, dann wieder zu pharmakologisch, *Faustan*. Wir schnitten die Aufnahmen aus dem Proberaum über die Bordmikroone meines Sony-Gettoblasters mit, ein Geschenk der laotischen Großmutter, und jedem, der wollte und uns eine leere Kassette gab, fertigten wir eine Kopie der Originalaufnahme an. Das war leicht, denn der Gettoblaster verfügte über ein zweites Kassettenteil, womit sich auch auf Kassette überspielte New-Wave- oder Punkrock-LPs, die irgendjemandes Oma aus dem Westen mitgebracht hatte oder die aus Ungarn importiert worden waren, vervielfältigen ließen.

Jenen Mädchen in unserer Umgebung, die statt bunter Blusen selbst im Sommer schwarz gefärbte Männerhemden oder schwarze Militärblusen mit abgerissenen Schulterklappen trugen, dazu Lederjacken, Nietengürtel oder -armbänder, Mädchen, die es nur sehr selten an unserer Erweiterten Oberschule gab, häufiger in den Betrieben, wo sie sich zu Köchinnen, Friseusen oder Schneiderinnen ausbilden ließen, Mädchen, die Frisuren trugen wie wir Jungs – rasierte Nacken, freigelegte Ohren, die im besten Falle noch ganz leicht abstanden –, jenen sehr kostbaren Mädchen fertigten wir spezielle Cover an, die aus gefalteten Originalhandzeichnungen Michaels bestanden, ein schwarz-weißer neoexpressionistischer Kurzcomicstrip um einen anarchistischen Punker namens Larson Lampe und dessen Abenteuer in der konterrevolutionären Ödnis der Entwickelten Sozialistischen Gesellschaft unserer deprimierenden Tage.

Es war großartig, eine Gitarre durch die Stadt zu tragen. Wenn man dann zufällig ein paar Bekannte traf, konnte man statt einer Wanderklampfe die seltene feuerwehrrote Halbresonanz aus der Gitarrentasche ziehen und derart verdeutlichen, wohin man gerade unterwegs war. Vor allem: Man konnte zeigen, dass es einem ernst war mit der Zerstörung der Kultur, nicht nur der bürgerlichen, sondern auch der kleinbürgerlichen, die sich unter dem falschen Etikett des Proletarischen wie eine Seuche im Land verbreitete.

Trotz aller Vorteile, die der Ruf, man spiele in einer New-Wave-Band, mit sich brachte, ungeachtet auch der Fortschritte, die ein jeder bei der Handhabung seines Instrumentes unterdessen gemacht hatte, löste sich unsere Combo, die zum Zeitpunkt ihres Endes *Zwei Finger der Schwarzen Hand* hieß, auf, noch ehe wir einen allerersten Gig gespielt hatten, auf dem Gartengrillfest eines Verwandten etwa, auf einer Silvesterfeier mit Kumpels im Partykeller des elterlichen Einfamilienhauses, so wie es üblich war.

Nein, auch wenn die ahnungslose Mopedclique es nicht erkannte, meine Lederjacke stammte keineswegs aus dem An- und Verkauf. Im Gegenteil: Sie war ein Einzelstück, der gekürzte Mantel des Großvaters, der in seiner Langfassung ungute Assoziationen an faschistische Geheimdienste evoziert hatte und vermutlich auch deshalb von der Großmutter im Kleiderschrank nach ganz rechts gehängt worden war, wohin man nur gelangte, wenn man sich bückte, um den stets klemmenden Riegelmechanismus der zweiten Tür des Massivholzmöbels zu öffnen. Dann aber fand man sich unversehens in einem Kostümfundus wieder, den die Sparsamkeit der Nachkriegshausfrau hatte entstehen lassen, der einzigen Tochter des Gutsknechts, für die es ein unvorstellbarer Aufstieg gewesen war, als Dienstmädchen vom Apotheker in der schlesischen Kreisstadt für Kost und Logis angestellt zu werden. Pettycoats und knielange Regenmäntel hingen dort, neben Plisseeröcken und rosafarbenen Männerhemden mit Rüschenbesatz und breiten Krägen. Jedes einzelne Kleidungsstück war sorgsam auf einen Holzbügel gehängt und zusätzlich mit einer durchsichtigen Plastefolie geschützt. Die Hutablage barg die verschiedensten Accessoires, enthielt Handtaschen, Strickmützen, Filzbarette und mit Gummibändern zu Paaren gebündelte Handschuhe. Sie beherbergte drei runde Hutschachteln, die wiederum einen ganz nach hinten geschobenen Schuhkarton verbargen, der neben Sparbüchern, Versicherungsausweisen und anderen Papieren eine braune lederne Brieftasche enthielt, in der es außer einem kleinen Stapel nagelneuer Fünfziger- und Hunderterscheine unserer Währung auch einen kleineren mit abgegriffenen gebrauchten DM-Banknoten gab, zu denen Ende der Siebziger, als es normalen Bürgern verboten wurde, mit frei konvertierbarem Bargeld in den Intershops einzukaufen, ein Stapel bunter Forumsschecks hinzukam.

Am Boden des Schuhkartons lag eine lederne, velourausgeschlagene Uhrenschatulle, die eine goldene Schweizer

Damenuhr enthielt sowie einige dünne Goldketten, deren passende Edelsteinanhänger in einem japanischen Seidenpapierschächtelchen direkt neben der Schatulle platziert waren. Während die kleinen Schmuckstücke, die die Großmutter nur an wenigen Tagen des Jahres anlegte, hauptsächlich Geschenke meiner anderen, laotischen Großmutter waren, stammte das Westgeld von einem Konto der Sparkasse Hannover, das ihr die zwei Brüder sowie die Mutter, die im Haushalt des jüngeren lebte, eingerichtet hatten. Beiden – der eine war Handelsvertreter eines Pharmaunternehmens, der andere Vorarbeiter in einer Montagehalle bei VW – war es einen Tick besser gelungen als ihrer Schwester, die ärmliche Herkunft hinter sich zu lassen.

Neben dem Spiegel, der drei Viertel der linken Innentürfläche des Kleiderschranks einnahm, war mittels zweier Reißnägel ein ordinäres Stück Paketschnur befestigt, über das sorgfältig eine kleine Kollektion Seidentücher von Hermès gebreitet war und eine Handvoll Krawatten des Großvaters, von den schmalen Bindern der Rock-'n'-Roll-Jahre bis zu den breiten, kurzen, karierten Synthetikungetümen der Siebziger. Als bunte Sonderlinge leuchteten dazwischen drei oder vier Schals aus glänzender goldener, schwarzer und grüner Naturseide, die ebenfalls als Gastpräsente von den Kunsthandwerksständen des Vientianer Morgenmarktes in den eher kargen proletarischen Haushalt der deutschen Verwandtschaft gelangt waren.

Schloss man den Schrank, war auch mit einem Schlag der Lavendelgeruch der handpräparierten Mottensäckchen verflogen, der zusammen mit dem 4711-Aroma des Kölnischwassers sowie den ebenfalls im Schrank lagernden Seifenstückchen namens Fa und Back einen betörenden Duft verströmte, der einerseits das Gefühl einer fast sterilen Reinheit suggerierte, andererseits die unbekannte Exotik der westdeutschen Warenwelt pries wie ein Abenteuer, von dem selbst Intershop, Delikat- und Exquisit-Läden immer nur den Hauch einer Ahnung vermitteln konnten.

Oben auf dem drei Meter langen Kleiderschrank standen die aktuellen Lederkoffer der Großeltern, in die ihre diversen Stoffreisetaschen gesteckt waren, die sie für kürzere Ausflüge benutzten. Dahinter, in der zweiten Reihe, lagen die alten Pappkoffer aus den Zeiten der Dampflokomotiven, in dunklem Braun oder in Pfeffer-Salz-Musterung, mit stabilisierenden Holzverstrebungen, Lederriemen und verchromten Schnappschlössern. In diesen Koffern bewahrte die Großmutter neben Damasttischtüchern, -bettwäsche und einer silbernen Besteckgarnitur für zwölf Personen all das geglättete und gepresste Geschenkpapier der vergangenen Weihnachtsfeste auf, das so gut wie neu aussah, eigentlich sogar besser, und das zum Fortwerfen zu schade war.

Ganz hinten schließlich, zwischen dem letzten Kofferboden und der tapezierten Wand, lagen zwei knorrige Wanderstöcke, mit denen wir, mein Bruder und ich, als Kinder noch durchs Bodetal gewandert waren, weil sich mit deren metallenen Spitzen dicke Schichten bunten Herbstlaubs aufspießen ließen, und auf die jeweils kleine, gebogene, bunt bemalte oder monochrom geprägte Metallplättchen genagelt waren, die von den Stationen der FDGB-Urlaube zeugten, die die Großeltern über die Jahre gemacht hatten: Fischland Darß, Ostseebad Prerow, Heringsdorf, Festung Königstein, Grüße vom Fichtelberg, Grüße vom Rennsteig.

Die gesamte Breite des nicht heizbaren Schlafzimmers nahm dieser Kleiderschrank ein, dessen hellbraune, ins Orange spielende Oberfläche wie wertvolles poliertes Furnier schimmerte. Der Boden des Schlafzimmers war ochsenblutfarben gestrichen, und um das ausladende Doppelbett herum waren Stoffläufer mit unspektakulären geometrischen Gebrauchsmustern und gummierter, rutschfester Rückseite gelegt.

Über dem Bett hing in verschnörkeltem Goldrahmen eine Reproduktion, die einen weichen, fast feminin wirkenden Jesus darstellte, der, einen neonhellen Heiligenschein ums wallende Haar, gerade im Begriff war, mit dem überlangen Zeigefinger eines sowjetischen Pianisten an die Himmelspforte zu klopfen.

Die beiden einfach verglasten Schlafzimmerfenster gingen auf den handtuchschmalen Hof, von dem links eine überdachte Stiege in den Waschkeller führte und der ansonsten fast vollständig aus einer Wiese bestand, in deren Mitte eine uralte Schattenmorelle stand, die jedes Jahr reichlich Früchte trug.

Im Sommer, bei schönem Wetter, spannten die Frauen eine Leine über die Wiese, auf die sie, die nackten Beine unter den knielangen geblümten Kittelschürzen, tropfnasse Wäsche mit Holzklammern feststeckten, während die Männer, mein Großvater und Herr August, einen qualmenden Stumpen im Mundwinkel, in Feinrippunterhemden und Trainingshosen dasaßen, Bier tranken und uns Kindern beim Planschen in einer Zinkwanne zusahen, die sie vorher aus der Waschküche hochgeholt und mit eiskaltem, sich nur langsam erwärmendem Wasser aus dem langen Gartenschlauch befüllt hatten.

Auch die Farbe meiner Lederjacke war ganz anders als das gewöhnliche Schwarz der Motorradjacken, die jede Oma mit Westreiseerlaubnis ihrem Enkel mitbringen konnte, Jacken, wie sie die Panikrocker im Potsdamer Umland trugen, in Werder, in Michendorf und in Caputh, mit Buttons abscheulicher Südstaatenbands wie Lynyrd Skynyrd am Revers, die Farbe *meiner* Jacke war ein dunkles, fast schwarzes Grün, ein existenzialistisches Grün sozusagen.

Nein, die Dorftrottel dort drüben in ihrem lächerlichen gekachelten Wartehäuschen, mit dem Zuckerwasser in den Vokuhilafrisuren, in ihren Jeansjacken, mit ihrem Mono-Ostrekorder, mit den dicklichen Mädchen im Arm und der billigen Schnapsflasche in der Hand, lagen völlig falsch: So ein Exemplar gab es weder von der Stange noch im A&V.

»Wenn de dich nicht traust, wir können auch gerne zu dir rüberkommen.«

»Biste auf einmal Nichtraucher geworden, oder wie?«

»Wenn du herkommst, kriegste 'nen Schluck aus der Pulle. – Wenn ich zu dir rüberkommen muss, kriegste keinen.«

»Nöh, dann kriegt er nur ein' mit der Pulle.«

»Und zwar übern Scheitel. Das spart auch den Friseur, der mal wieder fällig wäre.«

Ich wusste in diesem Moment: Wäre ich an ihrer Stelle dort im Wartehäuschen gewesen, ich hätte exakt das Gleiche getan. Alles, was sie machten, war richtig. War logisch.

Instinktsicher hatten sie in mir den Schnösel erkannt, der sie einerseits verachtete, sich andererseits in den halbironischen Oberschülerdebatten des *Café Heider* ausdrücklich auf ihre Seite schlug. Behauptete, im wahren Proletarischen bestehe die Alternative zu jenem Scheinproletarischen, das den angeblichen Arbeiterstaat in Wirklichkeit zu einem Eldorado der Handwerker und kleingeistigen Beutelschneider hatte werden lassen. Der forderte, ein neuer Proletkult, das sei, was wir bräuchten.

Wahrscheinlich hätten sie den Dünkel einfach aus mir herausprügeln sollen, denn die einzige Macht, die sie besaßen, war ihre physische Stärke. Ihre Überlegenheit bestand in ihrer Zahl, in der Wucht der addierten Schlagkraft ihrer Fäuste, das hatte man uns schon in der Schule erzählt, und zumindest in dieser Hinsicht war der Staatsbürgerkundeunterricht glaubhaft gewesen.

»Wir tun dir auch nichts.«

»Ehrlich, ey!«

An einem perfekten Sommertag in den Siebzigerjahren schien natürlich schon am Morgen die Sonne. Man war zehn Jahre alt, nein, besser nur neun, vielleicht auch nur acht, denn mit jedem gewonnenen Lebensjahr wuchs die Furcht vor der ersten Septemberwoche, wenn die zwei Monate Ferien endeten und das, was man uns als den Ernst des Lebens verkaufte, wieder begann.

Ich war also acht oder neun, und ein Blick auf den evangelischen Abreißkalender in der Küche, eine Neujahrsgabe der Tageszeitung *Neuer Weg*, die die Großeltern, Mitglieder der CDU, neben der Hallenser *Freiheit* abonniert hatten, sagte mir, dass gerade einmal die Mitte des Julis erreicht worden war. Das Bergfest stand also noch aus.

An einem perfekten Sommertag lag der Bruder zwar im neuen Bettenhochhaus der Berliner Charité, aber ihm ging es so weit gut, kein Koma war in Sicht, keine Operation stand bevor, eine reine Routineuntersuchung, mit der sich die Ärzte selbst alle Jubeljahre das Wunder beglaubigten, jemanden nach solch grandiosem, chirurgischem Schlamassel wieder auf die Füße bekommen zu haben, auf geistig kleinerer Flamme natürlich als die Altersgenossen und mit feinmotorischen Schwierigkeiten.

So gern ich an einem vollkommenen Tag den Bruder an der Seite gehabt hätte, so sehr hasste ich doch seine cholerischen Wutanfälle oder den Trubel, der ausbrach, wenn er nach Wochen der Pause ausgerechnet hier wieder begann, ins Bett zu nässen. Die Scham in seinem Gesicht, die Schuld, die ihm das versaute Bettzeug suggerierte, der stinkende Schlafanzug, das schlechte Gewissen, das ihn in den folgenden Tagen veranlasste, ab dem Mittagessen so gut wie nichts mehr zu trinken, die weinroten, nach Talkum riechenden Gummibettlaken, die schließlich die Großmutter herauskramte und unter das Leintuch seines Bettes spannte.

An solch einem Tag konnte man niemanden gebrauchen, der kopfüber die steile Flurtreppe hinunterstürzte und eine halbe Stunde lang, ehe ihn jemand fand, das bunte Mosaik des Hauseingangs aus einer Platzwunde an der Stirn vollblutete. Niemanden, der mit seinen plumpen Fingern das Aufziehrad der zerbrechlichen Feuerzeuguhr überdrehte oder die Toilette mit zwei Rollen Papier verstopfte, sodass erst der Klempner, bestochen mit mehreren Scheinen, kommen musste, um sie wieder benutzbar zu machen.

An einem perfekten Sommertag hatte außerdem der Großvater frei, musste nicht vor dem Morgengrauen aufstehen oder spät am Abend noch, gegen zweiundzwanzig Uhr, zu Tor 1, Tor 2 oder sogar Tor 3 in der Unterstadt aufbrechen, wo er im Pförtnerhäuschen saß, Radio hörte, hin und wieder hinausging, um die Schranke anzuheben, tagsüber Besucher aufforderte, sich in das Besucherbuch einzutragen, und nachts mit der Taschenlampe und dem großen Schlüsselbund Kontrollgänge machte. Eine leicht belächelte Hilfstätigkeit, die er als Invalide ausübte, seit Ende der Sechzigerjahre wie aus heiterem Himmel eine Stanze auf seine rechte Hand niedergefahren war und ihm lediglich Daumen und Zeigefinger übrig gelassen hatte. Seine Hand sah aus wie unsere Kinderhände, wenn wir sie im Spiel zu einer Pistole formten. Die Narben über seinen Knöcheln waren glatt und glänzten wie poliert. Alle paar Jahre bekam er im Winter ein neues Paar feiner Lederhandschuhe von der Versicherung bezahlt, an deren rechtem Exemplar ganz selbstverständlich Mittel-, Ring- und kleiner Finger fehlten, nicht etwa stumpf gekürzt und dann notdürftig geflickt, sondern so sorgfältig zurechtgeschnitten und akkurat vernäht, wie es nur eine handgenähte Maßanfertigung war, ganz anders als ein reguläres Paar aus dem Warenhaus, ohne lose Fäden, ohne verrutschte, mehrmals angesetzte oder korrigierende Nähte.

Seit ihm die drei Finger fehlten, ließ sich der Großvater, der ohnehin kaum je im Haushalt geholfen hatte, der nicht einmal harte Eier kochen konnte, von seiner Frau obendrein die Stullen schmieren und das Sonntagsschnitzel auf dem Teller schneiden. Er dachte gar nicht daran, seine linke Hand so zu trainieren, dass sie ihm eines Tages ein vollwertiger Ersatz für die rechte sein könnte. Die fehlenden Finger waren eine vorzügliche Ausrede, bestimmte Dinge, die er schon vorher nicht besonders gut konnte oder für die er unbegabt gewesen war, nun erst recht zu unterlassen. Wie zum Beispiel: zu schreiben. Wann immer der Großvater genötigt war, mehr als seine Unterschrift zu krakeln, wie etwa im Besucherbuch der Werkspforte oder auf dem Einzahlungsbeleg seiner Sparbücher, tat er es mit einer fürchterlichen Sauklaue, deren Unleserlichkeit wenigstens die mangelhafte Orthografie verschleierte, für die sich die Großmutter, die nach nur vier Klassen Volksschule fehlerfrei und wie kalligrafiert schrieb, vor dem Unfall stets ein bisschen geschämt hatte.

Zahlen dagegen, die zu addieren er liebte oder zu subtrahieren, bekam er auch mit nur zwei Fingern deutlich und klar aufs Papier. Um aufwendigere oder offizielle Rechnungen niederzuschreiben, besaß er eine Kofferschreibmaschine des Fabrikats Erika, die über einen eleganten abgerundeten und beinahe edlen, schwarz lackierten Stahlblechkorpus verfügte und aus der an nicht ganz so vorbildlichen Sommertagen der Bruder das Farbband herauspulte, um es auf einem Bleistift neu zu wickeln.

Alle zwei Wochen ging die Großmutter zur Friseur-PGH Thälmannstraße, Ecke Stecklenberger Allee, um sich die Haare waschen zu lassen, denn über ein Bad mit fließend warmem Wasser, geschweige denn über eine Wanne verfügte die Wohnung, in der es neben einer Speisekammer und der geräumigen Wohnküche noch dreieinhalb Zimmer gab, ebenso wenig wie über eine Innentoilette oder eine Zentralheizung, die wir aus unserer Neubauwohnung gewohnt waren. Man wusch sich mit zwei Frotteelappen, der eine hell, der andere dunkel, damit es zu keiner Verwechslung kam, und zwar über einer Emailleschüssel, die auf einem der Küchenstühle stand und mit kochendem Wasser aus dem Kessel gefüllt war, in das so lange kaltes aus dem Hahn hinzugegeben wurde, bis das Schwimmthermometer in Form eines blauen Plastefisches eine Temperatur leicht oberhalb des Vierziggradstriches anzeigte. Auf einem Scheuerlappen stehend, begann man, sich Gesicht und Oberkörper mit dem hellen Lappen zu waschen, um dann alles andere mit dem dunklen zu reinigen. Auch die Handtücher benutzte man entsprechend ihrer Farbigkeit benutzen, gelbe, rosafarbene, lindgrüne für den Oberkörper, braune, schwarze, weinrote für den Rest.

Einmal pro Woche mussten wir Kinder uns dieser Prozedur unterwerfen, die im Winter, trotz des bollernden Beistellofens, in dem ein oder zwei ordentliche Schaufeln Steinkohlebriketts in Eierform glühten, eine fröstelnde Qual war, eine frühe Übung in Selbstüberwindung und Disziplin, denn wir hätten, da niemand uns dabei überwachte, das Waschen auch nur vortäuschen können. Vom glatten Anstrich des Ölsockels perlte dann das Kondenswasser genauso wie von der Innenseite des Fensters, auf dessen Brett ein gefalteter Scheuerlappen lag, der das Hereindringen kalter Zugluft verhindern sollte. Der Scheuerlappen wurde nur zu diesem Zweck verwendet und wanderte im Sommer zusammen mit den Abdichtscheuerlappen der anderen Zimmer, ausgekocht und gebügelt, in das kleine Schuhregal unterm Küchenfenster, vor das sich ein kleiner Vorhang ziehen ließ und das außerdem einen Plastekorb mit Wäscheklammern, Putz- und Waschmitteln, Schuhbürsten, runden Schachteln mit Lederfett und zähem weißem Bohnerwachs sowie einige Stoffreste beinhaltete, die zum Wegwerfen zu schade waren, weil sich noch Putzlappen daraus reißen ließen.

Wenn die Großmutter einen der begehrten Friseurtermine hatte, ließ sie sich immer die Haare waschen, die Spitzen schneiden und eine Kaltwelle einarbeiten, die ihr krauses Haar zu gleichmäßigeren Locken bog. War an einem solchen Friseurtag der Großvater für die Mittagsschicht eingeteilt, wurden wir in seiner Pförtnerbude abgesetzt und nach zwei Stunden von der Großmutter, die dann roch wie eine Drogerie, wieder abgeholt. Am schönsten war es in dem kleinen Kabuff an Tor 2, das wenige Meter vom Bodetal und nur ein paar Schritte vom Eingang des Bahnhofs entfernt war. Wir bekamen jeder ein Blatt Papier, durften uns einen Stift aus dem Stiftebecher des Pförtnerhäuschens aussuchen und mussten uns ansonsten still mit uns selbst beschäftigen. Fast im Minutentakt kam jemand herein, Kumpels aus des Großvaters alter Stanzwerkbrigade, Arbeiter, die wie er im CDU-Ortsverband organisiert waren, Philatelistenfreunde und Mitschöffen, die ebenfalls in der Hütte arbeiteten. Sie klopften kurz an die Scheibe, und wenn der Großvater, den sie bei seinem Spitznamen, *Toni*, nannten, nickte, schlüpften sie schnell zur Eingangstür hinein, setzten sich in den Schatten des stählernen Aktenschrankes und ließen sich vom Großvater einen Instant-Nescafé aus dem Intershop aufschwatzen, den dieser mit einer Tasse heißen Wassers aus dem Boiler zubereitete. Nach dem ersten Schluck Kaffee und einem Zug von der frisch angezündeten Zigarette konnte man sehen, wie die Hektik von ihnen abfiel, die sie von draußen, vom Werksgelände, mitgebracht hatten. Hier drinnen waren die Geräusche der Arbeit, die der Fahr- und Werkzeuge, der Maschinen und Menschen gedämpft, hier, in der Pförtnerbude, herrschte der gemächliche, gleichmäßige Rhythmus, den der Sekundenzeiger der laut tickenden Wanduhr vorgab. Manchmal goss einer der Besucher einen Schluck aus dem Flachmann in seinen Kaffee, manchmal ließ sich auch der Großvater den Nescafé veredeln, und wenn wir Kinder Glück hatten, wurden uns aus einer Aluminiumbrotbüchse, die der Besucher seiner Lederaktentasche entnommen hatte und in der meist noch das Exemplar einer Tageszeitung steckte, ein paar Stullen angeboten. Selbst wenn wir satt waren, griffen wir zu: Die Stullen der anderen schmeckten immer besser als jene, die für einen selbst geschmiert worden waren.

Mit vollen Backen kauend, Stift und Zeichnung waren längst vergessen, saßen wir in unserer Ecke und lauschten den Gesprächen der Erwachsenen, ohne den Sinn ihrer Rede zu begreifen. Sogen den Duft des Kaffees auf, den beißenden Geruch des Zigarettenrauchs und das scharfe Aroma des goldenen Branntweins aus den silbernen Flachmännern.

War ein Besucher gegangen, kam bald der nächste, brachte andere Brote mit sich und andere unverständliche Geschichten.

An einem idealen Sommertag allerdings musste niemand zur Arbeit gehen und niemand zum Friseur, und man hatte sich schon am Vorabend gewaschen. An einem idealen Sommertag gab es neben kräftig geröstetem, fast dunkelbraunem Toastbrot auch frische Brötchen, die die Großmutter noch vor acht Uhr in der Frühe bei Frau Kache aus der Backstube in der Hubertusstraße geholt hatte.

Punkt acht kam die verschnörkelte Porzellankanne mit heißem Kaffee auf den Tisch, der als Tropfenfänger ein gelbes Schwämmchen vor die Tülle gespannt war. An normalen Werktagen wurde in der Küche gegessen, am wachstuchbespannten Abwaschtisch, aus dem sich ein Gestell mit zwei runden eingehängten Emailleschüsseln ziehen ließ, die eine für die Grundreinigung des dreckigen Geschirrs im Fit-Wasser gedacht, die andere zum Nachspülen mit kaltem, klarem Wasser. Wenn Besuch da war, wurde im Wohnzimmer gedeckt, ebenso an Feiertagen, auf weißem Damast, während die Morgensonne durch das dichte Kastanienlaub der Thälmannstraße hereinfiel und die Stores zum Flimmern brachte. Leuchtend rote Erdbeerkonfitüre und das dickflüssige, fast zähe, erdölfarbene Pflaumenmus aus Thüringen, das Frau

Wolf aus dem Konsum in der Breitscheidstraße der Großmutter unter dem Ladentisch zusteckte, warteten in durchscheinenden, bernsteinfarbenen Plasteschälchen darauf, auf die noch warmen Brötchen verteilt zu werden, auf denen schon eine dünne Schicht schmelzender Butter verstrichen war. Obwohl die Großmutter penibel auf Sauberkeit achtete, täglich den Staub saugte und einmal in der Woche sogar die Fransen des Wohnzimmerläufers kämmte, der mitten im Zimmer ausgebreitet war und dessen wichtigste Aufgabe darin bestand, die lindgrüne maßgeschneiderte Auslegeware aus dem Westen zu schonen, tanzten an einem sonnigen Frühstücksmorgen Hunderte Staubkörnchen im Gegenlicht.

Aus dem alten Röhrenempfänger, der in der unteren Etage des Fernsehregals stand, drang leise Schlagermusik von Frank Schöbel, *Wie ein Stern in einer Sommernacht* oder *Da war Gold in deinen Augen*, und während ich kaute und mit einem Schluck ungesüßtem, leicht bitterem Malzkaffee nachspülte, genügte mir ein flüchtiger Blick auf die Skala des Radios, um zu erkennen, dass bereits Radio DDR 1 eingestellt war, auf dem um zehn nach halb neun wie jeden Vormittag eine neue Kindergeschichte *Aus dem Butzemannhaus* gesendet wurde.

Während die Großmutter in der Küche das Frühstücksgeschirr spülte, die Marmelade aus den Servierschälchen in die Gläser zurücklöffelte und der Großvater sich an seinen Schreibtisch zurückzog, um eine der Briefmarkenumlaufsendungen vorzubereiten, die er später am Vormittag mit mir zusammen bei einem Philatelistenfreund in der Oberstadt abgeben wollte, saß ich im Schneidersitz vor dem Empfänger und besah mir die absonderlichen Städtenamen, die dort auf der Glasskala standen.

Die Sammlung des Großvaters befand sich in acht großen, leinengebundenen Quartalben hinter den Türen des kirschholzfarbenen Wohnzimmerschrankes: *Deutsches Reich von 1900 bis 1945* (abgeschlossen), *Deutsche Demokratische Republik* (fortlaufend), *Bundesrepublik Deutschland* (fortlaufend), des weiteren *Union der sozialistischen Sowjetrepubliken* (bis 1970) und *Sozialistische Republik Rumänien* (abgebrochen Mitte der Siebziger).

Wenn der Großvater neu erworbene Stücke mittels spezieller Falze und eines bakelitgerahmten Schwämmchens, mit dem in Büros Briefmarken befeuchtet wurden, auf die Vordruckblätter klebte, führten seine zwei ihm verbliebenen Finger die Briefmarkenpinzette so geschickt wie ein junger Chirurg das Skalpell. Mit der Linken nahm er die Lupe auf, um die Gummierung zu überprüfen oder die Beschaffenheit des Stempels, sofern es sich um Ersttagsbriefe oder Sonderdrucke handelte.

Wann immer ich bei den Großeltern zu Besuch war, blieb ein Vormittag reserviert, an dem ich mich, die Hände sauber geschrubbt nach dem Frühstück und penibel getrocknet, für zwei Vormittagsstunden aus dem offenen Schrank bedienen und am Wohnzimmertisch ohne Aufsicht in den wertvollen Alben blättern durfte. Nie wählte ich die DDR-Sammlung, denn DDR-Marken besaß ich zu Hause selbst genug, und auch Rumänien interessierte mich nicht sonderlich. Meist griff ich zuerst nach dem Deutschen Reich, das langweilig begann, auch weil viele der Vordruckblätter nur sehr lückenhaft mit den entsprechenden Marken gefüllt waren. Zum ersten Mal interessant wurde es, wenn auf den einfachen, motivlosen Marken plötzlich die Beträge in die Höhe schnellten: hundert Reichsmark, tausend, eine Million, eine Milliarde.

Auf den Marken, die mich wirklich interessierten, prangten Hakenkreuze und Runen, waren Schwerter und Eichenkränze zu sehen, Artilleriewaffen, Panzer, Zeppeline, Silberpfeile, Jagdbomber, gepanzerte Zerstörer und Unterseeboote. Es schien mir unmöglich zu sein, dass diese Sammlung legal war. Dass der Anführer jener deutschen Variante *der offenen, terroristischen Diktatur der reaktionärsten, chauvinistischsten, am meisten imperialistischen Elemente des Finanzkapitals*, wie wir später von Georgi Dimitroff lernen sollten, hier in zig Varianten abgebildet war. Mitsamt seinen Helfern wie dem fetten Göring, dem wiederum Dimitroff in Leipzig seine Lügen um die Ohren gehauen hatte. Deshalb erzählte ich zu Hause auch nur sehr guten Freunden von jenem Teil der Sammlung, Kai-Uwe zum Beispiel, der mich sofort beiseite nahm, um Näheres zu erfahren, Typenbezeichnungen von Panzern und Flugzeugen, oder Antje, die das allerdings nicht die Bohne interessierte.

Klar, man musste den Feind studieren, um ihn zu kennen, und allein deshalb konnte es nicht falsch sein, dass ich die faschistischen Marken betrachtete, auch wenn ich dabei manchmal für Momente die Kundschaftermission vergaß, in deren Rahmen ich mir das alles antat.

Dennoch hatte ich stets ein schlechtes Gewissen, wenn ich das Album zuklappte und mir von all dem Nazizeug der Kopf schwirrte. Wie um mich zu beruhigen, griff ich anschließend zu einem der Sowjetunion-Alben. Das war vertrauteres Terrain, ich lernte Russisch und ich las hin und wieder die Kinderbucherzählungen von mutigen sowjetischen Jungen, von belorussischen Partisanen und einfachen Bauern, die manchmal mit List, manchmal mit Kraft und Mut gegen die faschistische Wehrmacht kämpften. Mein Spielzeuggewehr war eine Kalaschnikow aus dem *Detski Mir* in Moskau, und beim Schießenspielen wäre es mir nie in den Sinn gekommen, mich für die Seite der Deutschen einteilen zu lassen.

Aber an einem perfekten Sommertag brauchte ich mich mit solchen Spitzfindigkeiten nicht herumzuschlagen. An einem solchen Tag hatte ich gar nicht die Muße, in der Sammlung zu stöbern, denn die Tauschsendung, die der Großvater an seinem Schreibtisch für den nächsten Rundgang präparierte, war *meine* Sendung. Sie enthielt meine Dubletten und hässlichen Einzelstücke und hatte mir bisher schon ein schönes Taschengeld von dreiundzwanzig Mark und siebzig Pfennig eingebracht.

Aber nicht nur um mir den Betrag zu nennen, hatte mich der Großvater nun zu sich gerufen. Eine geschlagene Minute ließ er mich wortlos beim Sortieren der Marken, beim Zählen der Münzen, beim Tippen auf dem Taschenrechner zusehen, während ich wartete, dass er endlich mit der Sprache herausrückte. Ich wusste ganz genau, was er von mir wollte, aber er sollte mich darum bitten.

Der Großvater hantierte eine weitere Minute auf seinem Schreibtisch herum, räusperte sich endlich und brachte sein Begehr dann doch vor: Nun geh schon, Junge, hol mir einen Kurzen, aber pass auf, dass Mutti nichts mitbekommt.

So nannte er seine Frau: *Mutti*.

Ich hielt es für ein Spiel, für einen Scherz, dass ich den Kurzen von der Großmutter unbemerkt einschenken und an den Schreibtisch bringen sollte. Deshalb ließ ich mich oft absichtlich erwischen, schlich mit übertriebenen Gesten an den Kühlschrank, öffnete ihn langsam wie in Zeitlupe, nahm die eiskalte Flasche Nordhäuser Doppelkorn mit dem weißen Etikett aus dem Seitenfach, schraubte mit spitzen Fingern den dünnen Metallverschluss ab und goss tropfenweise den

Schnaps in das kleine, zwei Zentiliter fassende Glas, das jederzeit auf dem Kühlschrank stand, verkehrt herum auf einem sauberen Küchenhandtuch. War die Großmutter im Keller, um Kartoffeln zu holen, oder hängte sie gerade Wäsche auf, dann trödelte ich so lange herum, bis sie mich doch noch erwischte.

Wenn ich aber das dritte Mal am selben Vormittag in die Küche schlich, merkte ich, dass sich das Gesicht der Großmutter, wenn sie vom Schneidbrett hochsah, leicht verschattete. Sie sagte nichts, aber sie runzelte missbilligend die Stirn, weshalb ich mich am Nachmittag, falls der Großvater wieder durstig wurde, tatsächlich bemühte, beim Schnapstransfer ins Arbeitszimmer nicht erwischt zu werden.

Damit nichts danebenging, lief ich schneckenlangsam und im Pit Pot an den Schreibtisch zurück, wo ich das Glas vorsichtig auf der PVC-Schutzunterlage abstellte.

Extra voll, sagte ich.

Hol dir auch eins, sagte der Großvater und betrachtete zufrieden das bis über den Eichstrich gefüllte Glas.

Ich soll mir auch ein Glas holen, hat Opa gesagt, sagte ich der Großmutter in der Küche.

Sie nahm aus dem Buffetschrank, der dreiteilig war wie ein Hausaltar, das gleiche Glas, das der Großvater für den täglichen Korn benutzte, und füllte es mit goldgelber atri Orange, der besten Fruchtbrause, die es bei Frau Wolf im Konsum gab.

Der Großvater griff mit den verbliebenen Fingern seiner Rechten nach dem Glas, als hätte er eine Zange dort am Handgelenk, wir erhoben unsere Gläser, sagten Prost, stießen an und tranken. Er hatte mir beigebracht, wie man einen doppelten Schnaps richtig trank, man setzte das Glas an, trank die Hälfte aus, nahm das Glas wieder herunter, ohne es abzustellen (synchron machten wir beide: Ahh!). Man ließ für drei, vier Sekunden den Geschmack auf sich wirken, hielt auch inne, um nicht gierig zu erscheinen, kippte dann ruckartig den Rest hinunter, auf ex, und knallte anschließend das leere Glas auf den Tisch. Mit dem Handrücken wischte man sich den Mund, danach ging man, als sei nichts gewesen, wieder seinem Tagwerk nach.

Während sich der Großvater wieder meiner Tauschsendung widmete, brachte ich unsere Gläser zurück in die Küche. Die Großmutter, gerade dabei, aus mehreren übereinanderliegenden Teigstreifen von vielleicht drei Zentimeter Breite hauchdünne Nudeln zu schneiden, die anschließend auf einem blauen Küchenhandtuch getrocknet wurden, unterbrach ihre Tätigkeit, nahm mir die Gläser aus der Hand, spülte sie unterm kalten Wasser des Hahns kurz aus und trocknete sie sofort ab. Eines stellte sie zurück ins Buffet, das andere platzierte sie mit der Öffnung nach unten auf dem Kühlschrank.

Sie viertelte einen Apfel, entfernte das Kerngehäuse und legte die Stücke auf eine Untertasse, die sie mir hinschob. Ich setzte mich auf den Küchenstuhl, aß das Obst, sah ihr eine Weile zu, fasziniert davon, dass alle Nudeln die gleiche Größe und Form hatten, so als seien sie in einer Fabrik hergestellt. Dann ging ich ins Wohnzimmer, nahm aus der halbhohen Glasvitrine mit der doppelten Schiebetür, die an der rückwärtigen, den Fenstern gegenüberliegenden Wand stand, einen der dicken Bände des Sportverlages heraus, die anlässlich der Olympischen Spiele herausgegeben wurden und neben Tabellen und Statistiken vor allem Bilder der DDR-Mannschaft enthielten. Diesmal wählte ich Spiele der XXI. Olympiade Montreal 1976, die im letzten Jahr stattgefunden hatten und bei denen die Schwimmerinnen um Kornelia Ender die gesamte Weltkonkurrenz dominiert hatten.

Andere Bücher gab es kaum bei den Großeltern, ein paar nagelneue Exemplare standen noch in der Vitrine, zu Geburtstagen und Betriebsjubiläen als Präsente überreicht, wie die von schwerfälliger Hand und deshalb umso feierlicher wirkenden Widmungen auf dem Vorsatzblatt bezeugten, die alle korrekt unterschrieben und abgestempelt waren, vom CDU-Kreistag, der Betriebsgewerkschaftsleitung, dem Kulturbund, und von denen das schönste ein silbern eingeschlagener Band war, der *Die Fahrt zum Leuchtturm* hieß, aber trotz des abenteuerlichen Titels nicht eine Geschichte in der Art Robert Louis Stevensons enthielt, wie von mir erhofft, sondern einen unverständlichen Text, dessen Lektüre ich nach fünf Seiten abbrach.

Als ich den Großvater aus seinem Zimmer in den Korridor gehen hörte, stellte ich den Olympia-Bildband zurück, schlüpfte in meine Sandalen und sah ihm zu, wie er etwas umständlich die bequeme Wohnungskleidung, eine blaue, schon leicht formlose Trainingshose gegen die Ausgehgarderobe tauschte, die an einem warmen Sommertag aus einer hellen Baumwollhose, einer beigefarbenen Malimo-Windjacke sowie aus einem Paar brauner Sandaletten bestand, die an den Zehen geschlossen waren. Auf den Kopf setzte er einen leichten Strohhut, der Karton mit der Briefmarkensendung baumelte in einem Einkaufsbeutel an seinem Handgelenk und so liefen wir die Thälmannstraße hinauf, die im Schatten alter Kastanien lag und an der Kreuzung Hubertusstraße/Stecklenberger Allee zur Breitscheidstraße wurde, an deren Ende wir auf die Walpurgisstraße einbogen. Schon von der Kreuzung aus konnte ich das *Klubhaus der Hüttenwerker* sehen, wo, wie ich wusste, wir auf einen Frühschoppen in die kleine Schankstube einkehren würden.

Der Großvater setzte mich auf einen der Tresenstühle, blieb selbst stehen und bestellte, ohne zu überlegen, für mich ein Glas Fassbrause und für sich einen Kurzen und ein gezapftes Pils. An einem Werktag wie diesem war der Schankraum fast leer. Ein paar müde Arbeiter saßen an den geblümten Tischdecken, übrig geblieben von der Nachtschicht oder unfähig, an einem sonnendurchfluteten Tag wie diesem trotz aller Müdigkeit in den vormittäglichen Schlaf zu finden. Bis zweiundzwanzig Uhr hatten sie noch Zeit: entweder um sich auszuschlafen oder um wieder nüchtern zu werden, denn dann begann für sie die nächste Schicht.

Wenn wir an der Theke saßen, brachte mir der Großvater kleine kurzweilige Kneipenspiele bei, die sich mit einer Streichholzschachtel oder drei Zwanzigpfennigstücken durchführen ließen. Dort lehrte er mich nicht nur, Häuser aus Bierdeckeln zu stapeln, sondern vermittelte mir auch ein Wissen, das mir im Laufe meines Lebens noch einmal nützlich sein könnte: dass Paris die schönste Stadt sei, die es auf der Welt gebe, dass er nie den Ausblick vergessen werde, der sich vom Eiffelturm geboten habe (wobei er gleichzeitig bedauerte, dass wir heutigen Kinder in einem System lebten, das uns nicht dorthin ließ). Dass die Ostfront das genaue Gegenteil des Frankreichfeldzuges gewesen sei und dass er sie nur überlebt habe, weil er tagelang nichts gegessen hatte, bevor ihn der Bauchschuss schließlich umlegte. Dass Italiener Feiglinge im Kampf seien, auf die man sich nicht verlassen könne, Verräter und Überläufer.

Er brachte mir bei, dass man Juden an ihren krummen Nasen erkennen würde, und als ich mich wenig später mit dem frischen Wissen brüsten wollte – es geschah anlässlich eines Films, den wir eines Abends alle gemeinsam sahen, die Eltern, die Großeltern, ich, und in dem Barbra Streisand das Mädchen Yentl spielte –, ließ der Vater, nachdem ich zögernd gestanden hatte, von wem ich diese Weisheit hatte, dermaßen die Faust auf den Wohnzimmertisch sausen, dass der Wein in den Gläsern schwappte und Erdnussflips und Salzstangen in ihren Schüsseln hüpften.

Er nannte seinen eigenen Vater einen Reaktionär, dem er am liebsten nicht mehr seine Kinder für die Ferienzeit überlassen wollte. Möglicherweise sagte er sogar Schlimmeres. Die Frauen versuchten zu beschwichtigen, ich wagte es nicht, dem Großvater, den ich unwillentlich verraten hatte, in die Augen zu sehen. Ich traute mich auch nicht, den zornigen Vater anzusehen, nicht mal seine Hosenbeine.

Nie wieder kam die Sprache auf diesen Zwischenfall vor dem Fernseher. Eine Zeit lang verzichtete der Großvater, mir in der Kneipe seine Ansichten zu den Völkern und Hautfarben der Welt, zu ihren allgemeinen Merkmalen, ihrer Physiognomie und ihren speziellen Eigenschaften im Kampf und ihrem Verhalten im Schützengraben mitzuteilen. Aber mir war klar, dass es irgendwann wieder aus ihm heraussprudeln würde, dass es nur eines gewissen Quantums Feuerwasser bedurfte, um ihm die Zunge zu lösen. Und ich war tatsächlich erleichtert, als er eines Nachmittags wieder begann, die guten alten Geschichten zu erzählen, alle so glaubhaft wie nur irgendeine Schnurre aus dem Märchenbuch, über Verbrechervisagen, fliehende Stirnen und Segelohren, über Geldgier und die Feigheit vorm Feind. Alles war wie früher, nur mit jenem Unterschied, dass ich von nun an penibel darauf achtete, nichts mehr weiterzusagen, keine Spuren zu hinterlassen. Nicht in den Bildern, die ich mit Buntstiften malte, nicht in den kleinen Geschichten, die ich in ein Schulheft schrieb. Nichts fixieren, um nichts zu verraten. Es musste so aussehen, als existierten die Geschichten nicht mehr, obwohl sie weiterhin allesamt ein munteres Leben in meinem Kopf führten.

Zehn Minuten nachdem wir die Schankstube des Klubhauses betreten hatten, verließen wir sie wieder, erfrischt und gestärkt, gaben die Sendung bei der Gattin eines Philatelistenfreundes in der Birkenstraße ab und marschierten anschließend frei und ohne Last die Straße bergab, bis wir beide wie auf Kommando innehielten, weil wir die Bescherung sahen, die ein W50-Laster des Brennstoffhandels während unserer Abwesenheit vor dem Haus abgeladen hatte: anderthalb Tonnen lose Sommerbriketts aus Braunkohle. Einfach hingekippt auf den Bürgersteig, wie es üblich war, sodass sich die Passanten anstrengen mussten, um vorbeizukommen. Die Kunden mussten die Briketts selbst in den Keller schaffen, mit Schaufeln, Eimern, Kiepen. Natürlich bestellten die Großeltern, die ohnehin einen Hang zum Bevorraten besaßen, wovon nicht nur eingekellerte Kartoffeln und Äpfel zeugten, sondern ein ganzes aus den Nähten platzendes Kellerregal, in dem sich Einweckgläser mit verschiedenem Fruchtkompott, Wurst-, Obst- und Gemüsekonserven, Batterien von Rum- und Kornflaschen und ein ganzes Heer von Ketchupflaschen drängten, natürlich bestellten die Großeltern ihr Heizmaterial für die kalten Monate im Sommer, wenn es billiger war.

Wir sahen im Näherkommen, dass die Großmutter, eine Zinkgießkanne aus der Waschküche in der Hand, vorsichtig um den riesigen Brikettberg ging und dessen flache Ausläufer auf dem Pflaster mit Wasser besprenkelte, damit die Passanten sich nicht mit aufwirbelndem Kohlestaub beschmutzten.

Immer mit der Ruhe, sagte der Großvater und sah auf seine vergoldete Uhr, erst einmal gibt es Mittagbrot.

An einem wirklich perfekten Sommertag gab es, wie in einer Zeitschleife, mindestens viermal Mittagessen hintereinander.

Zuerst einmal wurde in der großen Feiertagsterrine aus dem zwölfteiligen Hochzeitsservice die goldene Rindfleischbrühe mit den selbst gemachten, handgeschnittenen Nudeln aufgetischt. Weil heute ein ganz besonderer Tag war, der Internationale Tag des Kohleschippens, im Wohnzimmer auf gestärktem Tischtuch. Auf der Oberfläche der Bouillon schwammen dicke Fettaugen, das dunkel gekochte, mürbe Fleisch der Rinderbrust war in feine Streifen geschnitten und in die Suppe gegeben worden, die nur mit Salz und einer winzigen Prise Pfeffer gewürzt, dafür aber mit viel frischer, fein gewiegter krauser Petersilie bestreut war. Da wir uns in einer Industriestadt befanden, in der sich die Arbeiter reich an Kohlenhydraten ernährten, warteten in einer separaten Servierschüssel gelbe, dampfende Salzkartoffeln, die, wer wollte, als zusätzliche Einlage in die Brühe geben konnte. Zum Nachtisch gab es ein Kompott aus Birnen. Süß, dickflüssig und nach Nelke schmeckend war der Saft, in dem die nicht zu weich gekochten, ja fast noch knackigen Früchte schwammen.

Das zweite Mittagsmahl bildeten Hefeklöße, nicht etwa gekocht, sondern in einer Baumwollwindel über dem siedenden Wasser gedämpft, die mit einer Paketschnur am Rand des zwanzig Liter fassenden Wäschekochtopfs befestigt war. Über die luftigen, ungesüßten Klöße, die, wenn sie auf dem Teller lagen, die Großmutter mit den blitzschnellen Bewegungen zweier Gabeln aufriss, wurde das heiße Pflaumenkompott gegeben, das in jedem Herbst aus den Kleingartenüberschüssen von Arbeitskollegen und Briefmarkenfreunden gekocht und eingeweckt wurde und nun einen weihnachtlichen, nicht so recht zu den sommerlichen Temperaturen passenden Duft nach Zimt, Nelke und Anis verströmte.

Weitaus weniger Arbeit machte jenes zur Verwendung von Wurstresten erfundene Gericht, das wir Kinder ebenso liebten wie der Großvater und das wir einfach Makkaroni mit Tomatensoße nannten. Damals herrschten gerade die Jahre der Großen Ketchupknappheit, die bereits ganze Landstriche unserer Heimat verheert hatte. Als die Konsumplaner die Not endlich erkannt hatten, versuchten sie, obwohl es eigentlich schon zu spät war, nach und nach die verlorenen Gebiete mit ekligen Substituten zu beliefern.

Dank ihrer am Nachkriegsmangel geschulten Fähigkeiten zur Vorratshaltung, und auch wegen der freundschaftlichen Beziehung zu Frau Wolf aus dem Konsum in der Breitscheidstraße, deren Geburtstag wie selbstverständlich in jeder Adventszeit vom aktuellen Kalender in den des kommenden Jahres übertragen wurde – sowieso erschien die Großmutter beinahe täglich in dem kleinen Geschäft, um ein Netz leerer Bierflaschen gegen eines mit vollen einzutauschen, meist ein einfaches, helles Dessauer Pils, manchmal, wenn es denn vorrätig war, das etwas teurere Pilsator, standen im Kellerregal der Großeltern, anders als in den meisten Haushalten der Republik, einschließlich dem der Eltern, palettenweise Fläschchen mit der köstlichen süßsauren Würzsoße.

Weshalb auch eine ganze Flasche in den Schmortopf geschüttet wurde, wenn dort die fein geschnittenen Aufschnittreste, Jagdwurst und Bierschinken, aber auch Reste von Salami und Leberkäse zusammen mit einer Handvoll feiner Zwiebelwürfel in der heißen Bratmargarine Farbe zu nehmen begannen. Die leere Flasche ließ die Großmutter bis zur Hälfte mit kaltem Wasser aus dem Hahn volllaufen, drückte ihren breiten Daumen auf die Öffnung und schüttelte so lange, bis sich der letzte Rest Ketchup gelöst hatte. Diese Flüssigkeit goss sie ebenfalls in den Topf, würzte mit Salz, Pfeffer und einer Prise Paprikapulver und ließ das Ganze bei halb geschlossenem Deckel eine Viertelstunde auf dem Gasherd durchkochen, bis die Soße sämig zu werden begann. Dann schaltete sie die Flamme aus, gab einen großen Esslöffel Kapern hinzu, legte den Deckel auf und schnitt eine Zwiebel in feine Scheiben, die wir uns roh, wie andere Leute geriebenen Käse, über das Gericht streuten.

Waren die Nudeln aufgetan, nahm die Großmutter ihr Besteck und schnitt mit drei, vier schnellen Bewegungen des Messers die Nudeln auf des Großvaters Teller in kleine Stücke, weil er behauptete, wegen der fehlenden Finger die Makkaroni nur mit dem Löffel essen zu können, aber wir konnten an ihrem Gesicht sehen, dass sie die Behauptung für eine faule Ausrede hielt.

Dann gab es die Eintöpfe aus Hülsenfrüchten, die schlesische Kartoffelsuppe, die mit geriebener Muskatnuss abgeschmeckt war, den Brühreis mit gekochtem Hühnerfleisch und Petersilie. Es gab die süßen Gerichte, die der Bruder bevorzugte, Eierkuchen mit Zucker und Zimt, vor Fett triefende Kartoffelpuffer mit Apfelmus, Grießbrei und Milchreis. Es gab sämige Frikassees vom Huhn und helle, in Brühe gezogene Königsberger Klopse, die mit einem Hauch Anchovispaste gewürzt waren. Und natürlich gab es neben diesen Alltagsgerichten die Kombinationen aus einem Fleischgericht und Beilagen, Salzkartoffeln meist und Gemüse, die an Fest- und Sonntagen serviert wurden.

Geschmortes Kassler mit Sauerkraut, das, frisch abgefüllt aus dem Holzbottich des dunklen, etwas muffig riechenden Gemüseladens in der Breitscheidstraße, sanft mit Zwiebeln, Piment, Lorbeerblatt und zwei, drei angedrückten Wacholderbeeren im eigenen Saft köchelte, bevor es kurz vor dem Auftragen mit einer Viertel Tasse Mehlwasser abgebunden wurde.

Schweinebraten vom Nacken mit Mischgemüse, immer am ganzen Stück gegart, wie alles Fleisch und jede Scheibe Wurst von Fleischer Pelzel stammend, dessen Verkaufsraum

»Ey, Alter, was ist denn los? Schläfste schon, oder wie?«

dessen geradezu winziger, blitzblanker, voll verfliester Verkaufsraum keine zehn Schritte von unserer Eingangstür in Richtung Bahnhof entfernt lag, auf halbem Weg zur Post. In dem die geräucherten Dauerwürste an matt schimmernden Haken hingen, wie mit dem Lineal ausgerichtet, darunter die Kringel von Blut- und Leberwurst, in der nächsten Reihe die goldenen Schinken, die Ketten aus stämmigen Bockwürsten, schmalen Wienern und dunklen, groben Knackwürsten, die mächtigen Laibe von Leberkäse, Jagdwurst und Bierschinken – gelbe Senfkörner, die im gebrühten Brät zwischen Fleischstücken von der Lende leuchteten –, von denen mit der Maschine frische Scheiben auf eine Lage fettabweisendes Pergamentpapier heruntergeschnitten wurden, daneben der grüne Speck, die durchwachsenen Räucherschwarten, die grobe Gutsleberwurst und die feine aus Kalbfleisch, Teewürste, ebenfalls grob und fein, sowie ein Steinguttopf mit schmierigen Flomen, die man zu Hause im Topf ausließ, um ein würziges Griebenschmalz herzustellen. Dieser betörende

Duft bei Pelzels. Der Geschmack einer Scheibe Leberkäse, die die Verkäuferinnen den Kindern an der Fleischgabel über den Tresen reichten, der Biss in eine frisch aus dem Rauch geholte Wiener Wurst. Der Anblick des alten Pelzel, ein weißes Käppi auf dem Kopf, die weiße Gummischürze vor dem Bauch und einen Satz Ausbeinmesser im Gürtel, wenn er und seine Leute ein- oder zweimal in der Woche die angelieferten Rinder- und Schweinehälften vom Lkw des Schlachthofs, der am Bordstein parkte, durch die Toreinfahrt auf den Hof schleppten, wo sich die Verarbeitungsräume mit den Wurstkesseln befanden, die Räucherkammern und Lagerräume. Der Geruch von glimmenden Buchenspänen und dörrendem Fleisch, der sich bei bedecktem Herbstwetter auf das ganze Viertel herabsenkte. Das Zucken der Großmutter beim Schlag des Beiles, das ein frisches Schweinekotelett vom Strang trennte oder eine Scheibe fetten gepökelten Nacken, aus Angst, Frau Pelzel könne statt des Tierknochens den eigenen Finger treffen.

Satt und müde, nicht zuletzt wegen des wartenden Briketthaufens vor der Tür, der den Geschäfts- und Urlauberverkehr auf der Thälmannstraße behinderte, legten wir nach dem Essen die tägliche Mittagspause ein. Der Großvater machte sich auf dem Wohnzimmersofa lang und fiel bald in ein rhythmisches Schnarchen, die Großmutter setzte den Wasserkessel auf, stellte das kleine Küchenkofferradio an, in dem der Deutschlandfunk eingestellt war, und sortierte das benutzte Geschirr vor, das sie abwaschen würde, sobald der Kessel pfiff. Ich setzte mich im Arbeitszimmer auf den Boden, las ein Buch oder malte mit Filzstiften eine Fernsehszene nach, die mich in den letzten Tagen beeindruckt hatte.

Ich überlegte, dass ich mir heute das Ferienprogramm um 14 Uhr 30 abschminken konnte, denn selbst wenn die Großeltern mir erlauben würden, den Kinderfilm zu sehen, würde ich doch das schlechte Gewissen nicht loswerden, sie den Kohlenberg allein abtragen und in den Keller schleppen zu lassen, der fünfundzwanzig steile, abgetretene Stufen in der Tiefe lag. Wenigstens dabeistehen musste ich, wenigstens so tun, als würde ich helfen wollen.

Aber schon wenige Minuten nachdem ich dann tatsächlich unten stand, nur mit kurzen Lederhosen bekleidet und einem weißen Feinrippunterhemd, das exakt so aussah wie jenes des Großvaters, schon nach der ersten Brikettfuhre, die ich mit hängender Zunge und Affenarmen in den Keller geschleppt hatte, vergaß ich, dass ich die Arbeit nur hatte vortäuschen wollen.

Wenn der Großvater die Kohleschaufel in den Hang des Brikettberges stieß und sie wieder herauszog, um unsere Eimer und Kiepen zu füllen, rieselten Kilo schwarzen Staubs zwischen den Zinken zur Erde.

Eine Scheißqualität, sagte er in seinem ostschlesischen Dialekt, diese vermaledeiten Betrijer! Halsabschneider, Janoven! Nach jeder dritten Schippe fluchte er, trotz des schwerer gehenden Atems und der mahnenden Blicke der Großmutter, der sein Gezeter auf öffentlicher Straße unangenehm war. Doch die Passanten, wenn sie für einen kurzen Plausch stehen blieben, verstanden seinen Ärger. Sie bedauerten wortreich, Taschentücher schützend vor den Mund gepresst, dass wir ausgerechnet bei Temperaturen wie den heutigen den Winterkohlevorrat bunkern mussten. Aktuelle und ehemalige Arbeitskollegen der Großeltern feuerten uns an, Urlauber aus Gera blieben stehen und welche aus Leipzig erzählten, dass sie zu Hause ebenfalls mit Massen von Staub zu kämpfen hätten, der beim Verfeuern so viel Ruß bilde, dass im Nullkommanix der Abzug zu sei, sodass jedes Jahr sämtliche Kachelöfen auseinandergebaut und gereinigt werden mussten. Alle wünschten uns Mut, Ausdauer und Kraft, und ein paar der Urlauber, obwohl es ihren eigenen Interessen zuwiderlief, hofften obendrein, dass für den Rest des Tages Wolken vor die strahlende Sonne zögen und eine erfrischende Brise aufkäme.

Die Großmutter hatte unterdessen eine kalte Limonade für mich heruntergeholt und für den Großvater ein Pilsator, die sie für eine halbe Stunde in das Dreisternefach des Kühlschranks gelegt hatte, sodass das braune Glas beschlagen war, als es der Großvater entgegennahm. Sie selbst begnügte sich mit einem Selterswasser.

Der Großvater öffnete unsere Flaschen, dann tranken wir. Wieder blieben Urlauber stehen, diesmal, um uns beim Pausieren zuzusehen. Aber auch jetzt waren sie um gute Ratschläge nicht verlegen, ermahnten uns, langsam zu trinken, denn ein unterkühlter Magen in Verbindung mit einem ausgetrockneten, von körperlicher Arbeit heißen Körper könne die Gefahr eines Hitzschlags ins Exponentielle erhöhen.

Dann kroch die Sonne langsam aus dem Zenit des Tages, und wir erkannten, dass der Brikettberg auf den Inhalt von vielleicht zehn Zinkeimern geschmolzen war, was fünf weitere Fuhren bedeutete à zwei Eimer. Langsam jedoch zwickte der Hunger, die Arme waren taub und die Waden gefühllos.

Die Großmutter sagte, ich solle jetzt aufhören, hätte genug getan, fast wie ein Erwachsener geschuftet, aber ich wollte nicht so kurz vor dem Sieg ausscheiden. Ich wollte bis zum endgültigen Triumph über die störrische, staubige Materie dabei sein. Sonst würde es später immer relativierend heißen: *Er war fast bis zum Schluss dabei*, statt: *Er hat mitgemacht.*

Von St. Petri läuteten die Glocken siebenmal, und das Abendlicht, das durchs Kastanienlaub der Thälmannstraße fiel, wurde langsam orange, als wir endlich fertig waren und Eimer, Schaufeln, Kiepen wieder im Keller standen.

Während der Großvater auf der Haustürschwelle saß, döste und nur von Zeit zu Zeit die Augen hinter seiner getönten Brille einen Spalt weit öffnete, wenn er einen Schluck vom zweiten eiskalten Pilsator nahm, goss die Großmutter aus der Zinkgießkanne großzügig Wasser auf den heißen, dreckigen Bürgersteig und ließ es für eine Sekunde wirken, bevor sie sich mit dem groben Schrubber daranmachte, das Pflaster zu bürsten. Den zähen Kohleschlamm fegte sie in den Rinnstein, und wiederholte diese Prozedur so lange, bis das Wasser klar blieb.

Dann ging Großmutter nach oben, um sich zu waschen und das Abendbrot vorzubereiten, während der Großvater und ich noch eine Weile auf der Schwelle sitzen blieben, die jugendlichen Mopedfahrer beobachteten, die in grölenden Horden Richtung Klubhaus rasten, die Urlauber, die auf der Suche nach einer lauschigen Restaurantterrasse durch die Straße spazierten.

Später warf uns die Großmutter, gewaschen und umgezogen, einen Packen Handtücher herunter, zwei helle, zwei dunkle, und ein Stück Seife.

Wir gingen auf den Hof und der Großvater holte den Gartenschlauch aus der Waschküche, drehte den Hahn auf. Wir machten uns vorsichtig nass, seiften uns ein, bis es schäumte, und spritzten uns dann gegenseitig ab, wobei der Großvater seine Turnhose anbehielt.

Oben im Wohnzimmer war bereits der Abendbrottisch gedeckt, als wir tropfnass, das eine Handtuch um die Hüfte geschlungen, das andere als Kapuze über dem Kopf, ankamen. Anders als an gewöhnlichen Tagen, wenn man sich seine Stullen selber schmieren musste, hatte die Großmutter schon eine große Platte mit belegten und garnierten Broten in die Tischmitte gestellt. Drum herum standen, appetitlich angerichtet, kleine viereckige Plasteschalen mit Weißkraut- und Grüne-Bohnen-Salat, mit Senf, Sahnemeerrettich, Rote-Bete-Scheiben, Dillgurken und sauren Perlzwiebeln.

Das Bier perlte in der Festtagsbiertulpe des Großvaters, sogar die Großmutter hatte sich ein Glas Rotwein aus den Kellerbeständen eingegossen, und auch ich trank zur Feier des Tages meine Limonade aus einem geschliffenen Weinglas.

Der Fernseher lief, es ging auf acht zu, als wir uns erschöpft an den Tisch setzten und aßen. Die Westnachrichten, die ich, anders als zu Hause, hier sehen durfte, zeigten wie immer die Fahndungsbilder von Terroristen. Diese hatten eine Bank überfallen, weshalb man Straßensperren errichtete und die Kontrollen verschärfte. Exakt an jenem Tag, als wir in den Herbstferien desselben Jahres wieder zu den Großeltern fuhren, fand man einen zuvor Entführten tot im Kofferraum eines Autos. In einem grünen Audi 100, wie präzisiert wurde, ein Wagentyp, nach dem ich in den kommenden Monaten stets Ausschau hielt, wenn wir unter der heimischen Autobahnbrücke standen und den Transitverkehr beobachteten.

Aber die Terroristen waren mir an diesem Abend einerlei. Ich war auf etwas anderes aus, auf eine Belohnung für meinen Kohleeinsatz, und ich begann drucksend mit der Sprache herauszurücken, nachdem der Tisch abgeräumt war, der Großvater, Sofakissen in den Rücken gestopft, sich lang gemacht hatte und auf die Mattscheibe sah, wo später am Abend eine unserer Lieblingsserien laufen würde, *Die Straßen von San*

Francisco oder *Detektiv Rockford*. Ein paar Jahre später verschwanden unsere gemeinsamen Vorlieben, denn mit der Operettenwelt von *Dallas*, die der Großvater liebte und in der er sich zur allgemeinen Belustigung der Familie ausgerechnet in eine naive Blondine namens Lucy verguckt hatte, konnte ich nichts anfangen, möglicherweise auch nur, weil ich die Serie zu Hause nicht sehen durfte und so nie die Verbindungen zwischen den albernen Anzugcowboys und den aufgetakelten Frauen verstand.

Oma, weißt du was?, begann ich um meine Belohnung zu betteln.

Sie sah von ihrer Handarbeit auf, dem Großvater waren mittlerweile die Augen zugefallen, und er röchelte mit dem Atem des ehemaligen Kettenrauchers.

Oma, Soll ich dir mal was verraten?

Sie bejahte.

Ich wusste nie, wie das Gesicht der Großmutter aussah, ob belustigt oder angestrengt, wenn ich zu einem solch unwürdigen Versuch ansetzte, denn entweder sah ich, während ich redete, auf meine Schuhspitzen, zum Beispiel wenn wir vor dem Schaufenster des Spielzeugladens in der Karl-Marx-Straße standen, oder aber ich betrachtete, wie an diesem Abend, so aufmerksam meine Finger, als reiche mein Blick, um das Schwarze unterm Nagel zu entfernen.

Es war doch ganz schön heiß heute, stimmt's, Oma?

Sie bejahte auch das, nahm ihr Stopfzeug wieder auf und setzte die Arbeit fort.

Und es waren wirklich viele Kohlen, nicht?, fragte ich, und ohne eine Antwort abzuwarten, türmte ich noch ein paar Argumente ähnlicher Qualität auf, bevor ich langsam zum *Darum-Teil* überleiten wollte. Doch noch ehe ich dazu kam, stand die Großmutter auf, verschwand im Korridor und kehrte eine Sekunde später mit einem Fünfmarkschein zurück.

Ich war verwirrt. Sie lächelte.

Fünf Mark! Was sollte ich denn damit anfangen? Ich bekam ja nicht einmal regelmäßig Taschengeld wie ein paar von den anderen Kindern aus dem Block. Fünfzig Pfennig pro Woche wie Antje oder eine Mark wie Yvonne. Nur wenn ich ins Ferienlager fuhr, gab mir die Mutter zwanzig Mark mit, von denen ich möglichst billige Souvenirs für alle einkaufte: einen Schnapsausgießer für den Großvater, Partyspieße aus Plaste für die Großmutter, ein Kartenspiel für den Bruder, ein Deckchen für die Mutter und für den Vater nichts.

Wenn ich zu Hause etwas brauchte, sagte ich Bescheid, und es wurde mir besorgt. Wenn ich etwas wollte, was nicht unbedingt notwendig war, fragte ich erst die Großmutter und bekam es, oder die Mutter erstand es auf einem unserer Einkaufsbummel.

Na, steck es schon ein, sagte die Großmutter, du hast es dir verdient.

Ich betrachtete den Schein, auf dem unser Bauernkriegsführer Thomas Müntzer in Preußischblau abgebildet war. Ich untersuchte das Wasserzeichen: Es war da. Fünf Mark bedeuteten einhundert Brötchen von Frau Kache aus der Hubertusstraße. Oder zweihundertfünfzig lose Briefumschläge, wie es sie in der dunklen, unübersichtlichen Papier- und Buchhandlung im Erdgeschoss zu kaufen gab, die dem alten Herrn Wattig gehörte, unten im Haus der Großeltern. Zwar nicht die schneeweißen, sondern die leicht vergilbt wirkenden, die mit dem hohen Altpapieranteil, doch für Allerweltsbriefe, zum Beispiel einen an die Eltern, waren sie durchaus zu gebrauchen.

Mit fünf Mark hätte ich mir sogar etwas Größeres beim alten Wattig kaufen können, der neben Büchern und Schreibwaren auch Einsteckalben für Briefmarken führte.

Während ich den Fünfmarkschein zweimal faltete und ihn in die Gesäßtasche der Lederhose steckte, fiel mir wieder ein, dass der Großvater am Vormittag gesagt hatte, meine Rundsendung hätte mir bisher dreiundzwanzig Mark und ein paar Zerquetschte eingebracht. Machte mit den fünf Mark vom Kohleschleppen fast neunundzwanzig. War vielleicht doch nicht so schlecht, Bargeld zu besitzen. War vielleicht ein guter Zeitpunkt, damit anzufangen.

Na, siehst du, sagte die Großmutter, stand auf und holte aus der wuchtigen Anrichte, die neben dem Schreibtisch des Großvaters stand, eine Tafel *Milka*-Schokolade, Traube-Nuss, riss sie auf und brach sie in kleine Stücke, die sie auf dem Alupapier der Verpackung verteilte.

Ich wollte gar kein Geld, sagte ich, vermutlich unverständlich, denn ich schob mit der Zunge eine Handvoll Schokoladenstücke im Mund hin und her.

Die Großmutter sah mich fragend an.

Als Belohnung, sagte ich, nachdem ich die Schokolade runtergeschluckt hatte, für das Helfen. Ich wollte was ganz anderes.

Ihr Blick blieb unverändert.

Ich zog die *FF-dabei* aus dem Zeitungsständer, blätterte zum Programm des heutigen Tages und hielt ihr eine Seite hin, auf der ich eines der illustrierten Kästchen angekreuzt hatte. Darauf zeigte ich nun vorsichtig, während die Großmutter sich die Brille zurechtrückte, um zu betrachten, was ich ihr vor die Nase hielt.

Sie las:

Der Mann auf dem Dach. Schwedischer Spielfilm nach einem Roman von Maj Sjöwall und Per Wahlöö.

Sie ließ die Fernsehzeitschrift sinken, und ich konnte ihrem Gesicht ansehen, dass sie überlegte, was ihr Sohn, mein Vater, dazu sagen würde. Ihm hätte ich von der politischen Haltung des berühmten Autorenduos erzählt, aber weil meine Oma Sjöwall/Wahlöö nicht kannte, nützte mir deren kapitalismuskritische Haltung im Moment herzlich wenig. Ich sah ihr nur an, dass sie überzeugt war, die Eltern würden mir den Film nicht erlauben. Wahrscheinlich machten ihr die *skrupellosen, ja brutalen Methoden* des ermordeten Kommissars Nyman zu schaffen, von denen im Ankündigungstext die Rede war.

Die Großmutter schlug die Fernsehzeitung zu und nahm sich ein Stück Schokolade.

Aber erzähl nichts deinem Vater, sagte sie.

Nein, sagte ich, das werde ich auf gar keinen Fall tun. Warum sollte ich auch. Wenn überhaupt, dann erzähle ich es meiner Mutter. Aber nicht mal der. Nee, höchstens René oder Kai-Uwe oder Antje oder Yvonne.

Erzähl bitte auch nichts deiner Mutter.

Na gut, Oma, mach ich nicht.

Wenig später sollte ich es bitter bereuen, um den Fernsehabend gebeten zu haben. Der Film begann erst, als die Großeltern schon im Bett lagen, doch ihr rhythmisches Schnarchen, das über den Korridor ins Wohnzimmer drang, war mir nur ein schwacher Beistand.

Schon in den ersten Minuten wurde der angeblich brutale Kommissar Nyman ermordet. Er lag im Krankenhausbett und schlief, und dann kam jener, der ihm nach dem Leben trachtete, durch die Schwingtür.

Kam über den sterilen Flur in Nymans Zimmer geschlichen. Packte das Mordwerkzeug aus, weckte den Polizeileutnant, damit der das eigene Ende auch mitbekam. Bei Bewusstsein war. Und brachte ihn anschließend um.

Nein, er brachte ihn nicht einfach um, mit einem Messerstich, einem Kopfkissen, mit dem er seinen Feind erstickte, oder mit einer Pistole, auf deren Lauf ein Schalldämpfer steckte, wegen der Nachtruhe im Hospital. Er metzelte Nyman dahin, er schlitzte ihn auf, schlachtete ihn, mit einem Bajonett, von dem ich damals noch nicht wusste, dass die korrekte Bezeichnung *Seitengewehr* lautete. Und nach jeder ausholenden, wuchtigen Bewegung des Armes, wenn das Bajonett in Nymans Körper stach, so leicht hineinglitt wie ein heißes Messer in ein Stück Butter, spuckte der Fernsehlautsprecher grässliche Geräusche aus, schmatzende und zischende, und Fontänen von Blut spritzten durch das eben noch reine Krankenzimmer und Teile von Nymans Körper fielen platschend zu Boden, blieben in dem unglaublichen Blutsee liegen, der sich in Windeseile auf dem Linoleum ausbreitete.

Nachdem der Schlächter endlich gegangen war, nahm ich die rechte Hand, durch deren Finger ich das Geschehen verfolgt hatte, herunter. Nicht, dass ich zitterte, aber wohl war mir nicht, denn jetzt wusste ich, meine Großmutter hätte mir den Film verbieten *müssen*. Von nun an verband ich Krankenhäuser nicht nur mit Siechtum und seltsamen Gerüchen, sondern obendrein noch mit der blutigen Metzelei des schwedischen Kriminalfilms.

In einer perfekten Welt hätte mir die Großmutter einen weiteren Fünfmarkschein gegeben, damit ich freiwillig darauf verzichtete, den Film zu gucken. In der besten der möglichen Welten, in der wir lebten, blieb mir nichts anderes übrig, als mich ins Bett zu schleichen und auf milde Träume zu hoffen.

»Jetzt lasst den doch mal in Ruhe, ey. Ich find den gar nich' so schlimm.«

Sollte das jetzt etwa eine jener Wendungen werden, an die noch nie irgendwer geglaubt hatte, die Wendung zum Guten? Oh, du dralles Proletariermädchen in den Leopardenleggins. Falls ja, würde ich dir das nie vergessen.

»Ey Alter, sieh zu, dass de Land gewinnst.«

»Kannst dich echt bei Loni bedanken, du Spast.«

Ich konnte es nicht fassen: Sie nutzten sie einfach nicht, ihre Macht. Das bisschen, das sie davon besaßen.

Sie cremten lieber ihre Mopeds ein. Föhnten sich die Haare wie Deppen. Vergötterten Fußballvereine. Und ließen sich obendrein die Wut ausreden. Von Mädchen, die ihre Zuneigung bei der erstbesten Gelegenheit an irgendeinen Schnösel verraten würden.

Es war nicht zu fassen.

»Danke, Loni!«

IV

Что ж, ты, милая, смотришь искоса,
Низко голову наклоня?
Трудно высказать и не высказать
Все, что на сердце у меня.

Михаил Матусовский
Подмосковные вечера

Kurzer Bericht über die Liebe

1

Ein Januartag, ein Sonntag: zweite Hälfte der Nullerjahre des nagelneuen Jahrhunderts, des einundzwanzigsten. Neokapitalismus, wenigstens sonniges Wetter, Reste von Schnee in der Stadtlandschaft, die am fast blinden, mutwillig zerkratzten Fensterglas vorbeizog. In der S-Bahn nach Potsdam saßen vor allem Berliner Paare, die an den Charlottenburger Stationen zugestiegen waren, fünfundfünfzig bis fünfundsechzig Jahre alt, schätzte ich, drahtig, mit frischem Teint, sonnengebräunt und in bunter, wetterfester Funktionskleidung. Sie hatten Fahrräder dabei, die in deutschen Fahrradmanufakturen von Hand gefertigt worden waren und in denen sich nostalgisches Design und neueste Erkenntnisse aus der Weltraumforschung vereinten. Sie waren auf dem Weg in die Wälder des Umlands, und Optimismus und Zufriedenheit und Vitalität troffen ihnen aus jeder Pore. Sie hielten sich für die Guten, und sie hatten gewonnen. An den Lenkern ihrer Räder baumelten Sturzhelme.

Ich hob das Buch vor die Augen, das ich eigens für die halbstündige Fahrt vom Bahnhof Alexanderplatz bis nach Wannsee eingesteckt hatte, ohne mich auf den Text konzentrieren zu können. Ich war meinen Job los, und ich hatte meine Beziehung verloren. Ich wusste immerhin, dass ich fahren würde in zwei Monaten. Fort aus der verdammten Stadt. Ich hatte das Ticket der Thai Airways dabei, um es, wenn nötig, vorzeigen zu können. Falls mir jemand die Absicht nicht glaubte, denn nicht mal ich selbst hatte mich bisher an meinen Entschluss gewöhnt.

Ich wusste nicht, was ich dort, in Laos, eigentlich wollte, und konnte auch deshalb nicht sagen, wie lange ich bleiben würde. Aber ich hatte gehört, dass das Visum, welches man bei der Einreise am Flughafen Wattay für ein paar Dollar bekam, ohnehin nur einen Monat gültig sei. Dann wäre es Mitte Mai, und was danach kommen würde, war mir im Moment egal. Nur eines war mir klar, ich wollte dort nicht mit leerem Kopf erscheinen. Besser gesagt, ohne Erinnerungen, ohne das Wissen, wie es einst, in den Sechzigern, zu jenem Verhältnis gekommen war, dem ich ein Heer von Verwandten in dem fremden asiatischen Land verdankte, ein Heer, das über die Jahre immer weiter wachsen würde. Wenn die jüngsten meiner elf Onkels und Tanten nämlich ihre letzten Kinder bekämen und die ältesten meiner Cousins und Cousinen, von denen ich weder wusste, wie viele es zurzeit waren, geschweige denn, wie sie hießen oder aussahen, ihrerseits beginnen würden, Nachwuchs in die Welt zu setzen.

Nie hatten die Eltern erzählt, wie sie sich kennengelernt hatten. Ich wusste nur, wo es geschehen war: in Moskau. Bis Anfang der Achtziger hatten sie vermutlich nichts gesagt, weil sie sich zu jung fühlten, um das kaum Vergangene zu resümieren. Oder weil sie dachten, wir Kinder seien noch zu unreif, um Geschichten von der Liebe zu hören, oder würden uns nicht dafür interessieren. Was sehr wahrscheinlich damals den Tatsachen entsprochen hatte.

Wenige Jahre später hatte es dann schlicht keine Zeit mehr gegeben, um von der unbeschwerten Vergangenheit zu berichten. Mit Beginn der Krankheit verschwanden alle schönen Momente aus der Erinnerung. Der drohende Tod hatte die Familienerzählung an sich gerissen: Jetzt war das jugendliche Verliebtsein des deutschen Arbeitersohns und des laotischen Mädchens kein romantisches Märchen mehr, sondern lediglich der Ursprung für jene lange Agonie, die sie in der Gegenwart gemeinsam durchleben mussten.

Ich wusste, dass die Mutter – schwer geschädigt von den radioaktiven Strahlen, denen man sie ausgesetzt hatte, als Skalpell und Chemotherapie wirkungslos geblieben waren, als niemand mehr Hoffnung hatte und sie selbst sich nichts sehnlicher wünschte als den schnellen Tod, den sie für ein besseres Schmerzmittel hielt als das verabreichte Morphium – begonnen hatte, aus der Erinnerung heraus ihr Leben aufzuschreiben. Die Aufzeichnungen steckten in einem A5-Umschlag, in den ich noch nie hineingesehen hatte, aus Angst, die Aufzeichnungen würden mich enttäuschen, ohne dass ich selbst allerdings hätte sagen können, inwiefern.

Zu Hause hatte ich meinen alten Walkman, der über ein Mikrofon verfügte, hervorgekramt und in den Schönhauser-Allee-Arcaden einen Zehnerpack altmodischer Magnetband-Kassetten gekauft. Abends dann, eine Flasche Wein vor mir, hatte ich den Vater angerufen und gefragt, ob ich vorbeikommen könne, um ein Interview mit ihm zu führen. Noch ehe er antworten konnte, hatte ich schnell nachgeschoben, über die Zeit seines Studiums und darüber, wie er die Mutter kennengelernt habe.

Wozu denn?, hatte er nach ein paar Sekunden Bedenkzeit gefragt. Nicht schroff oder abweisend oder misstrauisch, sondern, wie mir schien, ehrlich überrascht von meiner Bitte.

Kurz hatte ich überlegt zu lügen: für einen Artikel, für ein Filmprojekt. Aber dann hätte er vielleicht gefragt, was aus meinem Job geworden sei. Jenem Job, der zwar nicht meiner Qualifikation entsprach, mir aber mehr Geld eingebracht hatte als all die akademischen Hilfsarbeiten, mit denen sich ein Großteil meiner Freunde durchschlug. Und dann hätte ich ihm sagen müssen, dass ich seit Tagen nicht mehr hinging und stattdessen meine Kündigung formulierte, weshalb ich lieber bei der Wahrheit geblieben war und geantwortet hatte: Keine Ahnung.

Gut, hatte er gesagt. Er sei im Moment ohnehin allein im Haus. Seine Frau, seine zweite, halte sich schon seit zwei Wochen bei ihren Eltern auf, die beide von einem Tag auf den anderen zu Pflegefällen geworden seien und ihr Haus nicht mehr versorgen könnten.

Ich hatte nicht gewusst, was ich darauf entgegnen sollte, und geschwiegen.

Also wann jetzt?, hatte er gefragt, und mir war der Ton schon leicht unwirsch vorgekommen. Andererseits wusste ich, dass er genauso ungern telefonierte wie ich selbst.

Gleiche Stelle wie immer, hatte ich gesagt und dabei freundlich und locker zu klingen versucht. Als sei das ein normales Gespräch und keines zwischen Vater und Sohn. Sonntag um elf, hinterm Bahnhof?

Gut, tschüss, hatte er gesagt und sofort den Hörer aufgelegt.

Während ich jetzt den engen, nach Urin stinkenden Tunnelgang entlanglief, der zum rückwärtigen Eingang des Bahnhofs Wannsee führte, überlegte ich, ob das Interview nicht in Wirklichkeit ein Vorwand war, um den Vater zu treffen. Wir sahen uns schon lange nicht mehr einfach so, ohne Anlass, und selbst zu Weihnachten oder Ostern besuchte ich ihn nur unregelmäßig, seit die Großmutter gestorben war, der ein halbwegs konventionelles Familienleben vorzuspielen wir uns irgendwie beide verpflichtet gefühlt hatten.

Es war wenig verwunderlich, aber ausgerechnet in der Silvesternacht war mir klar geworden, dass auch er bald sterben könnte und ich dann der Allerletzte wäre von jener kleinen Gruppe, die ich mir als Kind immer vorgestellt hatte, wenn ich an das Wort *Familie* dachte: die beiden Großeltern aus dem Harzrandstädtchen, der Vater, die Mutter, der Bruder und ich. Der Gedanke hatte mich in eine ungewohnte Panik versetzt. Ich hatte nicht mal mehr eine Arbeit, mit der ich mich ablenken konnte, wenn denn der Fall eintrat. Es gab keine sogenannte Liebesbeziehung mehr, nicht mal eine Zweckgemeinschaft oder auch nur eine WG. Nur ein bisschen Geld hatte ich auf der Bank, zu wenig wiederum, um mich im Notfall wirklich trösten zu können.

Als ich aus dem stinkenden Tunnel ins weiche Licht der Westberliner Vorstadtidylle hochstieg und den Vater an seinem Toyota-Kombi lehnen und in die Sonne blinzeln sah, musste ich wieder an die Charlottenburger Paare denken. In seinem knielangen Veloursparka, den wie geschnitzt wirkenden Cordhosen und der Schiebermütze auf dem Kopf sah er aus wie eine der Karikaturen, die noch immer regelmäßig in der Presse entworfen wurden, wenn es darum ging, sich über die Nomenklatura der DDR lustig zu machen.

»Du solltest das nicht benutzen«, sagte ich, als ich vor ihm stand und das kleine Kunstledertäschchen entdeckte, das an seinem Handgelenk baumelte, als wollte er das Bild, das sich andere von ihm machten, mit Absicht komplettieren.

»Da ist aber alles drin«, sagte er, »Geld, Papiere, Schlüssel.«

»Eben«, sagte ich und glaubte mich plötzlich erinnern zu können, dass auf den Fernsehbildern von '89 viele der zivilen Stasiagenten ganz ähnliche Gelenktaschen an ihren Armen baumeln hatten. Oder aber fast leere Einkaufsbeutel aus Dederon, die hin und her geschwungen waren bei den Versuchen, die Demonstranten abzudrängen oder mit den blanken Fäusten nach ihnen zu schlagen. »Wenn dich einer beklauen will, reicht *ein* Griff, und er hat gleich alles auf einmal. Und die Schlaufe da ums Gelenk reißt dich dabei von den Füßen, und du brichst dir noch das Genick, wenn du Pech hast. Und das alles wegen fünfzig Euro oder so.«

»Mal sehen«, sagte er. Wir gaben uns kurz die Hand, dann stiegen wir ein und fuhren los.

Ganz anders als die saturierten Charlottenburger aus der S-Bahn strahlte mein Vater vor allem Anspannung aus, obwohl er kein halbes Jahr mehr zu überstehen hatte bis zur Rente. Aber er mochte nicht, was er tat, und je näher das Ende rückte, desto quälender wurde ihm jeder verbleibende Arbeitstag, an dem er den Geschäftsführer einer Strukturentwicklungs-GmbH spielen musste. Der Betrieb verteilte Gelder der EU, prüfte Förderanträge und Rechenschaftsberichte, erstellte Bilanzen und gab vor allem buntes Werbematerial heraus, in dem sich die strahlenden Dutzendgesichter billiger Agenturfotos abwechselten mit den euphemistischen Texten der Landesregierung.

Er verdiente nicht schlecht, besser sicherlich als mancher Kollege aus dem ehemaligen Institut der Babelsberger Akademie für Staats- und Rechtswissenschaften, der nach unten durchgereicht worden war, auf die Flure von Arbeitslosen- und Sozialämtern, in die Umkleidekabinen von Sicherheits-, Überwachungs- und Gartenbaufirmen. Mein Vater mochte es nicht, Teil der Arbeitslosenverwaltungsindustrie zu sein, wie er sie nannte, einer Behörde, die in weiten Teilen Brandenburgs das prosperierendste aller Gewerbe und Gewerke war. Er wusste, dass die Probleme, die sein Betrieb in den Broschüren zu lösen vorgab, nicht auf diese Art lösbar waren: mit ein wenig Geld, mit vielen Worten, mit Drohungen und Zwang und – ein nicht zu unterschätzendes Déjà-vu – mit manipulierter Statistik.

Die Degradierung, die er empfand, war keine materielle gewesen, sondern eine intellektuelle. Er war als Handlanger eines Systems beschäftigt, das er verachtete.

Viel lieber wäre er an der neu gegründeten Universität geblieben, wohin Anfang der Neunziger das Institut ausgegliedert worden war, nachdem die Akademie wegen ihrer offensichtlichen Staatsnähe zerschlagen worden war. Mein Vater hatte sich keine schlechten Chancen ausgerechnet. Schon vor seiner Habilitation Anfang der Achtziger unterrichtete er als Hochschulassistent und nahm als Delegierter mehrmals an der Genfer Abrüstungskonferenz teil. Weil er Mitte des Jahrzehnts inoffizielle Kontakte zur kirchlichen Friedensbewegung aufgenommen, sich mit den Leuten getroffen und diskutiert hatte, holten ihn diese, nun selbst an der Macht, nach der Wende ins Berliner Ministerium. Er nahm an den Zwei-plus-Vier-Verhandlungen teil, und als das Außenministerium der DDR aufgelöst wurde, weil es seit dem Oktober '90 den Staat nicht mehr gab, den es repräsentierte, ging er zurück an die Universität, wo er für kurze Zeit noch Vorlesungen auf Honorarbasis hielt. Wenig später wechselte er in jenes Business, das EU-Gelder für ein Museumsdorf in der Prignitz oder Uckermark gewährte, um eine Handvoll ehemaliger LPG-Bäuerinnen für zwei Jahre in einer Halbtagsanstellung zu beschäftigen.

Während wir Zehlendorf hinter uns ließen und in Kleinmachnow einrollten, das früher als leicht verwilderte Siedlung einer zwar sozialistischen, aber der Dissidenz nicht völlig abgeneigten Intelligenzija galt und wo nach dem Krieg um Häuser und Baugrundstücke, dem Kampf um Rückübertragungsansprüche und Grundbucheinträge nun die zugezogenen Steuerberater, Wirtschaftsprüfer, die Fachanwälte und Ministerialbeamten mit ihren Familien wohnten, fiel mir auf, dass ich auch vom Berufsleben der Mutter kaum etwas wusste. Auch sie hatte ihren Doktor gemacht, das war mir bekannt, sie hatte gedolmetscht, wenn Regierungsdelegationen aus Laos im Land gewesen waren, sie hatte hin und wieder übersetzt – die Texte eines Schlagerduos etwa, das für eine Tournee nach Laos ging und dessen großer Hit *Keine Bange* hieß, *wir holen eine Zange* –, aber das war nicht ihr Beruf gewesen, das hatte nur zusätzlich ein bisschen Geld eingebracht. In meiner Erinnerung war ihr Beruf das Kranksein. Dafür war man ausreichend qualifiziert, wenn man nicht laufen konnte, wenn man in Krankenhäusern herumlag, abmagerte und totenblass aussah.

Ich verscheuchte den letzten Gedanken.

Wir waren vor dem Haus angekommen, das der Vater und seine zweite Frau Anfang der Neunziger gekauft hatten, als sich abzeichnete, dass die Wohngebiete meiner Kindheit in Zukunft nicht mehr jene Orte sein würden, wo relativ gleiche Menschen wohnten und verhältnismäßig gut miteinander auskamen. Gegenüber, wo früher ein Waldstück gewesen war, hatte man eine enge Siedlung aus zweistöckigen Reihenhäusern errichtet, in die all jene Einwohner quartiert worden waren, die den Kampf gegen die Immobilienansprüche der Altbesitzer verloren hatten. Entsprechend war die Stimmung. Wie zum Trost war auf der anderen Seite des neuen Autobahnzubringers, der im Norden genau dort auf die A 115 stieß, wo das größte Internetauktionshaus der Welt seine deutsche Dependance errichtet hatte – auch dort war Wald gewesen, in dem man hatte spazieren können –, ein kleines Einkaufsgebiet gebaut worden, in dem es mehrere Lebensmittel-Discounter zur Auswahl und Ablenkung gab.

Des wuchernden Gartens wegen, der es umgab, mit seinen alten Bäumen und Sträuchern, war es im Haus des Vaters immer ein wenig düster, selbst an einem sonnigen Wintertag wie diesem, an dem die meisten Äste und Zweige kein Laub trugen. Das große Wohnzimmer machte einen bürgerlichen Eindruck, die dunklen Brokatvorhänge, die Bücherregale aus Eiche, die Aquarelle und Stiche, die meist menschenleere, karge Landschaften zeigten. Bis auf das Ticken der Wanduhr war es sehr still, nur hin und wieder gluckerte es in der Heizung. Mir fiel die Ordnung auf, nichts lag herum, und ich fragte mich, ob der Vater meinetwegen aufgeräumt hatte oder ob er es, seit seine Frau fortgefahren war, vermied, die Ordnung, die sie ihm hinterlassen hatte, zu zerstören. Ohne einen triftigen Grund nennen zu können, vermutete ich Letzteres.

Ich legte meinen Walkman auf das Tischtuch des ovalen Esstisches und stand unschlüssig herum. *Mit dem Hammer*, spukte mir eine weitere Liedzeile des Schlagerduos durch den Kopf, *vertreiben wir den Jammer.* In der Küche hörte ich meinen Vater mit Kaffeegeschirr hantieren.

Dann kam er herein mit zwei dampfenden Henkeltassen, und ich merkte, dass er mit seiner Veloursjacke auch etwas von der Anspannung an der Garderobe im Flur gelassen hatte. So, als habe er sich erst wieder an meine Anwesenheit gewöhnen müssen, nachdem wir uns eine lange Zeit nicht mehr gesehen hatten. Man hätte meinen können, er mache sich gar nichts aus meinem Besuch. Aber ich nahm ihm sein distanziertes Verhalten nicht übel, das im Laufe der Zeit auf mich abgefärbt war und so den Abstand zwischen uns mindestens verdoppelt hatte, denn es zeugte es von einer Melancholie, die mir begreiflich schien. (Ich hatte seine Augen gesehen, als seine Frau beerdigt worden war, und die große Trauer und den wahren Schmerz darin, während ich selbst an jenem Tag nur voller Wut gewesen war. Aber ich würde ihm nie davon erzählen.)

»Ich schlage vor«, sagte er und stellte dabei die heißen Tassen vorsichtig ab, wobei trotzdem etwas vom Kaffee aufs Tischtuch schwappte und die Unordnung verstärkte, die mit der Ablage meines zerkratzten Walkmans begonnen hatte. Er verkniff sich den Fluch, pustete auf seine verbrannten Finger, sah auf seine Armbanduhr und fuhr fort, »dass wir mittags essen gehen. Zum Kroaten, zum Griechen oder in die Waldschänke. Und zum Abendbrot taue ich uns Pangasius auf.«

»Oh, Pangasius«, sagte ich.

»Wieso? Isst du keinen Pangasius?«

»Doch, doch«, sagte ich, obwohl ich keinen Pangasius mochte, weil er nach nichts schmeckte.

»Na, dann ist gut.«

»Wollen wir anfangen?«

»Wenn's sein muss«, sagte er und griff nach dem Kaffeebecher.

Ich kramte einen Stift aus meiner Tasche und ein Blatt Papier, um mir eventuell Notizen zu machen. Dann steckte ich mir einen der Kopfhörerknöpfe ins Ohr und drückte die Aufnahmetaste.

2

Als er an einem goldenen Spätsommertag des Septembers '61 in Moskau aus dem staubigen Zug stieg, war der junge Mann, der mein Vater gewesen war, neunzehn Jahre alt. Mit einem heimlichen Gefühl der Ergriffenheit setzte er den Fuß auf den Bahnsteig des Belorussischen Bahnhofs, dann wandte er sich wieder den achtzehn anderen Jungen zu. Zusammen würden sie die nächsten sechs Jahre am Институт Международных Отношений studieren, dessen vollständige, korrekte Bezeichnung Institut für Internationale Beziehungen beim Außenministerium der Union der Sozialistischen Sowjetrepubliken lautete und das die Studenten aus aller Herren Länder abgekürzt nur IMO nannten.

Das Berufsziel war klar: Sie würden allesamt Diplomaten werden, Vertreter ihres jungen sozialistischen Staates, der vor Monatsfrist seine Staatsgrenze gesichert und damit nicht nur das eigene ökonomische Ausbluten unterbunden, sondern auch die Gefahr eines neuen Weltkriegs zwischen den beiden Blöcken gemindert hatte. In der Hauptstadt Berlin war es Kampfgruppenverbänden, Bauarbeitern und der Volkspolizei gelungen, in nur einer Nacht eine Mauer hochzuziehen, die den sozialistischen Teil der Stadt von den drei westlichen Sektoren separierte. Und vor ihnen schützte.

Ein Vorgang von nicht zu unterschätzender Tragweite, was es umso absurder erscheinen ließ, dass der junge Mann erst Ende des Monats August davon erfuhr. Die Tage zuvor war er im ungarischen Bruderland gewesen, und zwar mitten in der stadtfernen Puszta, um ein paar Urlaubstage mit seiner langjährigen Brieffreundin Ildikó zu verbringen, Abiturientin und Schulsekretärin der sozialistischen Arbeiterjugend des Landes. Die aufgeregten Reden, die Ildikós Vater, Mitglied einer landwirtschaftlichen Genossenschaft, am Abendbrottisch an seine Adresse richtete, registrierte er zwar durchaus und verstand auch, dass sie sich auf etwas Bedeutsames in der Heimat bezogen, aber so richtig begriff er die Ereignisse erst, als er im Zug via Bratislava, Brno und Prag nach Dresden zurückfuhr und in einem nicht mehr ganz frischen *Neuen Deutschland*, das er auf dem Budapester Hauptbahnhof gekauft hatte, blätterte. Anfangs noch waren seine Gedanken immer wieder zu Ildikó abgeschweift, aber nachdem der Zug bei Bad Schandau die Staatsgrenze passiert hatte und durchs idyllische Elbtal der Sächsischen Schweiz ratterte, war das blonde Urlaubsmädchen, das er nie wiedersehen sollte, vergessen.

In Dresden stieg er um, besorgte sich die aktuellsten Zeitungen und fuhr, die Neuigkeiten verschlingend, mit Bummelzügen in jene mittlere Industriestadt im Harzvorland, in der die großen chaotischen Bewegungen der späten Kriegstage und ersten Nachkriegsjahre für seine Familie ein Ende gefunden hatten. Seine Mutter und er selbst, noch geschwächt vom Typhus, der ihn auf der Flucht aus Oberschlesien erfasst hatte, waren längst im Städtchen einquartiert worden, als das Rote Kreuz den Kontakt zum Vater herstellen konnte, der sich in einem amerikanischen Kriegsgefangenenlager bei

Wuppertal befand. Man beschloss, dass der Einfachheit halber der Vater sich zum Rest der Familie durchschlagen solle. Wenige Jahre später schon sah es so aus, als wären sie seit Generationen in der Stadt ansässig: Die Eltern arbeiteten beide im Eisenhüttenwerk, das im Akkord für den Wiederaufbau produzierte, der Junge ging in die Schule, wo ihn der kommunistische Neulehrer förderte. Er war in der Freizeit Ministrant, weil er das Zeremoniell liebte und den Weihrauchgeruch, und er half ansonsten immer dann den Haushalt zu besorgen, wenn die Mutter Nacht- oder Spätschicht hatte.

Die Reaktion seines Vaters auf die Sicherungsmaßnahmen an der Staatsgrenze war vorsichtig. Seit der Vater im Juni '53 für ein paar Tage verschwunden gewesen war, wegen der aufwieglerischen Rolle, die er in den Tagen des Arbeiteraufstands gegen Normerhöhung und steigende Lebensmittelpreise gespielt hatte, hielt er sich mit politischen Kommentaren zurück, gerade auch seinem Sohn gegenüber, der in solchen Diskussionen zur Kompromisslosigkeit neigte.

Mit vierzehn hatte der Junge aufgehört, in die Kirche zu gehen, und schon im letzten Schuljahr begannen seine Ansichten zur Revolution, zum weltweiten Export derselben und zum proletarischen Internationalismus jene der Sozialistischen Einheitspartei, deren Mitglied er noch nicht war, sehr weit links zu übertreffen. So weit, dass sie schon als Revisionismus interpretiert werden konnten, wenigstens als revoluzzerhafte Provokation. Im Hüttenwerk, wo er eine Lehre als Schweißer begann, zügelte man den revolutionären Enthusiasmus, indem man ihm Funktionen im Jugendverband zuteilte. Des Weiteren wurde ihm in Aussicht gestellt, nach der Lehre auf die Arbeiter- und Bauernfakultät in Halle an der

Saale delegiert zu werden und anschließend ein Studium zu beginnen.

Trotz des Argwohns der Mutter, die vor dem Krieg als Hausmädchen in einer Apothekerfamilie gearbeitet hatte und nun fürchtete, dass ihr Sohn etwas *Besseres* werden wolle, ein *Studierter*, stürzte er sich in die Arbeit und trat, kurz bevor er nach Halle abreiste, in die Partei ein. Nicht, weil er musste. Sondern weil er es wollte, weil er die Partei noch für halbwegs revolutionär hielt und weil er an die Möglichkeit glaubte, sie aus dem Innern heraus radikalisieren zu können. Als Studienwünsche nannte er Journalismus und Außenpolitik, und als ihm angeboten wurde, Letzteres in Moskau zu studieren, sagte er, vom Vater ermutigt, der keine Probleme hatte mit einem möglichen gesellschaftlichen Aufstieg seines Sohnes, schnell zu. Das Abitur bestand er mit sehr guten Noten, und in dem zweimonatigen Vorbereitungskurs, der darauf folgte, wurde ihm und den anderen Moskauaspiranten die Grundlagen der russischen Sprache eingebläut.

Anders als der Vater hielt seine Mutter in jener Nacht, als er aus Ungarn heimkehrte, ihre Meinung nicht zurück. Der junge Mann teilte ihre Sicht nicht, aber er konnte sie verstehen. Sie war eine einfache Frau, die emotional dachte und nicht in politischen Zusammenhängen. Die Mauer, wie sie die gesicherte Grenze nannte, hatte sie zudem von ihren beiden Brüdern abgeschnitten, die in der Nähe von Hannover an ihren Reihenhäusern bauten, Kinder im Vorschulalter und gut bezahlte Stellen hatten.

Um keine Diskussion zu riskieren, brachte er die schmutzige Urlaubswäsche in die Waschküche im Hof, wechselte ein paar Worte mit Onkel August, der von der Spätschicht gekommen war und draußen auf seiner Bank einen Stumpen rauchte, ein Bier trank und in die Dunkelheit starrte. Anschließend wünschte er den Eltern, die bei Radiomusik in der Stube saßen, eine gute Nacht und zog sich auf sein Zimmer zurück, wo die Mutter bereits mehrere Wäschestapel auf seinem Schreibtisch aufgetürmt hatte, die für die Fahrt nach Moskau bestimmt waren.

Lachend und ein wenig übermütig bugsierten jetzt die Jungen ihr Gepäck aus dem Schlafwaggon, in den sie anderthalb Tage zuvor am Berliner Ostbahnhof gestiegen waren. Ihre Haare waren gescheitelt, sie trugen schmal geschnittene Anzüge und schmale Krawatten. Die Spitzen ihrer schwarzen Lederschuhe hatten sie kurz vor der Ankunft noch einmal auf Hochglanz poliert.

Die beiden deutschen Studenten älterer Semester, die zu ihrer Begrüßung gekommen waren, halfen ihnen, das Gepäck in die Metro zu bugsieren, die sie an der Bjelorusskaja bestiegen, fasziniert von den Menschenmassen, die sich durch die illuminierten Marmorgänge der Station drängten. Keiner von ihnen hatte so etwas je gesehen, diese Größe, diese Erhabenheit. Schon Berlin war ihnen immer groß vorgekommen und auch stets ein wenig unwirtlich. Aber wenn das, was sie unter der Erde sahen, dem entsprach, was oben auf sie wartete, dann war Berlin gar nichts dagegen, und der junge Mann war mit einem Mal froh, dass er das neue Leben hier nicht allein beginnen musste. Auch Walter und Rainer waren in der deutschen Reisegruppe, zwei gute Freunde von der Arbeiter- und Bauernfakultät.

Auf dem Ring fuhren sie bis zum Park Kultury, stiegen dort um und fuhren bis zur Jugo-Sapadnaja weiter, wo sie nach einer Viertelstunde Fußmarsch das Studentenwohnheim erreichten, einen hellen Hochhausblock, der inmitten eines Neubaugebietes stand und von Grünanlagen und Rasenflächen umgeben war.

3

Es kam ihm vor, als könne man die Veränderung sehen. Im Straßenbild, in der Haltung der Menschen. Sie wirkten entspannter, sorgenfreier, ihre Bewegungen schienen harmonischer, sie gingen gerade und hatten nicht diesen leichten Zug von Verdrossenheit im Gesicht, den er zu Hause bei den Landsleuten beobachtet hatte, in seiner Heimatstadt, in Halle, in Berlin. Zwar wusste er nicht genau, wie es vorher ausgesehen hatte, unter Stalin, aber dass das Leben unter Chruschtschow besser war, freier, näher am Ideal, das war klar, das stand fest.

Mit Sicherheit war es der Überschwang des neuen Beginns, der ihn, wenn er am Ufer der Moskwa entlangspazierte, allein oder mit den Freunden, vermuten ließ, dass es im romantischen Paris, am Strand der Seine, auch nicht anders sein könne. Aber weil dieser erste, begeisterte Blick der prägende war, verlor die Stadt für ihn nie jene magische Aura der Anfangstage, blieb immer der Ort der Möglichkeiten und Überraschungen, selbst nach ’64 noch, als Chruschtschow abgesetzt und Breschnew Erster Sekretär des ZK der KPdSU geworden war.

Ende September wurden die Tage kälter, doch es blieb klar, die Sonne schien, und sie zogen die halblangen Übergangsmäntel an. Sie besichtigten die Stadt, hörten Einführungsvorlesungen. Zwei Wochen nachdem sie das Lenin-Mausoleum besucht hatten, wurde Stalins einbalsamierter Leichnam daraus entfernt und an der Kremlmauer bestattet. Das war Mitte Oktober gewesen, und allmählich begann nun die Zeit des ernsthaften Studiums.

Immer vier Studenten bewohnten ein Zimmer im *Obscheschitije*, dem Wohnheim. Nie waren zwei Landsleute zusammen, aber auf jedem Zimmer gab es einen Russen oder Ukrainer, der den anderen, den Rumänen, Vietnamesen und Deutschen, half, ihre Sprachkenntnisse zu erweitern. Trotzdem verstanden sie anfangs kaum ein Wort in den Vorlesungen. Sie schlugen hektisch in ihren Wörterbüchern nach, während vorn die Dozenten referierten: *Geschichte der Sowjetunion, Geschichte der KPdSU, Theorie des Marxismus-Leninismus*. In der Instituts-*Stolowaja* aßen sie zu Mittag, stets drei Gänge, vorweg eine Suppe oder einen Salat mit Smjetana, der dicken sauren Sahne, dann ein Stück Fleisch, manchmal Fisch, dazu eine Brotscheibe oder gebratene Kartoffeln, zum Nachtisch Quarkspeisen, ein Stück Kuchen. Morgens gab es Buchweizengrütze. Sie tranken den Tag über ungarischen Mokka, der in Kupferkännchen über offenem Feuer aufgekocht wurde und der ihnen half, wach zu bleiben, sich zu konzentrieren und jene Worte aus dem Redefluss der Professoren zu notieren, deren Bedeutung sie schon verstanden. Waren sie besonders müde, versetzten sie das bittere, süße Getränk mit frischer Zitrone, so wie es ihnen ein älterer Kommilitone empfohlen hatte.

Sie bekamen ein Stipendium von achtzig Rubeln, das Wohnheim kostete nichts, und sämtliche Bücher gab es in der Institutsbibliothek, sodass sie, wenn sie sich am Wochenende freinahmen, großzügig ihr Geld ausgeben konnten beim Einkaufsbummel in der Gorkistraße, im Park Kultury oder auf dem Gelände der WDNCh. Der junge Mann erhielt außerdem ein Stipendium des Eisenhüttenwerks, das ihn zum Studium delegiert hatte, und monatlich zwei Pakete mit Lebensmitteln, die ihm die Mutter mit Sorgfalt packte und zusammen mit einer kurzen Grußkarte zusandte.

Zwei Monate nach ihrer Ankunft feierten die jungen Deutschen ihr erstes russisches Fest, den Jahrestag der Großen Sozialistischen Oktoberrevolution. Sie tranken Wodka, Weinbrand und Bier mit den russischen Kommilitonen und wachten am nächsten Nachmittag mit einem Kater auf, den kein Mokka der Welt vertreiben konnte.

Weihnachten und Neujahr reiste ihr gesamter Kurs ins tief verschneite Moskauer Umland, wo das Institut über ein kleines Bungalowdorf verfügte. Sie fuhren Schlitten, veranstalteten Schneeballschlachten, hackten Holz und verfeuerten es dann im Ofen der Gemeinschaftsküche. Abends saßen sie dort auf den Holzbänken an den geschrubbten Tischen und stellten sich gegenseitig ihre Heimatländer vor, die Afrikaner, die Asiaten, die Europäer. Sie schliefen in Doppelstockbetten, und nur die russischen Jungs sprangen jeden Morgen mit freien Oberkörpern nach draußen, um sich prustend Gesicht und Brust mit dem reinweißen Schnee abzureiben.

4

Walter, der enge Freund aus Hallenser Zeiten, hatte Chinesisch zu lernen begonnen, weshalb sie jetzt am Abend oft mit den Asiaten aus seinem Kurs beisammensaßen. Auch der junge Mann war angehalten, sich eine dritte Fremdsprache anzueignen, und er entschied sich, angesteckt von Walters plötzlichem Faible für alles Fernöstliche, für das Burmesische, was die geografische Region definierte, über die er seine Studien in Zukunft vertiefen würde: Südostasien.

Im Herbst '62 dann, nach den Sommerferien, die er zu Hause bei den Eltern verbracht hatte, hörte er den Vortrag eines Mannes, den das Institut eingeladen hatte, über die Laoskrise zu referieren und die Laoskonferenz, an der er als Delegationsleiter seines Landes teilgenommen hatte und wo die künftige Neutralität des Landes beschlossen worden war: Quinim Pholsena, Außenminister des Königreiches. Die nüchterne Analyse in ihrer leidenschaftlichen Darbietung inspirierte den jungen Mann, sich in der folgenden Zeit näher mit der Geschichte des Landes zu beschäftigen, das auf so seltsame Art in die Mühlen der Weltpolitik geraten war.

Zu der Veranstaltung war der junge Mann im Übrigen von der ältesten Tochter Quinims eingeladen worden, die alle nur Chanh nannten und mit der er im selben Englischkurs saß. Als er sie nach der nächsten Englischstunde auf die Ausführungen ihres Vaters ansprach und dabei seine Begeisterung nicht versteckte, ja, ein bisschen sogar ins Schwärmen geriet, erzählte sie ihm im Vertrauen, dass sich eine weitere Tochter Quinims, ihre jüngere Schwester, seit Juni in Moskau aufhalte. Bis August habe die gerade Sechzehnjährige einen Vorbereitungskurs der russischen Sprache absolviert, und seit September studiere sie nun auf ihre – Chanhs – Vermittlung hin hier am IMO Internationale Wirtschaftsbeziehungen. Eine weitere, abermals jüngere Schwester besuchte darüber hinaus eine universitätsvorbereitende Schule in der sowjetischen Hauptstadt, um im nächsten Jahr ebenfalls ein Studium zu beginnen.

Es war diese kleine Unterhaltung am Rande, die ihn bewog, in der folgenden Versammlung der deutschen Landsmannschaft, deren Leiter er zu Beginn des neuen Studienjahres worden war, die Übernahme einer Lernpatenschaft vorzuschlagen. Nicht, dass er behaupten wolle – so hatte er sehr vorsichtig sein Anliegen formuliert –, die Laoten seien undiszipliniert oder gar ein wenig faul, was das Lernen betraf, aber ihre Leistungen lägen doch – für alle erkennbar – deutlich unter dem Durchschnitt, weshalb es schon im Namen des Proletarischen Internationalismus, dem sich die Landsmannschaft verpflichtet fühle ...

Ohne große Diskussionen wurde sein Vorschlag angenommen.

Und ob es den Laoten gefiel oder nicht, sie waren jetzt Teil einer Lernpatenschaft, in der die Deutschen – mit Billigung der Institutsleitung – das Sagen hatten. Weil sie nun keine Vorwände mehr erfinden mussten für ihre Besuche, klopften Letztere noch häufiger an die Wohnheimtüren ihrer etwas liederlichen und auffällig oft weiblichen Schützlinge, warfen einen flüchtigen Blick auf deren Vorlesungsaufzeichnungen, hörten ein paar Russischvokabeln ab und gingen dann schnell zu dem über, was sie auch vorher schon am liebsten getan hatten: Tee trinken und ein bisschen flirten. Dennoch wurden die Studienleistungen der Laoten besser.

Der junge Mann war ehrlich aufgewühlt, als er in den ersten Apriltagen ’63 die Nachricht vom gewaltsamen Tod Quinim Pholsenas las. Unter den Freunden war man sich schnell einig, dass niemand anders als die CIA dahintersteckte. Zur Trauerfeier am Institut erschien die komplette deutsche Landsmannschaft, um Quinims ältester Tochter zu kondolieren.

Ungefähr ein Jahr später – Chanh hatte sich unterdessen angewöhnt, die etwas lästigen und dennoch schmeichelhaften Besuche der jungen deutschen Streber mit einem großen Stapel Fachliteratur auf ihrem Schreibtisch abzuwehren, hinter dem sie sich versteckt, sobald es an der Tür klopfte – erhielten sie die Einladung, an den Feierlichkeiten zum laotischen Neujahrsfest Pi Mai teilzunehmen, das in der Institutsaula mit einem kulturellen Programm begangen werden sollte.

Und dort geschah es dann.

5

In ihren Festtagsanzügen, die Haare mit Wasser zurückgekämmt und jeder eine Schale Sowjetskoje Schampanskoje in der Hand, standen Walter, Rainer und der junge Mann hinter den erst halb besetzten Stuhlreihen und staunten über die Exotik, die ein paar Blumenarrangements, der Duft von Räucherstäbchen und gedämpftes Licht in die nüchterne Aula gebracht hatten. Selbst die Farbporträts von Marx, Engels und Lenin an der rückwärtigen Wand – jenes von Stalin war mittlerweile entfernt worden, wovon ein dunkler rechteckiger Fleck links des Lenin-Bildes kündete – waren mit geflochtenen Blumen dekoriert. Zierliche Asiatinnen in bunten Wickelröcken aus Seide, jede so stark geschminkt, dass die drei Freunde nicht hätten sagen können, ob sich hinter der Maske eines ihrer Schäfchen von der Nachhilfe verbarg oder nicht, verteilten von großen Tabletts herunter den Krimsekt an die Gäste. Das Rednerpult war fortgeräumt worden, sodass der

Blick zur Bühne, die noch hinter einem roten Samtvorhang verborgen lag, unverstellt war. Walter und Rainer rauchten Papyrossi zum Sekt, und sie waren gerade dabei, die Frage zu erörtern, wie sich ein kleines und allgemein als arm und rückständig bekanntes Land solch eine aufwendige Feier leisten könne, denn wenn sie, die Deutschen, feierten, egal ob Weihnachten oder den Tag der Republik, sah es, abgesehen vom offensichtlichen Frauenmangel, stets ganz anders aus, nämlich karg. Und oft, selbst wenn es Alkoholisches zu trinken gab, wurde man den Eindruck los, dass die Gäste lediglich aus Pflichtgefühl gekommen seien, dass ihre Anwesenheit ein Akt der internationalistischen Solidarität war und keiner der Freude. Der tiefe Klang eines Gongs beendete ihr Gespräch und kündigte den Beginn des Programms an. Sie fanden drei Plätze in der letzten Reihe, und kaum dass sie saßen, ging der Vorhang in die Höhe, und eine knisternde, zerkratzte und für europäische Ohren fast leiernde Schallplattenmusik erklang: *Die Blume Champa*, Laos' inoffizielle Hymne, wie die drei Freunde später erfuhren. Und während die wehmütige Frauenstimme des Vinyls jene Blume pries und beschwor, die in westlichen Breiten als Frangipani bekannt war, boten auf der geschmückten Bühne der Aula fünf Kommilitoninnen aus dem Fernen Osten eine männerlose Variante ihres Volkstanzes namens Lamvong dar:

Oh Duang Champaa Welaa Xom dok nuk hen phan xong
mong hen hua jai haw nuk khuen dai nai kin jaw hom
hen suan dok mai bidaa puk wai tang tae naan ma
welaa nguam ngaw jaw xuay ban taw haw haay so ka ...

Die deutschen Freunde waren nach den ersten Takten aufgesprungen, um besser sehen zu können. Die Mädchen auf der Bühne, geschminkt wie chinesische Porzellanpuppen, in goldfarbene Seide gehüllt und mit pagodenförmigem Kopfschmuck auf den hochgesteckten Haaren, tanzten einen langsamen Reigen, drehten sich um die eigene Achse, ein regloses Lächeln in den Gesichtern, verneigten sich im Takt und bewegten im Rhythmus der schwermütigen Musik vor allem die schmalen Hände mit den künstlich verlängerten Fingernägeln: Sie falteten sie auf Augenhöhe, ließen sie langsam und mit abgespreizten Fingern aus dem Gelenk heraus kreisen.

Wie Schlangen, dachte der junge Mann, der neben seinen Freunden in der letzten Reihe stand, so sahen diese Arme mit den beweglichen Fingern aus. Seine Augen hatten sich geradezu festgebissen an jener Tänzerin, die sich einen halben Schritt vor den anderen bewegte und die noch einen Hauch schmaler schien als ihre Kolleginnen, eine Spur graziler und auch ein wenig jünger.

Vom Krimsekt etwas benebelt, fragte er sich, während er die Augen nicht abwenden konnte und gleichzeitig ahnte, dass die Darbietung ihrem Ende entgegenging, wie jemand Zerbrechliches wie sie nur in einer Stadt wie Moskau leben konnte. Die in ihrer blanken Größe schon ihm, dem Deutschen, Respekt einflößte, die einem mit ihren rasierklingenscharfen Wintern tief ins Gemüt schnitt. Wie konnte dann sie es hier aushalten, die aus einem warmen Tropenland stammte?

Sogar nachdem die Gruppe der Tänzerinnen von der Bühne verschwunden war und ein paar junge Asiaten im Schneidersitz auf der Bühne saßen und ihren absonderlichen Streich-, Schlag- und Zupfinstrumenten wiederum leiernde Klänge entlockten, überlegte er noch, wie sich ein solches Mädchen behüten ließe, wie man für sie eine Patenschaft übernehmen könnte, die nichts mit dem Lernen zu tun hätte.

Er ließ sich auf seinen Platz zurückfallen, und während vorn das restliche Kulturprogramm aus Anlass des Neujahrsfestes über die Bühne lief, wurden die Fragen, die er innerlich wälzte, von Minute zu Minute konkreter: Wie konnte er sie kennenlernen? Wen musste er dazu kontaktieren? Würde sie zum Beisammensein – einem geselligen, ungezwungenen, nahm er an –, das die Einladungskarte nach dem Ende des Kulturprogramms in Aussicht gestellt hatte, erscheinen? Wie würde er sie möglichst geschickt ansprechen können? Und würde er sie überhaupt erkennen, abgeschminkt und womöglich in europäischer Garderobe? Dass es da bloß keine Missverständnisse gab, ermahnte er sich selbst: Es ging lediglich um Hilfe, um den beistehenden Internationalismus des Alltags sozusagen. Alles andere hätte ohnehin nicht mit den Regeln in Übereinstimmung gebracht werden können, deren Einhaltung zwingend notwendig war, wollte er sein Studium fortsetzen und später dann eine adäquate Stelle bekommen.

Erst als der Vorhang wieder geschlossen, der Beifall abgeklungen, ein kleines Selbstbedienungsbuffet eröffnet war und leise Estradenmusik aus den Saallautsprechern erklang, kam er wieder zu sich und machte sich das Absurde seiner Träumereien bewusst: Der Kontakt, den er sich heimlich erhoffte, war vielleicht herzustellen, aber er war unter keinen Umständen zu pflegen und aufrechtzuerhalten. Alles, was über eine Patenschaft hinausging, würde eher früher als später Aufmerksamkeit erregen. Es gab Leute in jedem Kurs, die angehalten waren, aufmerksam zu sein und zu berichten, wenn etwas ungewöhnlich zu sein schien, auch Dinge, die sie selbst vielleicht für banal hielten. Man wusste nicht, wer genau es war, der unter den deutschen Studenten die Einhaltung der Ordnung überwachte, nur *dass* es jemanden gab, der das tat, war allen klar. Und dass von jedwedem Verstoß schließlich auch die Genossen im Berliner Außenministerium erfahren würden, die für die Studenten des IMO verantwortlich waren und für deren Zukunft.

Es waren schon Leute für weit weniger vom Institut geflogen als wegen *unerlaubter Kontaktaufnahme*, als die eine amouröse Beziehung mit der Bürgerin eines nichtsozialistischen Staates zunächst einmal galt.

Ein wenig betrübt nahm der junge Mann ein Glas Wein entgegen, das ihm Walter reichte. Rainer drückte ihm einen Teller mit belegten Weißbrotscheiben in die Hand, die enttäuschenderweise statt der erhofften exotischen Happen serviert wurden, und so aßen und tranken die Freunde und versuchten, sich gegenseitig in ihrer Schwärmerei für die Tänzerinnen zu übertreffen, als stünden diese daneben und warteten nur darauf, ihre Gunst zu verteilen.

Als anderthalb Stunden später ihre laotische Mitstudentin Chanh zu ihnen trat, waren sie schon recht angeheitert und beglückwünschten sie zum neuen Jahr, umarmten sie, rissen die üblichen Witze, lobten die Vorstellung und bekamen kaum mit, dass ihre Kommilitonin jemanden dabeihatte, den sie ihren lieben deutschen Freunden und fürsorglichen Nachhilfelehrern, wie sie sie anredete, vorstellen wollte, nämlich ihre jüngere Schwester, von der sie mit Sicherheit schon einmal erzählt habe und die alle nur bei ihrem Spitznamen *Tèo* nennen würden.

Wie Tèo jetzt hinter ihrer Schwester stand und wartete, bis diese zu Ende geredet hatte, kam sie dem jungen Mann, dessen Pulsschlag unvermittelt zulegte, gar nicht mehr so schwach und fragil vor wie eben auf der Bühne. Jetzt trug sie einen karierten Faltenrock, der ihr bis zu den Knien ging, und eine einfache, fast schmucklose weiße Bluse, über der allerdings eine goldene Kette mit einem runden, edelsteinbesetzten Anhänger hing. Sie hatte die langen Haare zu einem strengen Pferdeschwanz gebunden, und man konnte von ihrem etwas mürrischen – wie sollte man es anders nennen, obwohl der Ausdruck ganz offensichtlich unpassend war – Backfischgesicht ablesen, dass sie nur auf Druck ihrer Schwester zu den älteren, langweiligen Studenten mitgegangen war, um sich vorstellen zu lassen. Immer wieder schweifte ihr Blick zu einer Gruppe junger Laoten ab, die es sich am Bühnenrand gemütlich gemacht hatten, wo sie lautstark tranken und feierten und gemeinsam Lieder anstimmten, die sie nach wenigen Zeilen johlend schon wieder abbrachen.

Als Chanh endlich fertig war mit der ausschweifenden Vorstellung ihrer Schwester, ignorierte Tèo die verschwitzten Hände der jungen Deutschen, die sich ihr fast gleichzeitig zum Gruß entgegenstreckten, faltete stattdessen ihre eigenen vor der Brust, wie gerade eben auf der Bühne, verbeugte sich gegen alle drei und wollte sich schon umdrehen, um zu ihren Freunden zurückzukehren, als sich ihr einer der Deutschen lächelnd in den Weg stellte und auf Russisch fragte, ob er ihr ein Glas Wein holen dürfe.

Sie hatte wirklich keine Lust auf einen Flirt. Erst vor einem Jahr war ihr Vater von einem Leibgardisten erschossen worden, und auch ihre Mutter hatte bei dem Attentat schwere Verwundungen davongetragen. Ihre Eltern waren von einem diplomatischen Empfang gekommen, und eine Maschinenpistolensalve hatte sie in jenem Moment getroffen, als sie aus dem Auto gestiegen waren, um ihr neu erworbenes Haus im Zentrum Vientianes zu betreten. Tèo war sich sicher, dass der junge Mann sie irgendwann nach ihrem Vater fragen würde. Aber sie wollte heute weder von ihrem Vater erzählen, noch war sie in der Stimmung, sich seinetwegen bedauern zu lassen.

Im Übrigen hatte ihr ein kurzer Blick genügt, um festzustellen, dass der Anzug des jungen Deutschen aus einem minderwertigen Stoff war. Anders als ihre Bluse, die zwar einfach aussah, in Wirklichkeit aber teuer gewesen war und aus Paris kam. Und seine Freunde erst: ein dicklicher mit Glatzenansatz und rechteckiger Brille und der andere hoch aufgeschossen, zwei Meter groß oder noch mehr. Alle drei hatten sie ihre Haare nicht mit Pomade zurückgekämmt, wie ihre laotischen Freunde es machten, um sie glänzen zu lassen und in Form zu halten. Dem Kleinsten der drei, der sie angesprochen hatte, hingen sogar ein paar Locken, die sich aus der Frisur gelöst hatten, in die Stirn. Er sah ein wenig aus wie ein Vogel, und außerdem konnte sie auf seiner Stirn winzige Schweißperlen entdecken.

Auch trugen die Deutschen keine goldenen Krawattennadeln oder Siegelringe, und statt mit Manschettenknöpfen waren ihre Hemdärmel mit kleinen transparenten Plastikknöpfen verschlossen. Sie sahen aus wie Provinzler, ja, beinahe ein bisschen wie die einheimischen Russen aus dem Moskauer Umland.

Der junge Mann sah Tèo an, fast ein wenig bittend, und Tèo wiederum sah zu ihrer Schwester, die seine Frage mit angehört hatte und nun kurz, aber bestimmt nickte. Also zwang sich Tèo zu einem Lächeln und erwiderte, dass sie sich sehr gern ein Glas zu trinken holen lassen würde, jedoch lieber einen Saft, denn sie möge keinen Alkohol.

Er strahlte. Und während er zum Buffet ging, blickte er sich immer wieder um. Einmal winkte er sogar herüber und kam dann mit zwei Gläsern Saft zurück. Der Dicke und der Lange entfernten sich und redeten dabei auf ihre Schwester ein, und so stand sie dem Deutschen plötzlich allein gegenüber. Er hielt ihr noch immer das Glas entgegen und fragte nun, ob sie sich nicht setzen wolle. Sie bedankte sich, nahm den Saft, und dann setzten sie sich auf zwei Stühle in der letzten Reihe. Sie schlug die Augen nieder, weil sie nicht wusste, was sie tun sollte. Hörte sich sein Lob über den Auftritt an, wünschte nur eines: dass sich die Situation so schnell wie möglich auflösen würde.

Das Lied, hörte sie ihn fragen, zu dem Sie getanzt haben, worum ging es darin? Was bedeutet der Text?

Er sprach langsam, so als fürchte er, sie sei des Russischen noch nicht wirklich mächtig. Aber sie hatte viel gelernt in dem Vorbereitungskurs, der Lehrer hatte ihr natürliches Sprachtalent gelobt, und wenn sie ein unbekanntes Wort nur ein paarmal hörte, auf der Straße, im Wohnheim, schlug sie seine Bedeutung im Wörterbuch nach oder fragte ihre Schwester und nahm es dann schnell in ihren Wortschatz auf. Auch das Französische hatte sie fast spielend gelernt, damals im Vientianer Lyzeum, wo die reichen Hauptstadtkinder zur Schule gegangen waren, am nördlichen Ende der Avenue de Lane Xang, sie beherrschte es inzwischen wie eine zweite Muttersprache und las die Klassiker der französischen Literatur im Original.

Dok Champa heißt das Lied, sagte sie, die Blume von Laos. Und weil er sie freundlich, aber verständnislos ansah, erklärte sie ihm, was es mit dem Lied auf sich hatte. Dass diese Blüten, die in ihrer Heimat an großen Bäumen wüchsen, so etwas wie ein Symbol ihres Landes seien und dass das Lied, welches sie besinge, für viele wie eine zweite Nationalhymne sei, eine inoffizielle, die wirklich geliebt werde. O Champa-Blume, heiße es darin, wenn ich deinen Duft rieche, kann ich den Garten sehen, in dem dich mein Vater vor langer Zeit angepflanzt hat, wann immer ich schwermütig bin, denke ich an dich und fühl mich nicht länger traurig oder einsam. Und wenn wir fern der Heimat sind, haben wir dich immer als unseren wahren Freund dabei, so lange, wie wir leben. O Champa, schöne, einzigartige Blume, glückverheißende Blume von Muang Lao, dem Land der Laoten.

Sie hatte mehr gesagt, als sie wollte, und wusste nun nicht, ob der Deutsche gelangweilt war, weil sie beinahe den kompletten Text des Liedes nacherzählt hatte, so gut es ihr Russisch eben zuließ. Er blickte sie noch immer an, noch immer freundlich, aber alles andere als verständnislos.

Denn der junge Mann sah, dass sie jetzt, nachdem sie mit ihrer ausführlichen Erklärung fertig war – er hatte, ehrlich gesagt, nur einen lapidaren Satz als Antwort erwartet –, ein wenig ratlos wirkte. Fast, als bereue sie das Gefühl, das während des Sprechens in ihr aufgekommen sein musste und das ihre grammatisch fast fehlerfreien Sätze recht schnell grundiert und dann fortgetragen hatte.

Und deshalb lächelte er ihr zu, mit aller Herzlichkeit, über die er verfügte, und sein Lächeln sollte ihr sagen, dass er verstanden hatte, wie viel ihr, der Vaterlosen, der von der Mutter und der Heimat Getrennten, dieses Lied bedeutete. Der Trost, der aus ihm sprach, der Stolz und die Zuversicht.

6

Interessieren Sie sich für Musik?, fragte sie den Deutschen, als sie sich das nächste Mal trafen, in der ersten Maihälfte des Jahres ’64, ungefähr drei Wochen nach der Feier, auf der sie sich kennengelernt hatten. In den Parks und auf den Promenaden blühten die Bäume und Sträucher und tauchten die gesamte Stadt in einen süßlichen Duft. Die Moskauer, vor allem die jungen, schienen jetzt endgültig wie erwacht aus einem monatelangen Winterschlaf. Sie wirkten heiter, sie flirteten, sie genossen das schöne Frühlingswetter.

Es war Sonntag, und sie liefen, beide ein Eis in der Hand, durch den Park Kultury.

Der junge Mann hatte Chanh, seine Kommilitonin aus dem Englischkurs, gebeten, für ihn ein Treffen mit ihrer Schwester Tèo zu arrangieren, nachdem der Zufall ein solches nicht hatte herbeiführen wollen. Nicht an den Mittagstischen der Stolowaja, nicht an der Kaffeebar oder auf den Institutsfluren, nicht in der Metro, obwohl sie zweimal am Tag dieselbe Strecke fuhren. Nicht einmal, als er dem Zufall nachzuhelfen versuchte und erst eine Bahn wegfahren ließ, dann noch eine und sogar eine dritte, oder als er seinen Abendspaziergang, den er plötzlich zur besseren Verdauung lief, mehrere Male an der Eingangstür ihres Wohnheimes vorbeiverlegte.

Die sonst lustige, oft übermütige Chanh hatte ihn misstrauisch angesehen, das erste Mal überhaupt, seit sie einander kannten. Sie war so ernst gewesen, wie er sie sonst nur in jener Zeit kurz nach der Ermordung ihres Vaters erlebt hatte. Und sie hatte seine Bitte tatsächlich abgelehnt, etwas von zusätzlichen Lektionen gemurmelt, die ihre Schwester zu absolvieren habe, und sich dann brüsk abgewandt.

Am nächsten Nachmittag war er mit Rainer in ihrem Wohnheimzimmer aufgekreuzt und hatte seine Bitte wiederholt, die sie zunächst wieder abschlug, dann aber, als sein Begleiter sie wiederholte, lenkte Chanh ein und sagte Ja.

Schon wollte das Herz des jungen Mannes einen Sprung machen, als sie schnell nachschob: Unter einer Bedingung!

Ja?

Dass ich euch begleiten darf.

Das war nun nicht gerade, was er sich erhofft hatte, aber weil es besser war als gar nichts, sagte er zu, kehrte aber am folgenden Nachmittag in Walters Begleitung zurück. Er wusste, dass Chanh Walters sonnigem Charme nicht widerstehen konnte. Schon seine Beleibtheit drückte nichts anderes als Gutmütigkeit aus, dennoch hatte er den Freund vorsichtshalber mit zwei Billetts für den berühmten Moskauer Staatszirkus versorgt. Und tatsächlich gelang es Walter binnen einer Viertelstunde, nicht nur Chanh zu einer sonntäglichen Zirkusvorstellung einzuladen, sondern ihr außerdem noch die Bedenken zu nehmen, dass ein Rendezvous ihrer Schwester mit seinem allerbesten Kumpel auch nur irgendwie unter einem schlechten Stern stehen könne. Er hatte zu seinen letzten Worten theatralisch an seiner Brille gerückt, eine übertriebene Miene der Sorge aufgesetzt und damit Chanhs rapide schwindenden Widerstand schließlich ganz gebrochen.

Sie liefen noch ein paar Schritte durch den Kulturpark, während der junge Mann hektisch nach einer Antwort suchte, die ihn nicht dumm aussehen ließ. Aber ihm wollte partout nichts einfallen, weshalb er nun, um etwas Zeit zu gewinnen, so tat, als habe er die Frage nicht verstanden: Entschuldigen Sie?

Ob Sie Musik mögen? Sie lachte. Denn sie merkte sehr wohl, dass er ihre Frage schon beim ersten Mal erfasst hatte, aber Angst zu haben schien, sich mit einer spontanen Antwort zu blamieren.

Nun ja, sagte er, so wie sich alle Menschen für Musik interessieren.

Also eher ja oder eher nein?

Wenn Sie mich auf diese Art fragen: Eher ja.

Und welche Künstler bevorzugen Sie?

Er kramte in seinem Gedächtnis nach Namen von Komponisten, aber spontan fielen ihm nur die üblichen ein: Mozart, sagte er, Beethoven. Und auch noch Bach. Er hoffte, dass sie sich nicht auskannte mit klassischer Musik und ihn etwa nach seinem Lieblingswerk fragte.

Gar nichts Modernes?

Nun ja ..., sagte er, und gerade noch rechtzeitig fiel ihm der Name von einer der zeitgenössischen Schallplatten ein, die er bei Walter gesehen hatte, und er sagte: Muslim Magomajew. Aber weil er auch zu Muslim Magomajews musikalischem Schaffen keine weiterführenden Fragen hätte beantworten können, schob er schnell eine Gegenfrage hinterher: Und welche Künstler bevorzugen Sie?

Wie aus der Pistole geschossen sagte sie: Elvis Presley. Und obwohl sie keine Russin war, rollte sie genüsslich das R im Namen dieses – nun ja – in *seiner* Heimat nicht eben gut beleumundeten Sängers aus den USA. Und ohne auf eine Entgegnung zu warten, fuhr sie fort: The Beatles aus England, und dann zählte sie sofort eine Handvoll Lieder auf: *A Hard Day's Night*, *Please Please Me*, *I Want to Hold Your Hand*, *Please Mister Postman*, *Twist and Shout* und *She Loves You, yeah, yeah, yeah.*

Er hatte keine Ahnung, was sich hinter alldem verbarg,

nur das *Yeah, yeah, yeah*-Lied hatte er schon einmal gehört. Doch Tèo war schon zum nächsten Sänger gewechselt, einem gewissen Johnny Hallyday aus Frankreich, der angeblich ein Jahr jünger war als er, was ihm den unbekannten Fatzke nicht eben sympathischer machte. Als sie mit den Sängern durch war, wechselte sie zu den Schauspielern. Immerhin konnte er bestätigen, schon mehrmals Filme mit ihren Lieblingen Alain Delon und Jean-Paul Belmondo gesehen zu haben, auch wenn er sich weder an deren Titel noch an die Handlungen erinnern konnte.

Vielleicht lesen Sie ja gerne Bücher?, wechselte sie abrupt das Thema, als ihr auffiel, dass ihr Begleiter kaum noch etwas sagte.

Ja, wissen Sie, das Studium allein verlangt ja schon Unmengen an Lektüre von uns: die Werke von Marx und Lenin, *Die Geschichte der Sowjetunion, Die Geschichte der KPdSU* ...

Nein, unterbrach sie ihn und lachte. Nein, nicht *so* etwas. Richtige Bücher, Romane, Poesie. Stendhal, Balzac, Voltaire, Racine.

Lassen Sie mich überlegen, begann er und versuchte abermals, Zeit zu gewinnen. Sollte er ihr wirklich sagen, dass er angefangen hatte, Dostojewski im russischen Original zu lesen? Würde das nicht klingen, als wolle er angeben, sich wichtig machen? Und tat er es denn wirklich der Poesie wegen, oder hatte er sich die schweren Brocken nicht eher deshalb vorgenommen, weil er dachte, auf diese extreme Art sein Sprachvermögen am konsequentesten verbessern zu können?

Kommen Sie, sagte sie und berührte ihn kurz am Ellbogen, dort drüben gibt es Schaschlik. Nach dem Eis bin ich richtig hungrig geworden.

Eine gute Idee, sagte er, und jetzt fiel ihm wieder ein, dass er vieles von Zola gelesen hatte und *Die Elenden* von Victor Hugo und Heine, Goethe und Schiller in der Volksschule und später beim Abitur. Er ärgerte sich, dass sie nun annehmen musste, er lese nur die Bücher, die der Studienplan vorschrieb. Andererseits, dachte er und wurde plötzlich sehr heiter, würde es noch mehr als eine Gelegenheit geben, dieses kleine Missverständnis zu korrigieren. Und dann würden sie beide laut lachen über seine Verstocktheit damals im Park Kultury, die bei näherer Betrachtung doch nichts anderes war als ein Zeichen der Verliebtheit.

Ja, lassen Sie uns gehen, sagte er und musste grinsen, und sie liefen zu den qualmenden Grills hinüber, hinter denen finster blickende Männer aus dem Kaukasus standen und von Zeit zu Zeit mit blanken Fingern die glühenden Spieße mit den gerösteten Fleischstücken wendeten.

7

Er war buchstäblich durch ganz Moskau gefahren, von Norden nach Süden, von Osten nach Westen. Er hatte das Gefühl, in jedem einzelnen Blumenladen dieser riesigen Stadt nachgefragt zu haben, aber niemand war in der Lage gewesen, seinen Wunsch zu erfüllen: ihm wenigstens ein einziges Exemplar einer gelben Frangipani zu verkaufen, auch bekannt als Plumeria oder Tempelblume, Dok Champa genannt in der Sprache jenes Mädchens, in das er sich verguckt hatte.

Seit dem kleinen Ausflug in den Kulturpark waren sie nicht mehr zu zweit unterwegs gewesen. Als bereute Chanh, dass sie seinerzeit Walters Charme erlegen war, wachte sie seither umso eifersüchtiger über ihre jüngere Schwester, begleitete sie überallhin, kam ins Kino mit, auf jeden Einkaufsbummel und zu jedem Spaziergang. So geschah es, dass sie nun häufig zu dritt unterwegs waren, oft sogar noch in größerer Gruppe, wenn Chanh etwa Walter und Rainer einlud, sich ihnen anzuschließen, oder ihre jüngere Schwester Some zu Verabredungen oder Tagesausflügen mitbrachte.

Ein wenig übernahm Chanh die Rolle der abwesenden Mutter, was den jungen Mann zwar hinderte, die beginnende Freundschaft zu Tèo in eine Liebelei zu überführen – allerdings war er sich sowieso nicht sicher, ob Tèo das Gleiche für ihn empfand wie er für sie –, andererseits erlaubte ihm das Zusammensein mit ihr und den vertrauten Freunden, zu denen auch Chanh durchaus zählte, in Gesprächen und kleinen intellektuellen Scharmützeln mit jener Schlagfertigkeit und jenem Witz zu glänzen, die sein nervöses Herz beim Rendezvous im Frühling vollkommen verhindert hatte.

Jetzt war es Mitte Juni, die zwei Monate Sommerferien lockten bereits, und er saß in der ruckelnden Straßenbahn, die ihn immer weiter aus dem Zentrum brachte. Noch nie war er durch diese Gegenden gekommen, die ärmlich wirkten, fast dörflich, wo die gepflasterten Straßen von niedrigen, dunklen Holzhäusern aus groben Bohlen gesäumt wurden. Mütterchen in geblümten Kopftüchern liefen über die unbefestigten Gehsteige oder boten auf dem Boden hockend an, was sie in ihren Gärten geerntet hatten. Er sah aus dem Fenster und staunte, während seine Finger mit dem Zettel spielten, auf dem die Adresse eines pensionierten Botanikers geschrieben stand, der eines der Blumengeschäfte, in denen er seinen Wunsch nach der Dok Champa vorgebracht hatte, ab und zu mit exotischen Gewächsen aus eigener Zucht belieferte.

In dem großen Gewächshaus, in das ihn der Alte führte, war es heiß und feucht. Die Scheiben waren beschlagen, die Junisonne knallte durchs Glasdach, automatische Rasensprenger versprühten in regelmäßigen Intervallen winzige Tropfen in die Luft. Er hatte fast Schwierigkeiten zu atmen, als er durch die Beete stapfte und sich die Namen all der Orchideen erklären ließ, die offenbar das Steckenpferd des Botanikers waren, ihre Herkunft und ihre Blütezeit. Es kam ihm vor, als dauerte die Exkursion Stunden, doch es machte ihm nichts aus, er fragte manches Mal sogar freundlich nach, denn schon beim Eintritt in die kleine Tropenhalle hatte er den in voller Blütenpracht stehenden, wenn auch nicht gerade großen Tempelblumenbaum gesehen, zu dem sie sich nun Schritt für Schritt voranarbeiteten. Er hatte vorsichtshalber hundert Rubel eingesteckt, übertrieben viel Geld, aber er wollte die Blüten unbedingt in seinen Besitz bringen und hatte keine Vorstellungen, was sie kosten würden.

Der Alte war großzügig: Er schnitt einen ganzen Zweig vom Baum, an dem sich mindestens ein Dutzend halb geschlossener oder frisch aufgegangener Blüten befand. Noch im Gewächshaus wickelte er den Zweig in eine nasse Doppelseite der *Prawda*, umschlang das triefende Paket mit einer dicken Lage aus trockenen Zeitungen, das er wiederum mit einem Bindfaden verschnürte. Dann bat er den jungen Mann an seinen Gartentisch, der unter einem Apfelbaum stand, an dem schon die ersten grünen Früchte hingen, und kam nach einer kurzen Weile mit zwei Gläsern Tee zurück. Er steckte sich eine Pfeife an und forderte den jungen Mann auf, zu erzählen, warum es ihm ausgerechnet dieses Gewächs angetan habe.

Und der junge Mann erzählte ihm die Geschichte, und als sie sich an der Gartenpforte verabschiedeten und er seine Brieftasche hervorzog, um den kostbaren Zweig zu bezahlen, wehrte der Alte gestenreich ab, bat sich lediglich aus, dass er seiner jungen Braut einen Kuss von ihm gebe.

Statt die wenigen Schritte von seinem Wohnheim zu ihrem am Abend selbst zurückzulegen, bat er Walter, Tèo den Blütenzweig in seinem Namen zu überreichen. Er legte ein Kärtchen dazu, auf dem er sich noch einmal für die Erklärung des Liedes bedankte, und versicherte, dass er ihren Auftritt im April niemals vergessen werde.

Nach zwei Stunden kam Walter zurück, um zu berichten, dass er die Blüten übergeben und zum Lohn für seinen Botendienst einen Kuss auf die Wange erhalten habe, den er aber durchaus nicht weiterreichen wolle.

Das hier dagegen, sagte er und zauberte ein flaches, quadratisches Paket hinter seinem Rücken hervor, das hier überreiche er dagegen gern.

Bevor er das Zimmer verließ, zwinkerte er dem jungen Mann zu: aufmunternd irgendwie, aber gleichzeitig eine Spur anzüglich.

Auch Walters Mitbringsel war in Zeitungspapier eingeschlagen, jedoch zusätzlich mit einem roten Bastfaden verschnürt. Noch bevor er das Papier vollständig entfernt hatte, sah er, dass es eine Schallplatte war, eine der kleinen Fünfundvierziger-Singles mit einem großen Loch in der Mitte. Sie hatte ihr, Tèo, gehört, wie ihr der von Hand geschriebene Name auf dem Cover zeigte. Es handelte sich um eine Aufnahme der Beatles, und als er den Titel des Songs las, ein wenig irritiert, da er sich ihr nicht gerade als Freund der modernen Musik zu erkennen gegeben hatte, schoss ihm das Blut in den Kopf, und sein Herz machte einen Sprung:

I Want to Hold Your Hand.

8

Der zehntägige Ausflug auf die Krim, in den Badeort Jalta – allgemein bekannt durch die Konferenz des Februars '45 –, den sie zu dritt organisiert hatten, Walter, Rainer und er, schloss das Studienjahr ab und leitete gleichzeitig in die Sommerferien über. Sie hatten die Reise als Studienfahrt bei der Institutsleitung beantragt, als Jahresabschlussfahrt ihrer internationalen Lerngruppe, auf der die laotischen Schützlinge ihren deutschen Paten Rechenschaft über die Lernfortschritte ablegen würden. Gleichzeitig wolle man sich mit einem historisch bedeutsamen Ort in der Ukrainischen Sozialistischen Sowjetrepublik bekannt machen, weshalb neben Betriebsbesichtigungen ein Besuch bei der ruhmreichen Schwarzmeerflotte in Sewastopol eingeplant sei, wo man vorhabe, sich einen modernen Raketenkreuzer zeigen zu lassen.

Der Antrag war genehmigt worden, und so wohnten sie Ende Juni, Anfang Juli mit einer Studentengruppe von knapp zwanzig Personen in einem Jugendhotel, das nur hundert Meter entfernt vom Strand des Schwarzen Meers lag.

Vormittags besuchten sie Betriebe, Kolchosen, auch Museen, Klöster und Kirchen, nach dem Mittagessen legten sie sich an den Strand, wo sie Badminton spielten und Volleyball, wo sich die Deutschen ins klare, warme Wasser stürzten, in das sich die laotischen Mädchen höchstens bis zum Nabel wagten, weil kaum eines schwimmen konnte und sie obendrein schnell zu frieren begannen. Sie hatten Handtücher dabei, Decken und ein Kofferradio, aus dem unermüdlich russische Schlagermusik klang. Abends spazierten sie in kleinen Gruppen an der Seepromenade entlang oder durch den Hafen, oder sie entzündeten ein meterhohes Lagerfeuer am nächtlichen Strand, dessen Funken weit in die Dunkelheit hinausstoben, sie reichten Weinflaschen im Kreis herum und frische Weißbrotlaibe, von denen sie sich mit den Fingern die Stücke rissen. Jemand hatte eine Gitarre dabei, ein anderer eine Mundharmonika, ein dritter schlug mit den flachen Händen den Takt auf seine nackten Beine, und der Einfachheit halber sangen sie russische Volksweisen oder sowjetische Kampflieder, weil es die einzigen Lieder waren, die sie allesamt in Melodie und Text beherrschten.

Es war an einem dieser ausgelassenen Strandabende, als sich die beiden, unerkannt im allgemeinen Trubel, ein paar Hundert Meter in die Dunkelheit zurückzogen. Der junge Mann hatte Tèo darum gebeten, weil er ihr etwas sagen müsse, das keinen Aufschub dulde, eine Sache, die er klarstellen wolle, bevor sie im August zusammen nach Deutschland fahren würden, in die DDR, sie und er und ihre Schwestern Chanh und Some. Der Papierkram sei erledigt, er habe auch schon eine kleine Rundreise durch sein Heimatland geplant, aber eines müsse er zuvor noch loswerden, auch wenn es ihm nicht leichtfalle, es zu sagen.

Sie sah ihn ängstlich an: Was meinst du?

Am Lagerfeuer sangen sie gerade laut und übermütig und absichtlich ein bisschen falsch *Podmoskovnye Wetchera*, und immer wieder rief einer der Jungen etwas dazwischen, oder eines der Mädchen kreischte auf, woraufhin die ganze Runde in ein schallendes Lachen fiel.

Dass ich dich ..., fing er an und dachte an die kleine Beatles-Schallplatte und wie euphorisch ihn das Geschenk für ein paar Tage gemacht und welche Hoffnungen es in ihm erzeugt hatte und wie enttäuscht er dann gewesen war, als sie sich das nächste Mal im Institut begegnet waren und sie so tat, als hätte es den Blütenzweig und die Platte nicht gegeben, als hätten diese Aufmerksamkeiten ihre Freundschaft nicht auf eine höhere Stufe gehoben.

... wie soll ich sagen, sagte er, ohne dass es seltsam für dich ist.

Jetzt sah auch er zum Feuer der Freunde hinüber.

Ich kann vertragen, was du mir sagen wirst, sagte sie, aber obwohl sie zu lächeln versuchte, drückten ihre Augen das genaue Gegenteil aus.

Dann sag ich es jetzt, sagte er und griff tatsächlich nach ihrer Hand, und weil er schneller zugepackt hatte, als ihr Reflex funktionierte, lag ihre Hand in seiner begraben, die warm und trocken war.

Sie schätzte mittlerweile die Art der jungen Deutschen: dass sie eben nicht pomadisiert waren, silberne Ketten trugen oder goldene Ringe, dass es eben nicht die Anzüge waren oder die Krawatten, worum sich ihre Gedanken in der Hauptsache drehten. Dass sie in Diskussionen alles und jeden vergessen konnten, keine Rücksichten nahmen und man das Gefühl gewann, sie meinten es ernst. Mit der Befreiung der Menschheit, mit der Weltrevolution, der Solidarität der Völker, dem antiimperialistischen Befreiungskampf. Tèo fühlte sich an ihren Vater erinnert, der für den Ernst seiner Haltung umgebracht worden war. Der sich aus der Armut hochgearbeitet, aber nie vergessen hatte, wie es gewesen war, arm zu sein. Ihr armer, strenger, disziplinierter Vater, dessen Liebling sie gewesen war. Der seine Gefühle nicht hatte zeigen können oder wollen.

Sprich!

Nun gut: Ich hab dich gern.

Gern?

Ja, natürlich, was denkst du?

Wie *gern*? So gern wie Tee mit Warenje? Oder warme Piroggen? Oder ...

Nein, anders. – Mir fällt bloß das russische Wort dafür im Moment nicht ein.

Oh, das glaube ich dir nicht, mein Bester. Schieb es bitte nicht auf dein schlechtes Russisch!

Ich will, dass du meine Freundin wirst. – Meine Liebe, sagte er und kniff für eine Sekunde die plötzlich flatternden Lider zusammen.

Ich *werde* deine Liebe sein, sagte sie, ohne lange zu überlegen, und zwar mit großer Freude.

9

Obwohl es sein Vater – nicht ohne Stolz – tagelang im Stanzwerk herumerzählt und auch die Mutter es im Emaillierwerk verkündet hatte, fast ein bisschen verschämt, weil sie das Gerede der Leute hinter ihrem Rücken fürchtete, glich es einer Sensation, als der junge Mann in den ersten Augusttagen drei jungen, mandeläugigen – so umging man das Wort *Schlitzaugen* – Frauen in eleganter französischer Reisegarderobe dabei half, aus dem rußverschmierten Bummelzug auf den Bahnsteig des Vorharzstädtchens zu steigen, in dem er seine Kindheit verbracht hatte und einen Teil der Jugend.

Der Vater, eine Zigarette zwischen den Lippen, hatte eigens die Schicht getauscht, um die exotischen Feriengäste, die sein Sohn in einem kurzen Brief angekündigt hatte, zu empfangen. Er trug seinen Sonntagsanzug, ein weißes Hemd sowie einen schmalen Schlips, und in der Hand hielt er drei kleine Sommerblumensträuße, für jede der Schwestern einen eigenen.

Die drei Mädchen waren erschöpft von der langen Fahrt, aber umso aufgeregter gackerten sie nun durcheinander, wenn sie etwas Neues entdeckten. Sie ließen sich von den kleinsten Dingen entzücken, von der Dampflokomotive, vom roten Lackgurt des Schaffners, von den Kartonfahrkarten, in die er mit seiner Zange ein Lochmuster kniff, von den Bergen schließlich, als sie ausgestiegen waren, die fast senkrecht hinter der Stadt in den Himmel ragten, und natürlich von der kleinen Stadt selbst, die ihnen im Vergleich zum riesigen Moskau geradezu gemütlich vorkam. Der erste Eindruck hätte tatsächlich ihrer Vorstellung von Deutschland – die wie bei den meisten Menschen auf der Welt eine romantische, mittelalterliche war – perfekt entsprochen, wäre das aus allen Schloten qualmende und in der Nachmittagshitze dröhnende Eisenhüttenwerk ein wenig kleiner ausgefallen, wären die Häuser ordentlich verputzt und wäre ganz allgemein alles ein wenig sauberer gewesen.

Die Mädchen schliefen im Schlafzimmer seiner Eltern, wo ein ausladendes, hoch aufgepolstertes Doppelbett aus dunklem Holz stand, das sie mühelos alle drei gleichzeitig aufnehmen konnte. Sie waren fasziniert von dem breiten Kleiderschrank, der gegenüber dem Bett stand und aus dem es so komisch roch, wenn die Mutter ihres deutschen Kommilitonen, ihn öffnete, um ein Handtuch herauszuholen oder ein paar Waschlappen, mit denen sie sich am Morgen über einer weißen Emailleschüssel voll warmen Wassers abreiben sollten.

Sie waren fasziniert vom Kruzifix, das über der Schlafzimmertür hing, aber sie fürchteten sich ein bisschen vor der gequälten halb nackten Männerfigur, durch deren Hände und Füße Nägel geschlagen waren, weshalb sie sie jeden Abend, bevor sie ins Bett stiegen, mit ihren bunten Hermès-Tüchern verhängten.

Noch am Abend der Ankunft verteilten sie die Geschenke an ihre Gastgeber: Wodka, Konfekt, Matrjoschkapuppen aus Holz, russische Schnitzereien, Stoffe und Deckchen in traditionellem Blumenmuster.

Am nächsten Tag erkundeten sie die Stadt, waren beeindruckt vom Warenangebot des Kaufhauses in der Unterstadt, begannen bereits, sich nach Mitbringseln für die Moskauer Freunde umzusehen und für ihre kleinen Geschwister in Vientiane. Ein wenig genoss der junge Mann, der die Schwestern begleitete, der erklärte und in den Geschäften übersetzte, die Blicke sogar, die ihnen die Einheimischen ungeniert hinterherwarfen. Es waren keine bösen Blicke, keine abschätzigen, sie waren auf eine naive Weise neugierig, weshalb er, wenn ein mutigerer Passant oder jemand, der sich als Kollege oder Freund seiner Eltern zu erkennen gab, vorsichtig fragte, wer denn seine drei Begleiterinnen seien, bereitwillig erklärte, woher die Mädchen stammten, was sie studierten und wie ihre weiteren gemeinsamen Pläne für die Sommerferien aussähen.

Zu seinem großen Bedauern konnte er nicht verhindern, dass die Schwestern am Nachmittag einen Blick in die Auslagen des Friseurgeschäftes warfen, ein paar Schritte die Thälmannstraße hinauf, in dem sich auch seine Mutter alle zwei Wochen die Haare machen ließ. Die Fotografien hübscher Modelle waren dort ausgestellt, die allesamt die aktuelle Frisur der Saison präsentierten, einen Haarschnitt, der sich bei der Arbeit mit wenig Aufwand wieder in Form bringen ließ, der also praktisch war, aber nicht so streng aussah wie sein Vorbild, der Pagenkopf, an dem er sich grob orientierte: der Bob. So etwas hatten die Mädchen in den Fenstern der Moskauer Frisiersalons noch nicht gesehen. Bisher hatten alle drei ihr Haar einfach wachsen lassen, schon seit Jahren, es lediglich gewaschen, täglich zweimal gebürstet und alle paar Monate die Spitzen gestutzt, sodass es ihnen mittlerweile bis auf die Hüften fiel, wenn sie abends die Knoten, Zöpfe, Bänder lösten.

Doch jetzt wollten sie Veränderung. Eines der Mädchen hätte er vielleicht abhalten können, aber der geballten und an diesem Nachmittag sehr albernen und übermütigen Stimmung der Schwestern war er nicht gewachsen. So gab er sich nach einem sehr kurzen Wortgefecht geschlagen. Sie betraten den Salon, in dem sofort die Gespräche verstummten. Er fragte die Chefin, ob ein Termin zu bekommen sei für seinen Besuch aus dem fernen Moskau, und ohne in das Auftragsbuch zu sehen, sagte die Chefin, dass die drei gleich dableiben könnten. Sie werde sie ausnahmsweise dazwischenschieben.

Als er nach zwei Stunden wieder im Salon erschien, um die Schwestern abzuholen, hätte man sie, abgesehen vom schwarzen Glanz der Haare und den exklusiven Kleidern, von hinten durchaus mit einer heimischen Arbeiterin verwechseln können.

Es waren vierzehn leichte, oft sehr ausgelassene Tage, die sie in seiner Heimatstadt verbrachten. Manchmal saßen sie den ganzen Tag einfach im Hof herum, lasen Bücher, tranken Limonade, pflückten Sauerkirschen oder alberten mit Onkel August herum, der sich von der Aufmerksamkeit der Mädchen schmeicheln ließ: wenn sie ihn neckten wegen seiner stinkenden Zigarre oder des vielen Bieres, das er auf der Bank sitzend trank, oder wenn sie ihm mit Händen und Füßen und den paar Brocken Deutsch, die sie gelernt hatten, etwas zu erzählen versuchten.

Dass Tèo und der junge Mann ein Paar waren, das sich am Schwarzmeerstrand die Liebe versprochen hatte, wusste niemand. Nicht ihre Schwestern, nicht seine Eltern. Es war zu gefährlich, sich zu offenbaren. Kam ihre Beziehung heraus, drohte die Exmatrikulation. Mehr als platonische Lernpatenschaften sahen die Statuten nicht vor. Der Einzige, der vielleicht etwas ahnte, war Walter, aber der, das war sicher, würde nichts verraten.

Also achtete er penibel darauf, nicht mehr von den scheinbar freundschaftlichen Berührungen an Tèo zu verteilen als an Chanh. Nur wenn sie sich auf einer Wanderung durch die Berge ein paar Meter zurückfallen ließen oder sich zufällig im Treppenflur des Hauses begegneten, reichte es für einen flüchtigen Kuss oder eine schreckhafte Umarmung. Die Furcht, dabei ertappt zu werden, warf einen kleinen Schatten auf die ansonsten heitere Zeit.

Nach zwei Wochen verabschiedeten sie sich und fuhren allesamt ins Vogtland, wohin Rainer, der dort groß geworden war, eingeladen hatte. Sie unternahmen Ausflüge nach Dresden, wanderten durchs Elbsandsteingebirge und zogen nach genau sieben Tagen weiter Richtung Mecklenburg, wo Walter, der Bauernsohn, sie im Haus seiner Eltern schon erwartete. Mit einem Auto, das er sich für seine Gäste geliehen hatte, chauffierte Walter sie hin und her zwischen der Ostseeküste und den Attraktionen der Hauptstadt Berlin, denen die Mädchen eindeutig den Vorzug gaben. Als sie Ende August in den Schlafwagen nach Moskau stiegen, wirkten die Mädchen zwar erschöpft, hatten aber dank der reichhaltigen deutschen Küche alle ein wenig zugelegt, und auch ihre neuen Frisuren ließen sie ein wenig älter wirken, eine Spur reifer.

10

Ihr Misstrauen hatte er schon früher gespürt, immer mal wieder war es aufgeflackert seit jener Neujahrsfeier in der Institutsaula, und er hätte nicht sagen können, ob es aus Sorge entstanden war oder aus Eifersucht. Zum wirklichen Bruch mit Chanh aber kam es im Sommer ’66, ungefähr ein Jahr, nachdem sie gemeinsam zu ihrem ersten DDR-Urlaub aufgebrochen waren.

Er wollte es endlich wissen, eine Entscheidung erzwingen. Er dachte, ein weiteres Jahr der Heimlichtuerei, der unterdrückten Zuneigung, der körperlosen Liebe, das würde ihre Verbindung nicht überstehen. Zumindest eine Pause brauchten sie vom Versteckspielen, und wenn es nur vier Urlaubswochen waren, die sie als Paar in der Harzvorstadt bei seinen Eltern verbrachten.

Bevor er auf dem Konsulat das Visum beantragte, und

diesmal nur ein einziges, hatte er Tèo gefragt, ob auch sie endlich eine Entscheidung wolle, ob auch sie bereit sei, aller Welt zu zeigen, dass sie beide zusammengehörten, und sie hatte die Frage zwar bejaht, aber ihre Antwort war ihm zögerlich vorgekommen, als habe sie große Angst vor den Konsequenzen, wolle ihm aber trotzdem einen Gefallen tun. Er hatte seine Skrupel verscheucht und versucht, nur an die ungestörte, freie Zeit zu denken, die ihnen im Sommer bevorstand.

Aber stets wenn er Chanh im Institut sah, die, wie ihm schien, immer kühler und nur noch geschäftsmäßig mit ihm umging, fiel ihm Tèos gedämpfte Euphorie wieder ein. Aus der Lerngruppe hatte er sich zurückgezogen, Walter versorgte ihn jedoch regelmäßig mit Anekdoten, und wann immer Chanh darin auftauchte, schien sie genau die Alte zu sein, gut gelaunt und gesellig.

Als dann die Sommerferien begannen, stahlen sie sich einfach davon. Erst am Belorussischen Bahnhof warf Tèo einen Brief in den Kasten, in dem sie ihrer Schwester erklärte, dass sie nicht, wie geplant, mit den Geschwistern zusammen ins Ferienlager auf die Krim fahre, sondern, wie schon im Jahr zuvor, nach Deutschland, in die DDR. Sie schrieb, dass es ihr schwerfalle, die ältere Schwester enttäuschen zu müssen, und sie bat um Verzeihung dafür.

Dass sie und der junge Mann ein Liebespaar waren, erwähnte sie nicht ausdrücklich.

Die Ferien verliefen ruhiger als die des vergangenen Jahres, sie verzichteten auf übermäßig viele Ausflüge, streiften lieber durch die Natur, wateten in den wilden Harzbächen, bauten Schiffchen aus Rinde, Zweigen und Gras und fotografierten einander. Sie hielten sich an den Händen, und oft gelang es ihnen sogar, das Ungemach zu verdrängen, das sie bei ihrer Rückkehr nach Moskau erwarten würde.

Er schlief in seinem alten Jugendzimmer, sie auf der Chaiselongue im Arbeitszimmer, und dafür, dass nicht einer des Nachts in das Bett des anderen wechselte, sorgte das aufmerksame Ohr seiner Mutter, das auch dann noch wachsam war, wenn sie schlief. Sobald sie eine Diele knarren hörte, stand sie auf, zog sich den Morgenmantel über und fragte mit der Besorgnis der fürsorglichen Gastgeberin in den dunklen Flur hinein, ob sie etwas tun könne. Ein Glas Wasser bringen, ein Brot schmieren, einen Apfel schälen? Eigens dafür hatte sie sich von der Nachtschicht freistellen lassen. Nach nur wenigen vereitelten Versuchen gaben es die jungen Leute schließlich auf, beieinanderliegen zu wollen, was sich im September, als sie dann nach Moskau und ans Institut zurückkehrten, wo das letzte Studienjahr des jungen Mannes anbrach, durchaus als Vorteil erwies.

Denn auf diese Weise konnte Tèo ihrer älteren Schwester die Stirn bieten, wenn diese immer wieder versuchte, sie auszuhorchen, zu erfahren, wie weit sie in diesem ersten Urlaub ohne ihre Aufsicht gegangen waren. Tèo versteifte sich so sehr auf diesen Funken Wahrheit, schwor bei allem, was ihr wichtig war, dass nichts von dem passiert sei, was die Ältere ihr – unausgesprochen – unterstellte, war so überzeugend, dass selbst die verharmlosenden und abwiegelnden Teile ihrer Ferienerzählung vom Pathos profitierten und wahrhaftig erschienen, was Chanh nach einem Monat bewog, es gut sein zu lassen und Tèo in jeder Hinsicht zu glauben. Sie versprach, weder der Familie zu Hause noch der vietnamesischen Botschaft, die hier im Land ihre Anlaufstelle war, etwas zu erzählen, vorausgesetzt allerdings, die Tändelei mit dem Deutschen – die in einem Jahr ohnehin vorbei sei, wenn der mit seinem Examen in die Heimat zurückkehrte – beschränke sich auf gelegentliche Spaziergänge, Kinobesuche, unverfängliches Händchenhalten.

Tèo versprach, es dabei zu belassen, und im Frühling des Jahres '67 schienen sich die Wellen wieder geglättet zu haben, zumal die Abschlussarbeiten und die anstehenden Prüfungen nicht nur Walter, Rainer und den jungen Mann beschäftigten, sondern auch Chanh.

In den schlaflosen Nächten, die ihn nun des Öfteren zu plagen begannen, von zu viel Prüfungsstoff ausgelöst, von zu viel Koffein und Vitamin C, begann er Pläne zu entwerfen, aberwitzige zum Teil, wie es nach dem Sommer mit ihm und dem Mädchen, das noch ein ganzes Jahr zu studieren hatte, weitergehen könnte, wo auf der Welt sie zusammenleben würden und wovon. Sie besprachen die Pläne auf ihren Spaziergängen durch die Parks und am Fluss entlang, und auch sie hatte den einen oder anderen Vorschlag zu machen: dass er zum Beispiel eine kleine Handelsgesellschaft in Vientiane, ihrer Heimatstadt, eröffnen solle und landestypische Güter wie Edelholz oder Kaffee in die DDR exportieren, um im Gegenzug dringend benötigte Dinge wie Werkzeug und Maschinen nach Laos einzuführen.

Als DDR-Bürger, entgegnete er dann immer, wenn sie einen Traum erzählte, der ihr künftiges gemeinsames Leben in Vientiane spielen ließ, sei es ihm nicht gestattet, einfach zu leben, wo er wolle. Niemals werde er einen Reisepass für eine solche Unternehmung bekommen, und einfach so zu gehen, abzuhauen – zu fliehen gleichsam –, komme für ihn nicht infrage. Das könne er seinem Land, das ihn ja erst habe studieren lassen, nicht antun.

Und sie erwiderte stets, dass sie das verstehe, und hörte trotzdem nicht auf, an diesem Plan weiterzustricken, bis der junge Mann eines Tages behauptete, er habe die perfekte Lösung gefunden: Er wolle ihr abermals eine Einladung in seine Heimat besorgen, diesmal jedoch solle sie allein fahren, ohne ihn und so bald wie möglich. Ein, zwei Tage werde es sicherlich niemandem auffallen, wenn sie nicht mehr da sei. In ihrem Wohnheimzimmer werde man glauben, sie übernachte bei Freunden, am Institut werde man davon ausgehen, dass sie krank geworden sei, sich eine Erkältung eingefangen habe oder etwas Ähnliches.

Ja, sagte sie, obwohl sie nicht verstand, warum sie allein fahren sollte, was der Vorteil sei.

Die Eile, sagte er, gebiete dieses Handeln, er fürchte jeden Tag mehr, dass sie auf die eine oder andere Weise gekidnappt und in ihre Heimat zurückgeschafft werde. Nur seine beiden engsten Freunde wollte er in den Plan einweihen. Und wenn ihre Abreise nach drei oder vier Tagen doch herauskäme, wäre sie längst bei seinen Eltern im Harz, wohin er ihr einen Monat später folgen werde, nachdem er die Abschlussprüfungen hinter sich gebracht habe.

Dort erst einmal angekommen, werde man weitersehen. Sicherlich könne sie ihr Studium auf die eine oder andere Art an einer DDR-Hochschule beenden. Das Wichtigste sei, Fakten zu schaffen, an denen die Gegenseite nicht mehr vorbeikomme, und auf der Gegenseite, schloss er nicht sehr zuversichtlich, stünden – bis auf Walter und Rainer – so ziemlich alle.

Ja, sagte sie, dann wollen wir es so versuchen.

11

Der Vietnamese stieß die halb gerauchte Zigarette in den Aschenbecher. Ob aus Wut oder Fahrigkeit, ließ sich nicht sagen. Sein Blick blieb reglos dabei. Sein schmales Gesicht sah aus wie gemeißelt und ließ keinen Rückschluss auf sein Alter zu. Er hielt eine Aktenmappe in der Linken, die er immer wieder für einen kurzen Moment hinter seinem Rücken verschwinden ließ, wie aus Nervosität. Aber er war nicht nervös.

Der Russe dagegen, ein untersetzter Genosse vom Stadtkomitee der staatlichen Sicherheit, des KGB, war Ende vierzig und zog langsam an seiner Zigarette, als würde er es genießen. Sein Blick fixierte die Akte in der Hand des Vietnamesen.

Die Beziehungen zwischen ihren beiden Ländern waren ohnehin nicht die besten, seit Vietnam sich dem großen Konkurrenten an seiner Nordgrenze an den Hals geworfen hatte: China. Das machte den beiden Männern die Handhabung der Sache nicht eben leichter, obwohl es im Grunde nur darum ging, eine familiäre Lappalie aus der Welt zu schaffen.

Aus der Halle drang eine verzerrte Lautsprecherdurchsage in das Büro der Bahnhofsmiliz. Immer mal wieder brandete im Vorraum, wo die Delinquenten auf eine Entscheidung warteten, ein kurzes, heftiges Wortgefecht auf, das dann ein Milizionär schnell zu schlichten versuchte.

Ich bin Botschaftsangehöriger, sagte der Vietnamese plötzlich in das Schweigen hinein, Sie können mich nicht einfach festsetzen.

Er sprach das Russisch mit starkem Akzent und griff bereits zur nächsten Zigarette.

Aber was denken Sie denn, mein Bester, niemand setzt Sie

hier fest. Sie können gehen, wann immer Sie wollen, meinetwegen auch sofort.

Der Russe riss ein Streichholz an und gab seinem Gegenüber Feuer.

Aber ich würde Sie doch sehr bitten, vorher mit mir diese kleine Angelegenheit zu klären, die, da müssen Sie mir bitte verzeihen, angesichts der wirklichen Probleme unserer Welt doch recht unbedeutend erscheint.

Dann lesen Sie das hier, sagte der Vietnamese ungerührt und ließ die dünne Akte auf den aufgeräumten Milizionärsschreibtisch fallen, der zwischen ihnen stand.

Der Russe beugte sich vor, nahm den Aktendeckel und warf einen kurzen Blick auf die beiden maschinengetippten Blätter, die dort abgelegt waren. Dann sagte er: Danke, aber ich bin mit dem Vorgang vertraut. Der Genosse von der Miliz – er nickte zur Tür – hat ihn mir erläutert, als er mich vorhin anrief und um Hilfe bat.

Es war die reinste Zeitverschwendung, wie er fand: Eine Studentin des hiesigen Institutes für Internationale Beziehungen, die aus Laos stammte, wo sie einer nicht ganz unbedeutenden Familie angehörte, war vor einer Woche in der vietnamesischen Botschaft erschienen, die auch die Interessen ihres Landes vertrat, und hatte dort einem Mitarbeiter von den Plänen ihrer jüngeren Schwester berichtet, eines Liebesverhältnisses wegen aus der Stadt zu fliehen, ja, sogar aus dem Land.

In einem zweiten, ausführlicheren Gespräch, das sie völlig außer sich absolvierte, sprach sie dann nicht mehr von Flucht, sondern von der unmittelbar bevorstehenden Entführung ihrer Schwester durch einen ostdeutschen Kommilitonen, den sie mit Namen und Wohnheimadresse identifizieren konnte.

Höchst beunruhigt kabelte die Botschaft den vermeintlichen Sachverhalt nach Vientiane durch und erhielt von dort die Weisung, die bevorstehende Entführung der laotischen Staatsbürgerin mit allen erdenklichen Mitteln zu verhindern.

Vier Mitarbeiter wurden abgestellt, die in Zusammenarbeit mit der älteren Schwester sowie einer Handvoll studentischer, von der Schwester rekrutierter Landsleute das potenzielle Entführungsopfer abwechselnd beschatten sollten, welches zwar sichtlich nervös agierte, dessen Verhalten ansonsten aber unauffällig blieb.

Jedenfalls bis zum frühen Nachmittag des Vortages, als das Entführungsopfer, der Entführer und zwei seiner deutschen Freunde und mutmaßlichen Kumpane plötzlich eine geradezu hektische Aktivität an den Tag legten. Es begann damit, dass sie alle zusammen an der Station Jugo-Sapadnaja in die Metro stiegen: Dabei waren vor allem die zwei großen Samsonite-Reisekoffer auffällig, die sie zunächst mit sich führten, die allerdings verschwunden waren, als das Mädchen und der kleine dicke Deutsche mit der Brille an der Bjelorusskaja wieder ans Tageslicht stiegen. Neben den Koffern hatten die vietnamesischen Beobachter den Entführer selbst sowie den langen Deutschen aus den Augen verloren. Die Verfolger beschlossen, sich zu trennen, eine Gruppe sollte dem Mädchen folgen, die andere auf gut Glück die Metro zwischen den Stationen Bjelorusskaja und Jugo-Sapadnaja absuchen. Gleichzeitig wurde die Schwester beauftragt, mit ihren Freunden zum Flughafen nach Scheremetjewo hinauszufahren und dort alle strategisch wichtigen Punkte im Auge zu behalten, denn eine Entführung per Flugzeug war ebenso wahrscheinlich wie eine Flucht mit der Bahn.

Und tatsächlich tauchten das Mädchen und ihr dicker Begleiter am Abend gegen neun in der Abfertigungshalle von Scheremetjewo auf, nachdem sie ihre Verfolger, von deren Vorhandensein sie offenbar wussten, über die großen Fernbahnhöfe der Stadt gelotst hatten: den Belorussischen, den Kursker im Osten, den Kiewer. Den Leningrader, den Kasaner und den Jaroslawler Bahnhof, die im Nordosten alle dicht beieinanderlagen. Sie hatten sich an den Fahrkartenschaltern angestellt, ohne wirklich Billetts zu kaufen, hatten so getan, als holten sie Auskünfte ein, waren auf die Bahnsteige hinausgegangen, hatten sich dort auf Bänke gesetzt, wo er Zigaretten rauchte und sie Limonade trank oder Eis aß, hatten Züge ankommen und abfahren lassen, waren immer wieder auf die Bahnhofsvorplätze hinausgegangen, eine Weile umherspaziert und dann ganz plötzlich, eilig und beinahe Haken schlagend, zum nächsten Metro-Eingang gehastet, in dem sie verschwanden, um zu einem weiteren Bahnhof zu gelangen oder einfach nur ein paar Stationen auf dem Ring zu fahren, hin und her, her und hin.

Aber die Vietnamesen hatten sich nicht abschütteln lassen. Sie hatten die beiden bis Scheremetjewo weiterverfolgt, und als kurz darauf auch der junge Mann und sein aufgeschossener Freund dort erschienen, waren sie sich sicher, dass das Mädchen das Land mit dem Flugzeug verlassen wollte. Zwar fehlten noch immer die beiden Koffer, doch war davon auszugehen, dass sie entweder schon bei Aeroflot oder Interflug aufgegeben worden waren oder aber sich in der Gepäckaufbewahrung befanden. Jedenfalls riefen sie von einem Flughafenfernsprecher in der Botschaft an und baten um einen Wagen, der draußen auf dem Parkplatz in Bereitschaft warten solle, bis sie mit dem Entführungsopfer kämen. Das gerettete Mädchen sollte dann in die Botschaft gebracht werden, wo man den Erfolg der Operation zunächst nach Vientiane durchkabeln würde, um dann weitere Maßnahmen zu beschließen. Davon, dass sie mit ihren vier Leuten den drei deutschen Studenten überlegen wären, gingen die Vietnamesen aus. Es kam jetzt vor allem darauf an, die sowjetischen Behörden nicht aufmerksam zu machen, die Miliz, das Flughafenpersonal. Sie waren müde, und sie waren froh, dass es bald vorüber wäre. Und sie waren eine Spur zu siegessicher, zu selbstgewiss, denn als sie ihn ausführen wollten, den letzten Akt, den Zugriff, waren das Mädchen und die drei Deutschen verschwunden.

Und sie blieben es die ganze Nacht, obwohl die Botschaft Verstärkung gewährt und an allen Fernbahnhöfen des Zentrums, an allen drei Flughäfen ihre Leute postiert hatte.

Setzen wir uns, mein Lieber, sagte der Genosse vom Stadtkomitee und war mit einem Mal die Liebenswürdigkeit in Person.

Der Vietnamese zog sich einen Stuhl heran und nahm Platz. Er sah den Russen misstrauisch an. Im Vorraum polterten wieder die Stimmen los.

Mein Lieber, ich lasse uns einen Tee bringen, ein wenig Gebäck und Konfitüre, und während Sie sich daran erfreuen und an einer Zigarette möglicherweise, werde ich einen Anruf erledigen, der uns hoffentlich weiterhilft. Denn seien wir doch ehrlich zu uns selbst: Diese Kinder – und ja: ich bestehe darauf, es sind noch Kinder – haben eine Dummheit begangen, aber kein Verbrechen. Das sehe ich so, und ich bin sicher, Sie, mein lieber vietnamesischer Freund, sehen das ganz ähnlich.

Er lächelte den Asiaten an, der jetzt doch erste Anzeichen von Aufgeregtheit zeigte, dann nahm er den Telefonhörer von der Gabel und betätigte die Wählscheibe.

12

Alle zusammen hatten sie die Nacht auf der Datscha verbracht, die den Eltern ihrer gemeinsamen Kommilitonin Tanja gehörte. Ein Häuschen mit Garten am Ende eines Dorfes vor den Toren der Hauptstadt. Es wäre idyllisch gewesen, hätten sie nicht das Gefühl gehabt, auf der Flucht zu sein, und wären nicht regelmäßig und in wenigen Hundert Metern Höhe die landenden Maschinen vom fünf Kilometer entfernten Scheremetjewo über ihre Köpfe gedonnert.

Walter hatte den Schlüssel besorgt – es war nicht das erste Mal, dass die Freunde ein Wochenende hier draußen verbrachten –, und Tanja hatte ihm sogar eine Skizze angefertigt, die den Fußweg vom Flughafen bis zur Gartenpforte zeigte.

In der Morgendämmerung verließen sie die Datscha, nicht sicher, ob sie die Verfolger abgeschüttelt hatten, liefen bis zur Flughafenchaussee vor, wo sie einen Autobus nahmen, der nach Moskau fuhr. Am Stadtrand stiegen sie in die Metro um, die sie im Zentrum wieder verließen. Dort gab es nahe dem Belorussischen Bahnhof ein kleines Kino, das schon am Morgen einheimische Spielfilme zeigte.

Unkonzentriert folgten sie der Handlung: Das Mädchen voller Furcht vor dem, was sie in den nächsten achtundvierzig Stunden erwartete, der junge Mann von der Ungewissheit geplagt, ob sein vager Plan der Ablenkung und Täuschung aufgehen würde, ob Tèo zurechtkäme in der deutschen Fremde, ohne die Sprache zu beherrschen, schon von Weitem zu erkennen als jemand, der anders war. Walter und Rainer schließlich waren aufgekratzt wie bei den Schnitzeljagden der Kindheit.

Kurz vor zehn betraten sie einzeln, im Abstand von ein paar Minuten, den Belorussischen Bahnhof. Walter und das Mädchen begaben sich zum Fernbahnsteig, der junge Mann und Walter gingen zur Gepäckaufbewahrung, wo sie kurz hintereinander jeweils einen Samsonite-Koffer auslösten und zum Fernbahnsteig hinüberschlenderten, an dem schon der Schlafwagenzug nach Berlin-Ostbahnhof wartete. Sie bestiegen, wiederum im Abstand von ein paar Minuten, den letzten Waggon, als seien sie selbst Fahrgäste, und liefen von dort bis zur Mitte des Zuges durch.

Im Abteil des Mädchens stand Walter am Fenster und sah durch einen Spalt in der Gardine auf den Bahnsteig hinaus. Tèo hatte ihre Schuhe ausgezogen, saß verloren, die schmalen Füße auf die gegenüberliegende Sitzbank gelegt, im Polster. Man konnte sehen, dass sie fror. Der junge Mann setzte sich neben sie und umfasste ihre Schultern, während Rainer die beiden Koffer verstaute.

Ich glaube, die Luft ist rein, sagte Walter und ließ die Gardine los. Ich werde als Erster gehen, und ihr kommt dann nach. Ganz ruhig und so, als würdet ihr euch nicht kennen.

Dann umarmte er das Mädchen und sagte, dass sie sich in ein paar Wochen schon wiedersehen würden, entweder im Harz oder bei seinen Eltern in Mecklenburg.

Du sollst keine Angst haben, sagte Walter zum Abschluss, gab ihr einen Kuss und verschwand aus dem Abteil.

Rainer sah auf die Uhr, und nach exakt fünf Minuten verabschiedete auch er sich. Jetzt war der junge Mann mit Tèo allein, und das schlechte Gewissen stieg in ihm auf wie ein plötzlicher Migräneanfall hinter der Stirn. Und während er sie im Arm hielt und ihr tröstende Worte ins Ohr flüsterte, fragte er sich, was nur in ihn gefahren war, Schicksal zu spielen, das Leben des Mädchens in seine Hand zu nehmen. Obwohl er an keine höhere Macht glaubte, sprach er in diesem Moment ein heimliches Gebet, dass alles gut gehen möge.

Die Zugbegleiterin, die mit einem heftigen Ruck die Abteiltür aufriss, beendete ihre Verabschiedung. Er sprang auf, gab ihr einen letzten Kuss und hörte im Weggehen, wie die Zugbegleiterin das Mädchen zu trösten versuchte: Nicht weinen, Kleine, das Glück kommt auch wieder zurück!

Er sprang auf den Bahnsteig und ging zügig, ohne sich umzusehen, bis zur nächsten Anschlagtafel. Aus dem Schutz der Tafel warf er einen vorsichtigen Blick auf den Bahnsteig, aber zwischen den Passagieren, die dort rauchend herumstanden und sich von ihren Angehörigen verabschiedeten oder ihr Gepäck in die Waggons wuchteten, konnte er weder Walter und Rainer noch die Vietnamesen oder Chanh ausmachen.

Doch die Verfolger waren längst da, hatten vermutlich den letzten Waggon des Zuges betreten, als der junge Mann noch dabei gewesen war, sich zu verabschieden. Hatten sich, da sie die Abteilnummer nicht kannten, langsam nach vorn durchgearbeitet, Tür für Tür aufgezogen und mit einem Blick die Gesichter der Reisenden kontrolliert, und hatten dann endlich gefunden, wonach sie suchten.

Der junge Mann in seinem Versteck sah, wie einer der Vietnamesen aus derselben Tür stieg, durch die er selbst eben den Zug verlassen hatte. Von oben wurde dem Mann erst der eine Samsonite-Koffer gereicht und gleich darauf der andere. Zwei weitere Vietnamesen stiegen aus, dann ein Vierter, hinter dem schließlich das Mädchen, Tèo, erschien, untergehakt und grob auf den Bahnsteig gezerrt von ihrer älteren Schwester.

Der Plan der Vietnamesen allerdings, die Angelegenheit diskret, ohne großes Aufsehen zu erledigen, scheiterte an der Zugbegleiterin, die als Nächstes aus dem Waggon sprang, Zeter und Mordio schrie, während sie versuchte, das Mädchen aus dem Klammergriff ihrer Schwester zu befreien. Ihr dickes Gesicht lief unter der Uniformkappe rot an, und sie geriet so in Rage, dass sie auf die Vietnamesen einzuprügeln begann, als diese sie abdrängen wollten.

Neugierige fingen an, sich um die Gruppe zu sammeln, und während der junge Mann selbst aus der Deckung stürmte, kamen auch Walter und Rainer wie aus dem Nichts angerannt. Die Freunde zwängten sich zu den Vietnamesen durch – kleine, aber drahtige Männer, die so athletisch wie gefährlich wirkten und sofort in Kampfstellung gingen, was die drei Deutschen jedoch nicht abhielt, an ihren Sakkos zu zerren und sie auf Deutsch und auf Russisch zu verfluchen. Einige der Reisenden versuchten, von der Zugbegleiterin lautstark aufgefordert, das Mädchen zu befreien, und erst die schrillen Trillerpfeifen der Bahnhofsmiliz, die vielleicht fünf Minuten später mit einem Aufgebot von zehn Mann erschien, beendeten schließlich den Aufruhr.

Ohne große Erklärung wurden die Vietnamesen, die Deutschen und die beiden Schwestern für verhaftet erklärt und in das Büro der Miliz geführt. Nach einem ersten, erfolglosen Versuch, die Situation zu bereinigen, rief man einen Genossen vom KGB, der sich mit dem Anführer der Vietnamesen in das Büro zurückgezogen hatte, während alle anderen in den Vorraum geschickt worden waren, wo die beiden Schwestern immer wieder von ihren aufkochenden Emotionen überwältigt wurden.

Eine weitere halbe Stunde später, der Zug nach Berlin war längst abgefahren, betrat der Institutsdirektor für die Angelegenheiten der Auslandsstudenten den Vorraum, warf einen flüchtigen Blick über die dort versammelte Runde, in der sich auch fünf seiner Schützlinge befanden, und ging dann weiter ins Büro der Miliz, wo er, wie man von draußen hören konnte, den Genossen vom Stadtkomitee begrüßte.

Sie wechselten ein paar Worte, und wenig später kam der Chef der Vietnamesen heraus, winkte seine Leute heran und war auch schon in der Schwingtür zur Bahnhofshalle verschwunden. Für einen Moment sah es aus, als wolle Chanh ihm folgen, dann aber trat sie ostentativ einen Schritt an ihre Schwester heran, die keine Gelegenheit mehr dazu bekam, ebenso ostentativ einen Schritt zur Seite zu rücken, denn im nächsten Moment ging die Tür des Büros auf und der Institutsdirektor, das Lächeln eines Patriarchen im Gesicht, fragte das Mädchen, ob sie über ein Ausreisevisum verfüge.

Ja.

Und ein Einreisevisum für die Deutsche Demokratische Republik?

Besitze ich auch.

Nun dann, sagte der Institutsdirektor für die Angelegenheiten der Auslandsstudenten und sah dabei den Genossen vom Stadtkomitee des KGB an, ich wüsste nicht, was Ihrer Fahrt noch im Weg stehen sollte. – Gute Reise!

Und damit es diesmal keine Schwierigkeiten gibt, sagte

nun der Genosse vom Stadtkomitee, stellen wir einen Genossen der Miliz für Sie ab, der so lange nicht von Ihrer Seite weichen wird, bis der Zug abgefahren ist: Gute Reise!

13

Anderthalb Tage später am Ostbahnhof wartete der Vater des jungen Mannes auf das Mädchen, zusammen mit einem Kollegen aus dem Hüttenwerk, der sie mit seinem Wagen in das kleine Städtchen am Harzrand brachte. Sie zog in das Jugendzimmer des jungen Mannes, schrieb Briefe, las Romane, warf hin und wieder einen Blick in die Lehrbücher. Sie fühlte sich nicht nur fremd, sie war es. Nach zwei Wochen hatte sie das Gefühl, dass die Leute sie nicht mehr allzu sehr anstarrten, vielleicht hatte sie sich auch nur an die Blicke gewöhnt. Am liebsten saß sie in diesen Tagen mit Onkel August schweigend auf der Bank im Hof oder ging mit dem Vater ihres Geliebten durch das kühle Tal der Bode spazieren.

Für den jungen Mann hatte man am Tag nach ihrer Abreise eine Nachricht an der Wohnheimpforte hinterlegt: Er solle sich umgehend in der Botschaft melden. Dort konfrontierte man ihn mit dem Vorwurf, eine laotische Staatsbürgerin in die DDR entführt zu haben. Er blieb ruhig, schilderte den Vorgang und wie der Institutsdirektor die Sache entschieden hatte. Man hörte zu, enthielt sich einer Wertung, kündigte aber an, dass sich jemand bei ihm melden werde, wenn er nach den Prüfungen zurück in der Heimat sei.

Trotz aller Unruhe beendete er das Studium erfolgreich. Mit Walter, Rainer und den anderen seines Jahrgangs fuhr er im Juli '67 zurück. Die meisten waren froh und ausgelassen, nach den Sommerferien würde ein neuer Lebensabschnitt für sie beginnen. Bevor sie am Ostbahnhof auseinandergingen, versprachen sich die drei Freunde ein baldiges Wiedersehen.

In den folgenden zwei Monaten versuchte er eine permanente Aufenthaltsgenehmigung für seine Freundin zu bekommen, was ihm nicht gelang, sodass sie sich Anfang September einmal mehr auf dem zugigen Bahnsteig eines Fernbahnhofes verabschieden mussten.

Ein Jahr, beschwor er Tèo flüsternd mit der letzten Umarmung, nur noch *ein Jahr*, dann hätte auch sie das Studium beendet, dann würde ihnen gemeinsam die Welt offenstehen.

Keine zwei Wochen später erhielt er ein Telegramm, das ihn aufforderte, sich im Außenministerium zu melden. Er wusste, dass es um seine Zukunft ging, um den Beruf, den er künftig ausüben würde, und er war dennoch überrascht, als er sich zum angegebenen Termin, im besten Anzug, das Parteiabzeichen am Revers, einer offensichtlich feindlich gesinnten Front älterer Männer gegenübersah – auch der Studentenbetreuer der Moskauer Botschaft war angereist –, aus der ihm unverblümt und einleitungslos eine einzige Forderung entgegengebracht wurde: Entweder Sie brechen den Kontakt zu dem Mädchen ab, oder Sie gehen dahin zurück, woher Sie gekommen sind.

Was hieß: in die Produktion, ins Leben eines Industriearbeiters. Das wollte er nicht, nach all der Mühe, nach den vielen Jahren hinter den Büchern. Das hätte seiner Mutter recht gegeben, dass einer ihresgleichen sich nicht erdreisten sollte, etwas Besseres zu werden.

Er versprach, den Kontakt zu beenden, was die Front der alten Männer mit Erleichterung quittierte.

Dennoch, hieß es, dürfe er erst eine Stelle im Außenministerium antreten, wenn die Sache verbindlich aus der Welt geschafft sei. Bis dahin werde man ihn nach Potsdam schicken, an die dortige Akademie, wo er am Institut für Internationale Beziehungen einen Arbeitsplatz in der Abteilung Auslandsinformation bekäme.

Jetzt versuchte er doch aufzubegehren, wies darauf hin, dass er Südostasienspezialist sei und die Stelle nicht seiner Qualifikation entspreche (er wusste sehr genau, dass die Abteilung Auslandsinformation in Wahrheit die Abteilung Auslandspropaganda war). Doch ihm wurde bedeutet, erst seine Sachen in Ordnung zu bringen und danach die Ansprüche zu stellen.

Nur mit einem kleinen Lederkoffer zog er aus seinem Jugendzimmer nach Potsdam-Babelsberg, wo es in der Virchowstraße eine Villa gab, die ihres verfallenen Zustands wegen die Warzenvilla genannt wurde und in der sich Zimmer für ledige Angestellte der Akademie befanden. Aus den Fenstern des Westflügels konnte man das Wasser des Griebnitzsees sehen, die Grenzanlagen und das gegenüberliegende Westberliner Ufer, weshalb man in der Straße immer wieder auf Warnschilder stieß, die in Deutsch und den drei Sprachen der Besatzungsmächte verkündeten: *Grenzgebiet. Das Betreten und Befahren ist nur mit Sonderausweis gestattet.*

Weil es der junge Mann nicht darauf ankommen lassen wollte, einen solchen Sonderausweis für Tèo zu beauftragen und nicht zu erhalten, schmuggelte er das Mädchen, als es ihn im Januar '68 besuchte, heimlich in die Warzenvilla hinein. Sie kicherten, wenn sie ungesehen in sein karg möbliertes Zimmer gelangten, und sie schauten betreten zu Boden, wenn sie einer der anderen Bewohner erwischte. Doch weil fast alle Bewohner der Warzenvilla ihre Gäste heimlich einschleusten, verriet in der Regel niemand den anderen. Trotzdem hielt sich ein Rest Angst.

Angst hatte auch Tèos vergangene Monate bestimmt. Allein in Moskau, die Konsequenzen fürchtend, die ihr Verhalten nach sich ziehen würde, ohne den Beistand der Geliebten oder den seiner Freunde. Doch komischerweise ließen die Vietnamesen sie in Ruhe, und auch ihre ältere Schwester tat die meiste Zeit so, als hätte es den Vorfall auf dem Bahnhof und die Verfolgungsjagd nicht gegeben. Aber dass so gar nichts passierte, war im Grunde noch beunruhigender.

Als das Mädchen Ostern, keine drei Monate nach ihrem letzten Besuch, abermals nach Babelsberg kam, war der junge Mann in eine Parallelstraße gezogen, wo die Akademie eine weitere Mitarbeitervilla besaß. Dieses Haus lag zwar nicht mehr im Grenzgebiet, doch da sie nun unbekümmert ein und aus gingen, wurden sie von mehr Kollegen gesehen als an den dunklen heimlichen Winterabenden in der Warzenvilla. Als die ersten Gerüchte aufkamen, begannen sie sich wieder hineinzuschleichen wie früher.

Der Besuch sprach sich dennoch schnell herum, und es wäre ein Wunder gewesen, wenn nicht auch das Außenministerium längst Bescheid gewusst hätte.

Wir müssen Fakten schaffen, sagte einmal mehr der junge Mann, Fakten, die nicht ohne Weiteres rückgängig zu machen sind, mit denen sich die Behörden unter Druck setzen lassen.

Und das taten sie im April: Das Mädchen wurde schwanger, kehrte nach Moskau zurück und erzählte niemandem von dem Embryo, der in ihrem Bauch wuchs, fürchtete, es könne trotzdem jemand merken, trug weite Kleider, zog im Sitzen den Bauch ein, doch der war sogar noch flach, als sie die Prüfungen abschloss und Anfang Juli ein nächstes Mal in die DDR reiste, wieder nur mit befristetem Visum.

Also mussten weitere Fakten geschaffen werden: Ein Kind verlangte nach einer Hochzeit, und deshalb sprachen sie beim Standesamt vor. Der Beamte fragte den jungen Mann, ob das Mädchen einen permanenten Wohnsitz habe, denn ohne permanenten Wohnsitz gebe es keine Möglichkeit zur Eheschließung.

Aber ohne Eheurkunde bekomme das Mädchen wiederum gar keinen permanenten Wohnsitz im Land, nicht mal eine dauerhafte Aufenthaltsgenehmigung, entgegnete der junge Mann. Dabei sei es dringend, sie erwarteten ein Kind.

Dass nicht er die Vorschriften erfunden habe, sagte der Beamte kühl.

Dass er sich aufführte wie ein Betonkopf-Bürokrat, der junge Mann erbost, und auf diese Art ging es eine Weile hin und her, und der junge Mann wurde lauter und lauter und wäre wohl handgreiflich geworden, hätte das Mädchen ihn nicht im letzten Moment am Sakko gepackt und auf den Amtsflur gezogen.

Noch voller Wut fuhr er am nächsten Tag ins Stadtzentrum, überrannte die Pforte beim Rat des Bezirkes, wütete sich über die Flure und Etagen, bis er schließlich beim Verantwortlichen für das Personenstandswesen gelandet war. Trug sein Anliegen vor und sagte, dass er keine Alternative dulde. Dass er klagen werde, wenn es nicht anders gehe, durch alle Instanzen, bis zur – an dieser Stelle legte er eine dramatische Pause ein – UNO-Menschenrechtskommission.

Eine Woche später erhielten sie die Erlaubnis. Der Leiter der Abteilung Auslandsinformation besorgte einen schwarzen Wolga samt Fahrer, und sie gaben sich, nur von einer

Handvoll seiner Kollegen begleitet, das Jawort im Kulturhaus *Hans Marchwitza* am Alten Markt.

Im November, dem Paar waren nahe dem Park Sanssouci zwei Zimmer zur Untermiete bei einer Naziwitwe zugewiesen worden, erhielt Tèo die Staatsbürgerschaft der DDR. Sie waren beide erleichtert: Jetzt gab es kein Zurück mehr.

Ungefähr zur gleichen Zeit bekam sie, hochschwanger, eine Dokumentalistinnenstelle an der Akademie. Sie hatte sowjetische Quellen zur Staatsrechtsentwicklung durchzulesen, zu übersetzen und zusammenzufassen. Das machte keinen Spaß, und es fiel ihr schwer, die Texte ins Deutsche zu übertragen. Sie mochte es nicht, dass sie ihren Mann bitten musste, ihr nach Feierabend zu helfen.

Im Januar kam das Kind, und schon im April darauf war sie abermals schwanger. Sie konnte sich mittlerweile gut verständigen, man stellte ihr eine Assistentenstelle in Aussicht, bot ihr an, zu promovieren. Sie trat in die Partei ein, auch um ihrem Gastland zu gefallen, das gleichzeitig ihre Heimat werden sollte. Eine Internationalistin, als die sie sich allmählich zu fühlen begann, brauchte keine sentimentale Heimat, keine Blutsbande und kein Muttererde-Gesäusel. Sie dachte an ihren Vater, an den ermordeten Quinim Pholsena, und sie nahm an, dass Leute wie sie überall dort zu Hause seien, wo es Kampfgefährten gab, Gleichgesinnte. Ob im kalten Europa oder in Asien, sie arbeiteten ohnehin alle gemeinsam an einer besseren Welt.

Kurz bevor im folgenden Januar das zweite Kind zur Welt kam, schickten sie das erste zu seinen Eltern in den Vorharz. Die Großmutter gab ihre Arbeit im Emaillierwerk auf, um den Enkel zu betreuen, der Großvater war krankgeschrieben wegen einer schweren Verletzung der rechten Hand.

Ihre Mutter im fernen Laos wusste weder von ihrem ersten noch von ihrem zweiten Enkelkind, ebenso wenig die Schwestern und Brüder, wo immer sie sich gerade aufhielten, ob in Moskau oder Vientiane. Es gab keinen Kontakt, seit das Mädchen nicht nur ihr Land, sondern, was schlimmer war, auch ihre Familie verraten hatte.

Nachdem ihre ersten vorsichtigen Briefe nicht beantwortet worden waren, hatte sie es aufgegeben: Was sollte sie mit dieser Familie noch anfangen, die stumm war und weit weg?

Als das Paar im Frühling '73 im neuen Wohngebiet am Stadtrand nahe der Transitautobahn eine Dreizimmerwohnung zugeteilt bekam, holten sie das erste Kind wieder zu sich. Sie hatte nun ihre eigene, neue Familie gegründet: Mutter, Vater, zwei Brüder, der eine vier, der andere inzwischen drei Jahre alt. Die Zutaten waren alle vorhanden. Jetzt musste nur noch das passende Leben beginnen.

Die Leute im Wohngebiet waren auf unverbindliche Art freundlich, aber distanziert, selbst jene, die sich als Freunde der jungen Frau bezeichnet hätten, wie die nette Frau Schwarz aus der gerade eröffneten Kaufhalle. Aber vielleicht lag es auch an ihr, vielleicht verstand sie bloß die Nuancen noch nicht, die man verstehen musste, um mit den Deutschen umgehen zu können. Vielleicht war es gar nicht böse gemeint, wenn die Schwiegermutter ständig an ihrer Haushaltsführung herumnörgelte. Vielleicht war das ihre Art zu helfen.

14

Obwohl sie erst siebenundzwanzig war, begann von einem auf den anderen Tag ihr Rücken zu schmerzen. Sie ließ sich Spritzen geben, und die Schmerzen verschwanden für eine Zeit und tauchten dann an einer anderen Stelle wieder auf. Ihr Arzt riet ihr, einen Spezialisten aufzusuchen, aber zwischen Arbeit und Haushalt und der Kindererziehung fand sie kaum eine freie Minute. Oft vertrug sie das Essen nicht, es gab kein Gemüse und kein Obst, keine Gewürze, keine Kräuter und keine Soßen, und es gab niemanden, der ihr die Sachen schicken konnte, so wie das in Moskau geschehen war.

Es war Herbst '73, als ein Schreiben der Abteilung Internationale Verbindungen des Zentralkomitees der SED eintraf, das das Paar für den übernächsten Abend in sein Gästehaus nach Berlin einlud. Sie wussten, dass in diesen Tagen eine Delegation der Laotischen Patriotischen Front, Neo Lao Haksat, im Land weilte, des politischen Arms des Pathet Lao. Sie wurden an eine gedeckte Tafel geführt, an der die Delegationsteilnehmer schon versammelt waren. Ihnen wurde aufgetragen, und sie aßen aus Höflichkeit ein paar Bissen, aber es kam kein Gespräch auf, die Laoten schienen unwillig zu sein, und sie selbst schwiegen aus Respekt.

Erst als die Tafel aufgehoben war und sich die Gäste zurückzogen, nahm der Delegationsleiter sie zur Seite. Bat sie, Platz zu nehmen in den Klubsesseln. Bot Zigaretten an, von denen der junge Mann sogar eine nahm, obwohl er nicht rauchte. Ließ zwei Cognacs kommen und für das Mädchen ein Glas Krimsekt. Stieß mit den beiden an und stellte dann jene Frage, die selbst der junge Mann mit seinen schmalen Laotischkenntnissen verstand: Liebt ihr euch?

Ja, antworteten sie wie aus einem Mund.

Dann ist die Sache erledigt, sagte der Delegationsleiter, hob noch einmal sein Glas und trank den Rest.

Dann sagte er: Eure Mutter kommt euch im Winter besuchen. Will endlich ihre Enkel sehen. Und muss auch ins Krankenhaus wegen der Beine.

Weiß sie von ihren Enkeln?, fragte sie.

Der Delegationsleiter lachte nur und winkte dann nach der Bedienung, um eine neue Bestellung aufzugeben.

Später, als sie eng umschlungen im Doppelstockzug saßen, in der oberen Ebene und allein, und durch die Nacht fuhren, machten sie Pläne, was die Mutter alles mitbringen sollte, wenn sie demnächst käme: große Vorräte an Fischsoße, Krabbenpaste, Klebreis, Zitronengras, Ingwer und Galgant. Jedem fiel eine andere Zutat ein, die es hier nicht gab: Jasmintee und eine Flasche Johnnie Walker natürlich.

Und dann überlegten sie, welches ihrer Geschwister sie als Erstes in die neue Wohnung einladen sollten und welche Möbel sie noch brauchten, damit die Wohnung gemütlicher würde. Eine Schrankwand wenigstens und eine Sitzgarnitur, mit Cordbezug vielleicht, wie Frau Schwarz aus dem Erdgeschoss eine hatte. Walter und Rainer natürlich mussten eingeladen werden, die jetzt beide verheiratet waren und in Berlin lebten.

Als der Zug in Rehbrücke einfuhr, wo sie umsteigen mussten, um mit der Eule zum Bahnhof Drewitz zu gelangen, der gleich neben dem großen Schrottplatz lag, fuhr der jungen Frau, als sie aufstehen wollte, ein Schmerz ins Kreuz, wie sie ihn noch nie in ihrem Leben empfunden hatte.

Was ist los?, fragte er auf Russisch.

Ich kann mich nicht mehr bewegen.

Ich stütze dich, sagte er, leg deinen Arm um meinen Hals. Und morgen früh gehen wir gemeinsam zum Arzt, zum Spezialisten. Das ist wahrscheinlich nur eine Kleinigkeit, ein eingeklemmter Nerv. Du wirst sehen, Liebste: Alles wird gut!

15

»Den Rest kennst du ja selber«, sagte der Vater und leerte sein Whiskyglas.

»War das damals schon ... Ich meine dieser Arztbesuch?«

»Der Krebs? – Ja, aber sie haben ihn nicht erkannt. Erst ’82, und dann war es zu spät. Sie konnte laufen bis dahin und arbeiten, es gab bloß immer mal wieder Schübe von Schmerz.«

Ich drückte die Stopptaste des Walkman.

»Was ich dir noch zeigen wollte«, sagte ich und holte das Ticket raus.

»Ah.«

»Ich schreib dir eine Karte, wenn du willst.«

Mein Vater schwieg für einen Augenblick.

»Wir waren nicht essen, und den Pangasius haben wir auch nicht gemacht«, sagte er dann.

»Ich hasse Pangasius, und außerdem: Bier ist auch Stulle, wie der Berliner sagt.« Ich zeigte auf die leeren Flaschen, die auf dem Teppich standen.

Es war dunkel geworden, vor dem Fenster fielen dicke Flocken.

V

Wind, der Ohren entzündet

A rush and a push
And the land that
We stand on is ours
It has been before
So it shall be again

The Smiths
Strangeways, Here We Come

Der Spleen von Paris

Nichts weiter als eine schäbige Kammer war die Mansarde, die uns die Concierge als romantische Suite vermietet hatte. Ein Milbenparadies, dem Katharina Türen schlagend entflohen war, kaum, dass wir es zwei Tage bewohnt hatten.

So heftig warf sie die Tür ins Schloss, dass sich der lockere Drehknauf vollständig löste und mir, als ich ihres theatralischen Abgangs wegen von der Bettkante aufstand – in Gedanken all ihre Vorwürfe wiederholend, einen nach dem anderen, um sie jeden Einzelnen im Kopf zu beantworten –, vor die Füße rollte. Eine abgegriffene, klebrige Messingkugel, die ich mit spitzen Fingern vom verkrümelten Azurblau des Teppichbodens aufnahm.

L'Azur!

Während Katharina die Stiege hinunterpolterte, betrachtete ich den Knauf, und nur, um etwas anderes zu tun als das Naheliegende – ihr nachzulaufen und Reue zu heucheln oder Verständnis –, ging ich ins Bad und schaltete das Licht an. Eine Armee von Silberfischen floh in die Risse der Kacheln, entschwand in den klaffenden Fugen der Sanitärobjekte. Der Geruch chlorhaltiger Putzmittel biss mir in der Nase, während sich mir das Ziffernblatt meines alten Glashütte-Chronometers ins Gedächtnis brannte: 14 Uhr 22. Die Zeit, als die Tür hinter ihr ins Schloss gefallen war.

Ich drehte das Wasser auf und wusch den Messingknauf mit ihrem exquisiten Bienenwachsshampoo, minutenlang, bis ich ihre Vorwürfe endlich allesamt widerlegt und in eine Gegenanklage verwandelt hatte. Als ich fertig war, roch das Bad nicht mehr nach Schwimmhalle, sondern wie ein Honigkuchen. Schließlich frottierte ich den Knauf und ließ ihn dann so vorsichtig in die Hosentasche gleiten, als bestehe er aus Meißner Porzellan. Ich nahm ihn in den kommenden Tagen nur heraus, wenn ich nach draußen musste, um eine Besorgung zu machen.

Mit einem ihrer Vorwürfe aber hatte Katharina durchaus recht gehabt: Ich verabscheute diese Stadt tatsächlich, wohingegen sie selbst Paris für so etwas wie das kulturelle Zentrum Europas hielt.

Ich hatte die Stadt schon damals gehasst, als sie für uns unerreichbar gewesen war, in dem Land, das Katharina in ihrer Wut auf mich als klein, grau und duckmäuserisch bezeichnet hatte. Als gäbe es keine originellere Sprache, die Vergangenheit zu beschreiben, die immerhin die Gegenwart unserer Kindheit gewesen war und auch die unserer Jugend, als gäbe es nur die dröge Sprache der Gegenpropaganda, das Zeitungsdeutsch der Zufallssieger.

Im Grunde hatte ich lange Zeit kein einziges Gefühl für dieses Paris gehegt, es war mir gleichgültig gewesen wie nur was. Schlimmer: Ich hatte sogar lernen müssen, es zu hassen, wobei mir Katharinas naive Schwärmereien, die schnell ihr heiliger Ernst geworden waren, sehr geholfen hatten.

Nach und nach hatte Katharina die ferne Stadt zu einem

Sehnsuchtsplatz erkoren, einem Utopia, gegen dessen absolute Idealität alles andere wie von selbst schlecht, minderwertig, unwahr erschien. Immer, wenn sie schwärmerisch ihre Vorstellungen dieses Traumortes beschrieb, verlor das, was unsere unmittelbare Wirklichkeit war, an Bedeutung und auch an Charme: Der laue Sommer '87 in der urlaubsleeren, aufgeheizten Stadt. Die Spaziergänge am Havelstrand, der leichte Wind, der erfrischend vom Wasser herüberwehte, der Weißwein abends in einem schattigen Biergarten. Das befreiende Gefühl, die Schule beendet, das Abitur in der Tasche zu haben. Selbst der Zufall, dass wir einander begegnet waren, erst im Juli dieses Jahres, war, im Verhältnis zu *Paris*: nichts.

Dabei wäre ich, Katharina zuliebe, gern ein Stück mitgelaufen über die Boulevards ihrer Traumstadt, auf denen die Menschen Strohhüte trugen wie auf einem Gemälde von Manet und Edith-Piaf-Lieder vor sich hin pfiffen. Doch ich hatte in jenen Tagen andere Probleme, ich schleppte, wie meine Freunde auch, auf allen Wegen durch den herrlichen Sommer die Furcht vorm Militärdienst mit mir herum, zu dem wir im Herbst antreten mussten.

Eine Angst, groß und abstrakt, ohne vollkommen gegenstandslos zu sein, erzeugt von all jenen Geschichten um Willkür, um Demütigung und das Fehlen jeglicher Gnade an einem so gesetzlosen Ort wie der Kaserne, die uns Väter und ältere Brüder aufgetischt hatten.

Insgeheim zählten wir den gesamten Sommer hindurch die Tage bis zur Kasernierung runter, aber keiner beschwerte sich laut, niemand machte eine große Sache daraus. Wir tranken lediglich mehr, je näher der Termin rückte, einige bis zum Umfallen, während ich mich noch verpflichtet fühlte, zu lächeln und Katharina zuzuhören, wenn sie sehnsuchtsvoll von *Paris* schwärmte. Und es machte mir nicht einmal Mühe, schließlich waren wir ein Paar, noch frisch verliebt, auch wenn Michael und die anderen Freunde darüber die Augen verdrehten.

Sound of Confusion hieß eine der Platten, die uns die Zeit des Wartens verkürzten, ein Soundtrack, der blieb, nachdem der Film verschwunden war. Aus der Ahnung heraus, dass wir nichts Neues mehr hören würden, nie wieder, hatten wir Mitte der Achtzigerjahre zum Walkman gegriffen und so, ohne dass es in unserer Absicht gelegen hätte, dem Alltag, der uns mit seinen Routinen erschöpfte, die Spannung zurückgegeben. Die Musik aus den Kopfhörern wirkte wie ein sarkastischer Kommentar zu dem, was die anderen Sinne aufnahmen. Spacemen 3 nannte sich die Band, die im schmerzenden Kopf einen Klangteppich auslegte, hektargroß, sich dehnend bis zum Horizont, wo das Bewusstsein und sein mutmaßlicher Antagonist eins wurden, verzerrte, synchron gespielte E-Gitarren, die zwei oder drei ins Endlose verlangsamte Akkorde wiederholten, deren sequenzielle Monotonie hin und wieder ein sägendes Feedback unterbrach oder von jenen kaugummiartigen Dehnungen des Klangs überlagert wurde, die sich anhörten, als sei der Fuß des Gitarristen auf dem Wah-Wah-Pedal eingeschlafen. Ein schleppendes Schlagzeug und eine apathische Basslinie komplettierten dieses Extremadagio, das den Rhythmus an den Rand der Wahrnehmbarkeit drängte. Ein jeder Track der LP war eine viertelstündige Orgie krachender Langsamkeit: der Klang der Verwirrung.

Auf diese Art war die Welt plötzlich von ihren Geräuschen

getrennt, und obwohl uns deshalb auf allen Wegen der Kopf dröhnte, bemerkten wir nach und nach, dass dieses Verstummen der Umgebung nur die gehässigere Art war, sich zu äußern. Die Augen nämlich nahmen auf einmal nur das noch wahr, was bojenhaft auf dem bekannten Zeichenmeer leuchtete: die gröbsten der Parolen, die grellsten Plakate. Nur, was sich durch maßlose Übertreibung auszeichnete und dadurch den Zusammenhang, in den es gesetzt worden war, wie eine Karikatur erscheinen ließ, gelangte noch zur Aufmerksamkeit, nicht, indem es eine andere Bedeutung annahm, sondern wenn sein unbeabsichtigter, meist ästhetischer Extremismus die intendierte ideologische Aussage subtil unterlief: Propaganda als Ornament.

Fast jede Nacht in diesem Sommer begleitete ich Katharina zur Wohnung ihrer Eltern, die sich in einem sanft verfallenden Haus nahe dem Park Sanssouci befand. Trotz des morschen Stucks, des sich breitflächig schälenden Putzes, der schiefen Fallrohre hatte es sich etwas von seinem Gründerzeitstolz bewahrt, ja, wirkte es zuweilen wie verwunschen, wenn wir einander zum Abschied umarmten und der Mond am Himmel stand und den wuchernden Efeu matt leuchten ließ, den Sommerflieder und die Kletterrosen im schmalen Vorgarten, den ein mannshoher schmiedeeiserner Zaun vom aufgeworfenen Kopfstein des Bürgersteigs trennte. Gräser und Löwenzahn sprossen aus den Fugen, am Straßenrand standen steinalte, ausladende Kastanien, und in der Loggia im zweiten Stock, die zur Wohnung ihrer Eltern gehörte, flackerte stets das sanfte Licht einer Kerze.

Ich konnte deren Stimmen hören. Sie klangen beschwingt und zurückhaltend in einem, und sie waren unterlegt von leiser Musik, die aus der offenen Wohnzimmertür kam, Bob Dylan oder Neil Young, Hippiekram. Diese Wohnung erschien mir wie eine Grotte, eine Höhle der Geborgenheit, mit Aquarellen in abgebeizten Holzrahmen, voller Bücher und rankender Pflanzen. Es standen nur wenige, dafür sorgsam restaurierte antike Möbelstücke an den weiß getünchten Wänden, es gab keine synthetische Auslegeware wie bei uns zu Hause, sondern hier lief man barfuß über die nackten Dielen, die perlmuttfarben gestrichen waren.

Die Freundlichkeit von Katharinas Eltern überforderte mich, wann immer ich ihnen begegnete. Deshalb bestand ich meist darauf, dass wir uns nachts im Schatten der mächtigen Kastanie verabschiedeten und sie dann allein hinaufstieg in ihr warmes Familiennest. Die jugendliche Mutter hatte hennafarbene halblange Haare, stets leicht zerzaust, als sei ein zufälliger Windstoß hindurchgefahren, und sie trug mit Vorliebe lange, eng anliegende Kleider aus Stoffen, die mehrschichtig und transparent schienen und die Farben frischen Herbstlaubes besaßen.

Der Vater, stets in verwaschenen Levi's-Jeans, bevorzugte weite, mal geblümte, aber immer grob gemusterte Hemden, die so geknöpft waren, dass stets das Brusthaar sichtbar war. Mit dem akkurat getrimmten Vollbart, dem grau melierten Igel, der Nickelbrille und dem schlanken, drahtigen Körper kam er mir vor wie ein Marathonläufer.

Die Eltern hätten uns zu sich auf die Loggia gebeten, wäre ich mit hochgekommen, hätten mir ein Glas Wein angeboten und ein freundschaftliches Gespräch begonnen. Schon bei unserer ersten Begegnung waren sie so wohlwollend gewesen, dass ich nur Unzusammenhängendes herausgebracht hatte, um ihre vorsichtig formulierten Fragen zu beantworten. Sie waren lächelnd darüber hinweggegangen. Ich hatte nie gefragt, was sie von Beruf waren, und als Katharina es mir eines Tages erzählte, war ich erstaunt, dass es etwas vollkommen anderes war, als ich mir vorgestellt hatte, etwas viel Normaleres als Künstlerin oder Pfarrer.

War nach dem Abschiedskuss die schwere Haustür hinter ihr zugeschlagen, fuhr ich mit der Straßenbahn zurück an den Stadtrand, in das neue Wohngebiet, das aus diversen Riegeln fünfstöckiger Blocks bestand, in deren Mitte, von Waldresten umgeben, zwei Punkthochhäuser von zwölf Etagen standen.

Draußen lähmte jetzt der Sommer das Leben, und ich saß ohne Französischkenntnisse in einem Nepphotel fest, das sich in der Stadt der sogenannten Liebe befand. Ich hatte den Militärdienst hinter mir, und wir waren nun also aus dem Paris ihrer Vorstellung in die tatsächliche Stadt gefahren. Vierzig Grad mindestens herrschten in der Dachmansarde, und je länger ich über unseren Streit nachdachte, desto mehr wuchs der Verdacht, Katharina sei nicht Türen schlagend geflohen, weil ich im Verlauf des Disputes, überrumpelt von der Geschwindigkeit ihrer Ansprache, den erstbesten, reflexhaften Unsinn von mir gegeben hatte, dass ich auf das Grab von Jim Morrison spucken würde etwa und erst recht auf jenes von Serge Gainsbourg, den sie vergötterte, sondern weil sie wohl zu ahnen begann, dass jeder weitere Tag in der glühenden, stinkenden, in der lauten und profanen Stadt jenes Wunschgebilde zerstören würde, das sie sich aus den Lektüreempfehlungen ihrer Eltern, aus Nouvelle-Vague-Filmen, die im Kino des Filmmuseums im ehemaligen Marstall gelaufen waren, sowie aus Fotos von Cartier-Bresson und allerlei frei schwebenden Tagträumereien errichtet hatte.

Die Vorhänge zugezogen, kippte ich in unregelmäßigen Abständen einen Zahnputzbecher voll Wasser gegen den Stoff und sah zu, wie es innerhalb von Sekunden verdunstete. Erst Stunden nachdem sie fort war, fiel mir auf, dass sie ihren Rucksack neben dem Bett hatte stehen lassen. Ihre Handtasche dagegen fehlte. Und weil ich damit rechnete, dass sie spätestens zur Nacht wiederkommen werde, wir uns versöhnen und die restlichen drei Tage wie normale Touristen verbringen könnten, beschloss ich, obwohl ich hungrig war, auf dem Zimmer zu bleiben.

Ernsthafte Sorgen begann ich mir erst am nächsten Tag zu machen, vierundzwanzig Stunden nachdem der Türknauf abgefallen war, der seitdem in meiner Hosentasche drückte. Ich überlegte, zur Rezeption zu gehen und ihre Eltern anzurufen, aber ich kannte deren Nummer nicht. Ich wusste lediglich die Nummer ihrer kleinen Wohngemeinschaft auswendig, in der jetzt zur Ferienzeit vermutlich ohnehin niemand war.

Um wenigstens ein paar Minuten dem Brutkasten zu entkommen, ging ich am Nachmittag hinunter auf die Rue du Faubourg Poissonnière. Die Luft flimmerte über dem Pflaster, und in nur zwanzig Minuten fand ich alles, was ich brauchte, um einen weiteren Tag auf sie zu warten: Wein, Käse, Zigaretten und Brot.

Um 14 Uhr 22 am folgenden Tag hatte ich noch immer nichts von ihr gehört. Trotz der grandiosen Hitze fühlte ich mich ausgeruht, denn der Rotwein hatte mich, schneller als erhofft, in den Schlaf finden lassen.

Dennoch hatte ich auch an diesem zweiten einsamen Tag darauf verzichtet, im Frühstücksraum mein kostenloses

Croissant und die Schale Milchkaffee entgegenzunehmen, und war stattdessen gegen zehn Uhr, die Rezeptionistin wie selbstverständlich mit einem lässigen Nicken grüßend, durch die Hoteltür nach draußen getreten. So normal, als sei mir die Freundin nicht desertiert, als schleppte ich nicht den unförmigen Knauf in der Hosentasche mit mir herum.

Den Stadtplan in der Hand, drehte ich an diesem Tag eine größere Runde, beginnend in der Rue du Delta, wo ich schon nach wenigen Schritten in eine Café-Bar einkehrte, um einen Espresso zu trinken und eine jener filterlosen Gauloises zu rauchen, die Katharina nicht ausstehen konnte, obwohl ich ihr stets versichert hatte, dass deren Gestank urfranzösisch sei. Rauchend ging ich dann auf der schattigen Seite der Straße weiter und wünschte mir in diesem Moment tatsächlich, dass die Stadt ein bisschen so wäre, wie Katharina sie sich jahrelang vorgestellt hatte, voller Dichter, Maler und Komponisten, voller Surrealisten und voller Exilamerikaner, die sich abends in der weitläufigen Wohnung Gertrude Steins betranken. Und wann immer man eines der Cafés betrat, saß Jean-Paul Sartre bereits darin, zog an seiner Pfeife und lauschte aufmerksam den Ausführungen Simone de Beauvoirs, die aus dem Handgelenk ein paar Thesen zum Feminismus referierte.

Die Straße, durch die ich lief, war unspektakulär, es gab keine Geschäfte, lediglich zwei Friseure, ein leer stehendes Restaurant, ein medizinisches Labor und einen Telefonladen. Niemand flanierte, alle schleppten sich übers glühende Trottoir. An der Ecke Rue de Rochechouart bog ich nach links ab. Hier herrschte etwas mehr Betrieb, fuhren Autos und Lkws, kreuzten Passanten die Fahrbahn, gab es Telefonkartenläden und geschlossene Restaurants verschiedenster nationaler Küchen. Einige der Geschäfte waren mit quer genagelten Holzlatten verrammelt, vor anderen waren einfache Metallgitter heruntergelassen. Nur die Friseursalons waren allesamt geöffnet, hatten aber, was an der Vormittagsstunde liegen mochte, keinerlei Kundschaft.

Über einen kleinen Platz mit Restaurants, Brasserien und Straßencafés, der erfüllt war von den Geräuschen ankommender und abfahrender Touristenbusse, gelangte ich auf den Boulevard de Rochechouart. Mich weiterhin links haltend, lief ich im Schatten der Bäume auf dem verkehrslosen Mittelstreifen des Boulevards weiter, passierte Brautausstatter, Friseure, arabische Telefonkartenläden und Apotheken. Sah auf der gegenüberliegenden Straßenseite das Kaufhaus Tati, rot und blau. Auf dieser Höhe ungefähr stieß die Metro ans Tageslicht, um an der nächsten Kreuzung als Hochbahn weiterzufahren, und genau dort wandte ich mich abermals nach links, was mich auf den Boulevard de Magenta brachte, von dem nach ein paar Metern, wiederum links, die Rue du Faubourg-Poissonnière abging.

Ich kam an weiteren Brautausstattern vorbei, fünf Stück vielleicht auf fünfzig Schritte, auf beide Seiten der Straße verteilt, an zwei heruntergekommenen Reisebüros, noch einem Friseur, einem geschlossenen Kebab-Imbiss und einem ebenfalls geschlossenen japanischen Restaurant, an einem Plattenladen mit Musik von den Antillen, und als Nächstes sah ich auch schon unser Hotel. Bevor ich nach oben stieg, um die Mittagssiesta zu halten, besorgte ich Rotwein, Brot, Käse, Tomaten, Äpfel und eine Konserve Corned Beef, ein Vorrat, der es mir erlauben würde, mindestens weitere zwölf Stunden zu warten, dass etwas passierte.

An Tag drei nach Katharinas Verschwinden verzichtete

ich einmal mehr auf das kostenlose Touristenfrühstück und aß stattdessen einen Kanten Brot vom Abend. So gestärkt ging ich schnurstracks, ohne weiter nachzudenken, runter zur Rezeption, stellte der alten Schachtel, die dort saß, keine Fragen, bat sie nicht um irgendetwas, sondern knallte ihr lediglich den Zettel mit der Nummer der Rostocker Wohngemeinschaft auf den Tisch, samt Landes- und Stadtvorwahl.

Zwar waren Semesterferien, und eigentlich hätte sie eher in der Wohnung ihrer Eltern sein sollen, doch lag ich mit meiner Intuition richtig, wie ich merkte, als nicht einer ihrer leicht herablassenden Mitbewohner an den Apparat ging, sondern sie selbst, Katharina höchstpersönlich.

Ja, ich hätte vielleicht schneller meinen Namen sagen sollen, statt sekundenlang zu schweigen und sie im Unklaren zu lassen, wer da am anderen Ende der Leitung lauerte.

Aber ich hätte wirklich nicht gedacht, dass sie plötzlich zu raten anfangen würde, ziemlich kokett, wie ich fand, und ich war in der Tat enttäuscht, dass es nicht mein Name war, der ihr als Erster in den Sinn kommen wollte, sondern der ihres angeblichen Kommilitonen namens Matthias.

Was dann zu diesem Dialog führte:

»*Matthias*? Das hättest du wohl gerne.«

»Jetzt sei nicht blöd, wir sind in derselben Lerngruppe, und wir müssen ein Referat vorbereiten.«

»In den Ferien?«

»Was du *Ferien* nennst, heißt bei uns *vorlesungsfreie Zeit*! Das sind keine zwei Monate zum Faulenzen, wie du vielleicht denkst.«

»Was ist denn das Thema des Referats?«

»Das wird mir jetzt zu dumm, ehrlich.«

»Und warum bist du eigentlich abgehauen?«

–

»Bist du noch dran?«

»Na, überleg doch mal selber!«

»Und was ist mit deinem Gepäck?«

»Lass es stehen oder bring es mit. Ich weiß es nicht. Denk dir was aus. Ich lass mich jedenfalls nicht wegen dem bisschen Gepäck erpressen.«

–

»Ist dir jetzt was eingefallen?«

»Wozu?«

»Zu meinen Gründen.«

»Was denn für Gründe?«

»Herrgott noch mal: warum ich abgereist sein könnte?«

»Nee, mir fällt gerade nichts ein.«

»Hab ich mir gedacht. Das ist typisch: nicht das kleinste bisschen Einfühlungsvermögen. Niemals einen Fehler zugeben. Wirklich: nie!«

»Na, wenn das alles so schlimm ist, dann können wir die Sache genauso gut beenden, dann lass uns jetzt einfach Schluss machen.«

Automatisch begann ich die Sekunden zu zählen bis zu ihrer empörten, abschlägigen Antwort und der anschließenden Versöhnung: Einundzwan...

»Gut«, sagte Katharina, »dann machen wir eben Schluss.«

Im nächsten Moment war die Leitung schon unterbrochen, und auch, weil mich die Ziege von der Rezeption so grimmig anstarrte, verzichtete ich darauf, mir eine weitere Verbindung von ihr herstellen zu lassen.

Wein erst, in großen Schlucken aus dem Literkarton vom Abend, danach runter zum Araber, wo ich eine Flasche obskuren belgischen Whiskys erstand. O ja, ich wollte an jenem Tag nicht an Konsequenzen denken oder daran, was andere Leute von mir halten mochten.

Kurz nach zwei wurde ich wieder wach, aber ich unterließ es, feierlich des 14-Uhr-22-Termins zu gedenken, so wie die Tage zuvor, nahm stattdessen eine Dusche und begab mich, noch leicht benommen, auf die Straße, den aufgefalteten Stadtplan in der linken Hand und die drei Viertel volle Whiskyflasche hinten im Rucksack.

Es war immerhin mein letzter Tag in der verfluchten Stadt der sogenannten Liebe, die letzte Möglichkeit, als Tourist ein paar ihrer sogenannten Sehenswürdigkeiten in Angriff zu nehmen. Ich hatte zum ersten Mal ein festes Ziel vor Augen, eines, das außerdem in bequemer Fußweite lag und dessen Attraktivität zu genießen mich keinen müden Franc kosten würde. Mein Bargeld ging zur Neige, und Sparkassenschecks, die ich in einer der hiesigen Bankfilialen einlösen konnte, besaß ich so kurz nach der Umstellung meines Kontos auf die harte Währung noch nicht.

Die Rue du Delta durchquerte ich noch auf wackligen Beinen, warf im Vorbeigehen einen flüchtigen Blick in die Bar-Tabac, erwiderte das Nicken des Wirts, doch schon als ich nach links in die Rue de Rochechouart einbog, ins Paradies der Friseure und Telefonkartenverkäufer, trat ich fester auf, überquerte, ohne die eingedeckten Straßentische der Bistros und Brasserien eines Blickes zu würdigen, den gleichnamigen Boulevard, glitt sekundenlang im Strom verschiedener Touristengruppen mit, hörte deutsche Brocken und quäkendes Amerikanisch, lief zehn Meter die Rue de Clignancourt hoch, bevor mir der Plan in meiner Hand nahelegte, scharf nach rechts in die Rue d'Orsel einzubiegen, eine Gasse, die von Stoffläden und Geschäften des Touristenbedarfs dominiert wurde, in der sich Schnellfraßtempel an orientalische Souvenirhöllen reihten, wo sich in den vergitterten Schaufenstern halbmeterhoch Krimskrams aller Formen und Farben türmte. Dann geradeaus auf die Rue Livingstone, um nach weiteren fünfzig Schritten an der Ecke Rue Charles Nodier, rechts oben, im hellen Nachmittagslicht endlich SIE leuchten zu sehen, gleißend wie Gottes Stein gewordene Faust: Sacré-Cœur.

Für einen Moment wurde mir schwindlig, dann, nach ein paar Augenblicken der Sammlung, beschloss ich, den Aufstieg zu jenem Bauwerk zu wagen, das wie kein anderes in der Stadt Katharinas Traum von *Paris* symbolisierte. Zusammen mit den anderen Sightseeing-Knechten aller Herren Länder keuchte ich die Treppen zum weißen Heiligtum hoch, warf, oben angekommen und halbtot, einen schnellen Blick über die flimmernde Stadt, ehe ich mich vom Jahrmarktstreiben, das hier oben herrschte, hypnotisieren ließ, von den Drehorgeln und bettelnden Musikanten, den Sonnenbrillenverkäufern, Feuerspuckern, Jongleuren, von den Pflastermalern, von den Tanzbären und ihren abgerissenen Führern, von den dunklen Zigeunern, die in flinken Scharen über den Vorplatz der Kirche streunten.

Ich merkte rechtzeitig, dass sich ein Tropfen Schweiß von meiner Nasenspitze zu lösen begann, um ihn noch beim Fallen sehen zu können. Er traf auf die Spitze meines schwarzen Wildlederschuhs mit der breiten Kreppsohle und hinterließ dort einen dunklen Fleck. Und ich erkannte, dass es zwischen all den Artisten und Gauklern keinen einzigen Eisverkäufer gab, keinen, der ein kaltes Getränk anbot. Mit trockener Kehle schleppte ich mich in den Schatten der Bäume gegenüber der Kirche und setzte mich dort auf den Bordstein, nahm zwei Schlucke aus der belgischen Flasche, obwohl ich wusste, dass mein Durst dadurch nicht zu bekämpfen war.

Es hatte sich um ein oder zwei Grad abgekühlt, die Sonne ging gerade unter und tauchte die Stadt in ein rötliches Licht, was ihrer Erscheinung äußerst zuträglich war, als mich eine sanfte Hand aus dem Schlaf – oder war es bereits eine leichte Ohnmacht gewesen? – ins Leben zurückholte. War es denn möglich, dass ...? Dass Katharina ...?

»Hey, aufstehn, Landsmann«, sagte eine tiefe männliche Stimme. Jemand rüttelte an meiner Schulter. Ich ließ ihn sich ein Weilchen bemühen, während ich nach Schmerzen fahndete. Weil ich keine ausmachen konnte, schlug ich die Augen auf, und das Rot des Sonnenuntergangs flutete meinen Kopf und machte mich sekundenlang blind.

»Wie kommst du drauf, dass ich dein Landsmann bin?« Ich richtete mich auf.

»Na, deshalb.« Er drehte sich um, und ich sah, dass er den gleichen olivgrünen Rucksack auf den Rücken geschnallt hatte, den auch ich vor Jahren bei einem Jagdausstatter in der Potsdamer Innenstadt erworben hatte. Auch sonst ähnelten wir uns irgendwie, denn genau wie ich trug er ein schwarzes Hemd, sowie schwarze Hosen, und er hatte schwarze, allerdings gefärbte Haare. Seine Füße steckten in schwarzen Arbeitsschuhen, und unter den linken Arm hatte er sich eine verschnürte Künstlermappe im DIN-A1-Format geklemmt, die er nun ablegte, um neben mir auf dem Bordstein Platz zu nehmen.

Ich nahm die halb volle Flasche, schraubte den Deckel ab, trank einen Schluck und steckte mir eine Zigarette an. Aus dem Augenwinkel sah ich, dass der Landsmann mich anstarrte und schluckte.

Ich hielt ihm die Flasche hin, und als er sich vorbeugte, um sie zu nehmen, merkte ich, dass er nicht gut roch.

»Mann, ich weiß selber, dass ich stinke«, sagte er. »Das wäre auch meine nächste Frage gewesen.«

»Was?«, fragte ich und gab ihm eine Zigarette. »Ob du stinkst?«

»Ob du ein Zimmer hast.«

»Na klar, was denkst denn du.«

»Könnte ich vielleicht ...«

»Nee, nee, auf keinen Fall ...«, unterbrach ich ihn, »vergiss es, äh ...«

»Felix«, sagte er und schob schnell nach: »Felix Müncheberg.«

»Bei aller Liebe: Vergiss es, Felix Müncheberg. Morgen früh muss ich sowieso raus aus dem Rattenloch, und dann bin ich endlich weg aus dieser Scheißstadt. Und bis es endlich so weit ist, will ich meine Ruhe haben.«

»Nur zum Duschen.«

»Kommt gar nicht infrage.«

»*Bitte!*«

»Gib mir mal lieber die Flasche zurück!«

»Du kriegst auch was dafür.«

»Was denn? – *Geld?*«

»Hätte ich Geld, würde ich nicht fragen, oder?«

»Das hatte ich auch nicht ernst gemeint. Also ...«

»Warte mal«, sagte Felix, und während er umständlich seine Mappe aufschnürte, nahm ich noch einen Schluck Whisky, einen vorsichtigen, einen winzig kleinen, aber es schien dennoch der entscheidende Schluck gewesen zu sein, denn er erzeugte eine Wärmewelle, die sich bis in die Fingerspitzen ausbreitete. Ich nahm vorsichtig das hauchdünne Blatt entgegen, das Felix mir hinhielt, ein Aquarell. Alles andere als zart oder filigran, besaß das Motiv harte Konturen, war in kräftigen Farben getuscht, und obwohl es auf den ersten Blick abstrakt wirkte, eine Komposition geometrischer Figuren, erweiterte es sich bei genauerem Hinsehen zu einer perspektivischen, menschenleeren Stadtansicht. Durch solch verzerrte Wohnschluchten war ich oft genug gegangen, in Berlin-Marzahn, in Halle-Neustadt, in Jena-Lobeda. Und fast immer hatte dort eine scharfe Brise geweht, der Gegenwind aus der Le Corbusier'schen Zukunft, der die Passanten – der kürzlich vergangenen Gegenwart – die Krägen hatte hochschlagen lassen.

»Sagen wir zwei davon.« Ich gab ihm das Blatt zurück.

»Einverstanden.«

»Nee, warte mal: Sagen wir drei.«

»Ja gut, meinetwegen.«

Wir gingen rüber zu den Treppen, wo sich allerlei junge Leute zu versammeln begannen, ließen uns nieder, teilten Fusel und Zigaretten und blieben sitzen, bis es vollständig dunkel war.

Felix erzählte, dass er in Berlin geboren worden sei und ab Herbst Kunst studieren wolle, gleich um die Ecke seiner elterlichen Wohnung, an der Schule in Weißensee.

Er sagte, dass er nach Paris gekommen sei wegen des Bildes, das er von der Stadt in seinem Kopf gehabt habe und das von den Kubisten geprägt worden sei, von Marcel Duchamp und André Bretons surrealistischen Manifesten.

Aber eigentlich hasse auch er die Stadt inzwischen, die ihn einen ganzen Scheißmonat lang ausgesaugt und zum dreckigen, bettelnden Penner habe werden lassen, sagte Felix, während wir uns erhoben und langsam, fast schon feierlich vom Dach dieser urbanen Legende herunterstiegen, die laut und in die Nacht blinkend zu unseren Füßen lag und nicht mehr ganz so geheimnislos wirkte wie tagsüber.

Während Felix im Hotel duschte und die Klamotten wechselte, zahlte ich unten an der Rezeption die Rechnung. Anschließend gingen wir in die Bar-Tabac der Rue du Delta, tranken dort Bier bis um zwei in der Frühe und rauchten filterlose Gitanes. Ich ließ Felix auf der anderen, noch schwach nach Patschuli riechenden Seite des Doppelbettes übernachten.

Als ich am Morgen aufwachte, hatte er Kaffee und Croissants aus dem Frühstücksraum geholt. Die drei Aquarelle, die ich ihm abgepresst hatte, waren zu einer handlichen, in Zeitungspapier eingeschlagenen Rolle verpackt.

Schon eine Stunde später stand er, den Rucksack auf den Schultern, in der Tür. Während er mir die Adresse seiner Eltern auf einen Zettel schrieb, zählte ich unauffällig mein verbliebenes Geld.

Er reichte mir zum Abschied die Hand, und ich gab ihm sechzig der neunzig Franc, die ich noch besaß, außerdem mein gesamtes Kleingeld und die angefangene Schachtel Gitanes.

It's a Moonshine,
It's a Hard Time,
It's the

Inner City Blues

Wohnmaschine hatte eine der Galerien geheißen, an die ich mich erinnern konnte, hauptsächlich des Namens wegen, Tucholsky-, Ecke Auguststraße, gelegen im Scheunenviertel der Spandauer Vorstadt.

Anfang bis Mitte der Neunziger waren wir auf dem Weg zur Universität täglich durch die Gegend gekommen und am frühen Abend nach Seminarschluss regelmäßig in eine der neuen, improvisierten Kneipen eingekehrt. Ein oder zwei Bier später waren wir weitergezogen, Richtung Nordost, wo wir in den bröckelnden Hinterhäusern vom Prenzlauer Berg Einzimmerwohnungen bezogen hatten oder in Vorderhausetagen, deren baufällige Balkone nicht betreten werden durften, zusammen mit alten Freunden und neuen Kommilitonen kleine Wohngemeinschaften gebildet hatten. Die kommunalen Wohnungsverwaltungen hatten in jenen Tagen Dutzende Angebote in den heruntergekommenen Arbeitervierteln zwischen Schönhauser Allee und Greifswalder Straße, in den auf zwei, drei, manchmal sogar vier Innenhöfe verteilten Wohnmaschinenhöllen des industriellen Aufbruchs. Zuweilen schien es, als seien die Wohnungsverwaltungen froh, dass sich jetzt, nach der *Wende*, überhaupt noch jemand bereitfand, in die schlecht isolierten Buden zu ziehen, die weder Zentralheizung noch Innentoiletten oder Bäder besaßen.

Man hätte meinen können, wenn man auf dem Amt saß, mit der freundlichen Sachbearbeiterin ins Plaudern geriet und sich das Gespräch nach einer Weile zu einem Monolog ihrerseits wendete, dass ganze Straßenzüge leer stünden, dass der Wind über die Wracks von ausgebrannten Wartburgs, Trabants und Moskwitschs strich. Dass die verbliebenen Bewohner wie wilde Tiere zwischen den abbruchreifen Mauern hausten, um Nahrung konkurrierende Horden, und sich, wenn es sie fror, an den Straßenkreuzungen trafen, wo in alten Benzinfässern riesige Flammen loderten, die mit Brettern der herausgerissenen Dielung, mit Teilen des Treppengeländers und zu Splittern gehackten Fensterrahmen und Türen befeuert wurden.

»Nu kiek er nich gleich wie die Kuh vorm neuen Tor. Hab ick ihn verschreckt, wa? Ick olle Trulla wieder«, sagte die Sachbearbeiterin grinsend, wenn man sich, für Sekunden selbstvergessen den Ausführungen lauschend, seinen Assoziationen hingegeben hatte.

Die Sachbearbeiterin zwinkerte aufmunternd, begab sich zur Kaffeemaschine, um, ohne vorher gefragt zu haben, auch dem jungen Antragsteller eine Tasse des säuerlich-bitteren Filteraufgusses zu servieren. Überhaupt war sie ganz gerührt gewesen darüber, wie offensichtlich man sich in Schale geworfen hatte, um bei ihr vorzusprechen. Man trug ein weißes Hemd zur schwarzen gebügelten Hose, einen anthrazitfarbenen V-Pullover und statt der uneleganten Arbeitsschuhe – die sich ohnehin überlebt hatten und nur noch aus fauler Gewohnheit getragen wurden, während man darauf wartete, dass sie auseinanderfielen, was aber dauern konnte, denn sie waren stabile Nachkriegsarbeit, statt der Arbeitsschuhe also trug man schwarze, spitze Halbschuhe, die ebenfalls aus dem Besitz des Großvaters, der jetzt schon mehr als vier Jahre tot war, stammten und die die Sachbearbeiterin an die Tanzabende ihrer Jugend erinnerten, wie sie zur Begrüßung fröhlich verkündet hatte.

Weil ich von den Eltern wusste, dass es bei einem Besuch der KWV früher nie geschadet hatte, ein kleines Präsent dabei zu haben, eine Schachtel Pralinen, eine Tüte Mocca-Fix oder einen Zehner für die Kaffeekasse, hatte ich heute eigens einen Strauß gelber Tulpen besorgt, der mir im Warteraum böse Blicke der Mitbewerber einbrachte. Mit den Zeiten schienen sich auch die Spielregeln geändert zu haben.

Ich hatte nicht gewagt, den Strauß zu übergeben, aus Angst, der Bestechung verdächtigt zu werden, hatte ihn so lange hinter dem Rücken verborgen, bis ich zum Platznehmen aufgefordert wurde, und ihn, während ich mich niederließ, so unauffällig wie möglich aufs Linoleum neben dem Stuhl ablegen wollte. Was die Sachbearbeiterin natürlich bemerkte.

»Schöne Tulpen hat er da.«

»Ach so, die Tulpen.«

»Da wird sich seine Anvertraute aber freuen.«

»Nein, nein ...«, sagte ich.

»Oh, hat er gar keine?«

»Äh, doch, das schon. Glaub ich jedenfalls, aber ... die sind für ...«, sagte ich und nahm dabei den Strauß vom Boden auf und hielt ihn ihr entgegen.

»Nein«, sagte die Sachbearbeiterin, die vielleicht Mitte fünfzig sein mochte, wobei ich mich in jenen Tagen schwertat, das Alter von Menschen jenseits der fünfundzwanzig zu schätzen. »Das ist aber ...« Sie nahm die Blumen und holte aus einem der Aktenschränke eine Vase, ohne den Satz zu beenden.

»Wissen Sie was?«, sagte die Sachbearbeiterin, während sie sich weiter um die Blumen kümmerte, ihnen Wasser gab, die Vase auf ihren Schreibtisch stellte und die Blumen mit wenigen, aber geübten Griffen zurechtzupfte, sodass sie annähernd gleichmäßig in alle Richtungen standen. Eine kurze ordnende Handbewegung, die mich an die Großmutter erinnerte, wenn sie allsonnabendlich die frischen Schnittblumen von der Floristin in der Wohnung verteilt hatte.

»Nein«, sagte ich, über die plötzlich veränderte Anrede stutzend.

»Sie sind der Erste seit ...«, sie überlegte, »... ach, was weiß ich, seit wann, jedenfalls, der mir wieder mal ein paar Blümchen in mein grauet Büro mitbringt.«

»Das ist mir auch ein bisschen peinlich. Ehrlich gesagt. Nicht, dass Sie denken ...«

»Quatsch mit Soße, muss ihm doch nich' peinlich sein«, hatte sie gesagt, die oberste Akte von einem der drei Aktenstapel auf ihrem Schreibtisch genommen, einen Blick auf den Deckel geworfen und ebenjenen Monolog begonnen, den ich mir in der Vorstellung mit postapokalyptischen Bildern illustrierte, die ich der Erinnerung an einige Sequenzen aus Andrej Tarkowskis *Stalker* entlehnte – *Mad Max* kannte ich zu diesem Zeitpunkt noch nicht.

»Sie brauchen wirklich nich' so erschrocken zu kieken«, sagte die Sachbearbeiterin, stellte die dampfende Tasse vor mir ab. »Ick neige zur Übertreibung,« Dann schob sie mir den massiven Aschenbecher ein Stück entgegen, was ich als Aufforderung begriff, mir eine Zigarette anzuzünden. Als sie das sah, zog sie eine Schreibtischschublade auf und entnahm ihr eine Packung Duett und ein Feuerzeug. Und während wir rauchten und Kaffee tranken, erzählte sie, dass sie selbst in dem Viertel geboren worden und aufgewachsen sei, dann aber – bei aller Liebe – doch froh gewesen sei, als sie und ihr Mann die Neubauwohnung in Marzahn zugewiesen bekommen hätten.

Ich erzählte von der Wohnung der Großeltern und von den Nachttöpfen in ihrem Schlafzimmer, die sie im Winter benutzt hatten, um nachts nicht im eisigen Treppenhaus aufs Etagenklo zu müssen.

»Das wird ihm immerhin erspart bleiben«, sagte die Sachbearbeiterin und reichte mir den Mietvertrag über den Tisch, »Innentoilette ist vorhanden.« Und sie fuhr fort, ein wenig über Marzahn zu erzählen und über das Grün des nahen Stadtrandes, in dem sich Spaziergänge und Fahrradtouren unternehmen ließen. Sie hörte erst auf zu erzählen, als die Zigarette geraucht war. Stand auf, drückte mir die Hand und wünschte alles Gute. Öffnete die Tür und schob mich an der Schulter sanft in den Warteraum, wo die grimmigen Konkurrenten sofort diese flüchtige Berührung registrierten und die Tatsache, dass ich den auffälligen Tulpenstrauß nicht mehr bei mir trug.

Mit klopfendem Herzen und einem von den Blumen feuchten rechten Hemdsärmel holte ich die Schlüssel vom Hausmeister: östliches Ende der Hufelandstraße, Bötzowviertel, vierte Etage, zwei Zimmer, Küche mit funktionierender Kochmaschine und Gasherd, handtuchschmales Klo mit Waschbecken. Ochsenblutdielen und Linoleum, der Flur holzvertäfelt wie eine finnische Sauna, die Decken mit ornamentalen Styroporplatten beklebt, goldfarben überstrichen. Absturzgefährdet der Balkon, weshalb die Balkontür bis Hüfthöhe mit Brettern vernagelt war.

Hundert Mark Miete oder so, kein Ding. Plus Strom, Gas und Kohlen, die billigen tschechischen Bruchbriketts, die wie Hölle qualmten.

Ich bezog das größere der beiden Zimmer, im kleineren ließ ich Freunde oder Kommilitonen wohnen, die kurzfristig irgendwo unterkommen mussten, oder ehemalige Klassenkameraden übernachteten dort, die jetzt in Jena, Leipzig, Halle studierten und am Wochenende nach Berlin kamen, angelockt von den Legenden über illegale synthetische Drogen und improvisierte House- und Technoklubs, in denen die Nächte durchgetanzt würden.

Manchmal kam auch Katharina, die noch immer in Rostock studierte, für ein paar Tage in die Stadt, um sich Fachbücher aus einer der Bibliotheken zu besorgen, sich mit alten Schulfreundinnen zu treffen oder eines der Konzerte zu besuchen, das im Tempodrom oder Loft oder SO36 stattfand, zu Die Haut, Nick Cave oder Fugazi aus Washington, D.C.

Wieder in Deutschland, hatten wir damals so getan, als ob es unser Zerwürfnis in Paris nicht gegeben hätte. Ich hatte ihr den Rucksack in die Wohnung der Eltern gebracht und auch alles andere, das sie auf der Flucht zurückgelassen hatte. Ich vermied es in den folgenden Tagen, unser Telefonat anzusprechen oder jenen Kommilitonen, mit dem sie angeblich gelernt hatte. Ich begann wieder, wie drei Jahre zuvor, sie zu Spaziergängen abzuholen, sie zum Essen einzuladen oder in die Ausflugslokale an der Havel. Nachts, bevor sie auf ihr Mädchenzimmer ging in der elterlichen Wohnung, verabschiedeten wir uns lange im Schutz der alten Kastanie. Der Balkon ihrer Eltern schimmerte im Licht brennender Kerzen, und aus der offenen Tür drang leise, melancholische Hippiemusik zu uns herunter. Es war gewesen wie früher, und als das neue Studienjahr begann und Katharina nach Rostock zurückfuhr und ich nach Berlin, behaupteten wir beide wieder, wir seien ein Paar.

Trotz der neuen Möglichkeiten hatte Katharina nicht vor, für ein oder zwei Semester ins Ausland zu wechseln oder an eine andere, renommiertere Universität im Westen. Mir waren auf die Schnelle Göttingen, Tübingen und Heidelberg eingefallen – Heidelberg! –, doch nicht einmal an die Freie Universität nach Dahlem wollte sie, obwohl sie von ihrem alten Kinderzimmer in der elterlichen Wohnung bis zum Seminargebäude keine zwanzig Minuten dorthin gebraucht hätte. Sie stellte sich stur und bestand darauf, das eine Jahr, das sie noch bis zur Diplomgermanistin vor sich hatte, in Rostock zu bleiben. In ihrer Wohngemeinschaft, mit ihren Freunden. Ihre Abschlussarbeit zu schreiben und sich auf die Prüfungen vorzubereiten. Sie kam mir, obwohl wir gleichaltrig waren, mit einem Mal viel erwachsener vor. Kaum hatte ich mit meinem Studium begonnen, war sie schon fertig und würde vermutlich bald das tun, was man nach einem abgeschlossenen Studium eben so tat. Ich hatte zu diesem Zeitpunkt keine Ahnung, was genau das eigentlich sein könnte.

Paris hatte ich ausdrücklich nicht als möglichen Austauschstudienort erwähnt. Selbst wenn meine Stimme unverdächtig, nicht sarkastisch geklungen hätte, hätte Katharina eine Attacke hinter solch einem Vorschlag vermutet. Paris war tabu, und jene andere Version der Stadt, *Paris*, jene Idealisierung, die die wirkliche Stadt zu einem impressionistischen Gemälde verkitschte, auf dem sich Typen mit Baskenmützen auf dem Kopf und meterlangen Baguettes unter den Armen selbstvergessen im Takt eines Leierkastens drehten, jenes *Paris* war schlichtweg tot. Es gab keinen Bedarf mehr für hausgemachten Phantasieabfall wie diesen. Die Welt war jetzt zugänglich und damit entzaubert, selbst dann noch, wenn man kein Geld besaß, um das persönlich zu überprüfen.

Seit dem Parisdebakel hatte sich unsere Beziehung verändert. Ein erstes Indiz: Ich konnte sie nicht mehr *Liebe* nennen, nicht mal im Stillen, für mich selbst. Ich war unfähig, herzlichere Synonyme zu finden. Ich nannte unsere Verbindung tatsächlich *Beziehung*. Was die sechsundzwanzig Monate der Trennung während der Militärzeit nicht vermocht hatten, schafften zwei Tage gemeinsamen Urlaubs: Ich hörte auf, Katharina zu trauen. Mal mehr, mal weniger, manchmal war ich kurz davor, das Misstrauen wieder zu vergessen, doch dann kam die nächste brenzlige Situation, in der ein Wort das andere gab, und das Misstrauen war wieder da, taufrisch, angespornt von der Angst, Katharina könne abermals zu einer cholerischen Spontanreaktion fähig sein, wie damals in Paris, der Hauptstadt der zwischenmenschlichen Gefühlsduseleien.

Das Kopfsteinpflaster der Hufelandstraße. Der aufgeworfene Bürgersteig. Die herrliche Melancholie eines dunklen, feuchten, nicht allzu kalten Wintermorgens, wenn der Nebel die Sicht auf hundert Meter begrenzte, die Geräusche dämpfte und die Luft erfüllt war vom Geruch der frisch angefeuerten Kachelöfen. Das warme, diffuse Licht der Straßenlaternen, das vom Dunst geschluckt wurde.

Man drückte sich dann tiefer in den Mantel, presste die

Tasche mit den Büchern enger an den Körper und fühlte sich, seltsam genug, geborgen wie in einem Kokon.

Betrunkene Bohemiens wankten auf dem morgendlichen Heimweg durch die verzauberten Straßen, Dichter, Maler, Puppenspieler, Filmemacher, Fotografen, die versprengten Reste von Alltagsanarchisten und Untergrundkünstlern, die hier früher in Massen gewohnt haben mussten, glaubte man den Zeitungs- und Fernsehbeiträgen, die sich mit der Gegend befassten und in einem nostalgischen, retrospektiven Ton über die Leute und ihre Werke berichteten, als seien diese schon lange tot.

Wie diese Helden der Verweigerung hatte man damals auch werden wollen, als man von ihnen zum ersten Mal im *Café Heider* gehört hatte: die Gesellschaft, die man verachtete, boykottierend, indem man ihr einfach nicht nützlich war, indem man an ihren Bedürfnissen und Vorgaben vorbeihandelte, was nur den Anschein von Passivität und Lethargie hatte, in Wirklichkeit aber eine subtilere Form von Widerstand war als das Verteilen von Flugblättern oder das Intonieren infantiler Dissidentenlyrik zu drei Akkorden auf der Wanderklampfe. Jetzt, keine fünf Jahre später und zurückgefallen in die niedrigere Gesellschaftsform, wo der Mensch des Menschen Wolf war, wusste man nicht mehr, ob das noch immer eine gute Idee war.

Die struppigen Bohemiens entschuldigten sich lallend, aber höflich und in komplexer Syntax, wenn sie einen versehentlich anrempelten. Fragten, wohin man wolle und ob man eine Zigarette für sie übrig habe. Man reichte ihnen die Schachtel f6 und ließ sich auf ein Gespräch ein. Sah währenddessen unauffällig auf die Uhr, registrierte, dass man die Bahn nicht mehr bekommen würde. Aber was machte das schon an einem Morgen wie diesem.

Sie erzählten einem von den neuen Kneipen, die im Bezirk aufgemacht hatten und die sie am vorangegangenen Abend allesamt aufgesucht hatten, weil sie mit den Wirten befreundet waren, nein, anders: weil die Wirte aus ihrem Freundeskreis stammten, vom *Titanic* in der Winsstraße, vom *Pasternak* und der *Kommandantur* schräg gegenüber dem Wasserturm. Sie erzählten von zwei Dutzend Naziskinheads in Bomberjacken, die sich vorm monumentalen Denkmalskopf des Arbeiterführers samt geballter Faust am Thälmannpark in Hakenkreuzformation aufgestellt und eine Weile so posiert hätten, fotografiert worden seien von Kumpanen, aber auch von der Presse, und die anschließend durchs Viertel gezogen seien, ausgerüstet mit Baseballschlägern und Butterflymessern vom Polenmarkt, um es, wie sie währenddessen grölend kundgetan hätten, von linken Zecken und Schwuchteln, von Fidschis und anderen Kanacken zu befreien. Eine Kiezpatrouille, die regelmäßig um die Häuser zog, die enthemmt war und keine Furcht vor der Staatsmacht besaß.

Früher – und wenn die betrunkenen Bohemiens anhoben so zu sprechen, dann beschlich eine raue Trauer ihre vom Schnaps und Zigarettenrauch der Nacht ohnehin heiseren Stimmen – *früher hätte es so etwas nicht gegeben*. Und sie spuckten verächtlich auf den Boden. Die Bohemiens hätten bis vor Kurzem selbst nicht geglaubt, einen solchen Satz je zu äußern. Es war paradox, das war ihnen klar. Es war zum Würgen.

Und während man nicht wusste, was man darauf hätte entgegnen können, noch schläfrig in der Frühe, stolperten mit einem Mal die eingeborenen Proletarier aus den Eckdestillen ins Freie, all die Frührentner, die Schwerbeschädigten, die nagelneuen Arbeitslosen, frisch entlassen aus den Fabriken und Fertigungshallen in Oberschöneweide, aus dem

Narva-Glühlampenkombinat, aus dem Kabelwerk Oberspree, dazu noch die alten Berufssäufer und die Asozialen, die nun keiner staatlichen Kontrolle mehr ausgesetzt waren. Torkelten, ohne sich noch einmal nach ihren Saufbrüdern umzusehen, davon, während die Wirte ihre Rollläden herunterrasseln ließen. Suchten, wenn die Überdosis frischer Luft sie aus dem Tritt brachte, Halt an brüchigen Hauswänden, hielten sekundenlang an eine Litfaßsäule gestützt inne, um sich eine neue Zigarette anzuzünden und Kraft für die nächsten fünf Meter zu sammeln, die sie ihrem Bett wenigstens ein Stückchen näher brächten.

Jetzt wurde die Straße langsam geschäftiger, überm Nebel begann die Sonne aufzugehen, ohne dass er sich schon lichtete. Arbeiter traten aus den Hofeinfahrten und Haustüren, Sachbearbeiterinnen, Studenten, Mütter mit kleinen Kindern an der Hand, Schülerinnen und Schüler, nach vorn gebeugt unter der Last schwerer Tornister auf ihren Rücken.

Man fischte noch zwei oder drei f6 aus der Schachtel und reichte sie dem traurigen Bohemien, bevor man sich verabschiedete, denn langsam wurde es wirklich Zeit, wie ein weiterer Blick auf den Glashütte-Chronometer zeigte. Und während man dann eilig die Hufeland runter in Richtung Greifswalder lief, merkte man, wie es allmählich lauter wurde, wie der Kokon, der noch die Besoffenen und die Schulkinder mit aufgenommen hatte, sich nun aufzulösen begann, da die Arbeiter aus der Peripherie ihrer Plattenbausiedlungen in das Viertel eindrangen um es wieder hübsch zu machen, die Einschusslöcher der letzten Weltkriegstage zu verspachteln, den Putz zu erneuern, Bäder und Heizungen einzubauen, um es zu präparieren für den nächsten großen Verfall in fünfzig, vielleicht auch erst in hundert Jahren.

Noch ehe man die rettende Bahn erreichen konnte, starteten die Arbeiter ihre Bagger, setzten sie die Pressluftbohrer an und schalteten die Kompressoren ein. Der Gehsteig fing an zu beben. Wann immer einer der Meißel zwischen den morschen Ziegeln auf etwas Härteres stieß, auf eine Stahlplatte in der Mauer, auf ein vergessenes Gasrohr unterm Putz, zerriss ein helles Kreischen die Luft. Die Erwachsenen auf ihren Wegen, nachdem sie einmal zusammengezuckt waren, taten so, als mache ihnen der Krach nichts aus. Wie abgehende Geröllawinen fielen Ziegelbrocken, manchmal halbe Zimmerwände durch die Röhren der Schuttrutschen in die Container am Straßenrand. Jede Gesteinsfuhre, die mit mächtigem Donner im Container aufschlug, erzeugte eine Staubwolke, die in Sekundenschnelle Trottoir und Straße eroberte. Es sah aus, als würden Blendgranaten gezündet. Die Babys in ihren Wagen fingen an zu schreien. Autos, die in eine der Staubwände gerieten, stoppten mit quietschenden Bremsen. Nur die Schulkinder hielten sich die Ohren zu und beschleunigten den Schritt. Ansonsten taten alle, als sei das normal: So war der Fortschritt.

Als ich dann endlich in der Straßenbahn saß, die mich zur Universität am Kupfergraben bringen sollte, und auf die Uhr blickte, um zu sehen, wie viele Minuten zu spät ich im Seminar erscheinen würde, merkte ich, dass ich eine ganze Stunde zu früh losgegangen war. Deshalb also die Schnapsleichen und die Schulkinder, denen ich sonst nie in der Frühe begegnete.

Der Krach wurde von Jahr zu Jahr schlimmer, die Renovierungskolonnen rückten näher, beim Frühstück tanzten jetzt häufig die Teller auf dem Tisch. Die Brotkrümel sprangen auf und nieder. Der Kaffee schwappte in Wellen gegen die Tassenwand. Zwei Jahre nach jenem denkwürdigen Tag, als ich eine Stunde zu früh aus dem Haus gegangen war, lag ein offizielles Schreiben im Kasten.

Es war so: Ein Haus der Nachbarschaft wurde eingerüstet und verschwand wenig später hinter einem grünen, halbtransparenten Vorhang. Dann kamen die Container, die Baumaschinen. Hinter dem Vorhang wurden die Schuttrutschen installiert, auf der Straße Material gestapelt, Zement, Hohlsteine, Holzbohlen, Rigipsplatten, Gestänge. Wenn dann nach einem halben Jahr der grüne Vorhang wieder fiel, das Gerüst wieder abgebaut war, erstrahlte die makellose, glatt verputzte Fassade in einer Helligkeit, die die ans Dunkelgrau gewöhnten Einheimischen bei Sonnenschein die Augen zusammenkneifen ließ. Dazu passte, dass viele der neuen Bewohner des nunmehr schmucken und geschliffenen Gründerzeitjuwels ganzjährig Sonnenbrillen trugen. Es waren noch nicht die Leute, die das Viertel zehn Jahre später schließlich völlig unbewohnbar machen würden. Die Ministerialbeamten und höheren Verwaltungsangestellten und Parlamentsreferendare und wissenschaftlichen Mitarbeiter im Bundestag, die Kommunikationsstrategen und Krisen-PRler und die Thinktank-Volontäre, die Interessenvertreter der Banken, der Metallindustrie und der Autoproduzenten, der Pharma- und der Zigarettenbranche, die Kern- und die Windkraftpropagandisten, die Juniorpartner von Wirtschaftskanzleien, die Anlageberater und Werbefuzzis, die Magazinjournalisten und Kulturredakteure und Ressortleiter und Hauptstadtkorrespondenten und Fernsehmoderatorinnen und Verlagsleute, die IT-Betreuer des Arbeitgeberverbandes und die Hospitanten bei der Handelskammer, die Vorstände von Menschenrechts-,

Antikorruptions- und Umweltschutzbünden, die Geldeintreiber von Caritas und Kinderhilfswerk, die Abteilungsleiter der Treuhand und des Liegenschaftsfonds. Plus all die namenlosen Parteisoldaten. Die ganze mittlere Nomenklatura, die den Staat aufrechterhielt, ohne selbst im Rampenlicht zu stehen, seine wohlbestallten Helfer und Vollstrecker. Sein Mark.

»Stell dir das mal vor!«, sagte Michael nicht ohne die Bitterkeit dessen in der Stimme, der trotz einer Vollzeit-Universitätsanstellung keine neue Wohnung für sich und seine beiden Kinder in dem Viertel finden konnte, als wir nach einigen Jahren der Distanz unverhofft ein paar gemeinsame Urlaubstage an der polnischen Ostsee verbrachten.

»Was?«

»Wenn die Entsprechungen dieser Leute früher in deinem oder meinem Wohngebiet gewohnt hätten. Da hätte die mittlere hauptamtliche Stasiebene, vom Leutnant bis zum Major, neben den Abteilungsleitern der Staatlichen Plankommission gewohnt. Der FDJ-Kreisvorsitzende neben dem Bezirkssekretär der GST. Der erste Sekretär einer SED-Bezirksleitung mit dem Vizebezirkssekretär der LDPD und dazu noch dem der Bauernpartei. Die Generalsekretärin des Kreisverbandes des Demokratischen Frauenbunds Deutschlands mit der Direktorin der Pädagogischen Fachhochschule *Clara Zetkin*, wo die Pionierleiterinnen ausgebildet wurden. Außerdem noch eine Handvoll stellvertretender Kombinatsdirektoren.«

»Mann, Mann, Mann. Du haust heut aber ganz schön auf die Kacke.«

»Verstehst du: nur Funktionäre, keiner mehr, der etwas produziert, ein Brot bäckt, das Klo repariert, einen gebrochenen Arm schient oder so was. Nur noch Verwaltung, Propaganda, Ruhigstellung. Rechtfertigung von Ausbeutung und

Unterdrückung. Alles auf einem Haufen konzentriert. So sieht es aus in deinem schönen Kiez. Auch wenn diese Leute in ihrer Freizeitkleidung wirken wie x-beliebige harmlose Deppen. Am Sonnabend, wenn du sie auf dem Markt triffst. Oder abends in derselben Kneipe.«

»Die sehen keinesfalls harmlos aus, sonnabends auf dem Markt. Du müsstest da mal hingehen. Aber findest du nicht trotzdem, dass du übertreibst?«

»Aber höchstens ein bisschen.«

Aber noch war es nicht *so* weit. Noch zogen nur kreative Freiberufler, Yoga- und Gymnasiallehrer, Künstler, Webdesigner und Studentenpaare aus besserem Elternhaus in die Wohnungen, in denen vorher Arbeiter, Rentner und Subproletarier gewohnt hatten. *Richtige* Arbeiter, nicht diese Edelproletarier wie in den staubfreien, lichtdurchfluteten Produktionssälen und Montagepalästen von Daimler-Benz oder VW, die man aus dem Fernsehen kannte. Die sich selbst schon lange nicht mehr für Arbeiter hielten. Die in Einfamilienhäusern wohnten und jährlich ihren Auslandsurlaub machten. Die selbst Mercedes fuhren oder eines der größeren Volkswagenmodelle. Die sich selbst zum Bürgertum rechneten und ihre Kinder aufs Gymnasium zwangen. Die weitaus mehr verdienten als ein akademischer Teilzeitknecht von der Humboldt-Universität. Die alle in der Gewerkschaft waren, weil die Gewerkschaft nur noch für ihresgleichen antrat. Die kein Mitleid mit Sozialhilfeempfängern hatten, weil sie die für Schmarotzer hielten, die von ihren Steuerzahlungen lebten. Weil sie an die Erzählung vom Aufstieg glaubten, die sich schließlich in ihren eigenen Biografien bewahrheitet hatte. Weil jeder seines Glückes Schmied war und ein jeder Arbeit finden konnte, wenn er nur wollte. Weil das Leben nun mal kein Ponyhof war.

Auch die Alten verschwanden aus den Erdgeschossen der frischen Häuser, in denen stattdessen Läden eröffneten oder kleinere Werkstätten den Betrieb aufnahmen, in denen allerlei Nippes hergestellt wurde, der sich dort bei einem Glas Tee oder einem Schluck Wein erwerben ließ. Die frisch abgezogenen Dielen rochen nach der chemiefreien Honiglasur, die Wände waren weiß getüncht und das Licht warm und stimmungsvoll. Hübsches, dekoratives Zeug aus seltenem Material, von Hand gefertigt, den Augen schmeichelnd und auch den tastenden Fingern. Ohne Nutzen, ohne Zweck, und dennoch handelte es sich nicht um Kunst. Hier kauften die Eltern der zugezogenen Studentenpaare Mitbringsel für zu Hause, wenn sie zweimal im Jahr zu Besuch kamen, um ihre Kinder zu sehen und sich außerdem über den Fortgang der Stadtentwicklung zu informieren, wenn sie diese schon über den Solidarzuschlag mitbezahlen mussten.

Jene Studenten, für die die neue Miete nicht mehr erschwinglich war, zogen aus, genauso wie jene lässigen und oft schwarz gekleideten ostdeutschen Intellektuellen, die nach der Wiedervereinigung zügig aus Universitäten, Zeitungen, Rundfunk- und Fernsehanstalten entlassen wurden und die nicht nur rauchten wie die Schlote und tranken bis zum Umfallen, sondern auch berlinerten wie Bierkutscher. Sie waren jetzt Ende dreißig bis Mitte vierzig, bezogen Arbeitslosengeld oder -hilfe und versteckten ihre Hoffnungslosigkeit hinter einer großen, sarkastischen Klappe. Manche schrieben noch Artikel für eine der übrig gebliebenen Kulturzeitschriften oder gaben in einem übrig gebliebenen Verlag das schmale Werk eines früh vollendeten, am Suff gestorbenen Dichters heraus, mit dem sie einmal befreundet gewesen waren.

Aber die Verlage, in denen so etwas möglich war, gingen nach und nach pleite, die Zeitschriften wechselten die Besitzer, und mit den neuen Besitzern änderten sich die Konzepte, die sich in ihrem Anderssein alle glichen. Weniger Text sollte mehr Bilder begleiten. Hauptsätze sollten ein breites Publikum ködern, das die zahlenden Werbekunden dann automatisch im Schlepptau brächte.

Die ärmeren Studenten und die arbeitslosen Intellektuellen machten sich keine großen Gedanken. Sie packten ihre Bücher in Kisten und zogen ohne Groll aus ihren Wohnungen, und ein paar Häuser oder Straßenzüge weiter, wo es noch genügend Bruchbuden gab, zogen sie wieder ein. Noch war das möglich. Aber mit jeder neuen Renovierungskolonne, die aus dem Brandenburger Umland, den Berliner Neubaurandlagen oder aus Polen in den Bezirk vordrang, wurde es enger. Und mit jedem fallenden grünen Vorhang stieg die Zahl der staatstragenden Funktionäre und Dienstleister. Irgendwann war nicht mehr genug Platz für alle, und die ersten Studenten, beweglicher als alle anderen, zogen über die Bezirksgrenzen hinweg nach Pankow, Friedrichshain und Weißensee.

Zudem war Berlin unterdessen Regierungssitz geworden, wofür in den Parlamentsdebatten zur Hauptstadtfrage vielerlei Begründungen aufgefahren worden waren. Die abenteuerlichste allerdings wurde, anders als die schlecht erfundenen der Regierung, von der sogenannten Opposition vorgetragen. Sie bestand in der wahnwitzigen Annahme, dass allein die räumliche Nähe der Regierung zum kollabierenden, deindustrialisierten und sich allmählich gen Westen entvölkernden Osten genüge, damit sich die exekutive Macht dessen verfahrener Situation bewusst würde und – von Erbarmen und Mitleid jäh übermannt – das nunmehr eigene Umland, Brandenburg, mit einer Politik bedächte, die es zum Erblühen bringen würde. Eine Politik, von deren nunmehr freundlicher Gesetzgebung auch die Steppenregionen Mecklenburgs und Sachsen-Anhalts profitieren könnten.

Natürlich: nichts dergleichen geschah. Stattdessen waren plötzlich auch die arbeitslosen, schwarz gekleideten Männer und Frauen des ehemaligen universitären Mittelbaus, der ehemaligen Redaktionen und geschlossenen Verlage gezwungen, sich jenseits der Bezirksgrenzen nach einer Unterkunft umzusehen. Selbst zählten sie sich längst nicht mehr zur Intelligenzija, jener per se schönen, idealistischen, zukunftsgewissen und optimistischen Schicht innerhalb des Proletariats, der sie zu früheren Zeiten angehört hatten, in einem System, das ihnen in seiner Kleingeistigkeit von Jahr zu Jahr schlimmer auf die Nerven gegangen war. Mit seiner geradezu konterrevolutionären Spießbürgerlichkeit. Was hatten sie sich aufgeregt über den schlechten Geschmack des Politbüros, um nicht gleich von der Politik zu reden. '87 zum Beispiel, siebenhundertfünfzigjähriges Jubiläum Berlins. Der Festumzug, diese peinliche Abfolge von Karnevalswagen, ein jeder angeblich ein historisch bedeutsames Stadtkapitel illustrierend. Der Sabber, der den Politbürogreisen aus den Mundwinkeln rann angesichts der nackten Frauen, die immer wieder im Zug auftauchten, wie ein frivoler Refrain.

Sich im heimischen Kleingarten sonnen, auf Bornholm II? FKK-Strand am Müggelsee? Das Sport- und Erholungszentrum an der Leninallee?

Immer her mit den nackten Weibern. Lässt man sechs bis

acht von ihnen auf einem grün ausgeschlagenen Sattelschlepper so tun, als spielten sie Volleyball, während sie die Tribüne mit den Repräsentanten passieren, ergibt das obendrein den schönen Effekt hüpfender Brüste. Da macht es dann nichts weiter aus, dass sie, anders als die blonden Mädels vom FKK-Wagen, noch in kurzen Turnhosen stecken, mindestens eine Konfektionsgröße zu klein, *Hotpants* hätte man in den Fünfzigerjahren des Rock 'n' Roll und der Niethosen gesagt.

Mit Schaudern wandte sich die Intelligenzija ab. Man bekam die Diktatur des Proletariats eben nicht ohne dessen Vorlieben in der Kultur: Schunkeln, Mitklatschen, Jodeln.

Überhaupt die starrsinnige Verbohrtheit hierzulande, bis ultimo noch, während beim großen Bruder längst schon гласност und перестройка auf dem Plan standen. Das Sputnik-Verbot, Hagers Tapeteninterview. Herrgott: Es war zum Haareausreißen gewesen, im Grunde zum Verzweifeln. Und nicht nur einmal hatten sie überlegt, einen Ausreiseantrag zu stellen. Genug Freunde waren ja schon drüben, die konnten bald eine Enklave dort gründen in Westberlin. Aber der Kinder wegen waren sie selbst dann doch geblieben, waren stattdessen eher zynisch geworden, so wie alle am Institut oder bei der Zeitung oder im Verlag, auch die Parteileute.

Nein, sie rechneten sich nicht mehr zur Intelligenz, zu den Geistesschaffenden, weil es jetzt sinnlos war, dergleichen zu tun. Dass sie aber tatsächlich nicht mehr dazugehörten, machten ihnen die frechen Sachbearbeiterinnen auf jenen Ämtern klar, die ihnen nach der Entlassung das monatliche Geld überwiesen. Die Zuschüsse für Miete oder Heizung. Junge, ungebildete Frauen, manchmal auch Männer, die ihnen an den Bittstellertischen gegenübersaßen und mit spöttisch verzogenen Mündern guckten, wenn sie sich nach einer freien

Stelle erkundigten, die einigermaßen ihrer Qualifikation entsprach. In einem Museum etwa als wissenschaftlicher Mitarbeiter. Im Bezirkskulturamt, als Stadtteilchronist zum Beispiel. Zur Not auch als Museums*wärter* oder als Stadtführer, der die Sightseeingtouren der Touristenbusse begleitete oder auf einem Kahn der Weißen Flotte bis zu den Potsdamer Seen fuhr und die historischen Gebäude an beiden Uferseiten erklärte. Sie wussten schließlich, wer Lenné war, und kannten sich aus in der Geschichte Preußens.

Anfangs klang das Nein der Sachbearbeiterinnen noch neutral. Doch je öfter sie kamen, freiwillig immerhin, um nach einer Stelle zu fragen, desto harscher gerieten die Abfuhren. Irgendwann platzte der Arbeitsvermittlerin der Kragen, und sie herrschte los, dass, wenn sich tagein, tagaus nichts ergebe, man eben in den sauren Apfel beißen und es auch mal in einer Fabrik versuchen müsse oder auf dem Bau. Oder als Saisonkraft in der Landwirtschaft. Dass sie vor zig Jahren einmal studiert hätten, zumal an einer ostdeutschen Hochschule, das könne doch keine Garantie dafür sein, dass sie ihr Leben lang in einem warmen Büro sitzen und in dicken Büchern blättern dürften und ansonsten ihre Brillen hin und her rückten, als Einzige selbst von ihrer Wichtigkeit überzeugt.

Ihre schwarzen Klamotten waren fadenscheinig geworden und ihre Haare weiß, als sie schließlich ihre Sachen packten. Sie versuchten Haltung zu bewahren, gerade vor ihren Kindern, die gekommen waren, um ihnen beim Umzug zu helfen. Die sich voller Hoffnungen an westdeutschen Universitäten eingeschrieben hatten. Die schon halb Europa bereist hatten und neuerdings auf einen Flug in die USA sparten. Denen es nichts ausmachte, Fächer wie Jura oder Wirtschaft zu studieren. Die darin nur Vehikel sahen, die man sich zunutze machte, um später gutes Geld zu verdienen. Um irgendwann in einem Haus mit Garten wohnen zu können und nicht in einer stigmatisierenden Platte in Hellersdorf, wohin ihre Eltern gerade zogen.

Diese Neubaugebiete, die neuerdings leicht abfällig *Plattenbausiedlungen* genannt wurden, das wussten sie ihren milde lächelnden Eltern zu erklären, funktionierten nur in einer Gemeinschaft von annähernd Gleichen. So wie früher. Weshalb es früher auch alle dorthin gedrängt hatte. Jetzt dort zu wohnen dagegen war der Todesstoß für den Ruf. Aber bei ihnen sei das ja eigentlich fast schon egal, sie würden sowieso bald in Rente gehen, oder nicht?

In zwölf Jahren.

Ach so? Na ja. Also fast!

Die *cleveren* Angehörigen der ehemaligen Intelligenzija verschwanden ganz aus der Stadt. Sie kündigten beim Arbeitsamt ihre Verträge, machten alles, was nicht niet- und nagelfest war, zu Geld, wobei sich vor allem ein paar alte Möbel auszahlten, die sie einst zu lächerlich niedrigen Preisen ahnungslosen Bauern aus den Scheunen weggekauft hatten, um sie selbst in pedantischer Handarbeit zu restaurieren, hauptsächlich Biedermeier und Jugendstil. Das war in den Siebzigern gewesen, als sie auch begonnen hatten, ein wenig Kunst zu sammeln. Nichts Weltbewegendes, kleinformatige Aquarelle, Radierungen, Holzschnitte von Künstlern, die entweder zu ihrem eigenen Freundeskreis gehörten oder zu jenem von Arbeitskollegen, von Bekannten. Hauptsächlich Landschaften, alle von einem Wind der Melancholie durchweht, Uferansichten, Seestücke, die sanften Hügellandschaften der Mecklenburgischen Schweiz und der idyllischen Uckermark, einige wenige Porträts, Bauern zumeist, die wohl Nachbarn in den Käffern waren, in denen die Künstler ein Wochenendhaus besaßen. Auch diese Erinnerungsstücke wurden verkauft, ein paar Erstausgaben antiquarischer Bücher, ein vollständiges, zigbändiges Brockhaus-Konversationslexikon von achtzehnhundertnochwas, etwas geerbter Schmuck, eine Sammlung rarer Jazzplatten des untergegangenen AMIGA-Labels. Des Weiteren plünderten sie ihre Sparkonten, und von all dem zusammengekratzten Geld, insgesamt eine unerwartet große Summe, kauften sie sich ein Haus auf dem Land. Sie hatten die Nase voll, sie stiegen aus.

Als Katharina erzählte, dass auch ihre Eltern einen renovierungsbedürftigen Vierseithof im Brandenburgischen erworben hätten, überraschte mich das nicht. Zum ersten Mal fragte ich, was ihre Eltern von Beruf gewesen seien, und erfuhr, dass beide bei der Bezirkszeitung der Partei gearbeitet hatten, der *Märkischen Volksstimme*, die Mutter, die mir immer wie eine Künstlerin vorgekommen war, als Textkorrektorin, der Vater, der aussah wie ein asketischer Philosoph, als Techniker im Satz. Jetzt hatten sie aus der Bedrängnis heraus eine radikale Entscheidung gefällt und ihre Wohnung im Potsdamer Westen verlassen.

Es hatte begonnen wie immer: Zuerst war ihnen ein Schreiben zugestellt worden, in dem stand, dass das Haus, in dem sie wohnten, sei aus dem Bestand der Kommunalen Wohnungsverwaltung in den Besitz des früheren Eigentümers übergegangen, von dem die Nachbarn zu berichten wussten, dass er kurz nach dem Mauerbau über die grüne Grenze Thüringens nach Bayern geflohen war.

Die Bewohner des Hauses beriefen eine Versammlung ein, auf der man beschloss, einen Anwalt der Mietervereinigung zu konsultieren und ansonsten allen Forderungen des mutmaßlichen Immobilienspekulanten solidarisch geschlossen entgegenzutreten. Der Anwalt bestätigte die Rechtmäßigkeit des Vorgangs und beruhigte: Es bestehe überhaupt kein Grund zur Sorge. Hier werde nur ein Gesetz angewendet, das im Verlauf der deutschen Vereinigung nötig geworden sei, um den Dschungel der Besitzansprüche zu lichten. Die Formel laute im konkreten Fall: Rückgabe vor Entschädigung. Und tatsächlich passierte lange nichts, so lange, dass die Bewohner schon das erste Schreiben zu vergessen begannen. Viele hatten ohnehin gerade andere Sorgen, die sich zumeist um ihre Arbeitsstellen drehten.

Doch in dieser Branche gab es kein Vergessen. Es schwebte keine Fee aus dem Schnürboden, die den aussichtslosen *plot* ins Menschenfreundliche wendete. Es herrschte Kapitalismus, auch wenn man ihn noch bei einem seiner Kosenamen rief, was zu akzeptieren den Leuten im zerbröselnden Haus am Park zunehmend schwerfiel. Weil es ihren Verstand beleidigte. Weil sie das Prinzip, das hinter der Verschleierung stand, nicht mochten.

Es gab Investoren, und es gab Renditeerwartungen. Keine Gebete würden daran rütteln und keine guten Wünsche helfen. Da konnte diese und jene Partei des Landtages noch so oft fordern, das Recht auf Wohnung in die neue Provinzverfassung zu schreiben. Oder jenes auf eine Arbeit. Die trotzdem nie zu einem glücklichen Leben führen würde, sondern – wenn überhaupt – höchstens zu Lohn und Brot.

Als dann das zweite Schreiben eintraf, versicherte man einander, gemeinsam zu *kämpfen*. In diesem Brief wandte sich der neue Besitzer direkt an die Bewohner, ein Mann, über den Nachbarn zu berichten wussten, er habe im ganzen Viertel Häuser erworben. Die Nähe zu Sanssouci, die fast lückenlose Altbausubstanz, das bucklige Katzenkopfpflaster, die historisch anmutenden Straßen, die von gravitätischen Bäumen gesäumt wurden, all das habe ihn zu seinem, wie sie es nannte, *Engagement* gereizt.

Ohne sich lange mit Floskeln der Höflichkeit aufzuhalten, kam sein Schreiben gleich zur Sache: neuer Wohnungsgrundriss, moderne Thermofenster, neue Heizkörper, neue Leitungen für Wasser, Gas, Elektrizität, Fußboden- und Balkonsanierung, gekachelte Bäder, Hofbegrünung. Beginn der Bauarbeiten dann und dann. Das Fazit stand am Ende: Mietzins vorher, Mietzins nachher.

Auf der nächsten Mieterversammlung in einer ihrer sorgsam gepflegten Wohnungen, die nun auf den Kopf gestellt werden sollten, machten sie sich bei Rotwein und Kaffee gegenseitig Mut: Solange alle in ihren Wohnungen blieben, könne er nicht mit den Bauarbeiten beginnen, maximal ein Gerüst aufstellen und außen an der Fassade arbeiten lassen. Vielleicht noch im Hof.

Überhaupt: Widerspruch einlegen gegen den Schrieb!

Aber wo? Bei wem denn? In welcher Form?

Den Anwalt danach fragen!

Man trennte sich leicht angetrunken, war kampfbereit, scheute aber schon an diesem Abend Gedanken an die Siegeschancen.

Noch ehe das Gerüst aufgebaut war, noch ehe der Anwalt mitteilen konnte, dass es aussichtslos war, Widerspruch einzulegen, zog die erste Familie aus dem Haus, zweite Etage links, schön in der Mitte. Sie hätten eine Wohnung gefunden in der Parallelstraße, die fast genauso groß sei wie die alte und nur wenige Hundert Mark mehr koste. Schon ihrer schulpflichtigen Kinder wegen wollten sie sich den Krach nicht antun.

Die verbleibenden Mieter heuchelten Verständnis, waren untereinander empört über die klägliche Kapitulation, aber insgeheim neidisch, dass nicht sie als Erste eine Ersatzwohnung gefunden hatten, denn auch sie befanden sich schon auf der Suche nach etwas anderem.

Schon am nächsten Tag begannen die Abrisskolonnen, im zweiten Stock den Grundriss aufzulösen. Mit einem dumpfen Knall fiel das Klobecken in den kleinen Vorgarten und zerdrückte den blühenden Schmetterlingsflieder. Ein Missgeschick. Im Hof wurde die alte Linde gefällt, unter der sie jeden Sommer seit zwanzig Jahren bei Bier und Grillwürsten zusammengesessen hatten, und versperrte für eine ganze Woche den Zugang zu den Fahrradständern, ehe der Baum in Scheiben zersägt und abtransportiert wurde. Nur eine zersprungene Lampionkette zeugte noch von den vergangenen Festen. Dann gerieten die Mülltonnen in Brand, und die beiden Kaninchen der Kinder aus dem dritten Stock verschwanden, weil jemand die Tür zu dem kleinen Holzstall im Hof geöffnet hatte. Die Kinder weinten, während sie beteuerten, die Stalltür nach der abendlichen Fütterung korrekt geschlossen zu haben wie immer, was ihnen die Erwachsenen nicht abnahmen. Weil sie noch eine Weile an jenen Grundanstand glauben wollten, den zu besitzen sie bislang jedem Menschen unterstellt hatten.

Von da an ging alles recht schnell: Eine weitere Familie fand ein Ausweichquartier im Viertel, und dann noch eine. Mit jedem Quadratmeter aufgegebenen Terrains verstärkte sich das Ungemach der verbliebenen Mieter: Lärm, Dreck, fortdauernde Missgeschicke. Mal wurden versehentlich die Telefonleitungen gekappt, dann wieder fiel der Strom aus, oder ein Brand im Dachstuhl vernichtete ein paar abgestellte Kisten mit Fotos und anderen Erinnerungen, bevor ein aufmerksamer Bauarbeiter das Feuer löschte und damit Schlimmeres verhinderte. Obwohl das Haus mittlerweile freigelegt war vom Putz, obwohl der schmiedeeiserne Vorgartenzaun verschwunden und sämtliche Zierpflanzen untergepflügt waren, fingen die Arbeiten bald an zu stocken, denn um die neuen Grundrisse zu verwirklichen, mussten auch jene Wohnungen frei werden, die den drei bisher leer gezogenen benachbart waren. Das Konzept sah vor, aus den vielen kleinen, verwinkelten Wohnungen einige wenige, große zu machen, repräsentative. In denen sich frei atmen ließ, über deren neues Fischgrätparkett man flanieren konnte, den weißen Flügeltüren entgegen, durch die das Abendrot sein goldenes Licht schickte. So jedenfalls war es im Prospekt zu bewundern, der die potenziellen Käufer locken sollte.

Ein diskreter Anwalt begann, im Namen des Besitzers mit einigen der Bewohner zu sprechen. Er war gut gekleidet, jung und dennoch auf eine klassische, fast altmodische Art höflich. Er war eloquent und brachte den älteren Witwen Blumen mit, trank mit ihnen Kaffee, aß Gebäck und hörte sich geduldig ihre Sorgen an, bevor er irgendwann sein eigenes Anliegen vortrug. Er forderte nicht, stellte erst recht kein Ultimatum. Er sprach, im Gegenteil, als fühle er mit. Hatte sogar Vorschläge, wie sich die Situation verbessern ließe – denn seien wir mal ehrlich, so ein Leben auf der Quasibaustelle, das mochte ja für die jungen Leuten ringsum noch angehen, aber in Ihrem Alter –, brachte zum nächsten Treffen die Broschüre eines Seniorenwohnheims mit, drängte abermals nicht, empfahl nur mit leiser, besorgter Stimme. Versprach, nicht nur den Umzug zu organisieren, sondern ihn auch zu bezahlen, ja sogar, sich höchstpersönlich um den Verkauf all der Antiquitäten, Bücher, Gemälde zu kümmern, die in das Wohnheimzimmer natürlich nicht mehr passen würden. Auf diese Weise fielen zwei weitere Wohnungen.

Die nächsten Mieter wurden mit einem Handgeld von zweitausend Mark geködert, die übernächsten bekamen einen Monat später schon viertausend.

Katharinas Eltern kauften sich von den siebentausendfünfhundert Mark des neuen Hausbesitzers einen maroden Vierseithof im Brandenburgischen. Es gab Strom und Wasser. Stube, Küche und Schlafzimmer wurden mit Kohleöfen beheizt. Als wir den Eltern halfen, ihre Wohnungseinrichtung in Kartons zu verstauen, schwärmten sie von einer Streuobstwiese mit knorrigen Apfelbäumen hinterm Haus.

Auch im Betrieb der Eltern waren die Umzugspläne bekannt geworden, und für den Fall der freiwilligen Kündigung wurden ihnen Abfindungen in Aussicht gestellt, die nicht hoch waren, aber groß genug, um davon ein halbes Jahr bequem zu leben. Ohnehin werde demnächst alles auf Computer umgestellt, müsse man Mitarbeiter entlassen.

Katharinas Eltern hofften, ein ganzes Jahr von den Abfindungen leben zu können. Danach musste sich eine ihrer Ideen bewährt haben: die Imkerei, das Mosten, die Schafzucht. Der Verkauf von selbst produzierten Gütern auf den Wochenmärkten Berlins und Potsdams. In ihrer Euphorie, endlich den Lärm der Baustelle gegen das Landleben einzutauschen, war ihre Zuversicht gigantisch.

Als *ich* den Brief der Kommunalen Wohnungsverwaltung im Briefkasten fand, der die Rückübertragung der Immobilie an die Jewish Claims Conference annoncierte, hatte Katharina ihr Studium in Rostock bereits mit besten Noten beendet und war zu mir in die Hufelandstraße gezogen, um sich in Berlin nach einer Arbeitsstelle umzusehen. Sie bewarb sich bei Verlagen und Redaktionen, bei jeder Firma oder Institution, die auch nur vermeintlich von einem Hauch der Kultur umweht wurde. Das Angebot ihres Rostocker Professors, zu promovieren, hatte sie im Übrigen abgelehnt, denn sie wollte eigenes Geld verdienen, möglichst viel, möglichst schnell, sich nicht auf Stipendien verlassen müssen oder auf ihre Eltern, die selbst genug damit zu tun hatten, die finanzielle Basis ihres neuen Landlebens zu stabilisieren. An vier Abenden in der Woche stand Katharina hinterm Tresen einer jener neuen, improvisierten Bars im Viertel, deren Wände aus unverputzten Ziegelmauern bestanden und deren Bestuhlung zusammengewürfelt war und wie vom Sperrmüll aussah. Trotzdem war sie guter Dinge: Katharina besaß eine schwer zu zügelnde Leidenschaft für den Optimismus, um die ich sie heimlich beneidete. Und weil ich wusste, dass ich diesen kostbaren Optimismus selbst nie besitzen würde, warf ich ihr manchmal, wenn ich mich über sie ärgerte, vor, sie gehe mit einer gefährlichen Naivität durchs Leben.

»Optimismus ist nur ein Mangel an Information, hat schon Heiner Müller gesagt.«

»Du kannst mich mal«, sagte sie dann immer, und sie hatte recht, denn im Grunde war es der pure Neid, der mich das Bonmot immer wieder vorbringen ließ.

Ich legte den Brief der Claims Conference auf den Küchentisch, an dem Katharina schon seit dem frühen Morgen saß,

Milchkaffee trank, hin und wieder eine Zigarette rauchte und ansonsten auf ihrem neuen, trag- und sogar zusammenklappbaren Computer Bewerbungen schrieb, die sie später mit einem rasselnden Nadeldrucker zu Papier brachte. Auf den Computer war ich mindestens genauso neidisch wie auf ihren hellen Zukunftsblick. Vielleicht lag es an der neuen Maschine, dass ihr diese Tätigkeit nach wie vor Vergnügen zu bereiten schien, obwohl die ersten Rückläufer mit abschlägigem Bescheid bereits eingetrudelt waren. Vielleicht, dachte ich, geriet ich mit meinem eigenen Studium deshalb mehr und mehr in Verzug, weil ich noch keinen derartigen Computer besaß und stattdessen die Seminararbeiten auf einer alten Reiseschreibmaschine zusammenstückelte. Noch während ich diese Möglichkeit zur Rechtfertigung in Betracht zog, wusste ich, was für ein Quatsch das war. Der Grund für mein Zögern und Zagen war ein anderer, hatte auch nichts mit dem Gerede der jungen Privatdozenten aus dem Westen zu tun, die, frisch angestellt, in den Seminaren plötzlich das Ende der Geschichte verkündeten – was ausgerechnet am Institut für Geschichtswissenschaften nicht ohne eine gewisse Komik war –, die pathetisch und mit dem Feuer der Renegaten in den Augen vom Untergang des Zeitalters der Großen Erzählungen salbaderten, gerade so, als sei eine Ära der Anekdoten und faden Witzchen ein erstrebenswerter Gegenentwurf. Es war etwas anderes, es war die mangelnde Exklusivität, die das Studium, anders als vor dem Wehrdienst versprochen, nun hatte. Jeder, so schien es manchmal, der unfähig war für die Mathematik, die Physik oder für die Medizin, wählte, um überhaupt etwas zu studieren, eines, wie es plötzlich hieß, der weichen Fächer: Geschichte, Literatur- oder Kulturwissenschaft. Von Jahr zu Jahr wurde es enger in den Vorlesungssälen, von Semester zu Semester schwadronierten die Hinzugekommenen schlimmer in den Seminaren umher, all jene, die einst an ihren Gymnasien die Naturwissenschaften abgewählt und sich mit Deutsch, Kunst und Religion durchs Abitur geschmuggelt hatten.

Mich lähmte der Unmut darüber, fast drei der besten Lebensjahre kaserniert verbracht zu haben, um am Ende in den Seminaren erzählt zu bekommen, dass alles gut sei, so wie es war, wohleingerichtet, dem quasigöttlichen Plan folgend. Was passierte, wenn dann eines fernen Tages doch alle Prüfungen bestanden waren, wollte ich gar nicht mehr wissen. Es bedurfte keiner besonderen Weitsicht, um sich vorzustellen, wie man gegen Hunderte ehemaliger Kommilitonen um die wenigen originären Historikerstellen konkurrieren würde müssen.

Diese Müdigkeit auf einmal, diese Mattheit, die bis in die Fingerspitzen zuckte. Man war gerade Anfang zwanzig und wollte nur noch schlafen. In der besten der möglichen Welten gab es zu jeder Mahlzeit eine Opiumpfeife gratis.

Durchs Fenster zum Hof schien die Vormittagssonne auf den Küchentisch. Katharina sah vom Bildschirm ihres Thinkpads auf, lächelte und nahm dann erst den Brief in die Hand. Sie überflog die Zeilen und hatte mit der Aufmerksamkeit der trainierten Leserin amtlicher Schreiben binnen weniger Sekunden den Inhalt erfasst.

Sie blinzelte in die Sonne und wirkte alles andere als beunruhigt. Sie fragte in einem Ton, in dem man die Pläne fürs Abendessen bespricht, was ich, als Hauptmieter, zu tun gedächte. Mieterverein? Rechtsanwalt? Spontane Versammlung der Hausbewohner, um das gemeinsame Handeln zu koordinieren? Der Betroffenenvertretung beitreten, die in der nächsten Querstraße ein Ladenbüro betrieb?

Ich musste an Katharinas Eltern denken, und ein neuerlicher Müdigkeitsschub ließ meine Glieder schwer werden.

»Nichts von allem«, sagte ich.

»Aber man muss doch kämpfen, oder?«, sagte sie leidenschaftslos.

»Ich kämpfe nicht gegen emigrierte Juden.«

Katharina sah mich an, als ob ich einen schlechten Scherz gemacht hätte, ich hatte aber das Gesagte nicht ironisch gemeint.

Noch am selben Abend begann ich meine Bücher aus dem Regal zu nehmen und in alphabetisch sortierten Stapeln an den Wänden aufzustellen, während Katharina missbilligend den Kopf schüttelte, wann immer sie hereinkam, um sich zu erkundigen, ob ich meine Meinung geändert hätte.

Da die Wohnung über keinen Anschluss verfügte, telefonierte ich am nächsten Tag aus einer nach Urin stinkenden Zelle auf der Hufeland mit der Kommunalen Wohnungsverwaltung, um mich nach jener Sachbearbeiterin zu erkundigen, bei der ich vor drei Jahren den Mietvertrag unterzeichnet hatte. Ich ließ mir ihre Sprechzeiten geben. Besorgte in der folgenden Woche einen Strauß Blumen und eine Schachtel Pralinen. Ich wienerte meine Schuhe blank, zog ein weißes Hemd an, das ich vorher gebügelt hatte, und bat die staunende Katharina, sich ebenfalls ein wenig herzurichten, um mich dann auf die KWV zu begleiten, wo ich am frühen Nachmittag eine Verabredung hätte.

Der Sachbearbeiterin genügte ein einziger kurzer Blick auf den Strauß gelber Tulpen, um mich wiederzuerkennen.

»Und diesmal sogar mit der Freundin«, sagte sie, wies freundlich auf die Besucherstühle vor ihrem Schreibtisch, und während sie den Blumen Wasser gab, Kaffee aus der Maschine in drei Tassen goss, den Aschenbecher zurechtrückte, ein Sahnekännchen und eine Dose mit Würfelzucker zwischen die Akten stellte und das Zellophan von der Pralinenschachtel zog, versuchte ich ihr zu erklären, warum wir gekommen waren.

»Ich weiß, ich weiß, junger Mann. Sie brauchen sich nicht zu verausgaben. Wir sind immer noch dabei, die Häuser zu übergeben. Ich bin bestens informiert.« Sie trank einen Schluck Kaffee, zündete sich eine Zigarette an und schlug einen der Aktendeckel auf. »Die Claims Conference hat Ihr Haus schon weiterverkauft. Zu viele Erben, zu viele Meinungen, da ist eine Sanierung immer schwierig. Wir wissen schon Bescheid, Sie werden demnächst vom neuen Eigentümer Post erhalten, einem gewissen ...«, sie blätterte einmal durch die komplette Akte und nannte dann einen Namen. Ich sah zu Katharina hinüber und bemerkte, dass auch sie den Namen wiedererkannt hatte. Es handelte sich um denselben Spekulanten, der sich Teile der Potsdamer Weststadt unter den Nagel gerissen hatte. Für einen kurzen Moment hatte ich die Idee, einfach tatenlos in der Wohnung zu verharren und zu warten, bis eines schönen Tages der smarte Anwalt an der Tür klingeln würde, von dem Katharinas Eltern erzählt hatten, um mir erst Kekse zu bringen und mir später einen Studentenwohnheimplatz aufzuschwatzen. Oder eine Abfindung von fünftausend Mark, wenn ich beharrlich blieb, möglicherweise mehr, siebentausendfünfhundert, achttausend, ja vielleicht sogar zehn.

»Was brauchen Sie denn nun eigentlich?«, fragte die Sachbearbeiterin und zwinkerte Katharina zu. Auch das, wie alles vorher Gesagte, hatte sie in korrektem Hochdeutsch artikuliert, jeder Verdacht eines Berliner Dialekts war aus ihrem

Sprechen getilgt. Außerdem hatte man ihr offenbar abgewöhnt, die Besucher in der dritten Person anzureden. Schade.

Ich zog die Stirn kraus und sah Katharina fragend an, doch ohne eine Antwort abzuwarten, begann die Sachbearbeiterin nun von sich aus, unsere Bedürfnisse in ihrer Vorstellung Gestalt annehmen zu lassen. Für jeden Raum, der ihr einfiel, ließ sie einen ihrer sorgfältig lackierten Finger aus der Faust der rechten Hand schnellen: »Küche natürlich, Bad mit Innentoilette. Wohnstube, Schlafzimmer. – Ach ja«, das nun mit Blick in meine Richtung, »ein drittes Zimmer für den Nachwuchs irgendwann.«

Für die Länge einer Zigarette saßen wir noch zusammen, knabberten leicht verlegen an den Pralinen herum, während die Sachbearbeiterin kleine Geschichten erzählte aus ihrem aktuellen Leben und aus dem von Bekannten und Freunden, die alle dieselbe kurze Moral hatten: *Hätte man vorher gewusst, wie alles kommen würde, dann …!*

Drei Wochen später zogen wir um, nur einen Kilometer Luftlinie weiter, über die dröhnende Greifswalder rüber in eine Querstraße der Wins. Die Wohnung verfügte über exakt jene Räumlichkeiten, die die Sachbearbeiterin uns zugedacht hatte. Zwei große Zimmer gingen nach vorn auf die damals noch ruhige, schattige Straße, ein weiteres großes dunkles, ein sogenanntes Berliner Zimmer ging auf den Hinterhof. Der Balkon war klein, aber benutzbar, und die Zimmer wurden mit Gamat-Gasaußenwandheizern geheizt, die die Luft trocken machten und die Haut rissig werden ließen, die den Sauerstoff verschlangen, sodass wir ganze Winter hindurch müde und apathisch auf den Frühlingsbeginn warteten. Wo früher die Kachelöfen gestanden hatten, war der Fußboden mit billigen unbehandelten Kieferbrettern geflickt worden, manche Wände waren schief, die Türschwellen abgetreten, aber das Beste sei, so hatte uns die Sachbearbeiterin bei der Schlüsselübergabe beglückwünscht, dass die Besitzverhältnisse so verworren wären, dass eine rasche Privatisierung genauso unwahrscheinlich sei wie irgendeine Anhebung des Komforts. Aber wenn wir damit leben könnten, was sie in Anbetracht unserer Jugend nicht bezweifle, dann habe diese neue Bleibe, wie sie es ausdrückte, eine Perspektive.

Unser Alltag änderte sich kaum. Katharina schrieb weiterhin Bewerbungen und ging abends kellnern. Ich bekam eine kleine Halbwaisenrente und etwas BAföG, weil der Vater nicht als Professor der Universität Potsdam übernommen worden war.

Seit wir nun also offiziell zusammenwohnten – beide Namen standen einträchtig nebeneinander im Mietvertrag –, ging ich wieder häufiger zur Universität. Ich hörte zu, ich machte mir Notizen, ich trug mich in die Anwesenheitslisten ein, doch im Grunde ging es nur darum, abends auf dem Heimweg in eine der neuen Kneipen des Scheunenviertels einzukehren und dort mit den Freunden bis tief in die Nacht zusammenzusitzen.

Ich war lange nicht mehr in der Gegend um die Auguststraße gewesen, obwohl sie nur ein paar Straßenbahnhaltestellen entfernt lag. Wir wohnten jetzt seit etwa zehn Jahren in der Wohnung im Winsviertel – ohne ein Kind bekommen zu haben. Und ohne dass sich ein neuer Besitzer vorgestellt hätte oder eine Heizung ins Bad gebaut worden wäre, genau so, wie es die Sachbearbeiterin einst prophezeit hatte. Und anders als in den meisten Häusern ringsum hatte nur es alle Jubeljahre eine sehr moderate Mieterhöhung gegeben.

Wir führten weiterhin eine Beziehung, Katharina und ich.

Wir hatten beide Berufe, die zu beschreiben es mehrerer Sätze bedurfte und die dennoch kein regelmäßiges Geld abwarfen. Unser Kind, hätten wir eines gehabt, wäre in Schwierigkeiten geraten, wenn es die Arbeit seiner Eltern hätte erklären sollen. So wie ich damals, wenn ich auf solche Nachfragen stur *Akademie* gesagt hatte.

Wir hatten eine Beziehung, und wenn ich daran dachte, wie lange schon, wurde mir fast schwindlig. Wie alt wir schon waren, was für Chancen vertan.

Katharina war drei, vier Monate jedes Jahr nicht zu Hause. Sie reiste dann für eine Kulturinstitution des Bundes nach Asien, Europa, Südamerika, wo sie Wanderausstellungen repräsentativer, meist neuerer deutscher Kunst betreute. Sie überwachte den Aufbau, buchte Hotels und Flugtickets, wenn die Künstler zur Eröffnung anreisten, regelte Passangelegenheiten, Honorarfragen und Abrechnungen. Die Arbeit war gut bezahlt, doch da das Geld nicht übers ganze Jahr reichte, saß sie den Rest der Zeit in einer Bürogemeinschaft, die sie mit Freundinnen gegründet hatte, übersetzte technische Gebrauchsanleitungen aus dem Russischen, Englischen und Französischen, schrieb Gebrauchstexte oder lektorierte für kleines Geld die Dissertationen von Freunden.

Manchmal, wenn wir im Gespräch um einen Fakt stritten, um einen Ort oder eine Jahreszahl, und ich nicht nachzugeben bereit war, sondern auf meiner Version beharrte, zog sie mich damit auf, dass sie sich ungern belehren lasse von einem, der noch nicht mal den Universitätsabschluss geschafft habe.

»Was, keinen Abschluss! Ich habe sogar sieben Abschlüsse. Geschichte, Literatur, Politik. Such dir einen aus. Sogar einen in BWL hab ich.«

»Deine Geisterschreiberei zählt aber nicht. Ich will Urkunden sehen. Zeig mir Stempel!«

Des Weiteren verfasste ich Hausarbeiten gegen Geld, Bewerbungen, Katalogbeiträge. Auch ich lektorierte die Dissertationen all jener Freunde, die sich aufgrund eines Stipendiums zu promovieren entschlossen hatten und erklärten, das werde zumindest ihre Arbeitslosigkeit um drei Jahre aufschieben. Ich schrieb kleine Buchrezensionen für Onlinezeitungen, die zwar nur ein paar Pfennige einbrachten, später dann Cent, aber mit dem Verkauf der Rezensionsexemplare, die ich behalten durfte, rechnete es sich halbwegs, zumal ich mir kein Büro leistete, sondern zu Hause arbeitete. Trotzdem konnte ich manchen Monat nur eine symbolische Mark zur Miete beisteuern. Jenes mystische Stück Geld, für das auch das Eisenhüttenwerk im Harzvorstädtchen verhökert worden war, wo die Großeltern einst gearbeitet hatten, an der Stanze und im Emaillierwerk. Wo wir an der Pforte beim invaliden Großvater gesessen hatten, der ein Jahr vor dem Bruder gestorben war und ein halbes nach der Mutter. Eine Stadt, die unterging.

Ich konnte die *Wohnmaschine* nicht mehr finden. Anders als Anfang, Mitte der Neunziger, als die Galerien in die verwahrlosten Ladengeschäfte gezogen waren, als man nach dem monatlichen Rundgang bis zur Morgendämmerung Bier im *Strandbad Mitte* getrunken hatte oder im Souterrain der *Assel* an der Oranienburger, wo in kurzen Abständen die stolzen, schimmernden Prostituierten hereingeschneit waren, um sich auf dem WC die Lippen nachzuziehen oder sich im Winter bei einem schnellen Grog aufzuwärmen, anders als damals, als die Straßenfassaden noch aussahen, als würde Franz

Biberkopf in dieser Kulisse seinen zweifelhaften Geschäften nachgehen, gab es inzwischen nur noch selten einen Grund, hierherzukommen. Der heutige Abend, an dem wir beide, Katharina und ich, uns etwas feierlicher gekleidet hatten als an gewöhnlichen Tagen, war eine Ausnahme.

Die euphorischen Aufschwungsberichte der Lokalnachrichten im dritten Programm hatten stets gereicht, mich aus der Gegend fernzuhalten. Auch die Immobilienpreise, über die ich gelegentlich stolperte, wenn ich aufgrund fehlender Aufträge tatenlos am PC saß und mich die Furcht anfiel, ob unsere nur langsam steigende Miete nicht doch vielleicht zu hoch sei, wenn ich deshalb wie getrieben die Quadratmeterpreise der verschiedenen Berliner Bezirke verglich und während dieser Recherchen feststellen musste, dass es nur in den Plattenbauvierteln, noch ähnlich billige Wohnungen gab wie die unsere. Dann atmete ich stets auf und beschwor das Bild der Sachbearbeiterin aus meiner Erinnerung, um ihr zu danken.

Jetzt liefen wir durch die spätsommerliche, aufgeputzte und blank gewienerte Auguststraße, beide in Schwarz und leicht overdressed. Ich hatte mir das Jackett über die Schulter geworfen, und als ich merkte, dass ich mich in der einstmals vertrauten Straße fühlte wie ein Tourist aus einem fernen Land, steckte ich mir eine Zigarette an, um die Nervosität zu überspielen. Katharina dagegen war ruhig. Die *Kunstwerke*, *Clärchens Ballhaus* und das *Strandbad Mitte* gab es tatsächlich noch. Adrette Frauen und Männer, große Sonnenbrillen vor den Gesichtern, saßen davor, tranken Bier und perlenden Wein. Sie sahen nicht aus wie Studenten und waren eine Spur zu lässig für ortsfremde Besucher.

Schon im Näherkommen sah ich die Traube vor der Ladengalerie, die unser Ziel war: dreißig, vierzig Leute, viele so dunkel gekleidet wie wir, die lautstark miteinander redeten, die lachten und rauchten, die Weingläser in den Händen hielten und Bier aus kleinen Flaschen tranken.

Zur Galerie führten zwei krumm getretene Stufen aus Basalt. Auch in den Ausstellungsräumen war es voll, es roch nach Schweiß und Aftershave. Im hintersten der drei Räume stand ein Tapeziertisch mit Getränken, dort trank auch der Künstler sein Bier, schwarz gekleidet und zerzaust, umringt von Groupies, die auf ihn einredeten und kicherten.

Obwohl sein Foto im Stadtmagazin nur briefmarkengroß war, erkannte ich ihn sofort: Es war Felix Müncheberg. Mit dem zusammen ich einst eine Pariser Sommernacht durchzecht hatte. Den ich, abgerissen, wie er gewesen war, für eine Nacht in meinem Hotelzimmer hatte übernachten lassen. Wofür er mir zum Dank zwei seiner Zeichnungen gegeben hatte. Oder waren es sogar drei gewesen?

Dem euphorischen Artikel, der die Ausstellung ankündigte, ließ sich entnehmen, dass Felix nicht in Weißensee studiert hatte, wie von ihm geplant, sondern in Leipzig, wo er Meisterschüler eines Meisterschülers von Bernhard Heisig gewesen war, jenem Mitbegründer der Leipziger Schule. Unbeirrt von der Tendenz zu Videokunst und Installation, fuhr der Artikel zu schwärmen fort, gelinge es Müncheberg, dem Tafelbild eine neue Relevanz zu geben, indem er jene immer komplexer werdende Welt, in der wir lebten, adäquat in seinen großformatigen Bildern als Stadtansichten und Naturstudien darstelle, deren eigentliche Gegenständlichkeit durch die Reduktion der Details und den Verzicht auf die Perspektive zu einem knallbunten Fest der fröhlichen Abstraktion werde.

Entsprechend groß sei das Interesse der Käufer, weswegen die Preise allmählich durch die Decke gingen.

An dieser Stelle des Artikels unterbrach ich meine Lektüre, nahm eine Taschenlampe und stieg hinunter in den Keller, wo ich nach wenigen Minuten Stöberns in den Umzugskisten, auf die – ein wenig euphemistisch – mit fettem Edding *Archiv* geschrieben stand, tatsächlich jene Rolle entdeckte, die mir Felix Müncheberg damals in Paris gegeben hatte. Ich hatte sie nie geöffnet, nie angesehen, was sie enthielt, lediglich in einen Plastikbeutel hatte ich sie gewickelt, bevor sie mir aus dem Sinn geraten war. Ich merkte, wie mein Herz klopfte, als ich zurück in die Wohnung hastete, wie mir die Finger leicht zitterten, als ich das dicke Aquarellpapier entrollte. Müncheberg hatte mir nicht zwei, nicht drei, sondern ganze vier seiner Bilder mitgegeben. Er musste extrem guter Laune gewesen sein an jenem Morgen. Sie waren sogar signiert, Ort, Datum, Namenskritzel. Ich führte im Kopf eine schnelle Multiplikation durch, nahm einen Betrag, den ich von den Preisen der Ölbilder ableitete, die der Artikel erwähnte, und multiplizierte ihn mit vier. Damit ließ sich eine Weile leben.

Katharina im Schlepptau, drängte ich mich jetzt zu den Getränken vor, reichte ihr ein Glas Sekt, nahm selbst ein Bier und tippte, mutig geworden nach drei großen Schlucken, dem Künstler auf die Schulter. Er zuckte kurz, dann drehte er den Kopf in meine Richtung. Die Groupies hörten auf zu plappern und starrten mich an.

»Hi, Felix«, sagte ich, »erinnerst du dich? Paris 1990.«

»Was?« Er drehte sich ganz zu mir um und musterte mit einem schnellen Blick Katharina, die wie zur Abwehr das Glas hob und vorsichtig lächelte.

»Sacré-Cœur. Der Whisky.«

»Wer sind Sie denn überhaupt?«

Noch bevor ich antworten konnte, drängelte sich der Galerist zu Müncheberg durch, um ihn an ein Interview zu erinnern, das das Lokalfernsehen mit ihm aufzeichnen wollte.

Mir trat der Schweiß auf die Stirn.

»Ich geh mal raus, eine rauchen«, sagte Katharina und war verschwunden.

»Hättest dich ruhig ma' melden können, Mensch.« Ich spürte, wie mir jemand auf den Rücken schlug. Drehte mich um und sah in eine jener großen schwarzen Kastenbrillen, deren Nüchternheit Intellektualität suggerierte und die genauso in Mode zu kommen schienen wie die neue halb gegenständliche Malerei aus Leipzig und Dresden. Sah hinter dem dicken Glas zwei kleine graugrüne Augen und fing mir einen zweiten Schlag auf die Schulter ein, der so heftig ausgeführt war, dass ein Schluck meines Biers aus dem Flaschenhals schoss und auf den Galerieboden platschte.

»Mensch, Alter, ist da jemand zu Hause«, sagte der mit der Kastenbrille, und indem ich reflexhaft seine Faust abfing, mit der er wohl vorgehabt hatte, mir gegen den Schädel zu pochen, erkannte ich ihn an der Farbe seines Haars: Es war Kupfer.

»Kupfer«, sagte ich.

»Live und in Farbe«, sagte Kupfer. Er war ein wenig schmaler geworden im Gesicht. Die Brille kaschierte das Rotznäsige seiner Mimik, und seine noch vollen Haare waren sorgfältig gescheitelt und fielen ihm im Nacken bis auf die Schulter. An der Art, wie er sich bewegte, ließ sich erkennen, dass Kupfer es gewohnt war, Anzüge zu tragen, an diesem Abend einen perfekt sitzenden hellgrauen Zweiteiler, den er mit einem schneeweißen Hemd kombiniert hatte.

»Was machst du so?«

»Lass es mich so formuliern: Ick bin Jeschäftsmann.«

»Und was hat dich ausgerechnet hierhergeführt, in diese ... ich meine: Galerie?«

»Wie jesagt: Ick bin Jeschäftsmann und als solcher immer auf der Suche nach Möglichkeiten zum Investieren. Kunst bringt jute Rendite. Haste mal wat von olle Saatchi jehört?«

»Ja.«

»Dann weeßte ja selber, wie es aussieht. – Is mir aber zu teuer hier. Ehrlich. Viel zu schickimicki.«

»Und welche *Art* von Geschäft treibst du, wenn du grad nicht in Kunst machst?«

»Na dit Übliche: Im- und Export.« Kupfer grinste. »Allet wat anliegt eben. Oder wat sich ergibt. – Immobiljen und so weiter.«

»Also alles.«

»Könnte man so sagen. Warte mal –«

Kupfer drängte sich zum Getränketisch durch, von dem er zwei neue Flaschen Bier fischte.

Er sagte: »Auf die juten alten Zeiten«, trank einen Schluck, dann legte er kumpelhaft seinen Arm um meine Schulter und schob mich in den Nebenraum, wo sich weniger Kunstpublikum drängte als an der improvisierten Bar.

»Erzähl mal«, sagte er, während er die Bilder an der Wand betrachtete, die hier kleinformatiger waren als in den anderen Räumen, filigraner, fast zart. Wie unter den meisten Werken der Ausstellung klebten auch unter den Aquarellen kleine orangefarbene Punkte, die signalisierten, dass das Bild schon verkauft oder reserviert war.

»Was willst du denn wissen, Kupfer?«

»Allet. – Warum es dir nich jut jeht zum Beispiel.«

»Wie kommst du denn da drauf?«

»Ach, doch nich'? Sollt ick mir etwa jetäuscht haben?«

»Keine Ahnung«, sagte ich und begann, Kupfer behutsam meine Tätigkeit zu schildern. Erwähnte die billige Wohnung und dass Katharina phasenweise sehr gut verdiene.

»Iss'it noch die gleiche Katharina wie damals bei der Asche?«

»Es ist sogar dieselbe.«

»Alle Achtung, du hast 'ne jute Kondition, mein Freund.«

Ich sagte, dass es uns nicht so sehr ums Geld gehe, dass andere Sachen wichtiger seien, Bücher und Kultur. Dass es, wie Oscar Wilde seinerzeit schon sinngemäß angemerkt habe, doch nicht immer nur um den Preis von allem gehen muss, sondern auch mal um den Wert.

Als ich fertig war, verzog Kupfer das Gesicht. Es sah jetzt aus wie damals, wenn er auf der Stube seine wunden Füße vom Verband befreit hatte.

»Mann, dit is doch nüscht für dich, Kubi. – Immer keen Geld haben, immer uff die Almosen von andern anjewiesn sein. Die dann ooch noch keene Zahlungsmoral haben. Und denn no' die eigene Frau arbeiten lassen. Dit is doch keen Leben, Mensch. Dit hatt doch allet keene Zukunft.«

»Die Frau will aber arbeiten«, sagte ich, »das nennt sich Emanzipation.«

»Quatsch doch nich' dusslich: Ick nenn dit *Schnickschnack*«, sagte Kupfer, »und manchmal nenn ick dit auch *faule Ausrede.*«

Um nichts entgegnen zu müssen, setzte ich die Flasche an und starrte auf die Aquarelle von Felix Müncheberg: Stadtansichten, bunte, menschenleere Neubauschluchten, genauso wie auf den vier Blättern, die ich besaß. Die Bilder schienen aus derselben Reihe zu sein. Sie waren allesamt titellos, und weil es vermutlich stilvoller war, hatte die Galerie keine Preise ausgeschrieben.

»Hier«, sagte Kupfer, »nimm die«, und reichte mir seine Visitenkarte. Dickes Büttenpapier, Goldprägung, Berliner Adresse, keine Berufsbezeichnung unter dem verschnörkelten Namenszug. »Wenn de genug hast von deine Schreibsklaven-Existenz, klingelste einfach durch, und Papa guckt, wat er machen kann.«

»Mann, Kupfer!«

»Keene Widerrede, brauchst dir nich' zu genieren. Wir sind schließlich unta uns.«

»Wo ist das denn? Friedrichshain? Wohnst du da?«

»Klaro wohn ick da. Stralau, Rummelsburjer Bucht, schick am Wasser, mit allem pipapo, wa? Du kommst mich doch mal besuchen, oder? Dit heißt natürlich: ihr.«

»Soll ich dir was sagen?«

»Wat denn?«

»Ich besitze vier davon.«

»Wie jetze?«

»Na, aus dem Zyklus da. Vier Blätter.«

»Wat würdeste denn dafür haben wolln?«

»Keine Ahnung, vielleicht behalte ich sie ja.«

»Und wie biste dazu gekommen?«

»Ist 'ne lange Geschichte.«

»Erzählste mir gleich beim Bier, wa? – Nee, nee, keine Widerrede! – Natürlich gehn wir noch einen heben an so 'nem Tag, so wundaschön wie heute.«

Katharina stand auf der Straße bei den anderen Vernissagengästen, rauchte und hielt sich an ihrem Sektglas fest. Auf den ersten Blick wirkte sie wie dazugehörig, auf den zweiten konnte man erkennen, dass sie gern woanders gewesen wäre.

»Das ist Kupfer«, sagte ich zu Katharina, »ein alter Bekannter.«

»Ein *Freund*, würd ick mal sagen, noch vonne Fahne, wa?«

Katharina warf die Zigarette weg, reichte ihm die Hand, die Kupfer ergriff, um einen gehauchten Kuss anzudeuten, was sie zum Lachen brachte.

»Katharina«, sagte ich, »meine ... na, du weißt schon.«

»Deine wundaschöne Verlobte«, sagte Kupfer.

»Wir sind nicht verlobt«, sagte Katharina.

»Dann hab ick eventuell sojar noch 'ne Schangse?«

So ging das noch eine Weile hin und her. Wir standen auf der Straße, es wurde dunkel, ab und zu ging einer von uns dreien in die Galerie, um neues Bier oder ein frisches Glas Sekt zu holen. Einmal noch traf ich auf dem Weg von der Toilette auf Felix Müncheberg. Er warf mir einen komischen Blick zu, keinen bösen, eher einen ohne Verständnis.

Kurz vor elf verabschiedete sich Katharina, weil sie am nächsten Morgen früh ins Büro wollte. Sie hatte mehr getrunken als üblicherweise, hatte rote Wangen bekommen und war über die wenigen Stunden, die wir plaudernd und scherzend vor der Galerie zugebracht hatten, so vertraut mit Kupfer geworden, dass sie ihm, bevor sie ging, einen Kuss auf jede Wange drückte.

»Tolle Braut«, sagte Kupfer und starrte ihr hinterher, bis sie Ecke Tucholskystraße abgebogen war.

Wir gingen rüber in die *Strandbar*, Kupfer bestellte dreißig Jahre alten Whisky und erläuterte eine halbe Stunde lang seine goldene Uhr. Er zählte mir sämtliche Möbel in seiner Dachwohnung inklusive der Preise auf. Er benannte jedes technische Gerät, das er besaß. Er sprach von seinem Auto und von einem klimatisierten Raum mit deckenhohen Fenstern, verspiegelten Wänden und Blick über die Rummelsburger Bucht, in dem nichts weiter als seine Kraftsport- und Fitnessgeräte standen. Er vergaß nicht, mir mehrmals die Quadratmeterzahl seines Penthouses zu sagen. All das tat er gar nicht mal uncharmant, mit einem Quäntchen Selbstironie. Ich hatte fiesere Leute schlimmer angeben hören, aber die Monotonie des Sujets zusammen mit dem hochprozentigen Alkohol und den immer wieder eingestreuten, immer anzüglicher werdenden Lobreden auf Katharina ließen mich so müde und willenlos werden, dass ich schon gegen eins nicht mal mehr die Kraft aufbrachte zu nicken.

Kupfer zahlte und ließ die Bedienung ein Taxi rufen.

Als wir vor unserem Haus standen, dessen Fassade wegen der unklaren Besitzverhältnisse lange keinen Anstrich mehr erhalten hatte, umarmte mich Kupfer, während das Taxi mit laufendem Motor wartete. Er sah an der fleckigen Hauswand hoch und sagte: »Da also muss unser Aschenputtel wohnen.«

»Mann, Kupfer, was ist denn bloß los mit dir«, sagte ich, lauter, als ich wollte, ich hätte ihn beinahe an den Sakkoaufschlägen gepackt. »Was ist denn mit *Klassenkampf*? – Wir gegen die Bonzen, hast du das vergessen? Was ist mit diesem Erbkrieg, von dem du damals immer gefaselt hast?«

»Ach weeßte, Kubi, finde ick immer noch jut. Ick hab eben bloß die Seiten jewechselt. – Aber eens kannste mir glauben: Ick werd nie von oben uff die unter mir treten. Dit schwör ick dir, bei allem, wat ...« Er schlug mir auf die Schulter, stieg ein, und ich sah dem Taxi so lange hinterher, bis es mit quietschenden Reifen auf die Greifswalder eingebogen war.

Wind, der Ohren entzündet

Das Ladengeschäft befand sich in einem frisch verputzten Gründerzeithaus mit malvenfarbener Fassade, das an einer verkehrsberuhigten, von Ahornbäumen gesäumten Straße lag. Durch das Laub der Bäume fiel die Mittagssonne und warf filigrane Schatten auf das Pflaster des Gehsteigs, tanzende Muster, die von einer leichten, warmen Brise in steter Bewegung gehalten wurden. Das Schaufenster des ebenerdigen Geschäfts war gardinenlos, frisch geputzt und gab unverstellt den Blick ins Innere frei.

Kaum zweihundert Meter weiter westlich lärmte jener große, unübersichtliche Flecken im Herzen des östlichen Berlins, an dem die Dimitroff-, die jetzt wieder Danziger hieß, in die Eberswalder Straße überging und sich mit der Kastanien- und der Pappelallee sowie den vier Spuren der Schönhauser kreuzte. Zwei Bundesstraßen trafen hier aufeinander und drei Straßenbahnlinien. Im Zehnminutentakt donnerte die Hochbahn über den Viadukt, unter dessen Bögen *Konnopke's Imbiss* seit 1930 Currywürste anbot. Autos drängten sich auf dem verengten Asphalt, der in diesen Tagen von den Tiefbauarbeitern der städtischen Wasserbetriebe aufgerissen wurde. Der Krach der Presslufthämmer war infernalisch.

Hier dagegen, in der Seitenstraße, dreihundert Meter entfernt, war der Kreuzungslärm nur gedämpft zu hören, ein Grundrauschen, das die Grünfinken, Stieglitze und Spatzen ohne Mühe übertönten, wenn sie in kleinen lautstarken Trupps die Blumenkästen der umliegenden Balkone nach Fressbarem absuchten, nach jungen Kräutertrieben oder den Samen vertrockneter Blüten.

Es war die Zeit des Sommerausgangs, im späten August, an den Straßenrändern gab es, anders als sonst, freie Parklücken.

Sieben Tage und ein ganzes Wochenende waren geblieben, bevor am Montag die Schule wieder begann, die zweite Hälfte des Arbeitsjahres, und die jungen Familien in das Viertel zurückkehren würden, Bedeutsamkeit, Hektik, Unruhe im Schlepptau.

Trotzdem warteten schon eine Handvoll Kinder in dem hellen, cremefarben gestrichenen Raum mit der verspiegelten Rückwand und den weiß lasierten Bodendielen. Vielleicht fand ein kostenloses Probetraining statt, um die neue Tanzschule im Viertel bekannt zu machen, denn als ich das letzte Mal hier vorbeigekommen war, hatte der Laden noch Gebrauchtwaren verkauft, helle Möbel aus Kiefernholz, Spielzeug, stapelweise Geschirr. In Bananenkisten auf dem Gehweg hatte man durch staubige Schallplatten blättern können.

Es war genau ein halbes Dutzend, merkte ich, als ich unauffällig nachzählte, genau sechs Mädchen standen in dem frisch renovierten Laden, und ein wenig abseits, als gingen ihn die Mädchen nichts an, entdeckte ich nach einer Weile ein siebentes Kind, den einzigen Jungen.

Alle trugen Tanzkleidung, die Mädchen rosafarbene Trikots, drei von ihnen mit angenähten Tutus, der Junge steckte in einer klassischen Kombination aus schwarzer Turnhose und weißem, ärmellosem Hemd. Ich kannte mich mit Kindern nicht aus, schätzte ihr Alter aber auf fünf, sechs Jahre. Sie waren barfuß.

Die drei Mädchen mit den Tutus schienen sich zu kennen, sie neckten einander, tauschten flüchtige Berührungen aus, korrigierten sich gegenseitig den Sitz der Haarspangen, der Zopfgummis, der Trikotträger. Sie wirkten, als würden sie sich nach der langen Ferienzeit das erste Mal wiederbegegnen. Eines der Tutumädchen war einen halben Kopf kleiner als die beiden anderen, schmaler und hatte als Einziges der Kinder schwarzes Haar. Als ich bemerkte, dass ihre Augen etwas schmaler waren als die der anderen und leicht schräg standen, schoss mir der Gedanke in den Kopf, dass, wenn wir, Katharina und ich, eines Tages ein Kind bekommen würden, es aussehen könnte wie dieses Mädchen.

In der linken Ecke des vielleicht vierzig Quadratmeter großen Raumes stand ein Konzertflügel, der mit bunten Batiktüchern verhängt war, daneben auf dem Boden ein Ghettoblaster, dessen Netzkabel in einer Verlängerungsschnur steckte, die unter dem Flügel hindurchführte.

Ob es am Rauschen der Kreuzung lag, an den Ahornblättern, die in der Spätsommerbrise raschelten, oder am Gezeter der Spatzen, konnte ich nicht sagen, doch kein Geräusch, kein Fetzen Musik drang aus dem Laden nach draußen auf den Fußweg, wo ich kurz angehalten und meine beiden Einkaufstüten abgestellt hatte, um im Schatten der Bäume etwas zu verschnaufen, um mir den Schweiß von der Stirn zu wischen und eine Zigarette zu rauchen.

Im selben Moment, als mir die pummeligen Beine eines der Tutumädchen auffielen, ihr dicker Bauch, über dem sich der glänzende Trikotstoff spannte, wandte der Junge sein Gesicht in den Raum, bewegte sich eine Schiebetür an der Rückseite, und in der größer werdenden Lücke erschien ein nackter Frauenarm. Ich senkte den Blick, warf die Zigarette fort, griff nach den Einkaufstüten und lief los, ohne im Vorbeigehen noch einmal hineinzusehen.

Mir fiel der Anruf wieder ein, der mich erst aus meiner Wohnung getrieben hatte, fort vom Schreibtisch, an dem ich mich nicht mehr hatte konzentrieren können, zum Supermarkt hin, wo Ablenkung wartete.

Die Absage würde mein Septemberbudget sprengen, statt in Ruhe arbeiten zu können, würde ich einen neuen Auftrag akquirieren müssen, besser zwei, um den Ausfall zu kompensieren.

In der Ablage meines Schreibtischs lag zwischen anderen unerledigten Papieren die Visitenkarte Kupfers, an den ich in den letzten Wochen immer häufiger hatte denken müssen. An sein Angebot, mir zu helfen, egal, worum es ginge.

Ich lief die Seitenstraße hinunter bis zur nächsten Kreuzung und blieb kurz stehen. Links ging es zur Wohnung, rechts lagen Apotheke, Drogerie und ein Zeitungskiosk. Ich ging nach rechts, und während mir einfiel, dass wir keine Müllbeutel mehr im Haus hatten, registrierte ich den hässlichen Kinderwagen, einen Buggy, der vor dem Eingang der Drogerie parkte. Grau die Farbe, die schwarzen Schaumstoffgriffe des Schiebebügels aufgeschlitzt, im Korb unter der Sitzfläche, die der Jahreszeit zum Trotz mit einem schmuddeligen Schaffell gepolstert war, lagen eine braune Bananenschale, Süßigkeitenverpackungen, eine verbeulte Plastikflasche. Ich erkannte ein paar Buddelförmchen zwischen dem Unrat und korrigierte meinen ersten Eindruck: Der Kinderwagen war im Grunde ganz normal, nur in dieser Gegend, in der ich noch immer wohnte, wirkte er mittlerweile schäbig.

»Bist *du* das?«, hörte ich eine Stimme sagen, als ich aus der Hocke hochkam und mich der Drogerietür zuwenden wollte. Dort stand ein bulliger, kahl geschorener Mann mit Kastenbrille und einem Kind auf dem Arm. Das Kind passte perfekt zu seinem Wagen, sein Gesicht war beschmiert mit Rotz und Schokolade.

»Ja, ich *bin's*«, sagte ich, als ich Michael erkannte, mit dem zusammen ich an der Erweiterten Oberschule der Heimatstadt gewesen war, damals vor sechzehn, siebzehn Jahren. Der in unserer Schülerband das Schlagzeug gespielt und mit dem ich mehr als ein halbes Jahr in einer Abbruchwohnung nahe Sanssouci gewohnt hatte, bevor wir zum Studieren nach Berlin gegangen waren und uns irgendwie aus den Augen verloren hatten. »Mann, wie geht's dir denn?«

»Frag lieber nicht«, sagte Michael und setzte das Kind in den Wagen, und da es anfing, Geräusche des Unwohlseins auszustoßen, riss er die Prinzenrolle auf, die er gerade in der Drogerie gekauft hatte, und steckte dem Kind einen Keks in den Mund.

»Wie heißt denn der Kleine?«

»Marie«, sagte Michael, »es ist ein Mädchen.«

»Und wie alt?«

»Zweieinhalb.«

»Hattet ihr nicht ...«, setzte ich zu fragen an und zeigte mit dem Finger auf Marie.

»Ja«, sagte Michael, »Elsa. Die ist mittlerweile elf.«

»Als ich Elsa das letzte Mal gesehen hab, da war sie ...«

»Fünf, glaube ich«, sagte Michael, »oder? Wir haben im Volkspark gegrillt.«

»Genau: Du hattest Geburtstag.«

»Stimmt.«

»Ja.«

Michael löste die Wagenbremse und umfasste den Schiebebügel, während Marie mit großer Sorgfalt den Keks einspeichelte.

»Und wie geht's deiner Frau?«, fragte ich, um das Gespräch in Gang zu halten, »Susanne, hieß sie, richtig?«

»Wir sind nicht mehr zusammen.«

»Ihr habt euch scheiden lassen?«

»Erst mal sind wir nur getrennt. Ich hab seit letzter Woche eine eigene Wohnung.«

»Hier in der Gegend?« Ich deutete mit dem Finger in die Baumkronen.

»Bin ich Krösus? – Nein, im Ernst, an der Grenze zum Friedrichshain, eine Parallelstraße der Danziger.«

»In diesen komischen Altneubauten aus den Sechzigern?«

»Genau da.« Michael lief, den Wagen vor sich her schiebend, langsam los, und ich folgte ihm trotz der hinderlichen Einkaufstüten, weil ich nicht an meinen Schreibtisch zurückwollte.

»Ziemlich ruhige Gegend, viele Vietnamesen und ein Haufen von diesen Ostrentnern, die den ganzen Tag auf ihren Kissen lehnen und aus dem Fenster gucken.«

»Hört sich an wie früher im Wohngebiet«, sagte ich, »bis auf die Vietnamesen.«

»Warst du schon im Urlaub?«, fragte Michael und legte die angebrochene Keksrolle neben Marie ins Schaffell.

»Nein, kein Geld. Außerdem muss ich arbeiten. Und Katharina auch.«

»Komm doch einfach mit uns mit«, sagte Michael und sah mich erwartungsvoll an, »du bist doch selbstständig.«

»Wie jetzt?«

»Nach Polen. Ich hab eine Wohnung gemietet für vier Tage. – Wir waren da früher schon immer, mit Susanne.«

»Ich weiß nicht ...«

»Ich, die Kinder und du. – Du brauchst auch nichts zu bezahlen.«

»Darum geht's gar nicht.«

»Worum denn dann?« Michael blieb stehen und sah mich an. Wir waren vor einem dieser Cafés angekommen, das die reifen, distinguierten Mütter des Viertels zur Basis ihres Alltagslebens gemacht hatten.

Doch weil Ferienzeit war, saßen nur zwei von ihnen unter den Sonnenschirmen, und musterten unverhohlen die verschmierte Marie und ihren Snack.

»Na gut«, sagte ich.

»Schön.«

»Bist du eigentlich noch an der Uni?«

»Ja«, sagte Michael, »aber die Stelle läuft nächstes Jahr aus.«

»Ich hab dich ja immer beneidet um dein Fach. Eigentlich hätte ich das studieren sollen.«

»Bild dir bloß nichts ein: In der Prioritätenliste der Forschungsverbände steht Südostasien nicht sehr weit vorn. Wir müssen entsprechend strampeln.«

In Stettin stiegen wir in den D-Zug um, der nach Swinemünde fuhr. Der Zug roch, wie die Züge damals gerochen hatten, in den Siebzigern, als wir noch kein Auto besessen hatten und mit der Eisenbahn zu den Großeltern gefahren waren: nach Leder, kaltem Rauch und Desinfektionsmitteln. Die Fenster in den Gängen waren heruntergeklappt, der Fahrtwind strömte herein, die Sonne schien. Es war früher Nachmittag, die Menschen tranken Bier, rauchten Zigaretten, plauderten. Wir fanden ein leeres Abteil, wo Marie auf der Sitzbank sofort einschlief. Elsa, ihre große Schwester, holte einen pinkfarbenen Gameboy aus dem Rucksack und begann, wie schon die ganze Fahrt über, auf den Knöpfen herumzudrücken. Nur um zu essen oder wenn sie einen Schluck Cola trinken wollte, unterbrach sie ihr Spiel. Oder wenn Marie nach Aufmerksamkeit verlangte. Elsa schien auf dieser Reise die Rolle ihrer Mutter Susanne spielen zu wollen, vielleicht auch zu müssen. Sie, nicht Michael, wechselte dem Kind die Windeln, sie spielte mit ihm, wenn es danach verlangte, und sie wischte ihm den Mund mit Papiertaschentüchern ab, wenn er verschmiert war. Elsa war fast so groß wie ich. Die Stämmigkeit hatte sie von ihrem Vater geerbt, und unter dem Pumuckl-T-Shirt, das sie trug, zeichneten sich bereits Brüste ab.

In Misdroy stiegen wir aus. Während wir vor dem Bahnhof auf ein Taxi warteten, erzählte Michael, dass das Berliner Bürgertum hier früher die Badeurlaube verbracht habe. Er holte weit aus und klang dabei, als hätte er einen Wikipediaeintrag auswendig gelernt, spätestens, als er erwähnte, dass auch Rudolf Virchow hier in der Sommerfrische gewesen war.

Ich war noch nie in Misdroy gewesen, aber ich kannte den Ort trotzdem. Das fiel mir auf, als das Taxi uns vor dem neunstöckigen Punkthochhaus absetzte, in dem unsere Ferienwohnung lag. Elsa hob Marie in den Buggy, den Michael umständlich auseinandergeklappt hatte, und schob den Wagen in Richtung der Dünen, die sich direkt neben der Straße erhoben. Sie war aufgeregt. Das Meer rauschte. Der Geruch der Ostsee war ein Geruch aus der Kindheit.

»Siehst du das Hochhaus neben unserem?«, fragte ich Michael und hielt ihm meine Zigarettenschachtel hin.

Er wandte den Blick von seinen Kindern ab, die gerade in den Dünen verschwanden, steckte sich eine Zigarette zwischen die Lippen und folgte mit den Augen meinem Zeigefinger.

»Meinst du das Hotel?«

»Ja, genau das. Ich hab vor zwei Wochen einen Film gesehen, der dort gespielt hat.«

»In *dem* Hotel?«

»Im Hotel, am Strand, im Ort hier. – Er hieß *Die Klasse* oder *Die Klassenfahrt* oder *Der Ausflug*. Irgend so was.«

»Im Kino?«

»Auf Arte.«

»Herrje.«

Wir standen noch immer auf der Straße vor dem Hochhaus, das Gepäck zu unseren Füßen, und rauchten.

Der Film handelte von der Abschlussfahrt einer Berliner Schulklasse. Der Protagonist war einer dieser komischen jungen Männer, wie sie häufiger auftauchten in den Arbeiten der sogenannten Berliner Schule: einzelgängerisch, nicht besonders hell, unkommunikativ, im Grunde asozial. Er hatte sich in eine Klassenkameradin verliebt, die jedoch einen Urlaubsflirt mit dem polnischen Bademeister begann, der dem eifersüchtigen Schüler dann in jedem Belang überlegen war.

Schon auf dem ersten Spaziergang wurde uns klar, dass die Saison vorbei war, dass sich der Ort auf die Winterruhe vorbereitete. All die Attraktionen gab es nur noch auf den

Werbeplakaten: die Hüpfburg, das Riesentrampolin, die Schaumrutschen, den Schießstand, den hydraulisch bewegten Spaceshuttle-Simulator, das Kettenkarussell.

Entlang der Promenade standen die Trucks in Reihe und warteten darauf, mit dem auseinandergebauten Kirmesplunder beladen zu werden. Elsa war enttäuscht. Zum Baden war es zu kalt, was nicht an der Lufttemperatur lag, sondern am Wind. Das Wachsfigurenkabinett war kein Ersatz, und ins Aquarium wollte sie nicht. Michael kaufte ihr zum Trost eine Bernsteinkette, er kaufte ihr Softeis, Cola und Schaschlik.

Den Abend verbrachten wir in der Fischräucherei gegenüber unserem Haus, zu der ein kleines Restaurant gehörte. Wir saßen unter knatternden Sonnenschirmen, die Kragen hochgeschlagen, und froren. Wegen des starken Windes mussten wir die Servietten mit Aschenbechern und Ketchupflaschen beschweren.

»Du solltest der Kleinen eine Mütze aufsetzen«, rief ich Michael zu.

Michael betrachtete kurz Marie, die, den Kopf zur Seite gekippt, in ihrem Schaffellsitz schlief. »Stimmt«, sagte er, »sie neigt zur Mittelohrentzündung.« Aus dem Korb unter dem Kinderwagensitz holte er eine rote Mütze hervor und setzte sie dem schlafenden Kind auf.

»*Über* die Ohren«, sagte ich.

»Was?«, versuchte Michael das Knattern des Sonnenschirms zu übertönen.

»Du musst ihr die Mütze *über die Ohren* ziehen!«, schrie ich zurück.

Er tat es, und dann widmeten wir uns wieder der Räucherfischplatte, den goldgelben Makrelen, dem fettigen Heilbutt, dem Lachs und dem Aal. Elsa aß eine große Portion Pommes frites dazu, wir tranken polnisches Bier. Auf den Flaschenetiketten war ein Wisent abgebildet.

Schon um neun waren wir wieder in der Ferienwohnung. Elsa setzte sich vor den Fernseher, nachdem sie Marie ins Bett gebracht hatte. Um zehn zog sie sich zurück, und eine Stunde später legte sich auch Michael schlafen, ohne dass wir betrunken waren oder Pläne für den nächsten oder die drei anderen Tage gemacht hätten.

Ich schaltete den Fernseher ab, sammelte heruntergefallene Erdnüsse auf und räumte die leeren Bierbüchsen in die Küche. Dann holte ich mir ein frisches Bier, löschte das Licht und ging auf den Balkon, um eine Zigarette zu rauchen. Doch es gelang mir nicht, sie anzuzünden, wieder und wieder blies der Wind das kleine Feuerzeugflämmchen aus.

Die Balkonverkleidung aus Plastik ratterte, lose Gebäudeteile klapperten, die Baumkronen schwangen, Laub flog durch die Luft, Äste brachen. Ich merkte, wie mir die Ohren zu schmerzen begannen, der Wind wehte mir jetzt direkt in den Kopf. Ich war mir sicher: Er würde dort irgendetwas anrichten, mich krank machen, und ich konnte doch nicht zum Arzt in Berlin, weil ich arbeiten musste.

Ich zündete mir die Zigarette im Wohnzimmer an. Im Schein des Flämmchens sah ich Maries rote Mütze auf der Sofalehne liegen.

Der Stoff war elastisch, ich musste keine besondere Kraft mehr aufwenden, um sie über meine Ohren zu bekommen, nachdem der erste Widerstand überwunden war. Ich trat wieder auf den Balkon zurück: Die Geräusche des Windes waren jetzt gedämpft, mein Kopf geborgen, die Ohren warm. Am Horizont konnte ich die beleuchtete Seebrücke erkennen, von der sich im Film der betrunkene Bademeister in den Tod stürzte, nachdem ihn der Schüler zu einem Wettschwimmen überredet hatte, ohne dann selbst ins Wasser zu springen. Der Pole ertrank, der Soziopath zog sich einfach wieder an und ging zurück ins Hotel, wo seine Klasse sich im Speisesaal mit eingeschmuggeltem Alkohol betrank.

Das war genau gegenüber gewesen. Ich konnte den Speisesaal vom Balkon aus sehen. Dort feierte jetzt eine polnische Hochzeitsgesellschaft.

Die Mütze allerdings war dahin, war ausgeleiert, zu groß geworden für Maries feines Köpfchen. Sie würde ihr die verbleibenden Urlaubstage über die Augen rutschen, aber das, wenn überhaupt, würde Michael erst am nächsten Morgen feststellen.

»Soup Is Good Food«

Die menschlichste Bleibe weit und breit
ist ein Tisch unter einer Kastanie auf einem Hof,
in dem Kinder spielen und Hühner gackern.
Franz Josef Degenhardt

Die einzige Rache, die ich an meinen Gästen nehmen konnte, war, den Laden nach einem Dead-Kennedys-Song zu benennen. Rache an all den Suppenkaspern, die gegen halb zwölf an jedem Werktag in den sechs mal sechs Meter großen, lindgrün gekachelten Gastraum mit der Edelstahltheke und den gleichfalls auf Hochglanz polierten fünf Stehtischen polterten, um bei Sandra, einer Bekannten und ehemaligen Kommilitonin aus den Geschichtsseminaren, ihre Bestellungen aufzugeben. Touristen, Hipster aus den USA und Westeuropa, die der billigen Preise wegen in der Stadt lebten und mit ihrer Anwesenheit die Preise in die Höhe trieben, Medienfuzzis und ihre Geschäftspartner, Kanzleimitarbeiter und Agenturangestellte samt ihren Klienten, Verlagsleute mit ihren Autoren und die reicheren Studenten, die blasierten Mütter und ihre ebenso alt und ausgezehrt wirkenden Freundinnen aus Westdeutschland. Keine normalen Leute, keine richtigen Berliner betraten je den Laden, der einen Steinwurf entfernt lag von der lauten Kreuzung am U-Bahnhof Eberswalder Straße.

Gegen drei flaute das Mittagsgeschäft meist ab, zwischen fünf am Nachmittag und sieben Uhr abends, dem Geschäftsschluss, schwappte noch eine letzte Welle an Gästen herein, die hauptsächlich aus den allein lebenden Staatsbeamten von Berlin-Mitte bestand, die mit gelockertem Schlips und dem Sakko über dem Arm auf einen Teller Suppe und ein Glas Weißwein hereinkamen, bevor sie Richtung Kollwitz- oder Helmholtzplatz weiterzogen, wo sie in hochwertig ausgestatteten Zweizimmerwohnungen so lange allein lebten, bis sie auf ein adäquates Weibchen trafen. Keine Frage, sie waren höflich und zuvorkommend, oft sehr gut gelaunt, wie erleichtert fast, dass ihre Tätigkeit für diesen Tag zu einem Ende gekommen war, ganz anders als die meisten meiner Mittagsgäste, aber ich ahnte, was sie tagsüber taten, im Parlament, in den Ministerien und Bundesverwaltungen, ich malte mir aus, was ihre jeweilige Funktion war in diesem Gefüge und wie ihre ideologischen Grundsätze lauten mochten, und je intensiver ich darüber nachdachte, desto sicherer war ich mir, dass sie nicht unschuldig daran waren, dass eine promovierte Historikerin wie Sandra dazu gezwungen war, lächelnd ihre Bestellungen entgegenzunehmen. Ich starrte also durch die Servierluke auf ihre entspannten Gesten, hörte ihre lockeren Sprüche, mit denen sie versuchten, bei Sandra Eindruck zu schinden, und in mir brodelte es nicht weniger als in den riesigen Edelstahltöpfen, die vor mir auf dem Herd standen.

Von der Stirn lief mir der Schweiß in die Augen.

»Wat kannste denn so«, hatte mich Kupfer am Telefon gefragt, kaum überrascht von meinem Anruf, Monate nachdem wir uns zufällig in der Galerie getroffen hatten, »oder anders jesagt, wat machste denn jerne?«

Dass ich überhaupt zum Hörer gegriffen und Kupfers

Nummer gewählt hatte, mochte mit dem Tod der Großmutter zusammenhängen, die mir ein paar Mark und später auch Euro zugesteckt hatte, wann immer keine Aufträge hereingekommen waren oder aber ein technisches Großgerät – die Waschmaschine, der Kühlschrank, der Fernseher – kaputtgegangen war und ersetzt werden musste. Die Großmutter kam mit ihrer eigenen schmalen Rente, der üppigeren Witwenrente und dem Angesparten aus den Ehejahren bestens über die Runden – der Großvater hatte sich nach seinem Tod Mitte der Achtziger, der von einer jener typischen Arbeiterkrankheiten verursacht worden war, die irgendwie mit Alkohol und Nikotin zusammenhingen, als Pfennigfuchser entpuppt, als ein klassischer männlicher Versorger, der zeitlebens sparsam, ja, beinahe geizig gewesen war, um nach seinem Ableben die Angehörigen wenigstens von der Sorge um das Geld zu befreien.

Bei aller Trauer schien die Großmutter mir ein Jahr nach der Beerdigung ihres Gatten wie befreit. Niemand war mehr da, für den sie täglich das Bier heranschleppen musste, der bekocht werden wollte, der Pflege brauchte und Zuwendung wie ein Kind und damit einen Großteil ihrer Kraft aufzehrte. Sie beließ seine Sachen in dem großen Kleiderschrank, lüftete sie regelmäßig aus, hängte nach wie vor Lavendelsäckchen zwischen seine Anzüge und Mäntel.

Statt jeden Tag einzukaufen, ging sie nun regelmäßig aus dem Haus, um den Gesprächskreis des Pfarrers zu besuchen, die sonntäglichen Kaffeekränzchen der Kirche oder die Tanzveranstaltungen der *Volkssolidarität*, wo sich all die weißhaarigen, dauergewellten Damen, zu denen die früheren Arbeiterinnen der Hütte mittlerweile geworden waren, einfanden und miteinander im Zweivierteltakt drehten, während sie fast lautlos die Schlager ihrer Jugend mitsummten.

Anfang der Neunzigerjahre, als die Hütte geschlossen wurde, als alles verhökert war, was verhökert werden konnte, und es stiller wurde in der ehemaligen Industriestadt, als in den Westen geflohen war, wer jung genug war und die Kraft hatte und einen Rest Optimismus, zog die Großmutter in eine neu gebaute Siedlung am Stadtrand, wo warmes Wasser aus der Leitung kam, wo es eine Wanne gab und eine Fernheizung. Bis auf seine Briefmarkensammlung nahm sie nichts von den Sachen des Großvaters dorthin mit. Dank ihrer beider Renten und dem Ersparten war sie mit einem Male in der Stadt der Arbeitslosen und Hilfeempfänger privilegiert, ja beinahe wohlhabend. Mit ihren Freundinnen fuhr sie einmal im Jahr nach Budapest, ins Allgäu oder in die Goldene Stadt Prag, wo als Höhepunkt des siebentägigen Aufenthaltes Karel Gott zu einem Galakonzert aufspielte. Das Autogrammporträt des Sängers, das sie als Souvenir mitbrachte, ließ sie rahmen und stellte es neben das ihres Gatten aufs Wohnzimmerbüffet. Auf die Rückenlehne ihres neuen Sofas platzierte sie Maskottchen aus Plüsch, die sie von Tagesausflügen zu Bundes- und Landesgartenschauen mitgebracht hatte. Weil sie es noch immer für eine Pflicht hielt, ging sie ein jedes Mal zur Wahl, festlich gekleidet und zeitig um neun, wo sie das ankreuzte, was ihr der eigene Sohn empfohlen hatte. Sie las eine Tageszeitung und außerdem zwei Klatschblätter, die *Neue Post* hießen und *Neue Frau* und in die hineinzusehen ich mir angewöhnt hatte, wenn ich die Großmutter zweimal im halben Jahr besuchen kam. Abends beim Fernsehen, wenn eine Serie lief, in der ein Schimpanse die Hauptfigur war, dann unterhielten wir uns über Könige und Prinzessinnen, über Schauspieler und Nachrichtenansagerinnen, und wenn ich Glück hatte, schweifte die Großmutter an irgendeiner Stelle in ihr eigenes Leben ab und erzählte, angetrieben von spärlich gesetzten Nachfragen, von ihrer Jugend in Schlesien, von ihrer ersten Anstellung, vom ersten Rendezvous, von der Flucht. Sie erzählte ausführlich, verlor sich zuweilen in Details, bat mich, auch ihr ein Glas von dem Rotwein einzuschenken, den sie nur meinetwegen gekauft hatte. Dann konnte es sein, dass die Anekdoten noch bunter wurden, die Landschaften plastischer, und ich hörte, fast süchtig nach diesen Erinnerungen an eine verschwundene Zeit, zu, ohne irgendetwas davon aufzuschreiben, ohne auch nur eine Notiz anzufertigen, weil ich dachte – denn so zu denken hieß hoffen –, sie werde ewig weiterleben.

Der Tod kam schnell. Als sie am Telefon vom Operationstermin erzählte, wusste ich, dass es nicht gut gehen würde. Statt sie in Ruhe sterben zu lassen, zwang man sie zur Chemotherapie, man entfernte eine Brust, verabreichte täglich Medikamente. Binnen Wochen wurde sie *wunderlich*, wie es ihre Freundinnen ausdrückten. Ein Pflegedienst wurde bestellt, schließlich die Wohnung aufgelöst. Als ich sie das letzte Mal sah, im Besucherraum des Pflegeheims, saß sie im Rollstuhl und hatte eines ihrer Plüschmaskottchen, einen Elch im Norwegerpullover, auf dem Schoß. Sie tat so, als wüsste sie, wer das war, der mit ihr zu sprechen versuchte. Sie trug eine unnatürliche graue Kunststoffperücke auf dem Kopf, die ihr leicht verrutscht war. Ich konnte mich nicht auf das Gespräch konzentrieren, weil ich mich die ganze Zeit fragte, warum keine der Schwestern den Sitz der Perücken korrigierte. Weil ich überlegte, ob es eine Anmaßung wäre, sie, die offensichtlich nicht mehr die Großmutter war, sondern eine ängstliche Fremde, darauf hinzuweisen, dass das billige Kunsthaar schief saß.

Als ich ihr zum Abschied die Hand geben wollte, sah sie irritiert zu mir auf.

Die Großmutter hinterließ mir mehr Geld, als ich in einem ganzen Jahr mit meiner elenden Lohnschreiberei verdiente, und dennoch hatte ich den Eindruck, dass mein Leben nach ihrem Tod instabiler werden würde, unsicherer.

Vermutlich hatte ich deshalb nach Kupfers Visitenkarte gegriffen und seine Nummer gewählt, obwohl ich unsere gemeinsame Vergangenheit am liebsten begraben hätte.

Michaels Verschwinden dagegen beeinflusste zwar weder meine Arbeit noch meinen Kontostand, aber es reichte aus, um mich zu irritieren.

Seit den gemeinsamen Tagen an der Ostsee hatten wir uns wieder regelmäßig getroffen, wenigstens einmal in der Woche. Er war mir wieder ein Freund geworden, ein Vertrauter, dessen Nähe mir so selbstverständlich wurde, wie sie es damals zu Schulzeiten gewesen war. Wir trafen uns im Billardsalon oder in einer der Kneipen meines Viertels, wo wir bis weit nach Mitternacht Bier tranken und ich mir schaurige Episoden aus seiner sterbenden Ehe anhörte. Von Woche zu Woche wurden die Nachrichten finsterer. Eines Tages erzählte er, dass er sich einen Anwalt genommen habe, weil seine Exfrau die Kinder nicht mehr zu ihm lasse. Das beschäftigte ihn einen ganzen Monat. Ich hatte keine Ahnung von der Materie, hörte schweigend zu, nickte hin und wieder und versuchte Michael zu beruhigen, wenn er sich, vom Alkohol befeuert, in Rage zu reden und von Vergeltungsmaßnahmen zu träumen begann.

Von einer Woche auf die andere hörte er plötzlich auf, von seinen familiären Problemen zu sprechen. Ich wollte nicht nachfragen, wie sich die Dinge entwickelt hätten, war froh, ihn abgelenkt zu sehen, von der Universität berichten zu hören, wo in Kürze die Deutsche Forschungsgemeinschaft über einen Antrag entscheiden würde, der, wenn bewilligt, ihm unter anderem ausführliche Archivrecherchen in Burma und Kambodscha erlauben sollte. Er war sichtlich aufgeregt über diese Perspektive und lud mich, nachdem sein Antrag tatsächlich bewilligt worden war, zum Essen ein. Volle zwei Jahre würde die Forschungsgemeinschaft ihm und zwei Kolleginnen die Stellen finanzieren.

»Das ist wie ein Lottogewinn«, sagte er und schob nach einem Schluck Riesling hinterher: »Heutzutage.«

Als ich an diesem Abend vorsichtig fragte, wie es um seine Töchter stehe, um Elsa und Marie, wurde sein Gesicht für einen Moment hart, bevor es sich wieder entspannte und er lächelnd sagte, dass er sich selbst darum nicht mehr kümmere, sondern alles seinen Anwalt regeln lasse.

Um des lieben Friedens willen hakte ich nicht weiter nach.

Das letzte Mal sah ich ihn einen Tag, bevor er nach Bangkok flog, von wo er nach Burma weiterreisen wollte, um dort in Bibliotheken und Archiven Material für das Forschungsprojekt zu sichten. Drei ganze Wochen plante er zu bleiben.

Nachdem er sich anderthalb Monate nicht gemeldet hatte und anders als versprochen von unterwegs auch auf meine E-Mails nicht reagierte, rief ich seine Exfrau Susanne an, die noch immer in der ehemals gemeinsamen Wohnung lebte. Während wir sprachen, hörte ich im Hintergrund die beiden Kinder lärmen.

Er habe seit vier Monaten keinen Unterhalt mehr gezahlt, sagte Susanne und zog mich damit in ihren Eheschlamassel hinein, kaum dass ich meinen Namen genannt hatte.

»Na, vielleicht braucht er das Geld ja für seinen Anwalt«, sagte ich eine Spur aggressiver als beabsichtigt, sauer darüber, dass sie mich zu Michaels Stellvertreter machte.

Wir schwiegen beide ein paar Sekunden. Ich, weil ich mich meines barschen Tones schämte, sie vermutlich, weil sie wartete, dass ich mein Anliegen vortrug.

»Aber du verdienst doch ganz gut, oder?«, fragte ich mit um Verzeihung bittender, möglichst sanfter Stimme, ich wusste, dass sie, die Jura studiert hatte, in einer Wirtschaftskanzlei arbeitete, die in entsprechenden Kreisen einen guten Ruf hatte. Schon deshalb waren wir nie warm miteinander geworden.

»Ja schon«, sagte Susanne, »aber es geht irgendwie auch ums Prinzip.«

»Klar«, sagte ich, »vielleicht red ich mal mit ihm, wenn er zurück ist.«

»Ja, *wenn*«, sagte sie.

»Wie meinst du das?«

»Ich meine, *falls* er wieder zurückkommt«, und sie begann mit nüchterner Stimme zu berichten.

Sie sprach leidenschaftslos und klar, ohne auch nur in die Gefahr zu geraten, sich in Abschweifungen oder Bewertungen zu verlieren. An der Universität, wo sie zuerst angerufen hatte, war man inzwischen auch verwundert gewesen über Michaels Ausbleiben. Nur einmal habe er sich aus einem Internetcafé in Rangun gemeldet, um einen allgemeinen Gruß an die Forschungsgruppe zu senden. Er habe behauptet, seine Aktenfunde würden dem Projekt, das sich unter anderem mit der britischen Kolonialzeit beschäftigte, mehr als dienlich sein, dies aber nicht mit konkreten Beispielen belegt. Ob die eine und einzige E-Mail tatsächlich aus Rangun abgeschickt worden sei und nicht etwa aus seiner Wohnung in Berlin, das müssten kompetentere Stellen überprüfen, habe Michaels Teamkollege gesagt und mit dieser Bemerkung einen ersten Zweifel gesät, der sich bei Susanne rasch zu einem größeren Misstrauen ausgewachsen hatte.

Auch der Anwalt, von dem Susanne erzählte, dass er sich bis zu seiner Abreise zweimal wöchentlich mit Michael getroffen habe, um gemeinsam ein paar Runden durch den Volkspark Friedrichshain zu joggen, wusste nicht mehr vom Verbleib seines Klienten zu berichten, als dass er ihm eine belanglose Ansichtskarte mit Grüßen aus der thailändischen Hauptstadt geschickt habe. Susannes Nachfrage, ob die Karte tatsächlich dort unten aufgegeben worden sei, habe er, ein wenig verwundert, bejaht.

Die Wohnungsverwaltung schließlich versicherte ihr, es gebe keine hinreichenden Gründe, Mietschulden etwa, die Wohnung gewaltsam öffnen zu lassen, sie solle sich deswegen an die Polizei wenden, und der überforderte Beamte dort wiederum, schloss Susanne ihre Zusammenfassung der Ereignisse ab, habe zwar ihre Vermisstenanzeige aufgenommen, ihr aber geraten, sich besser an die deutsche Botschaft in Bangkok zu wenden und dort die Sachlage zu schildern, was sie per E-Mail getan habe, ohne bislang eine andere Reaktion erhalten zu haben als die formale Bestätigung des Posteingangs.

»Womöglich ist eher das Landeskriminalamt für einen solchen Fall zuständig«, sagte ich, »oder das Bundeskriminalamt.«

»Woher weißt denn du das?« Ihre Stimme klang misstrauisch.

»Aus dem Internet«, sagte ich, verschwieg aber, dass sich mein Wissen in Wirklichkeit aus einem recht unglaubwürdigen Spielfilm speiste. »Die können dann ein ...«, ich kramte sekundenlang in meinem Kopf nach dem richtigen Wort.

»Ja? *Was* können die?«

»Ein Amtshilfeersuchen stellen. Oder so ähnlich. Aber was erzähl ich dir das. Du bist doch die Juristin.«

Wir schwiegen wieder. Mehr gab es nicht zu sagen zwischen uns, und doch fiel es mir schwer, die Verabschiedung einzuleiten.

»Meinst du, ihm ist was passiert?« Sehr weich ihre Stimme diesmal, wie zur Versöhnung bereit, zunächst mit mir, abermals als Stellvertreter ihres geschiedenen Mannes.

»Ach Unfug«, sagte ich schnell, vor allem um keine Vertraulichkeit aufkommen zu lassen, und merkte fast im selben Moment, dass ein Unglück, egal welcher Art, die einzige Erklärung für Michaels Verschwinden war, die mir im Moment plausibel schien. Eine Krankheit, Malaria etwa oder eine Lebensmittelvergiftung, die ihn an die Pritsche eines Tropenkrankenhauses band. Ein Unfall, vielleicht. An Schlimmeres mochte ich gar nicht denken.

»Danke«, sagte Susanne und legte den Hörer auf, und mir schien, die Gefühle, die ihre Stimme unwillentlich transportiert hatte, waren im Laufe des Telefonats nicht nur mehr geworden, sondern auch widersprüchlicher.

Das Gespräch mit Susanne war für lange Zeit das Letzte, was mich mit Michael und seiner auseinanderfallenden Familie verband. Eine Weile schrieb ich ihm noch E-Mails, in denen ich mich nach seinem Verbleib erkundigte und die zum Schluss nur noch aus einem Fragezeichen bestanden. Doch es kam nie eine Reaktion, sodass ich nach einem halben Jahr jeglichen weiteren Versuch aufgab, eine Verbindung zu ihm herzustellen, und mich vollständig darauf konzentrierte, jene Räume herzurichten, die wenig später mein Geschäft werden sollten.

»Keine Ahnung«, hatte ich Kupfer auf seine Frage, was ich gut könne, in den Hörer geantwortet. »Ich kann leidlich schreiben.«

»Leidlich schreiben«, äffte mich Kupfer nach, und es klang wie ein Echo in der Leitung. Ich wusste nicht, was ich entgegnen sollte. »Nun lach doch ma', du Trauerkloß!«

Ich sagte: »Ha, ha.«

»Versteh mich nich' falsch, Kubi, aber schreiben können wir doch alle irgendwie. Und wenn's einer nich' kann, kauft er sich eben 'ne Sekretärin.«

Ich schwieg weiter.

»Keene bessre Idee?«

»Du vielleicht.«

»Wie jetze?«

»*Du* kaufst dir vielleicht 'ne Sekretärin.«

»Nu' spiel ma' nich' die beleidigte Lebawurst. – Fragen wa' mal anders: Wat machste denn jerne? Wat sind denn so deine Hobbys? Außer reiten und schwimmen natürlich.«

»Lesen«, sagte ich, überlegte kurz und fuhr fort: »Kochen, ins ...«

»Bingo!«, schrie Kupfer in den Hörer. »Wir machen ein Restaurang. Wollt' ick schon immer. Fehlt noch in mein Portfolijo.«

»Du willst ein Restaurant aufmachen?«

»*Du*, mein Freund, wirst ein Lokal eröffnen, aber der jute Onkel greift dir ’n bisschen unter die Arme, wa?«

Vierzehn Tage nach diesem Gespräch besichtigte ich zusammen mit Kupfer ein leeres Ladenlokal in der Danziger, die Kupfer mit dem störrischen Trotz der alten Ostberliner noch immer Dimitroffstraße nannte. Vom Laden aus konnte man unter der Hochbahnbrücke *Konnopke's Imbiss* sehen, der, wie Kupfer sagte, unsere härteste Konkurrenz war.

Wir saßen in dem leeren Laden, tranken Bier, ich starrte auf eine der lautesten Kreuzungen Europas, während sich Kupfer mit bewegten Lippen das Konzept durchlas, das ich auf seinen Wunsch erstellt hatte. Ich hatte mir wirklich Mühe gegeben, hatte alle anderen Arbeiten hintenangestellt und in der Woche vor unserem Treffen immer wieder an den Formulierungen gefeilt. Die Idee hatte ich einer amerikanischen Sitcom-Folge entlehnt, in der es um den genialischen Besitzer und Koch eines New Yorker Suppenimbisses ging, der wegen seines harschen Ladenregimes von den eingeschüchterten, aber nach seinen köstlichen Kreationen süchtigen Kunden insgeheim der »Suppennazi« genannt wurde. Genau wie er wollte ich modulare Suppen anbieten. Zu drei oder vier Grundbrühen, die ich kochen wollte – ich dachte an eine klassische Hühnerbrühe, einen vietnamesischen Rindsfond mit Sternanis und Zimtstangen, eine japanische Fischbrühe aus Bonitoflocken und Algen, eine thailändische Suppe mit Zitronengras, Kaffirlimettenblättern, Galgant und Kokosmilch sowie eine vegetarische Gemüsebrühe –, sollten die Kunden beliebige Zutaten kombinieren dürfen. Gekochtes Hühnerfleisch, hauchdünne Scheiben vom rohen Rinderfilet, die in der heißen Suppe gar zogen, Garnelen, Fisch, Tofu, eine dunkle und eine helle Misopaste, gebratene Entenbrust. Außerdem fünf, sechs Nudelarten – von den Buchstabennudeln für Kinder bis hin zu japanischen Udonnudeln – Gemüse wie Tomatenstücke, Chinakohlstreifen, grüne Bohnen, Sojasprossen, Frühlingszwiebeln und zum Abschmecken teelöffelweise gehackte Kräuter wie Koriander, Petersilie, Minze und Dill. Jede dieser Extrazutaten würde einen kleinen Betrag kosten, der zum Preis der Grundsuppe hinzukäme. Sesamöl, Chilipaste, Zitronensaft, Fisch- und Sojasoße dagegen zum weiteren Verfeinern nach persönlichem Geschmack wären gratis und würden in netten Porzellankännchen und -tigeln auf den Stehtischen arrangiert werden. Natürlich könnte man die Suppen auch in speziellen Thermosbechern mit nach draußen nehmen, *to go*, wie es so schön hieß. Jeweils zwei Sorten eines bezahlbaren, aber exklusiven deutschen Winzer-Weiß- beziehungsweise -Rotweins wären im Angebot, ein stilles und ein sprudelndes Wasser sowie mehrere Sorten organischen grünen Tees. Bier wollte ich nicht anbieten, auch keine süßen Limonaden und vor allem keinen Kaffee, da ich die laut zischenden Geräusche der Brühautomaten hasste.

»Mann, jetzt hab ick richtig Hunger gekriegt«, sagte Kupfer und gab mir grinsend das Konzept zurück, »liest sich wie aus'm Märchen. Aber keene Cola? Ick weeß ja nich'.« Er holte noch zwei Flaschen Bier aus seiner Aktentasche, und wir tranken die warme Plörre, während Kupfer erzählte, was noch alles zu erledigen sei, und gleichzeitig immer wieder betonte, dass ich mir darüber den Kopf nicht zerbrechen müsse: Gewerbe- und Gesundheitsamt, Gästetoiletten, DIN-Vorschriften, EU-Vorgaben, Dunstabzug und so weiter.

»Dafür bin ich dir sehr dankbar«, sagte ich.

»Solltest du auch«, sagte Kupfer, »du bist der Künstler, ick bin der Macher.«

»Und wer ist der Chef?«

»Du inne Küche und ick fürt Janze. – Is dit so schick für dich?«

»Ist okay«, sagte ich, »aber bevor wir wirklich anfangen, lass mich eine Frage stellen.«

»Bin ganz Ohr.«

»Warum tust du das für mich?«

Kupfer lachte: »Keene Bange, so wichtig biste nu' auch wieder nich'. Ick mach dit einzig und allein für mich.«

Immerhin durfte ich Sandra, von der Freunde erzählt hatten, dass sie eine Arbeit suche, als Bedienung einstellen, das heißt, ich empfahl sie Kupfer, der ihr einen Vertrag schickte, und Sandra wiederum schlug eine ihrer Freundinnen vom Studium als Aushilfe vor.

Als der Laden komplett eingerichtet war und jene schnörkellose Sachlichkeit ausstrahlte, mit der wir die zahlungskräftigen Kunden des Viertels ködern wollten, einen Tag bevor ich mich zum ersten Mal hinter die Suppentöpfe stellen würde, und zwei Tage vor der feierlichen Eröffnung, zu der Vertreter der Medien kommen wollten, lud Kupfer Katharina und mich in sein Penthouse an der Rummelsburger Bucht ein.

»Dit muss jefeiert werden«, hatte Kupfer gesagt, »werft euch in Schale und bringt Durst mit.«

Ich zog denselben Anzug an, den ich damals zur Vernissage getragen hatte, da es mein einziger war, Katharina hatte sich für ein bronzefarbenes, seidig schimmerndes Cocktailkleid entschieden, das mir angesichts unseres Gastgebers ein wenig zu kurz vorkam.

Kupfer trug eine Jeans und ein rosafarbenes Polohemd, auf das ein Krokodil gestickt war, was mich an das Kinderbuch Max von der Grüns erinnerte, das ich mit neun oder zehn gelesen hatte. Seine Wohnung war der feuchte Traum eines jeden Yuppies: Aufzug bis in den Flur, weiße Ledermöbel, Kunst an den Wänden, ein Kamin, deckenhohe Fenster zur Wasserseite hin, davor eine Terrasse, von der man minutenlang den Blick schweifen lassen konnte über Alt-Stralau, von den Versicherungstürmen am ehemaligen Osthafen bis hin zu den grünen Wipfeln des Plänterwalds, wo wir als Kinder Karussell gefahren waren. Ich stand sprachlos da, nippte am Champagner, den Kupfer uns als Aperitif eingeschenkt hatte, ließ mir die leichte Brise, die vom Wasser kam und ein Aroma von Algen mit sich führte, ins Gesicht wehen und hörte nur nebenbei, wie Kupfer Katharina mit Salven ungehobelter Komplimente eindeckte. Ich hörte Katharina lachen und die Champagnerflasche, aus der Kupfer ihr zum wiederholten Male nachgeschenkt hatte, im Eiskübel klirren. Ich musste an die Kameraden in unserem Kasernenzimmer denken, an Ulfs weinerlichen Gesichtsausdruck, wenn Kupfer ihn wieder einmal gedemütigt hatte, damals, in einer Zeit, die mir jetzt so unwirklich erschien wie noch nie. Noch absurder, als sie damals schon gewesen war.

»Und du willst wirklich keine Gegenleistung von mir?«, platzte ich unvermittelt in eine von Kupfers flirtenden Wortbalgereien hinein. »Du kommst einfach um die Ecke und bist der Samariter?«

Kupfer sah mich erstaunt an, bevor er seine Hand von Katharinas Unterarm zurückzog, den er anscheinend gerade hatte berühren wollen. Auch Katharina warf mir einen ärgerlichen Blick zu. Ich hatte in einer Tonart gesprochen, die für den heutigen heiteren Abend nicht vorgesehen war, in der des Spielverderbers.

»Also wenn du mir unbedingt wat jeben willst, denn

nehm ick die drei, nee, vier warn's wohl, Bilder von deinem ehemaligen Freund Müncheberg«, sagte Kupfer, und als er merkte, dass ihn wegen seiner schnellen, direkten Antwort Katharina überrascht ansah, fügte er eilig hinzu, »als Symbol sozusajen, denn wegen der Ausstellung von olle Müncheberg ham wa uns ja überhaupt erst wiedajetroffen.«

Das schien zumindest Katharina als Erklärung zu genügen. Sie griff jetzt selbst zur Flasche, um sich einzugießen, während Kupfer ihr um die Hüften fasste, sie zu sich heranzog und rief: »Und deine Frau kannste mir ooch noch überlassen. Die is jenau nach meinem Gusto.« Katharina riss sich los, giggelte aber wie ein Schulmädchen und zeigte ihm einen ironischen Kussmund.

»Okay«, sagte ich, »dann also die Aquarelle.«

»Juti«, sagte Kupfer. »Aber du kannst mir noch einen Jefallen tun. Das heißt uns«, er sah Katharina an, »einschließlich dir selba.«

»Was denn?«

»Es jeht um Happa Happa«, sagte Kupfer.

»Happa Happa«, imitierte Katharina seinen Tonfall. Beide prusteten los, und aus Kupfers rechtem Nasenloch begann ein kleines Rinnsal Champagner zu laufen.

Ich steckte mir eine Zigarette an und wartete, bis sie sich beruhigt hatten.

»Wie es so is«, begann Kupfer und unterdrückte ein letztes Prusten, »wie es so is, hat mich meine Köchin für unser heutijet Abendmahl im Stich jelassen, und da hab ick mir jedacht, weil der Kühlschrank doch voll is, und allet nur vom Feinsten, dass du, also mein künftiger Küchenchef, uns eine Probe seines Könnens, besser jesagt: deines Könnens, jeben könntest.«

Katharina wurde von einem neuen Lachanfall durchgeschüttelt.

»*Ich* soll jetzt für uns kochen?«

»Yes, Sir!«

»Weil deine Köchin krank ist?«

»Nich' sauer sein, aber ick hab gar keine bestellt.«

»Das war also sowieso dein Plan gewesen?«

»Ach komm schon! Jetzt sei doch nicht so«, fiel mir Katharina in den Rücken, »zu Hause kochst du doch auch jeden Abend.«

Ich warf ihr einen bösen Blick zu, ließ mich um des lieben Friedens willen aber von Kupfer in die Küche führen, wo er mir die Zutaten präsentierte. Alles schien teuer zu sein und stammte aus exklusiven Geschäften. Er hatte Seeteufel besorgt und Steaks vom Bison, extra lange abgehangen, Pata-Negra-Schinken und grünen Spargel, dessen Saison längst vorbei war, alles mögliche andere Gemüse, und sogar eine kleine Trüffelknolle wickelte er aus einem Stück Pergament.

Ich sah mich vorsichtig um: Der Gasherd bestand aus Edelstahl genau wie die Arbeitsflächen und der Dunstabzug. Kupfer zeigte mir, wo Töpfe und Pfannen standen, wo das Geschirr stand, wo das Besteck lag und die Kochmesser, und mir fiel auf, dass sich sämtliche Schubladen, die er aufgezogen hatte, mit einem sanften Klick wieder schlossen, sobald man sie nur leicht antippte. Einer der beiden riesigen Kühlschränke, ebenfalls mit Edelstahlfronten, besaß einen Eiswürfelauswurf, aus dem Kupfer eine große Schüssel abfüllte, bevor er sich eine weitere Flasche Champagner schnappte, mir aufmunternd auf die Schulter klopfte und zurück auf die Terrasse ging.

Ich hörte, wie Katharina über die frische Flasche in Entzücken ausbrach, und fragte mich, ob Kupfer die Küche nur unseretwegen so aufgemotzt hatte, was ich ihm mittlerweile durchaus zutraute. Sie sah aus, als wäre in ihr noch nie gekocht worden. Andererseits verfügte er mit Sicherheit über die nötigen Mittel, wöchentlich eine ganze Putzkolonne durch seine Wohnung schrubben zu lassen.

Im Kühlschrank fand ich eine Flasche Riesling, öffnete sie und schenkte mir ein volles Glas ein. Ich nahm eine rote Zwiebel, häutete sie und schnitt sie in kleine Würfel. Stellte fest: feinste Messer aus Solingen. Dann zündete ich mir eine Zigarette an und genehmigte mir ein weiteres Glas. Ich hörte, wie eine Fliege durch die offen stehende Schiebetür zum Wohnbereich hereinkam, und verfolgte den Flug des fetten Monsters, bis er schließlich auf einem der saftigen Bisonsteaks endete. Bevor sie sich still und hingebungsvoll am Fleisch gütlich tat, rieb sie sich in Vorfreude die Hände. Nach einem kurzen Reflex, sie zu verscheuchen, beschloss ich, ihr das Erlebnis zu gönnen, bevor ich sie später erschlagen würde.

Mir fiel auf, dass es auf der Terrasse leiser geworden war, kein Prusten war mehr zu hören, kein Kichern, keine affektierten oder spitzen Schreie. Stattdessen drang das gleichmäßige Gemurmel eines ernsthaften Gespräches an mein Ohr, mal im schleppenden Bass Kupfers, mal im immer ein wenig gehetzt wirkenden Alt Katharinas. Hin und wieder knirschte das Eis im Sektkühler. Sie schienen sich also näherzukommen, nach dem ersten koketten, noch übermütigen Abtasten, das ich eigentlich für Teenager reserviert geglaubt hatte, wurden sie ernsthafter, was nichts anderes hieß, als dass sie vertrauter miteinander wurden. Ich nahm eine komplette Lage des spanischen Edelschinkens, stopfte sie mir in den Mund und spülte mit einem dritten Glas Rheingau-Riesling nach. Dann schnitt ich eine weitere Zwiebel in feine Würfel, setzte eine Pfanne auf den Herd und gab, als sie heiß war, Olivenöl hinein. Als das Öl anfing zu rauchen, gab ich die Zwiebeln hinzu, und während ich sie brutzeln hörte, durchstöberte ich die beiden Kühlschränke nach etwas, das den entsetzlichen Durst löschen könnte, den ich plötzlich empfand. Ich entdeckte eine Büchse Bier, ließ den Verschluss knacken und trank, ohne abzusetzen, vier große Schlucke. Als ich anschließend Luft holte, stieg mir der Geruch verbrannter Zwiebeln in die Nase. Ich hastete zum Herd und riss die Pfanne vom Feuer. Im selben Moment schrie Kupfer auf dem Balkon: »Mann, dit riecht aber schon eins a!«

Ich entgegnete nichts, fischte stattdessen mit einem Kochlöffel ein paar der schwarzen Zwiebelstückchen aus der Pfanne und ließ sie in die makellose Spüle abtropfen. Dann setzte ich die Pfanne wieder auf den Herd, gab einen weiteren Schluck Öl hinein, und als die verbliebenen Zwiebeln im heißen Fett hochsprangen wie ein Schwarm aufgescheuchter Grashüpfer, legte ich zwei der Bisonsteaks dazu, woraufhin sich die grün schimmernde Fliege beleidigt auf das Seeteufelfilet zurückzog, wo sie sich ohne weitere Umstände in neuerlicher Vorfreude die gierigen Pfoten putzte. Ich beschloss, ein paar Punkte für mein Karmakonto zu sammeln und sie am Leben zu lassen.

Ich schaltete den Herd herunter und ließ das Steak so lange braten, bis der Saft anfing auszutreten, dann wendete ich es und legte zwei der Fischfilets daneben, die gleichfalls ohne lange zu fackeln Wasser zogen. Ich rührte einmal durch die Brühe. Mein aufgeschreckter Freund, die Fliege, machte es sich nach einer dröhnenden Runde durch die Küche auf dem Pata Negra gemütlich.

»Köstlich!«, schrie Kupfer von der Terrasse herüber und wechselte, ohne auf eine Erwiderung zu warten, sofort wieder in das leise, intime Murmeln mit Katharina.

Ich streute Salz in die Pfanne, goss den Saft einer Zitrone hinzu und den verbliebenen Schluck aus der Bierbüchse. Dann legte ich den Deckel auf und gab volles Feuer, vier, fünf Minuten, bis sämtliche Flüssigkeit verdunstet war. Jetzt fehlten nur noch eine Handvoll Wachteleier, die ich aufgeschlagen und verquirlt hatte und zum Abschluss neben den Steaks und dem Fisch in der Pfanne stocken ließ.

Ich schrie, dass das Essen fertig sei.

Bevor sie sich an die bereits gedeckte Tafel setzten, zündete Kupfer den Kamin an und Katharina die Tischkerzen. Kupfer goss Rotwein aus einer Karaffe in die Gläser, dann sahen beide mit gespannten Gesichtern zu mir in die Küche.

Ich griff mir die Pfanne und einen Schöpflöffel und schritt langsam in den Wohnbereich. Im Kamin prasselte das Holz. Für einen Mikromoment dachte ich, wie schön der Augenblick sein könnte, wenn Kupfer nicht da wäre.

Ich balancierte die schwere Gusspfanne am ausgestreckten Arm, der mir schnell zu zittern begann, und schritt dabei langsam und konzentriert übers Parkett, was Kupfer auf die Idee brachte, die ersten Takte des *Hochzeitsmarsches* zu intonieren. Sofort war Katharina mit einem ihrer hohen Kiekser zur Stelle.

Ich setzte die Pfanne auf dem weißen Tischtuch ab, lupfte den Deckel und zückte den Schöpflöffel.

Katharina verzog das Gesicht, aber Kupfer war mit einem Mal ganz aufgeregt. Die Gier hatte sich seiner bemächtigt, ganz so, wie ich es noch aus dem Speisesaal der Kaserne in Erinnerung hatte.

»Wat servierste uns denn heute schönet?«, fragte er und musste trocken schlucken.

»Was ganz Besonderes«, sagte ich. »Nennt sich *Surf 'n' Turf*, was nicht weniger bedeutet als Fisch und Fleisch – haltet euch fest – in *einem* Gericht.«

»Bähh«, machte Katharina.

»Eine englische Klubspezialität«, fuhr ich unverdrossen fort, »mit einer dezenten Bitternote und recht markanter Säure im Abgang. Gab's früher nur für den britischen Adel und einige sehr, sehr – ich betone –, *sehr* bürgerliche Reiche.«

»Wie icke, wa?«

»Genau: wie du, mein Freund.«

Ich rührte zweimal durch die Pfanne, dann füllte ich die beiden Teller, die mir Kupfer reichte: Steak, Filet und etwas von dem Rührei.

»Kein Salat?« Katharina sah mich misstrauisch an. »Kein Gemüse oder irgendwas Gesundes?«

»Nein«, sagte ich, »das lenkt nur ab. Gemüse war was für Arme damals. Surf 'n' Turf muss man pur genießen.«

Katharina roch an ihrem Essen und rümpfte die Nase.

»Und du nimmst nüscht?«, fragte Kupfer und versenkte seine Gabel im Bisonfleisch.

»Ich hab schon in der Küche«, sagte ich und schaufelte mir etwas Ei auf den Teller, damit es nicht allzu komisch aussah. Dann trank ich einen großen Schluck aus dem Burgunderglas. Der Wein war schwer und gut, und er stieg mir unmittelbar in den Kopf.

Ich lehnte mich zurück und beobachtete die beiden eine Weile beim Essen. Katharina gab es schnell auf, schnitt einmal das Fleisch an, riss einen Happen Fisch vom Filetstück, führte ihn mit der Gabel an die Nase, schnupperte kurz daran, führte ihn anschließend in den Mund, wo sie ihn zweimal unzerkaut herumgehen ließ, bevor sie ihn diskret in ihre Platzserviette spuckte. Hätten Blicke töten können, wäre ich augenblicklich hintenübergekippt. Sie begnügte sich schließlich damit, das von Kupfer aufgeschnittene Baguette mit einer Kräuterbutter aus den heiligen Fresshallen des KaDeWe zu bestreichen und sich davon affektiert kleine Krümel damenhaft zwischen die Lippen zu schieben. Sie aß wie ein Spatz aus Paris.

»Zwei zähe Biesta sind dit«, sagte Kupfer, der mehr Willen hatte und mehr Appetit, grinsend und mit vollen Backen, während er beharrlich wie eine Kuh auf einem Bissen vom Bisonlappen herumdengelte, bevor er ihn – und man konnte sehen, dass er sich einen winzigen Augenblick darauf konzentrieren musste – in einem heftigen Ruck hinunterschluckte. Gierig wie ein Verdurstender griff er anschließend nach dem Weinkelch. Als er ihn wieder absetzte, standen ihm Tränen in den Augenwinkeln.

»Mann, o Mann«, sagte er und schnitt das nächste Stück vom Bison, »jut, dass *wir* nur Suppe verkoofen, wa?«

»Ja, nicht?«, sagte ich, schnappte mir die Weinflasche und goss mein Glas voll bis zum Anschlag. »Hart wie Kruppstahl und zäh wie Windhund sind diese Geschöpfe der nordamerikanischen Prärie. Das kommt von der vielen Bewegung im Freien und von der guten Luft.«

»Echt jetze?«

»Na, was denkst denn du?«

»Aber der Jeschmack ist für euch okay, oder wie?«, fragte Kupfer schon wieder kauend und sah dabei Katharina um Beistand bittend an.

»Ich persönlich mag die englische Küche nicht so«, sagte

Katharina und warf mir einen schnellen Blick zu. »Zu bitter, zu sauer, zu wenig frisch!«

»Genau«, sagte ich, »ein paar Blätter Minze hätten das Ganze perfekt abgerundet.«

»Mist«, sagte Kupfer, »ausjerechnet daran hab ick nu' nich jedacht.«

Als Kupfer endlich fertig geworden war, hatte Katharina drei Viertel vom Baguette verzehrt und ich zwei weitere Gläser Burgunder geleert. Mittlerweile fiel es mir schwer, gerade zu sitzen, und wenn ich etwas sagte, verrutschten mir die Wörter im Mund, sodass ich froh war, als uns Kupfer zum Digestif in seine – wie er sie nannte – *Sitzlandschaft* aus weißem Ziegenleder bat. Sie befand sich gegenüber dem Kamin, und die wohlige Wärme zusammen mit dem Knacken der Buchenscheite, dem Prasseln des Feuers sowie einem vierfachen, hundealten Single Malt aus einem vormals irgendwo in den Highlands vergessenen Eichenfass ließ mich schnell in die Waagerechte gleiten, wo ich augenblicklich die Besinnung verlor.

Ich kam wieder zu mir, als mich Kupfer sanft an der Schulter rüttelte. Beim Blick auf die Uhr merkte ich, dass ich ungefähr drei Stunden geschlafen haben musste, drei Stunden, von denen ich nicht wusste, wie Katharina und Kupfer sie verbracht hatten.

»Mensch, morjen is' doch dein ersta Tach inne Küche«, wisperte Kupfer mir zärtlich ins Ohr, »da musste uffm Damm sein.«

Er geleitete mich zum Aufzug, und obwohl ich schon wieder ganz gut allein gehen konnte, stützte er mich, bis ich im Taxi saß, das mit laufendem Motor und einer zornigen Katharina auf dem Beifahrersitz schon eine Weile auf mich gewartet zu haben schien. Bevor er dann endlich die Wagentür von außen zuwarf, drückte er mir einen feuchten Kuss mitten auf die Stirn. Erst da merkte ich, dass er genauso betrunken war wie ich.

Es war dieser Abend, der sich mir im Nachhinein als jener Punkt darstellte – ein *Point of no Return* –, da Katharinas und mein Verhältnis aus der Beziehungsphase ins Stadium der Mitbewohnerschaft hinüberzugleiten begann. Ich schämte mich vor ihr, meines Alkoholschlafes an Kupfers Kamin wegen und auch weil mir am nächsten Tag in den Sinn kam, dass Kupfers Aufforderung zu kochen nicht zwingend demütigend gemeint gewesen sein musste, sondern vielleicht im Gegenteil ein Kompliment gewesen war.

Gott sei Dank blieb mir keine Zeit, groß darüber nachzudenken, denn ich musste meine Suppen vorbereiten für den großen Tag der Eröffnung, musste Vorräte einlagern, die Kühlkammer bestücken, die Brühen ansetzen.

Am Morgen vor der Eröffnung überreichte mir Kupfer eine Schachtel, die mit goldenem Geschenkband umwickelt war. Sie enthielt eine schwarze Kochjacke, auf deren rechter Brustseite in flammenden Buchstaben *Soup Is Good Food* gestickt war, darunter mein Name und darunter wiederum: *Chef.* Kupfer strahlte mich erwartungsvoll an: Ich konnte nicht anders, ich musste ihn einfach umarmen.

Er selbst trug, als wir gegen Mittag öffneten und die ersten geladenen Gäste eintrudelten, eine schmale weiße Jeans, dazu ein leicht tailliertes Krokodil-Polohemd in derselben Farbe, das er leger über den Hosenbund hängen ließ. Auf der Straße stehend, ein Tablett mit Sektgläsern in der Hand, lotste er künftige Kunden in den Laden, indem er Komplimente verteilte, während ich Gratisproben unseres Suppensortiments ausschenkte, die Sandra verteilte. Dank des schönen, fast sommerlichen Septemberwetters waren viele Passanten unterwegs, Katharina schaute herein, Freunde und ehemalige Kommilitonen. Am Nachmittag kamen, wie Kupfer es angekündigt hatte, die Reporter zweier Radiostationen vorbei, am Abend sogar ein Fernsehteam der Regionalnachrichten. Kupfer war noch charmanter als am Vormittag, er strahlte die Journalisten an, er erläuterte das Konzept, verwies auf unsere neue Website und versprühte Fontänen guter Laune.

Dennoch wunderte es mich ein wenig, dass unser Laden schon durch den ersten Monat ganz ohne die typischen Anfangsschwierigkeiten kam. Unser Umsatz war von Anfang an so hoch, dass wir Gewinn machten. Wenigstens behauptete das Kupfer, der sich um die Buchhaltung kümmerte.

Als ich einmal fragte, ob der Laden ihm gehöre oder ob er eine monatliche Pacht zahlen müsse, reagierte er unwirsch, empfahl mir, mich nur, wie es unser Vertrag vorsah, um die Töpfe zu kümmern, und außerdem würde er mich nicht so gut bezahlen, damit ich unnötige Fragen stellte.

Und ob ich übrigens, beschloss er die Unterhaltung an diesem Tag, von der neuen Felix-Müncheberg-Ausstellung in Wolfsburg gehört hätte, von jenem berühmten Maler, falls ich mich erinnerte, von dem ich noch vier Aquarelle im Besitz hätte, die eigentlich längst ihm, Kupfer, gehörten.

Auch weil ich ein wenig Abstand von Katharina brauchte, blieb ich in den Wochen nach der Eröffnung oft bis Mitternacht im Laden, räumte auf, bereitete für den nächsten Tag vor, probierte neue Zutaten aus. Manchmal kam Kupfer noch vorbei, und wir tranken ein Bier oder zählten gemeinsam die Tageseinnahmen, die Kupfer später zur Bank brachte.

Da ich jetzt nicht mehr den lieben langen Tag zu Hause hockte und wir uns nur noch sporadisch sahen, verbesserte sich das Verhältnis zu Katharina. Zudem hatte ich jetzt immer genug Geld, um sie ins Restaurant einzuladen oder ihr Geschenke zu machen, die teurer waren als jene Taschenbücher, die sie zu allen Anlässen jahrelang von mir bekommen hatte. An ein gutes Ende glaubte ich trotzdem nicht, denn ich hatte einmal den *Punkt* gesehen, und weil ich ihn gesehen hatte, glaubte ich an seine Wahrheit. An die unausgesprochene Prophezeiung, die der Kern seiner Wahrheit war.

Als ich eines Nachts im Laden, schon leicht angetrunken, Kupfer vom *Punkt ohne Wiederkehr* erzählte, gab er mir sofort recht.

Dabei wolle er mir im Grunde nicht recht geben, weil er mich doch mindestens genauso möge wie Katharina, behauptete Kupfer.

»Mindestens?«

»Du weeßt, wat ick meine.«

Und er begann, die Umrisse all der kleinen Befürchtungen, die ich angedeutet hatte, wie mit fettem Eddingstift nachzuziehen. Er setzte neonfarbene Ausrufezeichen an den Rand des Blattes, auf dem ich zart meine Zweifel skizziert hatte. Sprach von der Dauer unserer Beziehung. Wie unnatürlich es sei, so lange mit derselben Person zusammen zu sein. Dass es irgendwann immer einen großen Knall gebe. Was quasi Naturgesetz sei. Um gar nicht erst von den zig Betrügereien zu beginnen, den Seitensprüngen, den Lügen, die so sicher am Ende einer solchen Beziehung standen wie das Amen in der Kirche.

»Du kannst mir nich' erzähln, Keule, dass deine Olle nich'

dich beziehungsweise du nich' deine Olle. – Mann, ey, zwanzich Jahre, oda wat?«

Und als ich ihm darauf nicht antworten wollte, weil es ihn so wenig anginge wie sonst irgendwen, schrie er mit schriller Stimme: »Siehste, wat hab ick jesagt?«

Circa sechs Monate nach diesem Gespräch, im Frühling des darauf folgenden Jahres, kauften wir auf Katharinas Wunsch ein Auto, einen gebrauchten Passat-Kombi, unscheinbar, aber groß und von besserem Design als die meisten Neuwagen, die mittlerweile in unserer Straße parkten. Damit fuhren wir beinahe jedes zweite Wochenende zu Katharinas Eltern aufs Land, die wir vorher nur zu Geburtstagen, zu Weihnachten und Ostern besucht hatten.

Der Vierseithof war ein wahres Schmuckstück geworden, eine Zierde des Dorfes, von der selbst die verstockten Einheimischen gelegentlich schwärmten. Teile der alten Stallanlagen hatten sie über die Jahre zu Ferienwohnungen ausgebaut, die sie nun zu den Wochenenden und in den Schulferien an Berliner Familien vermieteten. Die Kinder ritten auf Ponys, jagten den Hühnern hinterher oder fütterten die Kaninchen, während die Eltern an einer grob gezimmerten, wettergegerbten Holztafel saßen, die unter der mächtigen Kastanie in der Hofmitte stand, Wein tranken, selbst gebackenes Brot aus dem Holzofen aßen und langsam die Mühen der Stadt zu vergessen begannen. Es war Katharinas Mutter, die sich um die Gäste kümmerte, die die Zimmer sauber hielt, das bäuerliche Frühstück servierte und zum Abend für alle Hofbewohner ein warmes Essen zubereitete, das gemeinsam und oft stundenlang unter der Kastanie verspeist wurde. Der Vater dagegen war für all die Dinge zuständig, mit denen ihr kleiner Familienbetrieb handelte und die die Basis für jenes wohlsituierte Bauernhausleben waren, das sie nun zu führen in der Lage waren: Honig und Senf aus eigener Herstellung, die Öle aus exotischen Saaten, die sie mit der eigenen, vom Schrott geborgenen und restaurierten Ölmühle pressten und in hübsch anzuschauende kleine Karaffen füllten, die frischen Früchte von der Streuobstwiese, die eingekochten Konfitüren, die drei, vier alten, sehr seltenen Sorten Kartoffeln und Tomaten, die sie anbauten, oder in Vergessenheit geratene Kräuter wie Pimpinelle und Sauerampfer und seit Neustem Forellen und Aale, die der örtliche Fischer in der Saison zweimal wöchentlich vorbeibrachte und die heiß über Wacholder- und Tannenzweigen geräuchert wurden. Einiges davon verkauften sie direkt vom Hof, an durchreisende Städter, an Urlauber, die durch Zeitungsberichte aufmerksam geworden waren, das meiste jedoch setzten sie auf zwei Berliner Wochenmärkten ab, wo eine qualitätsbewusste und zahlungskräftige Kundschaft ihnen die rustikalen Waren geradezu aus den Händen riss.

Der Betrieb war so groß geworden, dass sie mittlerweile zwei ältere Frauen aus dem Dorf beschäftigten. Das hatte ihnen endgültig geholfen, den Status der Fremden zu überwinden, den der misstrauisch Beäugten. Seither gehörten sie dazu, doch sie dachten gar nicht daran, sich damit zufriedenzugeben, hatten vielmehr einen Verein gegründet, um die ehemalige Dorfschmiede zu restaurieren. Dort stellten nun Künstler aus der Gegend ihre Aquarelle und Kleinskulpturen aus, vom Frühjahr bis in den Herbst lasen Dichter, die in der DDR berühmt gewesen waren, aus ihren Werken vor, einst verehrte Liedermacher traten wieder auf, es gab Kammerkonzerte, Modenschauen oder einfach nur Puppentheater für die

Kinder der umliegenden Dörfer. Die gastronomische Versorgung übernahm der Wirt der Dorfkneipe, der am liebsten ganze Spanferkel am Spieß rotieren ließ, der effektvoll Bierfässer anstechen konnte und die bürgerlichen Berliner Gäste mit seiner proletarischen Kodderschnauze genauso erschreckte, wie er sie entzückte, und der außerdem hin und wieder eines seiner lang verwaisten Gästezimmer an die Besucher von außerhalb vermieten konnte.

Doch auch damit gaben sich Katharinas Eltern nicht zufrieden. Als Nächstes planten sie, den alten, seit zehn Jahren leer stehenden Dorfkonsum zu pachten und in dörflicher Selbstverwaltung wiederzueröffnen, und wenn ihre Tochter sie mit einem leichten Unverständnis in der Stimme fragte, warum sie dies alles auf sich nähmen, sagten sie, sie wollten es den Menschen eben angenehm machen, sich selbst, aber auch denen um sie herum.

»Ja, genau!«

Es war schön, jedes warme Wochenende unter der Kastanie in der Mitte des Hofes zu sitzen. Es war überhaupt die einzige sinnvolle Art zu leben. Im Grunde fuhr ich nur in die Idylle hinaus, um am späten Sonntagabend, wenn wir wieder in den Passat stiegen, die Ladefläche voller Obst, Gemüse, frischer Eier, etwas vom Optimismus des Ortes, von seiner hellen Gelassenheit nach Berlin mitzunehmen. Etwas, das, falls es nicht schon an der Stadtgrenze vergangen war, spätestens am nächsten Morgen, wenn ich die Ladentür an einer der lautesten Kreuzungen Europas aufschließen musste, zerrann, so unwirklich erschien, so herbeigezerrt als schöne Idee, dass am folgenden Sonnabend ein weiterer Landausflug beweisen musste, dass es diesen Optimismus dort wirklich gab. Und immer so fort.

Trotzdem begann ich Anfang September, mir Ausreden zu überlegen, um Katharina nicht mehr in die Idylle begleiten zu müssen, die in den kommenden Herbsttagen mit heimeligen Abenden in der Wohnküche lockte, wo bei warmem Kerzenlicht Glühwein getrunken wurde, wenn der Wind durch die Fensterritzen pfiff und draußen die Äste des Kastanienbaums sturmgepeitscht schwangen, wo es neben dem Kachelofen eine offene Feuerstelle gab, über der Katharinas Vater zu besonderen Anlässen stundenlang ein ungarisches Kesselgulasch zubereitete.

Ich schob Schwierigkeiten im Geschäft vor, der Umsatz sei jahreszeitbedingt zurückgegangen, ich müsse neue Rezepte für den Winter ausprobieren. Doch stattdessen saß ich in unserer dunklen Küche, öffnete schon am frühen Nachmittag eine Flasche Wein und dachte an die Behaglichkeit der Bauernhofküche. Katharinas Mutter hatte am Telefon angeboten, mir bei der Rezeptsuche zu helfen, mir mit der rührenden und ernsten Sorge einer Mutter vorgeschlagen, einen deftigen, kalorienreichen Eintopf auf die Winterkarte zu setzen und im Herbst eine dicke, mit wenigen Spritzern Kernöl verfeinerte Kürbissuppe. Ich wünschte, ich hätte mit ihr zusammen die Gerichte auf dem Holzofen des Bauernhofs kochen können, doch es ging nicht.

Es ging nicht mehr. Seit jenem Sommerabend, als wir uns bei plätschernden Gesprächen in die Dämmerung treiben ließen, satt von gegrillten Forellen und schläfriger werdend von einem kühlen weißen Burgunder, den Katharinas Vater hingebungsvoll nachschenkte. Wochenendgäste aus Berlin und aus Hamburg waren auf dem Hof, spielten mit ihren Kindern Federball, und als sie müde geworden waren, setzten sie sich zu uns an die Tafel, tranken Wein, und die Kinder, mehr als ein halbes Dutzend, spielten Verstecken, schrien, lachten, plapperten, und in einem Moment des Schweigens – es gab einfach nichts zu sagen, weil alles perfekt schien – schickte Katharinas Mutter einen tiefen, lang gezogenen Seufzer zum Himmel, bevor sie sich mit sanfter Stimme und leicht ihrer Tochter zugewandt auszumalen begann, um wie viel vollkommener dieses Arrangement noch sein könnte, wenn sich unter den tobenden, spielenden Kindern eines Tages ihre eigenen Enkel befänden.

Mir stieg das Blut in den Kopf, ich griff schnell nach dem Glas. Statt zu widersprechen oder wenigstens abzuwiegeln, lächelte Katharina, und auch die weiblichen Gäste, mal an Katharina, mal an mich gerichtet, begannen unverzüglich, wortreich und mit einer Fülle von Details von ihrer eigenen Elternschaft zu schwärmen.

Katharinas Vater sagte zwar nichts, aber im Augenwinkel erkannte ich, dass er zwei-, dreimal selbstvergessen zu den Worten der Frauen nickte, so, als erinnere er sich, wie es ihm als jungem Vater ergangen war. Bevor jemand eine Frage an mich richten konnte, sprang ich auf und stürmte ins Haus. Ich ging auf die Toilette und begab mich erst wieder an meinen Platz, als ich durchs Küchenfenster bemerkte, dass draußen ein allgemeines lautes Lachen die leisen Töne der Kindersehnsucht ablöste.

Als ich mich setzte, sah mich Katharina an, als wolle sie sofort beginnen. Der Gedanke, Mutter sein zu können, hatte sich ihrer bemächtigt, und ich wusste, sie würde erst Ruhe geben, wenn dieser Wunsch Wirklichkeit geworden wäre.

An zwei Wochenenden fuhr ich noch mit hinaus, aber was ich befürchtet hatte, geschah. Beide Male kam das Kinderthema auf, und Katharinas Mutter sprach nicht nur ihre

Tochter an, sondern sah, als sie die Vorteile des Hofes für die Erholung ihrer künftigen Großstadtenkelkinder erläuterte, auch mehrere Male in meine Richtung.

Was sollte ich tun? Ihr vom *Punkt* erzählen, von dem noch nicht einmal Katharina etwas wusste – wenngleich ich mir sicher war, dass sie ihn erahnte, womöglich sogar die Chance sah, ihn mit ein, zwei Kindern vergessen zu machen, und sich deshalb so bereitwillig den Suggestionen ihrer Mutter hingab?

Ich blieb also zu Hause, und die regnerischen Herbststürme fegten mir jedes Wochenende die Melancholie ins Gemüt.

Eines Nachts nach Feierabend erzählte ich Kupfer von der Sache. Er hörte teilnahmslos zu und wechselte dann ohne eine weitere Reaktion das Thema. Hilfsbereit, wie er war, nahm er sich der Sache trotzdem an. Von nun an begleitete er Katharina hin und wieder an einem Freitagabend oder Samstagmorgen hinaus aufs Land, wo sich ihre Eltern nach anfänglicher Irritation sowohl an seine Art als auch an seine Stellvertreterfunktion zu gewöhnen begannen. Als mir Katharina davon im Dezember erzählte, schuldbewusst in Mimik und Gestik, aber demonstrativ laut sprechend und mit jedem zweiten Wort beteuernd, dass es nichts, rein gar nichts gebe, wofür sie sich vor mir rechtfertigen müsse, waren sie schon einige Male zusammen dort gewesen, ohne dass ich davon gewusst hatte. Immerhin, erfuhr ich, hatte Kupfer Katharinas Eltern meine Ausrede bestätigt, dass ich zurzeit nicht kommen könne, weil ich über neuen Suppenrezepten brüten würde. Ich stellte Katharina keine weiteren Fragen, da ich mich vor ihren Antworten fürchtete. Wir wohnten von nun an wie ein Ehepaar in Scheidung, das das Gericht verdonnert hat, vor dem endgültigen Schnitt die Distanz probehalber zu leben. Aber in unserm Fall gab es keine Reue bei irgendwem, es gab nur den *Punkt*.

Kupfer stellte ich keine Fragen, weil ich seine Ausflüchte nicht hören wollte. Ich merkte, dass er von Katharinas Geständnis wusste, als er plötzlich nicht mehr im Laden auftauchte, um ein Feierabendbier mit mir zu trinken. Das Geschäftliche regelten wir von nun an per E-Mail, nur wenn es sich gar nicht verhindern ließ, telefonierten wir miteinander. Dann bemühte sich Kupfer, hochdeutsch zu sprechen, und mir schien, er hätte mich am liebsten mit *Sie* angesprochen. Wir hatten beide belegte Stimmen und mussten uns nach jedem halben Satz räuspern.

Obwohl er noch einige Monate, bis kurz vor Ostern, mein Chef war, sah ich Kupfer kein einziges Mal mehr wieder, und ich sollte ihm auch in Zukunft nicht mehr begegnen. Allerdings hatte ich das schon einmal gedacht, damals vor beinahe zwanzig Jahren, als wir uns auf dem Bahnsteig bei einer Flasche Korn verabschiedet hatten, um dem Marschbefehl entsprechend unsere neuen Kasernen aufzusuchen. Und ich hatte damit falschgelegen.

Die Prophezeiung des *Punktes*, wie ich unseren Beziehungsschlamassel lächerlicherweise in Worte zu fassen versuchte, begann sich also zu erfüllen. Ich wagte einen letzten Versuch, mich gegen das eigentlich Unaufhaltbare, gegen das im Grunde Vernünftige zu stemmen. Holte aus den Tiefen meiner Kramkisten jenen runden Türknauf aus Messing hervor, den ich einige Tage in meiner Hosentasche durch das glühend heiße Paris geschleppt hatte. Damals. Stürmte, als kurz nach drei das Mittagsgeschäft vorbei war, in der Schürze nach draußen, stapfte gegen den eisigen Wind gestemmt zweihundert Meter die Danziger hoch durch den Schneematsch und war deshalb, als sich die Tür des Uhrmachers mit hellem Glockenklang öffnete und dann sanft wieder zufiel und alles Dröhnen der Straße ausschloss, einigermaßen außer Puste. Der Laden hallte wider vom Ticken Dutzender Uhren, und alle zeigten sie, wie mir ein Blick auf meinen Glashütte-Chronometer bestätigte, die korrekte Uhrzeit an. Ich stand allein im Laden und konnte die Straßengeräusche nicht hören. Ich sah Autos durch die Pfützen brettern und die Straßenbahn vorbeirauschen, aber sie machten keine Geräusche. Ich hörte nur das Ticken, das mit jedem weiteren Moment, den der Uhrmacher verstreichen ließ, statt den Verkaufsraum zu betreten, lauter wurde, dröhnender, symbolischer. Ich versuchte zu erkennen, ob das Fensterglas besonders dick war, dass es kein Geräusch hereinließ. Die Tür jedenfalls, so erschien es mir jetzt, war sehr schwer aufgegangen, als ich eben von der Straße hereingekommen war. Ich sah Passanten, vom Wind getrieben oder gegen ihn gebeugt, und einige bewegten die Münder, um ihren Begleitern etwas zu sagen. Im Tosen der Uhren sahen sie aus wie Fische im Zeitraffer. Ich suchte nach einer Klingel auf dem Verkaufstresen, mit der ich dem Uhrmacher meine Anwesenheit signalisieren konnte. Aber noch ehe ich eine Klingel entdeckt hatte, wusste ich, dass ihr Geräusch niemals die tausend Uhren übertönen könnte.

Mir hallte der Kopf von der tickenden Zeit. Mir schien, als habe sich mein Puls dem Rhythmus der Uhren angepasst. Ich spürte es am Pochen hinter der Stirn, über dem rechten Auge, das auf einmal zu zucken begann. Weil ich nicht wusste, was ich sonst tun sollte, zählte ich die Schläge mit. Als ich bei vierhundertunddreizehn angekommen war, teilte sich der schwere Veloursvorhang hinter dem Verkaufstresen, und der

Uhrmacher trat herein. Er trug ein weißes Hemd mit Ärmelschonern und darüber eine dunkelgrüne Samtweste. Er hatte weiße Haare, und eine Lupe klemmte vor seinem rechten Auge. Ohne sie herauszunehmen, sah er mich freundlich an.

»Entschuldigen Sie, dass Sie warten mussten«, sagte er mit sanfter Stimme, und wie fortgeblasen war auf einmal das Getöse der Zeit und ihrer Messgeräte.

»Macht nichts, Meister.« Ich zog aus der Tasche meiner Kochjacke den Messingknauf und platzierte ihn auf den Tresen.

»Ich höre?«

»Könnten Sie mir ein Andenken daraus machen?«, fragte ich und beschrieb ihm mit kurzen Worten, was ich mir vorstellte.

»Junger Mann, haben Sie das Schild über dem Laden gelesen? Ich bin Uhrmacher, kein Schlosser oder sonst ein Grobmechaniker.«

»Ich weiß schon, aber es ist wichtig«, sagte ich, »und weil wir doch Nachbarn sind«, und ich nannte, ohne darauf vorbereitet gewesen zu sein, eine Summe, die ich ihm für seinen außergewöhnlichen Dienst zu geben bereit war und die mir in der Hektik der Improvisation lächerlich hoch geriet.

»Also, ich bitte Sie, mein Freund – und Nachbar –, spielen Sie nicht mit meiner Ehre.«

Ich sah auf die Uhr: Es war bald vier. »Ich muss jetzt zurück in den Laden«, sagte ich, »wollen Sie es sich nicht doch überlegen?«

»Warten Sie«, sagte er.

»Ja?«

»Wenn Sie mir Ihre Uhr geben, versuche ich, Ihren Wunsch zu erfüllen.«

Ich zog wie im Reflex die linke Hand zurück und versteckte sie hinter meinem Rücken.

»Das war das einzige Wertvolle, das mein Großvater je besessen hat«, sagte ich.

»Oh, das tut mir leid für Ihren Großvater.«

Ich forschte nach irgendeiner Spur von Sarkasmus, konnte aber nichts davon entdecken. »Der einzige Gegenstand in seinem verdammten Arbeiterleben, der nicht nur nützlich war, sondern auch schön.«

»Ich versteh schon.«

»Nein, das tun Sie nicht«, sagte ich und legte den Glashütte-Chronometer vor ihn hin.

»Ich bin mir nicht sicher, ob Sie es nicht bereuen werden«, sagte der Uhrmacher, bevor er die Uhr an sich nahm.

»Ich schon.«

Was ich im Gegenzug für meinen, für unseren Chronometer vom Uhrmacher erhielt, sah lächerlich und dumm aus. Es besaß keine Botschaft und hatte keine Funktion. Es war nur ein weiteres überflüssiges Ding, das die Welt enger machte: Auf ein drei Zentimeter hohes quadratisches Fundament aus poliertem Ebenholz hatte der Uhrmacher, meinem Wunsch entsprechend, den hochglänzenden Knauf geschraubt. Auf ein Messingplättchen, das mit zwei kleinen Nägeln am Mahagonifundament befestigt war, hatte ich ihn ein paar Worte gravieren lassen: »Zur Erinnerung an unseren ersten gemeinsamen Urlaub.«

Vielleicht war es das falsche Symbol, vielleicht war es der falsche Moment, um es zu überreichen, vielleicht hatte ich den verkehrten Gesichtsausdruck aufgesetzt, als ich es Katharina in die Hand drückte. Anders als zwei Wochen vorher, glaubte ich nicht mehr daran, dass dieses Geschenk irgendetwas ändern würde. Ich war mittlerweile lediglich sauer, dass ich die kostbare Uhr meines Großvaters für diesen Mist hergegeben hatte.

»Willst du mich verschaukeln?«, fragte Katharina, nachdem sie das Souvenir aus dem Seidenpapier gewickelt hatte.

»Rate!«

Es sollte der Tag werden, an dem sie das erste Mal auch über Nacht wegblieb, was angenehmer war, als ich mir vorgestellt hatte. Im Laufe des Dezembers kam sie immer mal wieder vorbei, um eine Reisetasche voll Klamotten aus ihrem Schrank zu holen. Ich nahm an, dass sie jetzt bei Kupfer wohnte. Aber ich fragte nicht danach, weil ich es nicht so genau wissen wollte. Weil ich weiterhin die Möglichkeit haben wollte, sie mir bei einem sympathischeren Menschen vorzustellen.

Weihnachten verbrachte ich bei Freunden, unfähig, den Vater zu besuchen, der im letzten Jahr vor der Rente mit seiner zweiten Frau in einem Berliner Vorort lebte.

Noch vor Silvester fand ich zwei ungewöhnliche Umschläge in meinem Briefkasten.

Der eine stammte aus Laos, was ich bereits an der Briefmarke erkannte, und er enthielt ein Ticket der Thai Airways für einen Flug von Frankfurt via Bangkok nach Vientiane. Das Ticket war auf meinen Namen ausgestellt, der Flugtermin Anfang April. Beigefügt war eine Visitenkarte:

Dr. Gordon Freeman
Business consulting
Setthathirath 12, Vientiane
Lao P.D.R.

Eine Telefonnummer fehlte. Eine gekritzelte E-Mail-Adresse, sie lautete *gordon.freeman87@spikemail.com*, fand ich auf der Rückseite. Darunter stand ein kurzer, offensichtlich von flüchtiger Hand geschriebener Text: *Your grandmother wants to see you at her birthday celebration. For further information please contact me at my office until the 12th of April next year. Best regards, G. F.*

Ich musste nicht lange überlegen, wer Dr. Gordon Freeman war. Ich selbst war oft genug in seine Rolle geschlüpft, die eines MIT-Kernforschers, und hatte mal mit dem Brecheisen, mal mit der Pumpgun im Namen der Freiheit gegen außerirdische Pixelkreaturen gekämpft.

Entweder der Business-Consultant aus Vientiane nahm mich auf den Arm, oder er hatte einen speziellen Humor. Ich beschloss, bei einer hiesigen Dependance der Fluggesellschaft das Ticket überprüfen zu lassen, das auf den ersten Blick durchaus echt wirkte.

Der andere Umschlag stammte von Susanne, Michaels Frau. Er enthielt ein dünnes Schreibmaschinenmanuskript, das ich vorerst zur Seite legte, um die Karte zu lesen, die mit einer Büroklammer an das Deckblatt geheftet war.

Susanne schrieb, dass sie glaube, ihr Mann sei nicht mehr am Leben, nachdem die Behörden in Bangkok auf das Amtshilfeersuchen hin nichts über seinen Verbleib herausgefunden hatten. Sie werde versuchen, ihn für tot erklären zu lassen, damit die Kinder an ihr Erbe kämen, fürchte aber, da der Fall nicht so eindeutig sei wie etwa bei verschollenen Weltumseglern oder anderen Abenteurern, dass es bis zu zehn Jahre dauern könne.

Um für sich und die Kinder einen Schlussstrich zu ziehen, habe sie ein Stellenangebot in Süddeutschland angenommen, wohin sie in Kürze ziehen würden. Beim Packen sei ihr das Manuskript in die Hände gefallen, das sie mir, als seinem besten Freund, zum Andenken überlassen wolle.

Ich rannte zum Telefon und wählte ihre Nummer, aber es war zu spät, die Leitung schon gekappt.

Ich setzte mich an den Küchentisch, rauchte und versuchte, mit Whisky den Kloß runterzuspülen, der mir im Hals festsaß. Draußen gingen die ersten Silvesterböller los. Als es am Nachmittag dunkel wurde, machte ich Licht in der Küche und nahm mir den Stapel Schreibmaschinenseiten vor. Auf dem Deckblatt stand:

Kim Wilde

Atlantischer Sommer

Mit der Idee des Meeres im Kopf
kam ich ans Meer und sah
das Wasser.

In Bistros setzte ich mich zu Menschen,
die Austern schlürften, die Krebse knackten,
die alles taten
wie man etwas das erste Mal tut
oder zum letzten Mal; ihre Gesichter
hatten das Geschmeidige, das zum Berühren
verführt,
und sie wirbelten wie Artisten mit den
silbernen Bestecken:
wie Künstler.

Alle kannten einander, und jeder
mied die Fremden, die glaubten, hier sei es
besser
als andernorts, wo sie die Nuancen verstanden,
zu Hause in dem Licht, das diffus ist
in der Erinnerung und trotzdem ohne Geheimnis,
leer
wie die Schalen gegessener Austern, Kalk nur
und dennoch mit dem Anflug von Leben,
den man verachtet.

Später,
wenn die Flut kam und die atlantische Ruhe
der Bücher eingezogen war, kamen auch die
Bilder
des Meeres wieder, Bilder, in denen Wellen
anderes als Wellen sind, und das Wasser
umspülte
dabei die Füße, wie Wasser Füße umspült.

Südlicher

1
Reisen wir, tun wir es hastig, im Kopf. Aus
schlaflosen Städten
treibt ein Geräusch uns, nicht fassbar. Schon
fallendes Glas vor den Scheiben,
unsrer Refugien Grenzen, lässt gehn uns, ein
Takt ohne Rhythmus,
merkbar kaum im schnellren Puls, eine Flucht
aus der Ordnung der Körper,
zeigt den Beginn des Fortseins an, lässt uns
verstört dann erwachen.

Mitternachts auf südlichem Kurs. Die
Landschaft, Europa,
abgelegt, achtlos am Rand der Straße, die
kurvenreich ausläuft,
sich von fern zu erkunden. Den Kompass fürs
Grobe in einer
Hand, in der andern die Karte, ziehn auch wir
los zu sehen,
Xenophobe im Widerschein schwarzen Gebirgs,
um zu bergen.

Wenig später im Festlandsdunkel, passiert sind
die Hügel

Flanderns, schiebt das Zentrum des Kontinents
lautlos sich, ohne
Reibung, unter den Boden des Wagens, ein Herz
unterm planen
Grund, aus Benzin, ein Tank, zum Bersten
gefüllt, die geölten
Pumpen der Draht zum Diesseits, das Tiefe der
Erde zu heben.

Morgens, durch ödes Feld führt die Route,
blitzen Sequenzen
hinter dem Auge auf, stumm meist, manchmal
synchronisiert. Der
Regen zerwässert das Ende des Films:
vereisende Garben,
Feuerstöße aufs Dach des Gefährts. Im Nebel
schon ziellos,
peitscht das Wasser den Splitt und uns, seine
vagen Benutzer.

Nicht das Verlangen nach Raum oder Licht, ein
Bewegtsein von außen
reicht aus, ein Windstoß in Straßen, die
Heimat wir nennen, ein kühler
Hauch wie ein Schlag vor die Stirn nur, lässt
uns zuweilen die Weite
suchen. Auf brechen wir, somnambul, irren und
finden uns wieder,
fremdgegangen auf Wegen, wo Kriege der Wetter
längst toben.

2

Gegen die Ränder des Kontinents geht unser Reisen, von Orten
weg, die verhängt sind mit Bildern. Ein Imperativ, eine schwache
Geste, weist aus beladener Mitte, dem Kern, uns. Bedrohlich
schien, sie verstehen zu können, dachten wir, flüchtige Striche
Lands jetzt befahrend, die nordbar nicht sind, verweilt man auf ihnen.

Licht war, die Gegend plötzlich ein blendendes Spielfeld. Nicht eine
Farbe stand mehr über dem Gleißen, das alle vereinte,
grau sie verwarf zu rostigem Beige. Die Konturen, bar ihrer
Kolorierung, skizziert von fliegender Feder, sie lagen
brach wie des Landes Entwurf in unserm zerflimmerten Sehen.

Hart war der Mittag gekommen. Zu weich fast, Sekunden nur später,
ließ er gelöst die Natur uns zurück. Die Schwärze, die folgt auf
Licht, im Gedächtnis, hatten versucht wir, den Teer zu erkennen,
Laufband, das stur sich gen Süden gebärdet: aus kühleren Breiten,

dachten wir, führt eine Spur uns zu Plätzen
des optischen Raunens.

Klarheit, mutmaßten wir, hätte die Landschaft
jetzt. Da getroffen,
blitzgestreift, sie zu Füßen uns lag, bemerk-
ten wir: nichts, was
vorher nicht sichtbar gewesen wär. Klarer
allein, gelassner
döste sie, sagten wir, einfach und wünschten
nach Haus uns zu stellen,
still dann, die Frage, wie lang wir sie so
ertragen könnten.

Innehaltend in längerer Fahrt, verlangt uns
nach Rast. Ein
salziger Wind aber lässt uns wissen, dass Orte
stets nächste
Orte verheißen. Wir ahnen das Meer hinter
sanften Hügeln,
rasen den Damm hoch, der abwärts sich zieht,
in die Ebene sickert,
schwarz das zentrale Massiv im Rücken, südlich
uns leitet ins Innre.

Fernen

1

Sturmlose Kraft, die das Laub zerstreute, der ging durch die Städte,
  Wind nur bleibt, was bewegt: Blätter, der Bäume Ballast,
Selbst Skelette in offnen Alleen, verwirbelt. Verstreut, was
  Köpfe sonst noch durchweht. Rauschen, das Tosen bloß galt,
Fern von Süchten nach Tod oder Glück. Die Musik melodischer
  Tage, ein später Klangmüll der verleugneten Zeit.
Wenige Bücher, bedrängt von den leichten Geschichten der Nachbarn,
  Bargen das Ende, im Schwarz kreisender Worte, zu dicht,
Ruhe zu finden in Bibliotheken, die Weltloses hielten.
  Später stob weißes Papier - Seiten, zerknüllt - ums Portal,
Scharf vom Sturm über Kopfstein gejagt, und zu greifen nicht, fassbar,
  Vor dem Wind, ohne dass wer klären je konnte, woher.

Kam es, das Ende dort, war es kein Schluss:
auf morsche Fassaden
Blies, der umsonst durch die Stadt sich
trieb - vergeblicher Wind.

2
Mandelgeschmack, eine Süße, begreif das
schlechte Gewissen,
Lag in der Luft, schon Substanz, atembar,
starr. Wie Metall,
Bohrte jemand mit Fingern in brüchiger Wandung,
die Arme.
Leicht kam Welt in den Raum, zu schnell.
Vergessen das Loch,
Wohnlich, der Zeit, wie die Skrupel, das
Suchen beenden zu können,
Blieb nur ein Stechen im Kopf, ewig wie der
Imperativ
Heiliger Floskeln: vergangne Jahrhunderte.
Falls hinter Dingen -
Häuser, zerlebtes Geröll, kaum zu erreichen
das Ziel,
Wahre Ruinen, uns wegweisend. Ebnen im Rücken,
genossen,
Liebe, den langen Steincocktail wir, Stoff,
der verdarb
Magen und angenommne Seele, den Saum des
Verstandes. -
Falls vor dem Abraum, das harrte, was
Schönheit und Form
Sucht und Weltraumkälte… Nur Elegien, für die
Tonne.

3

Silbern im Raum, ein Klumpen Bedeutung: das Pendel des Alten
  Hing an der Kette fest, still von Gesetzen besiegt.
Keiner, der sieht, nicht weise war er, ein Greis, der mit Zukunft
  Jongliert, vertreibend die Zeit, Sprung, der die Finger ihm lähmt,
Kosmischer Widerstand, der Routine wurde. Im Kopf nur
  Hallten die Schwünge wie Blei: Leicht war, zu denken, es gibt
Sie, die Kraft ohne Wirkung, ausbleibend erst zu erkennen:
  Wort, Skalpell, das den Schnitt führt an die Ränder des Worts.

4

Schuhe, gleich wracken Kähnen im Brack, aus den Spitzen die Kappen
  Stahl entfernt, denn der Krieg fern schon, vorbei das Gezänk:
Wer weiß was, das einstige Tretmodell, ohne Form, ein
  Alb von festerem Schritt hielt sich verzagt, nur Sequenz,
Gab der Boden kaum nach unter jeder Gewichtung. Ein Tänzeln,
  Spurlos, durch nördliches Land, leicht schon, als summte ein Lied

Während des Gangs der Weg: These boots are made for walking
Schwerpunkt zu finden im Sand, Dünen durchwandernd Balance.
Schließlich gab es noch Ankunft in boomenden Zonen, bei Leuchtgas
Prosa, Sirenengesang. Kuppel der Stadt, blieb das Licht
Hart, eine Fama des Sichtbarn, die Tiefe versprach, erogene
Teile des Hirns betraf: Sag gegen Mitternacht weiß.

Final Doom

wer jetzt kein Haus hat, baut sich keines mehr
die Kohlen sind bestellt, die Zeitungen verbrannt
ins Zimmer fällt… vielmehr: der Nebel weht ein Echo her
ein Stimmenanschlag, unbemannt,
das heißt: die *Asche* einer Stimme
legt sich nach kurzem Lüften
wie Asche über Strände fegt, die Richtung Städte driften
auf alles, was verwandt schien immer, Verstand und Gegengiften
unbekannt war, schlimmer: auf was in *Zeitumstände* eingehegt

egal, ein Tierlaut mehr der Brunft, ließe sich sagen
ein Schrei… zu viel, vielleicht ein Klagen, (worüber bloß
die Frauen, Geld, den Wagen?) auf jeden Fall
vom Herbstblei abgedämpft, ein Klang, der gegen Wetter kämpft
ein Säuseln, das dem Dunst entflieht, ein Schleier Töne
der den Frost bezieht, genug: ein Etwas also

das dem Klirren folgt ins Zimmer,
kometengleich
wo langsam sich die Lüfte mischen…

Zumindest lässt der Zug das Feuer zischen,
gespeist aus Schränken, Betten, Tischen.

Kim Wilde

(Set me free, why don't you)

unterm Pflaster überm Strand, ein Bild, das…
ein Raum, der sich vergleichen ließe…
durch Mikrometer Zwischenland
in Nebenhöhlen Seitenpfade
auf Wegen, die beiseite liegen
im schweren Schwemmsand dünner Fließe
auf Riffen schiffend, die den Boden biegen,
die Krusten brechend, die sie wiegen

an Windungen geschmiegt, die
an Windungen geschmiegt wie

wie Gas, das strömt und ungesehn
durch Fugen dringt ins Tagsgeschehn,
wo Presslufthämmer leise Lieder singen
von Dämmrung, Untergang und andren Dingen

von Nacht und Tag und Neuanfang. Und:
Gegenwart als Zukunft als Bastion
von Liebe, Freundschaft und so weiter

so kleine Songs und durchaus heiter
Lieder von Versicherung… Stopp: Rebellion
Zerstörung, Tod, Jahrtausendwende

vom Ende einer Utopie (Quatsch)…
ha!: um Kim Wilde geht's, Melancholie
schwarz gekleidet, blond und blass
es geht um Leute, die
dich fragen: - *heute!* - wie
war denn damals… DAS

VI

Land der Blume Champa

7. April, Vientiane

Seit der Ankunft in Laos litt ich unter Schlaflosigkeit. Die Hitze eines jeden Tages – am Vortag waren es in der Mittagszeit fünfundvierzig Grad gewesen – und die extreme Luftfeuchtigkeit erzeugten ein Waschküchenklima, von dem ich nicht gedacht hätte, dass es mir so sehr zusetzen würde. Ich hatte in Reiseführern darüber gelesen und heimlich die Empfehlungen belächelt, die man den Kreislaufschwachen dort gab. Jetzt musste ich feststellen, dass ich selbst nicht mehr so jung war, wie ich dachte.

Nachts, im Zimmer des Hotels *Lane Xang*, lag ich entweder schweißgebadet auf dem Laken, oder ich fror unter einer dünnen Decke, während über mir die Klimaanlage dröhnte. Und trotzdem wachte ich jeden Morgen erholt auf, etwas, das mir in Berlin seit Jahren nicht mehr gelungen war.

Auf dem Weg in den Frühstücksraum passte mich an diesem Tag eine junge Angestellte ab und hielt mir ein silbernes Tablett mit einem gefalteten Zettel entgegen. Es war eine Nachricht von meinem Cousin Yai, dem ich am Vortag eine E-Mail geschickt hatte, um ihm zu sagen, dass ich in der Stadt weilte. Dafür bedankte er sich nun und schlug vor, am Nachmittag um vier in der Hotellobby auf mich zu warten. Falls mir der Termin nicht passe, solle ich ihn anrufen. Seine Handynummer war unter der kurzen Mitteilung notiert.

Ich steckte die Notiz ein, und die Angestellte, die wegen des Tabletts, das sie hielt, ihre Hände nicht vor der Brust falten konnte, deutete einen Knicks an, so wie ihn Antje, Yvonne und die anderen Mädchen in den Siebzigern immer dann gemacht hatten, wenn sie einer erwachsenen Person von angeblicher Autorität gegenübertreten mussten, dem Schuldirektor, dem Hausmeister, dem ABV.

An der Informationstafel vor dem Speisesaal stand auf Englisch, dass morgen das 3. Nationale Meeting der Gesellschaft für Arbeitshygiene stattfinden würde.

Ich aß Mango-, Ananas- und Papayastücke, ließ mir mehrere Male vom bitteren Hochlandkaffee nachschenken, während ich immer wieder an den Brief denken musste, den mir jener obskure Freeman gegen Ende des letzten Jahres geschickt hatte, um mich zum Geburtstag meiner Großmutter einzuladen. Warum hatte er das getan? Wie kam dieser Mensch dazu, mir ein Ticket zu spendieren?

Gegen elf trat ich aus dem klimatisierten Hotelfoyer auf die brütend heiße Straße hinaus. Es kam mir angesichts der Hitze seltsam vor zu rauchen, aber ich tat es dennoch.

Ich nahm den gleichen Weg wie am Vortag, diesmal jedoch hatte ich meinen Stadtplan dabei. Am Nam Phou, dem Platz um den Brunnen, warf ich einen Blick auf die Karte: Die Straße, in der sich Internetcafé und Lebensmittelladen befanden, hieß Setthathirath und war eine Parallelstraße der Fa Ngum, an der das Hotel lag. Die nächste Parallelstraße verlief zweihundert Meter nördlich der Setthathirath, und sie hieß Samsenthai.

Genau dort, hatte ich gestern im Internet gelesen, an der Ecke zur Chanta Khoumane, war am 1. April des Jahres '63 der Air-America-Angestellte Mike LaDue Zeuge einer Schießerei geworden. Nach einem langen Arbeitstag hatte er sich im *Lido's* ein Abendessen gegönnt, das aus einer Portion Gray-House-Riesengarnelen bestand, einer Spezialität des Kochs, und war danach mit seinem Drink auf die Straßenterrasse des Restaurants gewechselt. Hier wehte eine leichte Brise, die Erfrischung brachte, im Nachtklub des *Lido's* dagegen, wo er eigentlich den Abend hatte beschließen wollen, war es heiß und stickig. Die Ventilatoren standen still, denn einmal mehr war an diesem Abend in der brütenden Trockenzeit die fragile Stromversorgung Vientianes zusammengebrochen.

Auf der Terrasse setzte sich LaDue zu einem Kollegen, sie tranken Bier, sprachen über ihre Dienstpläne, und wenn sie für Momente schwiegen, beobachteten sie den Verkehr auf der geschäftigen Samsenthai, die hupenden Autos, die vielen Fahrräder, die knatternden Kleinbusse. Man konnte von der *Lido's*-Terrasse die offene Bar des *Constellation Hotel* sehen, wo ein paar Amerikaner und ihre einheimischen Begleiterinnen im Licht von Gartenfackeln saßen und Cocktails aus hohen Gläsern tranken. Hin und wieder drang Frauenlachen von dort herüber oder ein grobes Wort der betrunkenen Männer, die später am Abend die Rechnung bezahlen würden. Außerdem konnte man auf der anderen Straßenseite That Dam erkennen, den Schwarzen Stupa, an dem LaDue vorbeimusste, wann immer er etwas in der Botschaft zu erledigen hatte.

In der Luft hing der beißende Geruch der Duftkerzen, die der Kellner auf den Terrassentischen verteilt hatte, um die Mücken zu verscheuchen als LaDue eine schwarze Mercedes-Limousine beobachtete, die, aus Osten kommend, langsam die Straße entlangfuhr. Sie hielt schräg gegenüber dem *Lido's* vor einem weißen Haus in französischem Stil.

LaDue sagte noch zu seinem Kollegen, dass der Wagen wahrscheinlich einem Mitglied des Königshauses gehöre oder einem Politiker, irgendeinem hohen Tier eben, als das Geräusch einer Explosion die abendliche Stimmung jäh zerriss. Das Geräusch drang von dem weißen Haus auf der anderen Straßenseite herüber, und noch ehe sein Echo verhallt war, brach eine zweite Detonation los.

LaDue stand auf, das Bier in der Hand, und auch sein Kollege erhob sich. Sie hielten die Daumen auf die Flaschenhälse und schüttelten die Flaschen, sodass der Bierschaum oben herausspritzte. Sie stießen an, und sie brüllten laut *Hip, hip, hurray!* und *Merry Christmas!*, denn sie dachten, es werde wieder eines der seltsamen hiesigen Feste begangen, wie das Raketenfest oder das Große Bootsrennen, bei denen es meist knallte und rauchte, weil die Laoten überzeugt waren, mit Gestank und Krach die bösen Geister vertreiben zu können. Doch als das Geräusch ein drittes Mal erklang, wusste LaDue, dass es an diesem Abend kein Feuerwerk war, das da auf der anderen Straßenseite abgebrannt wurde.

Wie auf Kommando stellten die Männer ihre Flaschen ab und hechteten zur niedrigen Begrenzungsmauer, die die Terrasse von der Straße trennte. Im Schutz der halbmeterhohen Ziegelmauer hörten sie weitere Salven einer Maschinenpistole, gefolgt von zwei einzelnen Schüssen. Dann war Ruhe, und als LaDue nach einer halben Minute vorsichtig über die Mauerkante lugte, sah er drei Elitefallschirmjäger im Vorgarten des weißen Hauses stehen, unmittelbar neben der Mercedes-Limousine, die ebendort mit offenen Türen parkte.

In einem Telegramm, das am nächsten Tag, dem 2. April,

mit der Prioritätsstufe »wichtig« an das CIA-Hauptquartier geschickt wurde und dessen Faksimile ich gleichfalls online entdeckt hatte, hieß es, ein amerikanischer Beobachter habe berichtet – vielleicht war es sogar LaDue selbst, denn immerhin war die Air America eine hundertprozentige CIA-Tochter gewesen –, dass fünf Minuten nach dem Vorfall schon wieder alles ruhig gewesen sei, obwohl sich die Schießerei an einer der belebtesten Kreuzungen der Stadt zugetragen habe. Außerdem hätten verschiedene Zeugen in der näheren Umgebung erklärt, die MP-Salven zwar gehört, aber ansonsten nichts Außergewöhnliches beobachtet zu haben. Der Verkehr, sowohl auf der Straße als auch auf den Bürgersteigen, sei normal weitergegangen. Nach den Schüssen seien allerdings die Wachen verdoppelt worden, weshalb die Beobachter wohl dachten, dass die Schüsse jemandem gegolten hätten, der widerrechtlich in das Haus hatte eindringen wollen. Einem Räuber, einem gewöhnlichen Dieb.

Wir schließen daraus, endete das Telegramm im Wortlaut, dass Quinim vermutlich im Inneren des Hauses erschossen wurde.

Jetzt stand ich am schwarzen Stupa und konnte schon die Kreuzung Samsenthai/Chanta Khoumane sehen. Langsam, wie man sich einem unbekannten, aber heiligen Ort näherte, ging ich darauf zu. Neugierig, mit Respekt und voller Unbehagen.

Wo sich einst das *Lido's* befunden hatte, residierte jetzt ein Restaurant namens *Kualao*. Das Grundstück war noch immer von einer niedrigen, weiß getünchten Steinmauer umgeben. Ich stellte mir vor, wie LaDue und sein namenloser Kumpel dahinter abgetaucht waren, als sie den Ernst der Sache seinerzeit erfasst hatten und ihre weiße Überheblichkeit von einer Sekunde auf die andere von der Angst weggepustet worden war.

Und dann merkte ich mit einem Mal, wie mein Herz schneller zu schlagen begann. Mit nervösen Fingern holte ich die Kamera aus der Notebooktasche und schoss ein paar Fotos. Ich machte eine Panoramaaufnahme von der Kreuzung, wobei meine Aufmerksamkeit aber längst auf etwas anderes fixiert war, auf das Gebäude nämlich auf der gegenüberliegenden Straßenseite.

Es war zum Großteil verdeckt von den Bäumen und Sträuchern eines wuchernden Vorgartens, der durch einen vielleicht drei Meter hohen schmiedeeisernen Zaun vom Bürgersteig getrennt wurde. Hinter dem Zaun war zusätzlich eine Sichtbarriere aus Bambusmatten angebracht.

Das Gebäude war zweistöckig und in einem eklektischen Stil gebaut, der mich an französische Landhäuser erinnerte. Es war vor vielen Jahren in einem hellen Gelb gestrichen worden und besaß große Bogenfenster, mit grünen Läden, die zum großen Teil geschlossen waren. Über den Garten hinweg konnte man die verwitterte Spitze des That Dam sehen.

Ich versuchte, durch den Sichtschutz aus Bast zu spähen, aber ich konnte niemanden erkennen. Vor der Eingangstür standen ein paar Kübel mit wuchernden Grünpflanzen, auf einer Leine im Hof hingen zwei weiße Männerhemden. Mehr fiel mir nicht auf, aber gerade die Banalität des Anblicks machte mir bewusst, dass dieser Ort ein magischer war, für mich und für unsere zusammengewürfelte und mittlerweile wieder zerfallene Familie. Ohne die Schüsse des Leibwächters auf meinen Großvater an jenem 1. April '63 hätte es mich nie gegeben, denn Quinim hätte mit Sicherheit die Autorität besessen, seiner Lieblingstochter die Liebe zu einem Deutschen zu verbieten. Auf ihren Vater hätte sie, anders als auf die ältere Schwester Chanh, gehört.

Und wenn diese Schüsse nicht gefallen wären, dann würde Quinims Tochter, jene Frau, die dann nicht meine Mutter geworden wäre, möglicherweise gerade in diesem Augenblick vor dem Haus mit den grünen Fensterläden ankommen, das dann vielleicht noch immer in Familienbesitz wäre. Und natürlich würde sie mich nicht sehen können, wie ich hier herumstand und meinen Überlegungen nachhing, denn in dieser Fassung des Weltengangs, die nur zufällig nicht Wirklichkeit geworden war, existierte ich nicht. Ich hätte keinen Vater und keinen toten Bruder. Nichts von dem, was mich heute ausmachte, wäre tatsächlich geschehen: die Kindheit nicht, gar nichts.

Als ich den Blick von den Männerhemden wieder abwandte, sah ich eine Frau den Gehsteig entlangkommen. Sie trug die Haare zum Pferdeschwanz gebunden, war europäisch gekleidet und schien das Grundstück betreten zu wollen, auf dem das ehemalige Haus meiner Großeltern stand. Schnell trat ich einen Schritt vom Eisenzaun weg. Ich deutete eine knappe Verbeugung an, die sie, leicht überrascht, erwiderte, und lief, ohne mich noch einmal umzusehen, in die entgegengesetzte Richtung davon.

Als ich auf dem Prachtboulevard Vientianes stand, der schnurgeraden Avenue Lane Xang, fiel mir ein, dass meine Mutter jetzt viel älter gewesen wäre als das Mädchen, das ich gerade am Zaun getroffen hatte, fast sechzig. Dass sie in meiner Vorstellung noch immer Mitte bis Ende zwanzig war, lag allein daran, dass aus jener Zeit die letzten Fotos stammten, in denen ihre Gesichtszüge noch frei von den Spuren des Schmerzes waren. Nur diese Fotos waren in ein Album geklebt, in das ich hin und wieder hineingesehen hatte, alle späteren lagerten in meinen Archivkisten im Berliner Keller.

Ich machte einen Abstecher auf den Morgenmarkt, in dessen ebenerdigen Katakomben es Garküchen gab, Maßschneidereien und Goldschmieden, wo Lebensmittel verkauft wurden, chinesische Elektronikartikel und Mopeds, Naturheilmittel und schamanisches Zubehör, mit dem sich die Geister der großen Flüsse verwirren ließen. Danach machte ich mich auf den Rückweg, kaufte in der schwedischen Bäckerei am Nam Phou ein Sandwich und ein Bier und kehrte endlich ins kühle Internetcafé zurück, wo mich das Mädchen hinterm Tresen begrüßte wie einen alten Freund.

Ich hatte zwei E-Mails in meinem Postfach, eine stammte von Antje, die andere kam von Kupfer. Die von Antje öffnete ich zuerst.

Ohne große Einleitungsfloskeln erzählte Antje, dass auch sie in letzter Zeit häufig an unsere Kindheit im Wohngebiet habe denken müssen, ohne genau sagen zu können, warum. Vielleicht weil die eigenen Kinder schon groß seien und bald aus dem Haus gingen. Vielleicht auch, weil alle um sie herum so zunehmend hilflos erschienen, ihre Eltern, die noch immer am Hubertusdamm wohnten und so wenig Rente bekämen, dass sie sich nur mit demütigenden Hilfsarbeiten über Wasser halten könnten, ihr Freundeskreis, der nach und nach zerfallen sei, weil ein jeder gegen seinen Willen in die Teile des Landes gezogen sei, wo es eine Arbeit gebe. Vielleicht spiegle sich in den Gedanken an die Kindheit auch nur ihre eigene Sehnsucht wider, nach einem Leben, in dem man für nichts verantwortlich war, in dem einem die Eltern noch sagten, was zu tun war. In dem es leicht war, das Gute zu erkennen und es vom Bösen zu unterscheiden.

Ob ich mich noch daran erinnern könne, welche Angst wir gehabt hätten, damals, an dem Tag, als Biermann ausgebürgert worden war, schloss Antje ihren Brief und fragte im Postskriptum, ob wir uns bei Gelegenheit nicht einmal treffen wollten, in Potsdam oder Berlin.

Ja, schrieb ich zurück. Sogar sehr gut könne ich mich an diesen Tag erinnern, und es rühre mich ein bisschen, dass auch sie ihn nicht vergessen habe.

Antje hatte an einem dunklen Novembermorgen im Jahr '76 zaghaft nach meiner Hand getastet, sie gefunden und dann nicht mehr losgelassen. Ich war damals froh gewesen, dass sie sich nicht geschämt hatte, in diesem gespenstischen Augenblick meinen Beistand zu suchen, denn umgekehrt hätte ich es nie gewagt, nach ihrer Hand zu greifen.

Wie jeden Tag um halb sieben schlich ich, den Lederranzen mit den Katzenaugenverschlüssen auf dem Rücken, an Frau Fouqués Tür vorbei, beschleunigte dann, nahm drei, vier Stufen auf einmal, sprang mit knallenden Schuhen auf den polierten Stein der Etagenabsätze und klingelte im Erdgeschoss an der Tür von Familie Schwarz. Antje, die wie immer zum Losgehen fertig war, riss die Tür auf, Frau Schwarz wünschte uns einen schönen Schultag und strich uns zum Abschied leicht über die Wangen.

Dann marschierten wir los, dreihundert Meter Weg vor uns, nie Hand in Hand, aber immer so, dass sich von Zeit zu Zeit unsere Schultern wie zufällig berührten oder wir uns mit den Köpfen so nah kamen, dass ich Antjes nach Eishampoo duftende Haare riechen konnte. Wir trugen bereits Bommelmützen und gefütterte Anoraks, und wir hatten die selbst gestrickten Wollschals unserer Großmütter um die Hälse geschlungen. Aus den Hausaufgängen der Blocks am Wegesrand drängten andere Schüler, stießen Klassenkameraden zu uns. Wir waren acht und gingen in die zweite Klasse. Es pfiff ein kalter Wind an diesem Spätherbstmorgen, als der Direktor alle Kinder an der Schulhofpforte abfing, statt sie in die warmen Klassenräume zu lassen. Auf dem Pausenhof ließ er zum Appell antreten, der gewöhnlich nur Montag früh abgehalten wurde.

Ich wusste nicht, ob auch die Großen den Direktor fürchteten, die aus der neunten und zehnten Klasse, die mit den langen Haaren, den Jeans, den Parkas, den Adidas-Turnschuhen und Rennrädern, wir Kleinen aber hatten Angst vor ihm. Er war der Einzige, den ich für fähig hielt, die furchtbaren Bestrafungen aus dem Struwwelpeter in der Wirklichkeit zu vollziehen. Jeden Montag zum Fahnenappell ließ er die kindlichen Delinquenten der vergangenen Woche aufrufen und in einer Reihe vor versammelter Schule antreten: die Süßigkeitendiebe, die man in der Kaufhalle erwischt hatte, die Schwarzfahrer aus O-Bus und Straßenbahn, die Schulschwänzer und Herumtreiber, die Abschreiber, Spicker und Rowdys des Nachhausewegs. Sie alle standen dann da, die Köpfe gesenkt, und er forderte uns andere auf, genau hinzusehen, uns den Anblick gut einzuprägen. Und er prophezeite uns mit drohendem Zeigefinger, dass wir die Nächsten wären, die dort vorn stünden, wenn wir so weitermachten wie bisher.

Der Direktor war unvorstellbar alt, nicht gütig-alt wie die Großeltern, auch nicht alt-alt wie die Männer im Fernsehen, die von ihren Tribünen herunterwinkten, wo sie die Fäuste ballten und gemeinsam Lieder sangen. Der Direktor war *böse*-alt. Er hatte ein glänzendes Gesicht, und mit seiner grässlichen, blechern hallenden Stimme, die die Lautsprecher bis weit ins erwachende Wohngebiet hineintrugen, verkündete er nun an jenem Novembermorgen, dass ein Sänger, dessen Namen ich nicht kannte, eine fürchterliche Tat begangen habe, einen Verrat an seiner Heimat, an der Idee von Freiheit und Gleichheit aller Menschen, am Frieden, am Sozialismus. Er fand immer neue Worte des Abscheus, und je mehr er sich in Rage redete, desto mehr Spucke versprühte er beim Reden.

Ich umklammerte Antjes Hand, so fest ich nur konnte, und am liebsten hätte ich sie umarmt, sie fest an mich gedrückt, wie wir es im Spiel früher oft getan hatten, nach dem Baden auf ihrem Wohnzimmerteppich oder am Kellereingang, meinen Kopf an ihren Hals gelegt und den Geruch der *Florena*-Creme eingeatmet, den ihre Haut stets verströmte. Wenigstens ließ der Direktor in seiner Tirade nach, er wurde etwas leiser, kündigte das Ende des Sonderappells an. Er sagte, dass der Verräter wegen seines vielfachen Verrats das Recht verwirkt habe, weiter in unserem Land zu leben, und nun dort bleiben werde, wo die Anstifter seines Verrates wohnten und auch seine Geldgeber, in der BRD.

Dann ließ er uns wegtreten, doch Antje gab meine Hand erst wieder frei, als wir unter der Neonsonne des Klassenraums standen und die Lehrerin rief, wir sollten uns endlich voneinander lösen.

Ich konnte in diesem Moment nicht sagen, wen ich mehr verabscheute: die feixenden Mitschüler, den Direktor oder diesen dreimal verfluchten Verräter, der uns den ganzen Schlamassel eingebrockt hatte.

Ich hoffe, schrieb ich an Antje im Postskriptum, dass ich sie mit der Geschichte nicht gelangweilt habe und dass auch ich mich auf ein Treffen freuen würde, jedoch noch nicht sagen könne, wann ich zurück in Deutschland sei.

Mir war klar, dass ich log. Ich wusste ganz genau, dass wir uns niemals treffen würden, denn die erwachsene Antje, wie immer sie jetzt aussah, würde das Bild des Kindes von ihr verdrängen, das ich im Gedächtnis wie eine Kostbarkeit bewahrte. Eine Begegnung mit der erwachsenen Antje würde meine gesamte Erzählung von der Kindheit gefährden, und das wollte ich nicht riskieren.

Dann öffnete ich Kupfers Mail. Was ich nicht erwartet hatte, war der Tonfall der Erleichterung, den Kupfers Antwort auf mein Geständnis vom Vortag durchzog. Es war, als haute er mir aus der Ferne kumpelhaft auf die Schulter: Es war, als ob ich ihn von seinem schlechten Gewissen erlöst hätte. Dass ich ihn um etwas Geld erleichtert hatte, quittierte er mit der lapidaren Bemerkung, es hätte ja keinen Armen getroffen, und im Grunde hätte mir für meine Arbeit sowieso ein Bonus zugestanden.

Auch die Bilder könne ich behalten, die vier Arbeiten von Felix Müncheberg, schrieb Kupfer und machte damit meine heimliche Hoffnung zunichte, er könne mein Versprechen, ihm die Kunstwerke zu überlassen, vergessen haben. Stattdessen tauschte er jetzt die Bilder, die ich ihm damals versprochen hatte, gegen die Möglichkeit ein, ohne ein schlechtes Gewissen mit Katharina zusammen sein zu dürfen. Doppelt genäht hält besser, dachte ich, denn es war das gleiche Prinzip, das hinter dem Verzicht auf das geklaute Geld steckte. Irgendwie schien ihm an meinem Wohlwollen zu liegen, vielleicht war der Armeekamerad von damals tatsächlich so etwas wie ein Freund in der Gegenwart geworden.

Kupfer erzählte außerdem, dass er nach einem neuen Koch suche, aber nicht glaube, jemanden zu finden, der das Konzept des Ladens so gut umsetzen könne wie ich. Auf jeden Fall werde er Sandra, meine Exkommilitonin, weiterbeschäftigen, deren Freundin zurzeit aushilfsweise am Herd stehe. Er riss ein paar Anekdoten von früher an, als wir zusammen auf der Stube gehockt hatten, in denen Jupp, der lange Thüringer, vorkam und der beschränkte Ulf. Katharina erwähnte er mit keinem Wort, nicht einmal ihren Namen, und ich war ihm dankbar dafür. Irgendwie bedauerte ich es, dass wir, Katharina und ich, uns nicht schon Mitte der Neunzigerjahre getrennt hatten, was es jetzt leichter gemacht hätte, unser romantisches Verliebtsein Mitte der Achtziger im verklärenden Licht des lädierten Gedächtnisses zu bewahren, statt andauernd seine hässlichen Konsequenzen mitzudenken.

Er fragte, wann ich zurückkäme, und er verlangte, dass wir dann ein Bier trinken müssten. Er schrieb: »Lass dich umarmen, Alter, in ewiger Freundschaft, dein ...«

Im Grunde war ich sogar ein bisschen gerührt. Ich nahm ein Bier aus dem Kühlschrank und für das Tresenmädchen eine Limonade, und ich fragte, ob sie mich nicht begleiten wolle, um draußen gemeinsam eine Zigarette zu rauchen. Es sei doch sowieso niemand außer mir im Geschäft.

Wir kauerten uns mit den Getränken an die schattige Hauswand, und ich versuchte gar nicht erst, ein Gespräch mit ihr zu beginnen, denn sie schien nur ein paar auswendig gelernte Brocken Englisch zu beherrschen. Aber ich merkte, wie uns die Passanten ansahen, vor allem die weißen Touristen, wie sie sich bemühten, einen Zusammenhang zwischen uns herzustellen, die Beziehung, die uns möglicherweise verband, zu deuten. Ich musste zugeben, dass mir das gefiel, selbst wenn ich dabei ein gehöriges Quantum Scham ignorieren musste. Aus dem Augenwinkel schielte ich auf ihren dunklen Arm, der nur Zentimeter von meinem Ellbogen entfernt war.

Mir kam ein Gedanke in den Kopf, und deshalb fragte ich sie, wie die Straße heiße, auf der wir uns befänden. Ich hätte den Namen zwar im Stadtplan gelesen, aber wieder vergessen. Sie öffnete langsam die Augen und sah mich verständnislos an. Ich wiederholte meine Frage in der Kurzform und deutete dabei auf den heißen Asphalt vor uns.

Sie nickte und sagte etwas, so schnell, dass ich es nicht verstand.

Ich zog meine Geldbörse aus der Tasche und reichte ihr jene Visitenkarte, die ich als einzige mitgenommen hatte.

Sie warf nur einen kurzen Blick darauf und zeigte dann schräg über die Straße, auf einen Laden, der geschlossen zu sein schien. Soweit ich von hier erkennen konnte, kündeten kein Schild und keine Tafel von der Art der Geschäfte, die hinter dem staubigen, leicht schief heruntergelassenen Lamellenrollo abgewickelt wurden. Nur eines wusste ich, diese Adresse hatte Gordon Freeman als die seine angegeben, jenes mutmaßliche Pseudonym, von dem das Flugticket stammte und dem ich damit meine Anwesenheit im Land verdankte.

Ich schnippte die Kippe in den Rinnstein. Beim Aufstehen berührte mein Ellbogen versehentlich den Arm des Mädchens. Es fühlte sich an wie ein elektrischer Schlag.

Ich entschuldigte mich, ging zurück an den Rechner und setzte eine Mail an *gordon.freeman87@spikemail.com* auf, in der ich ohne Anrede oder abschließenden Gruß mitteilte, dass, falls Bedarf bestehe, ich im Hotel *Lane Xang* zu erreichen sei. Allerdings rechnete ich mit keiner Reaktion, denn alle anderen Nachrichten, die ich von Berlin aus an diese Adresse gesandt hatte, waren unbeantwortet geblieben.

Beim Bezahlen sagte ich dem Mädchen, dass ich morgen wiederkäme, und sie verbeugte sich, schlug die Augen nieder und tat so, als hätte sie verstanden, was ich meinte.

Diesmal war es der livrierte Page, der mir den gefalteten Zettel mit der Botschaft meines Cousins überreichte. Ich bedankte mich, gab ihm einen kleinen Schein und las, dass Yai keine Zeit habe, mich am Nachmittag zu treffen, da er unvorhergesehen auf die Baustelle müsse. Er habe aber ein Angebot für mich, das abzulehnen mich nur einen kurzen Anruf auf seinem Mobiltelefon koste. Sollte ich mich nicht bis zum Abend bei ihm melden, werde er mir für den nächsten Morgen um zehn Uhr einen klimatisierten Wagen der Bauleitung vor das Hotel schicken, der mich in die Provinz Khammuan bringen werde, wo er – ganz in der Nähe seiner Baustelle – in einem kleinen *guesthouse* ein Zimmer für mich reserviert habe. Die Fahrt gehe durch schöne, abwechslungsreiche Landschaften, was mir auf komfortable Weise ermögliche, einen ersten Eindruck von meiner – sozusagen – zweiten Heimat zu erhalten. Den Fahrer, der ein wenig Englisch verstehe, könne ich jederzeit anweisen zu halten. Er sei außerdem mit etwas Geld ausgestattet, um mir unterwegs einen Imbiss oder gern auch eine ganze Mahlzeit zu bezahlen.

Vom *guesthouse* werde er, Yai, mich dann am folgenden Vormittag abholen, um mir alles zu zeigen und mich anschließend nach Vientiane zurückzubringen.

Er hätte eigentlich, schrieb er im Postskriptum, mir zuliebe diese Nachricht gern in Russisch verfasst, doch da die Rezeption nur Englisch verstehe, habe er der Einfachheit halber darauf verzichtet.

Ich faltete den Zettel und steckte ihn ein, und weil ich meinen Cousin nicht anrief, um abzusagen, geschah alles so, wie er es vorausgesagt hatte.

9. April, Khammuan

Ich stand auf der Holzveranda, deren offene, zu den trockenen Reisfeldern weisende Seite eine Balustrade aus Bambus besaß und von der sämtliche zehn Zimmer des Gästehauses abgingen. Hier draußen war es ein wenig kühler, vom Dschungel drangen Tierlaute herüber, ein Zischen und Knarren, ein Dröhnen und Fiepen. In den wenigen Tagen, die ich jetzt im Land war, hatte ich lediglich gelernt, das kreissägenartige Heulen der Zikaden zuzuordnen, und ich erkannte die sacht schnarrenden Geräusche der Geckos, von denen auch jetzt, am frühen Morgen, ein halbes Dutzend reglos im Gebälk der Verandaüberdachung auf Insekten lauerte: schöne, zutrauliche Tiere, grünblau schimmernd, kleine nützliche Drachen mit funkelnden Augen.

Ich zündete mir eine von meinen Golden Triangle an und lehnte mich über die Verandabrüstung: Schon in Kürze würde es das Gästehaus nicht mehr geben. Es war ein Provisorium, genau wie die rote Sandpiste, über die ich gestern mit dem Fahrer aus Vientiane gekommen war, eine improvisierte Straße, auf der tagsüber die Tieflader Richtung Thailand donnerten, beladen mit mächtigen Stämmen tropischen Holzes. Der Dschungel wurde Hektar für Hektar gerodet. Die dürren Bäume, das Geäst, die Zweige, alles, was sich nicht verkaufen ließ, zündete man an und ließ es vor sich hin kokeln, bis es von allein wieder ausging. Tag und Nacht hing deshalb der Geruch schwelenden Holzes in der Luft. In die andere Richtung, der Baustelle entgegen, wälzte sich eine endlose Schlange von Betonmischfahrzeugen und Kipplastern, die mit Sandsteinbrocken beladen waren.

Die Dörfer am Rande der Piste, die kurz hinter Thakhek begann, eine abrupt von der Nationalstraße abgehende Schneise, waren überpudert von rotem Staub, die Menschen hatten Staub auf den Haaren, auf der Haut, auf der Kleidung. Trotz des Dröhnens der Fahrzeugkolonnen saßen sie vor ihren Pfahlhäusern oder hockten im Schatten darunter. Sie aßen Snacks, tranken Tee und unterhielten sich. Die Kinder spielten im roten Dunst, als sei es das Normalste von der Welt. Schon nächstes Jahr würde es diese Dörfer nicht mehr geben, so wenig wie das Gästehaus und den Dschungel. Dann würde die gesamte Gegend geflutet sein. Die verlassenen Dörfer, die Elefanten und Tiger, von denen ich gelesen hatte, dass sie hier noch anzutreffen waren. All das läge am Grunde eines quadratkilometergroßen Staubassins, das zum größten Wasserkraftwerk des Landes gehören würde: Nam Theun 2.

Ich trat die Zigarettenkippe aus und ging auf mein Zimmer, wo ich unter das Moskitonetz zurückkroch und wieder einschlief.

Gegen zwölf am Mittag bog ein weißer Toyota-Geländewagen von der Sandpiste ab und rollte langsam auf den Hof. Die Türen des Wagens zierte das Logo des Dammbauprojektes, die stilisierte Blüte der westindischen Frangipani oder, wie man hier sagte: Dok Champa.

Der Wagen hielt. Ein Mann Ende zwanzig in Jeans, kariertem Hemd und mit Gummistiefeln an den Füßen stieg aus. Er trug eine verspiegelte Pilotenbrille und war, ungewöhnlich für einen Laoten, ein wenig beleibt. In der linken Hand hielt er einen Bauhelm. Ich erkannte ihn auch nicht, nachdem er seine Sonnenbrille abgenommen hatte und mich unsicher lächelnd betrachtete, aber ich wusste, dass er es war: mein Cousin Yai. Wir gaben uns auf europäische Art die Hand. Das letzte Mal hatten wir uns vor vierundzwanzig Jahren gesehen, als er fünf gewesen war und ich zwölf.

Genau wie sein jüngerer Bruder war Yai im Moskau der ausgehenden Breschnew-Zeit geboren worden, wo seine Mutter in den letzten Semestern studierte und sein Vater, ebenfalls einer Familie der laotischen Hautevolee entstammend, mithilfe eines Postgraduiertenstipendiums eine Doktorarbeit in Ingenieurswissenschaften schrieb.

»Ну – как жизнь?«, sagte er, während er meine Tasche nahm und wir langsam zum Geländewagen hinüberschlenderten.

»Хорошо«, sagte ich und fragte, ob wir uns nicht auf Englisch unterhalten könnten, denn obwohl ich zwölf Jahre Russisch gelernt hätte, sei mir so gut wie jedes Wort entfallen. Lediglich die Grammatik würde ich noch beherrschen.

In Ordnung, sagte er, warf meine Tasche auf den Rücksitz, schaltete die Klimaanlage ein, und wir fuhren los. Dorthin, wo das Herz des gigantischen Bauwerks wuchs, das dem Land Devisen bringen sollte: die Staumauer.

Einer unserer Onkel, erzählte Cousin Yai, während wir mit Vierradantrieb den aufgeschütteten Damm entlangbretterten, der nach der Flutung der grünen urwaldartigen Senke zu unserer Linken das Ufer des künftigen Stausees bilden würde, einer unserer Onkel, wiederholte Yai und stellte die hämmernde Trancemusik des CD-Wechslers etwas leiser, habe als junger Straßenbauingenieur die Aufgabe erhalten, die Bundesstraße Nummer 13 auszubauen, die sich ab Vientiane und bis an die kambodschanische Grenze an den Lauf des Mekongs schmiege. Dort unten, sagte Yai, im Delta südlich von Khong Island, der größten Insel im Strom, die nur mit der Fähre zu erreichen sei, gebe es sogar noch Exemplare des Irrawaddy-Flussdelfins, der laut UNESCO vom Aussterben bedroht sei. Aber wenn ich ihn frage, so halte er die Sache mit den Delfinen für einen Marketingtrick der Provinzregierung von Champasak, um die westlichen Besucher zu Bootstouren zu verleiten und ihnen die Münzen zu entlocken, mit denen sich die Ferngläser auf den Aussichtsplattformen für zwei Minuten entsperren ließen.

Sein Bruder, sagte Yai, arbeite in der Bauleitung des Damms, der größten Baustelle, die es je im Land gegeben habe, und ihr Vater gehöre zu jenen Ingenieuren, die das Bauwerk ganz am Anfang projektiert hätten, während sich seine Mutter – meine Tante Some – als Vizepräsidentin der Asian Development Bank um die Finanzierung der künftigen Stromerzeugungs- und Dollareinfuhrmaschine gekümmert habe.

»Ein Familienunternehmen sozusagen, eines der größeren Sorte«, sagte ich.

»Sozusagen«, grinste mein Cousin.

»Wie geht es Großmutter?«

»Unser Geburtstagskind«, sagte Yai und grinste weiter. »Sie ist alt. Sie hat ein Haus im Zentrum Vientianes, wo sie die meiste Zeit auf einem Bett in ihrem Zimmer liegt und träumt.

Es sieht aus, als würde sie schlafen, sie rührt sich nicht, aber sie hat die Augen offen. Zwei junge Pflegerinnen vom Land, die ihr eigenes Zimmer im Haus haben, kümmern sich um die Großmutter, und ein Fahrer holt sie ab, wenn sich die Familie trifft, zum Essen, zu Feierlichkeiten. Gerade in diesen Tagen ist sie zur Visite in einer thailändischen Klinik. Nichts Akutes, reine Routine.«

»Sie liegt wirklich die meiste Zeit auf ihrem Bett, schläft nicht, aber ist auch nicht wach?« fragte ich.

»Wenn du meine ehrliche Meinung hören willst«, sagte Yai, »ich glaube nicht, dass sie geistig abwesend ist, und ich glaube auch nicht, dass sie kein Interesse mehr an den Dingen hat, die um sie passieren. Sie hat einfach keine Lust, das Fortkommen der Familie noch länger zu kommentieren und die entsprechenden Entscheidungen zu treffen. Sie hat das lange genug getan und stellt sich jetzt taub. Die Wahl der richtigen Schule für ihre jüngeren Enkel, die Wahl der richtigen Universität für die älteren. Stipendien, die beschafft werden müssen, für Australien, für Frankreich oder die USA. Jobs für ihre Kinder und ihre ältesten Enkel.«

»Stipendien«, fragte ich, »für die *USA*?«

»Natürlich«, sagte Yai und sah mich über den Sonnenbrillenrand an, als wüsste er nicht, was mich daran erstaunte.

»Ich meine, die Air Force hat unzählige Bomben auf euer Land geworfen!«

»Aber das waren doch andere Zeiten«, sagte Yai.

»Die haben mehr Bomben auf euer Land geworfen, als Bomben geworfen wurden im ganzen Zweiten Weltkrieg.«

»Ich habe das auch gelesen. Das mag alles wahr sein, aber diese Dinge haben sich alle vor sehr langer Zeit ereignet, sagte Yai. Was die USA-Stipendien betrifft, kann ich dir noch eine schöne Geschichte erzählen. Nun ja, was heißt schon schön? Aber du kennst doch Chanh, die älteste unserer Tanten?«

»Ich habe sie einmal getroffen«, sagte ich. »Da war ich vier Jahre alt, im Dezember '73. Sie kam mit unserer Großmutter zusammen in die DDR, um ihre Schwester zu besuchen, meine Mutter. Du musst wissen, dass meine Mutter zuvor fünf Jahre keinen Kontakt hatte zu ihrer Familie, nicht zu Tante Chanh, nicht zu den anderen Geschwistern und nicht zu ihrer eigenen Mutter. Das hat sie krank gemacht, glaube ich.«

»Wieso?«, fragte Yai.

»Eine Geschichte aus Studententagen«, sagte ich, »die zu erzählen jetzt zu weit gehen würde. Ich kann mich aber noch genau erinnern, wie die Großmutter und Tante Chanh die ganze Zeit gefroren haben in Deutschland. Sie hat auch die letzte Reise meiner Mutter organisiert«, sagte ich, »hierher in ihre Heimat, unsere Tante Chanh.«

»Was ich erzählen wollte«, sagte Yai nach einer kurzen Pause, »Tante Chanhs Tochter, unsere Cousine Phi, hatte ein amerikanisches Stipendium, mit dem sie ein ganzes Jahr an der Universität von Missouri studieren konnte.«

Damals, erzählte mir Yai, habe Phis Vater noch gelebt, Chanhs Mann. Er sei Mitglied des Politbüros gewesen und ein ehemaliger Kommandeur der Pathet-Lao-Brigaden, ein ebenso fanatischer Antiamerikaner wie unser Großvater. Und er kam aus armen, ungebildeten Verhältnissen. Noch schlimmer als seine soziale sei jedoch seine ethnische Herkunft gewesen, denn anders als unsere Familie habe er nicht von den Lao Loum, den Laoten des Flachlandes, abgestammt, die die Bevölkerungsmehrheit bildeten, sondern von den Lao Theung, den Bergbewohnern und Siedlern der Hochebenen. Wegen ihrer dunklen Hautfarbe waren die Lao Theung lange Zeit Kha genannt worden, was nichts anderes bedeutet als: Sklave. Die Kha bekamen die schlechtesten Jobs mit der geringsten Bezahlung und dem niedrigsten Prestige.

»Und genau so jemanden also wollte Tante Chanh heiraten, einen Bauernsohn mit dunkler Hautfarbe«, sagte Yai.

Normalerweise sei sie es gewesen, die als Älteste dem Familienrat vorstand und die Entscheidungen traf. Doch auf einmal musste sie selbst das Urteil der anderen fürchten, und niemand in der Familie, der eine Stimme hatte, war begeistert von der Liaison. Chanh merkte, dass sie auch unter der Hand die Stimmung nicht zu ihren Gunsten wenden konnte. Aber dann kam ihr eine Idee. Sie sprach plötzlich nicht mehr von Liebe, sondern von Pflicht. Sie verzichtete darauf, ihre Gefühle zu äußern, und betonte stattdessen die Vorteile, die der gesamten Familie aus der Beziehung erwachsen würden.

»Du musst wissen«, sagte Yai, »das war kurz nach der Revolution von '75, und der Aufstieg des ehemaligen Pathet-Lao-Kommandeurs in der Parteihierarchie war nur eine Frage der Zeit. Sie stellt also ihre Liebesbeziehung als Opfer dar, das sie der Familie bringt, und weißt du was?«

»Nein«, sagte ich.

»Sie gewinnt.«

Wir fuhren eine steile Serpentine hoch, und ich merkte, dass wir dem Herzen der Baustelle näher kamen, der Dammmauer. So wie man früher als Kind gemerkt hatte, wenn die Ostsee nur noch wenige Kilometer entfernt gewesen war.

»Und Cousine Phis USA-Stipendium?«, fragte ich.

So schlimm es für ihren Vater, den alten, dunkelhäutigen Kämpfer, schon gewesen war, dass seine geliebte Tochter ein ganzes Jahr in den USA studieren sollte, umso mehr kam es ihm wie eine Katastrophe vor, als Phi nach nur vier Monaten Aufenthalt im Land des ehemaligen Feindes ihre Verlobung bekannt gab. Mit einem Amerikaner namens Tom. Der hatte die Naivität des schüchternen Mädchens aus gutem Vientianer Elternhaus ausgenutzt, um im Rahmen einer Lernpatenschaft ihr Vertrauen zu erschleichen. Und nachdem ihm das gelungen war, hatte er ihr Herz gekapert.

Tom war ein spindeldürrer Kerl, Marathonläufer, und fast zwei Meter groß. In Vientiane wusste man nichts über seine Familie, nur ein Foto der beiden Verlobten war der Annonce beigelegt, die trotz Luftpostaufklebers so lange unterwegs gewesen war, dass die Verlobungsfeier schon eine ganze Woche zurücklag, als der Brief endlich bei Phis Familie eintraf.

Im Familienrat vermutete man, Cousine Phi habe den Brief absichtlich so spät verschickt, um einen Einspruch zu verhindern. Lediglich der Vater verteidigte seine Tochter und machte mit all der Autorität seiner Politbüro-Mitgliedschaft die Trägheit der laotischen Post für die verspätete Nachricht verantwortlich. Niemand wagte nach diesem Ausbruch zu erwähnen, dass auch ein Anruf oder eine E-Mail genügt hätte, um über die Angelegenheit zu informieren.

Auf dem Foto, das der Verlobungsanzeige beilag, war ein fast leerer Parkplatz zu sehen. Im Hintergrund stand ein flaches Betongebäude, das eine Bibliothek sein konnte oder ein anderes öffentliches Gebäude. Im Vordergrund lehnte an einem weißen Pick-up-Truck ein schlaksiger junger Mann mit kurzen zerzausten Locken, dessen formlose knielange Sporthose einen Blick auf seine weißen, behaarten Beine mit den sehr muskulösen Waden ermöglichte. Er trug ein verwaschenes Universitäts-T-Shirt und an den Füßen Badelatschen, wie jene, die die nordvietnamesischen Genossen seinerzeit aus den Reifen abgeschossener Air-Force-Maschinen gefertigt hatten.

Man konnte nicht behaupten, dass Tom sympathisch wirkte, aber auch das Gegenteil ließ sich nicht sagen. Immerhin strahlte er in die Kamera, als hätte er einen Stromschlag erhalten. Er war eben ein Amerikaner, wie er im Buche stand. Phi ging ihrem Verlobten gerade einmal bis zur Brust. Sie lächelte schüchtern. Ihr Gesichtsausdruck war eine einzige Entschuldigung an die Verwandten in der Ferne.

Schnell stand im Familienrat fest, dass gehandelt werden musste. Die erste Frage lautete: War eine amerikanische Verlobung für eine laotische Staatsbürgerin verbindlich? Einige behaupteten Ja, andere sagten Nein. Man beschloss, einen jüngeren Bruder die Rechtslage recherchieren zu lassen.

Gleichzeitig versicherte man sich selbst, dass jedes Gesetz, das dem Familieninteresse widerstrebe, ignoriert werden würde. Und das Interesse der Familie bestand darin, Phi so schnell es ging nach Hause zu holen.

Nachdem dies so beschlossen war, wurde Tee gereicht, die Männer öffneten eine Flasche Johnnie Walker, Black Label. Man redete nun, da der offizielle Teil beendet war, lauter und leidenschaftlicher. Und erst jetzt meldete sich der Mann zu Wort, der bis eben noch mit zerknirschtem Gesicht geschwiegen hatte: Chanhs Mann, Phis Vater. Binnen Sekunden verstummte das allgemeine Plappern, und die Anwesenden wandten sich dem kleinen Mann zu, der aufgestanden war, als befinde er sich in einer Versammlung seiner Partei. Er fuchtelte mit der rechten Hand durch die Luft, er spuckte beim Sprechen und verhaspelte sich zuweilen. Es passierten ihm all die kleinen Ungeschicklichkeiten, die eben passierten, wenn jemand eigentlich lieber schwieg und nur zur Not seine Stimme erhob, dann, wenn wirklich etwas Wichtiges gesagt werden musste.

So wie Chanh einst um ihren dunkelhäutigen Mann gekämpft hatte, kämpfte dieser nun, immer weiter nach Wörtern ringend, für das Glück seiner Tochter Phi, die sich dummerweise in einen Nachkommen des Erzfeindes verguckt hatte.

Er redete kaum fünf Minuten, die aber allen wie Stunden vorkamen, ehe er sich auf seinen Platz zurückfallen ließ. Wie ein Verdurstender stürzte er das Glas Whisky hinunter, das ihm Chanh mit besorgter Miene reichte.

Es dauerte weitere Minuten, die sich gleichfalls in die Länge zogen, bis einer der älteren Männer behutsam das Wort ergriff, um im Namen der Anwesenden zu verkünden, dass man seine Entscheidung, die des Vaters, respektiere, auch wenn man sich wegen möglicher Komplikationen, die sich aus einer derartigen Verbindung über die Kultur- und Kontinentalgrenzen hinweg, ja über die der Gesellschaftssysteme, durchaus Sorgen mache.

Wieder entstand ein Schweigen, dem diesmal jedoch ein Moment von Feierlichkeit innewohnte, ehe sich Chanhs Mann abermals erhob, mit fester Stimme dankte und eine Verbeugung des Respekts gegen den Sprecher des Familienrates andeutete, der die Verbeugung erwiderte.

Der bangenden Phi übermittelte Chanh am folgenden Morgen per E-Mail die Entscheidung, um einen guten Monat später eine prächtige handgeschriebene, mit goldenen Buchstaben geprägte, aus dicken, handgeschöpften Bütten bestehende und nach Vanille duftende Karte zu empfangen, die sie und ihren Gatten nach Amerika einlud, um dort die Hochzeit festlich zu begehen.

Die Karte stammte nicht von Phi, sondern von Toms Eltern, die Liza und Paul hießen und mit Nachnamen McPherson.

Chanhs Mann bereiteten schon die Reisen in die nördlichen oder südlichen Provinzen des Landes Unbehagen, ihm waren die gelegentlichen Arbeitsbesuche in der sozialistischen Bruderrepublik von Vietnam bereits eine viel zu große Anstrengung, und entsprechend empfand er allein die Vorstellung eines stundenlangen transkontinentalen Fluges als unglaubliche Tortur.

Blass für seine Verhältnisse und wortkarg, keinen Bissen vom Sandwich nehmend, das ihm die reizenden Stewardessen der Lao Airlines anboten, saß er in der Maschine, die ihn und Chanh von Vientiane nach Bangkok brachte.

Dort auf dem nagelneuen Flughafen Suvarnabhumi unter dem Lärm der Passagiere und quäkenden Lautsprecherdurchsagen, inmitten der drängenden Menschenmassen und blinkenden Luxusboutiquen, der Duty-free-Shops und Schnellrestaurants setzte er sich einfach auf die nächstgelegene Wartebank und tat nichts. Er reagierte nicht auf die Fragen nach seinem Befinden, ignorierte Speisen und Getränke, die Chanh ihm in regelmäßigen Abständen anbot, und wären nicht hin und wieder seine Lider auf- und wieder zugegangen, hätte man ihn für tot halten können.

Im leise summenden, abgedunkelten Passagierraum einer Boeing 747, irgendwo über dem Pazifik, schlief er dann, bis zur Nasenspitze in eine Decke gehüllt und beruhigt von mehreren Whiskys, ein und wachte erst wieder auf, als die Stimme des Flugkapitäns, dessen Sprache er nicht verstand, die Landung ankündigte. Chanh übersetzte ihm die Worte, nahm die Decke von seinen Schultern und reichte ihm dann einen Tee. Als sie den Sonnenschutz hochschob, flutete durchs Kabinenfenster grell die amerikanische Morgensonne herein.

Nach einem weiteren Zwischenstopp landeten sie am Nachmittag in Columbia.

Doch die Tage wirklicher Hektik sollten für Chanhs Mann erst noch beginnen. Sowenig er mit Tom reden konnte und wusste, wie überhaupt er sich seinem künftigen Schwiegersohn gegenüber verhalten sollte, so wenig vermochte der zukünftige Schwiegersohn umgekehrt ihre gelegentlichen Missverständnisse und ihre allgegenwärtige Sprachlosigkeit zu überspielen. Tom war weder locker noch schlagfertig, und er besaß kein Talent zur Improvisation. Stattdessen senkte er meist den Blick, wenn sie beide allein waren, sodass sie oft lange schweigend nebeneinanderstanden.

Anders als Liza und Paul, seine Eltern, die beide an der Universität arbeiteten, er als Dozent, sie in der Bibliothek, war Tom nicht höflicher als gerade nötig. Nur wenn Phi sich zu ihnen gesellte und freundlich und geduldig ein Gespräch zwischen ihm und ihrem Vater moderierte, wagte Tom es manchmal, dem kleinen dunkelhäutigen Mann zuzulächeln, der früher ein Dschungelkrieger gewesen war und heute als kommunistischer Funktionär arbeitete.

Ihren exotischen Besuch hatten die McPhersons im *Stoney Creek Inn* untergebracht, einem Hotel, das zwar an einer vierspurigen Straße lag, aber ansonsten sauber und komfortabel war. Sie selbst lebten keine fünfzehn Fahrminuten von dort entfernt in einer grünen und gepflegten Siedlung. Das zweistöckige Haus besaß eine Doppelgarage, eine Terrasse nach hinten, an die sich ein Garten mit Swimmingpool anschloss.

Im Garten war es auch, wo die Hochzeitsgesellschaft sich

zum Feiern versammelte, nachdem die Trauung an einem sonnigen Vormittag auf dem Standesamt des gemütlichen Zehntausend-Einwohner-Städtchens vollzogen worden war.

Bescheiden. Das war das Wort, mit dem Chanh später die Hochzeit ihrer Tochter beschrieb, wann immer sie jemand zu Hause danach fragte.

Wenigstens hatte sich Phi überreden lassen, im festlichen *pa sin* aus Seide zu heiraten. Ihre Haare waren zu einer pagodenartigen Frisur hochgesteckt, die mit goldenen Perlenbändern umwunden war, und der dunkle Teint ihres Gesichts, den sie von ihrem Vater hatte, verschwand hinter einer Maske aus bleichender Schminke, die sie zusammen mit dem großzügig aufgetragenen Rouge, der Wimperntusche, dem Lidschatten und Lippenstift aussehen ließ wie eine Puppe aus Porzellan.

So herausgeputzt, betrat sie am Arm ihres Vaters mit Trippelschritten, die dem eng gewickelten Festtagsrock geschuldet waren, das Standesamt, und als sie wenig später das Gebäude am Arm ihres Mannes wieder verließ, vorsichtig die Steinstufen herabsteigend, die von pinkfarbenen Rosen- und hellgelben Frangipaniblütenblättern übersät waren, blieben viele der zufälligen Passanten stehen, um zu applaudieren oder um mit ihren Telefonen ein Foto des außergewöhnlichen Paares zu schießen.

Bescheiden, aber trotzdem nicht schlecht. Ganz anders eben, als man es von zu Hause kannte. Was vor allem gefehlt hatte, war die Familie: Phis Brüder, ihre zehn Onkel und Tanten und deren Ehepartner und alle ihre Cousinen und Cousins, die Großmutter natürlich und deren Geschwister und all ihre Neffen und Nichten und Großneffen und Großnichten, ja selbst ihre Pflegerinnen und der junge Fahrer.

An der amerikanischen Tafel, die auf der Terrasse aufgebaut war, saßen nur zwei Dutzend Personen. Sie alle waren Chanhs Mann noch vor der Trauung vorgestellt worden, doch der hatte im allgemeinen Trubel des Ankommens kaum verstehen können, was seine Tochter ihm über das jeweilige Verwandtschaftsverhältnis zugeflüstert hatte, geschweige, dass er irgendeinen der Namen behalten hätte. Deshalb konnte er jetzt nur zwischen Alt und Jung entscheiden, zwischen Mann und Frau. Ganz eindeutig waren die älteren Frauen in der Überzahl, Kinder gab es nur drei, die in steifer Festtagskleidung steckten und sich kaum zu rühren wagten. Dennoch herrschte am Tisch eine große Unruhe, denn es gab kein Personal, weshalb Liza, Toms Mutter, in einem fort aufsprang und durch die Terrassentür ins Haus stürzte, um etwas zu holen.

Wenigstens saß direkt neben ihm seine Tochter Phi. Sie bückte sich von Zeit zu Zeit unter den Tisch, wenn ihm etwas aus der Hand geglitten war, das schwere Messer etwa, mit dem die Amerikaner ihr Fleisch zerschnitten, oder sie tupfte mit einer Serviette das Wasser auf, das er über die Tischdecke verschüttet hatte, oder sie wischte ihm unauffällig einen Soßenfleck vom Revers, so wie die jüngeren Geschwister seiner Frau das machten, wenn sich die Großmutter bei Tisch bekleckerte. Manchmal, wenn er sich lange nicht gerührt hatte, griff Phi kurz nach seiner Hand, um sie zu drücken, oder sie übersetzte für ihn das Tischgespräch, dem er aber ohnehin nicht folgen konnte.

Je mehr Zeit verstrich, je mehr Gänge Liza von dem schweren Essen auftrug, je mehr das Ziehen in seinem Magen zunahm, desto schlechter wurde seine Stimmung. Chanh, seine Frau, schien mittlerweile Spaß an dem Beisammensein gefunden zu haben. Nur hin und wieder warf sie ihm einen

Blick zu, als wolle sie kontrollieren, ob er noch da war, und bevor er ihren Blick erwidern konnte, hatte sie sich wieder abgewandt und unterhielt sich munter in jenem recht guten Englisch, das sie vor vierzig Jahren während ihres Studiums in Moskau gelernt hatte.

Ihm fiel jetzt wieder ein, wie Phi ihn am Vortag heimlich beiseitegenommen und gebeten hatte, dass er ausnahmsweise auf seine Orden und Auszeichnungen aus revolutionären Tagen an der Anzugsbrust verzichten möge. Die Bitte hatte ihn gekränkt, weil ihm überhaupt nicht eingefallen wäre, das zu tun. Er hatte seine Medaillen und Spangen nicht einmal mitgenommen.

Plötzlich merkte er, wie die Stimmen am Tisch verstummten und dass sich gleichzeitig alle Blicke auf ihn richteten. All die großen Augen der *Farlang* blickten ihn nun freundlich an. Mit leicht schiefen Köpfen starrten sie auf ihn wie auf ein niedliches Tier. Wie ein Käfer kam er sich vor. Ein Käfer auf einer Feier von Giraffen.

Und dann hörte er die Stimme seiner Tochter nahe an seinem Ohr, die ihm flüsternd zu erzählen begann, dass Paul ihn gerade gefragt habe, ob er sich vorstellen könne, dass es hier im schönen Staat Missouri eine große laotische Gemeinde gebe.

Alle schienen gespannt auf seine Antwort zu warten, und als er endlich nickte, zum Zeichen, dass er verstanden habe, ging sichtbar ein Aufatmen durch die Runde.

Natürlich konnte er sich denken, welcher Art diese Laoten waren, die hier in der Stadt eine Gemeinschaft bildeten: all die geflohenen Meo, die heute Hmong genannt wurden, Landesverräter, fanatische Antikommunisten, Bergguerilleros im Sold der Yankees. Die Feinde von früher, ehrlose Kollaborateure der CIA, die noch immer ihrem ruchlosen Anführer Vang Paoh hörig waren, der mit dem Handel von Opium reich geworden war und seit seiner Flucht in die USA nach nichts anderem trachtete, als eines Tages mit schwer bewaffneten Milizen zurückzukehren, um die Macht an sich zu reißen.

Er griff nach dem Wasserglas, um sich zu beruhigen. Währenddessen sprach seine Tochter Phi unter den aufmerksamen Blicken der Hochzeitsgäste ein paar Worte auf Englisch zu Paul, worauf Paul ihn anlächelte und bestätigend nickte, und gerade als Chanhs Mann die gefalteten Hände vor die Brust nehmen wollte, um sich vor Paul für dessen Freundlichkeit noch einmal zu verbeugen, merkte er, wie ein Schmerz in seinen Körper fuhr, in die Fingerspitzen der linken Hand, hinein in die Brust, von dort in die Stirn, dann unter der Schädeldecke entlang bis in den Nacken. Er hörte den kurzen Schrei einer der alten Amerikanerinnen, und er wusste, dass dieser Schmerz, der durch seinen Körper kroch, der brannte und gleichzeitig lähmte, nicht weniger war als die Strafe der Geister. Dafür, dass er hierhergekommen war, dafür, dass er seine Tochter diesem lächerlichen Menschen gegeben hatte. Für den Verrat.

Ein Krankenwagen brachte Chanhs Mann mit Blaulicht in die Notaufnahme. Später saßen Chanh, ihre Tochter und ihr Schwiegersohn auf dem Krankenhausflur herum, tranken Kaffee, um sich wach zu halten, und warteten auf eine Nachricht.

Tom wusste nicht, wie er sich verhalten sollte, tätschelte seiner Frau mal die Hand, fragte dann seine Schwiegermutter, ob sie einen weiteren Kaffee wolle.

Als sie endlich zu dem alten Kämpfer gelassen wurden, war es weit nach Mitternacht. Wie Eindringlinge schlichen sie, in sterile Kittel gekleidet und Atemmasken vor den Gesichtern, in das Zimmer der Intensivstation. Sie sahen sein dunkles, winzig erscheinendes Gesicht auf dem riesigen weißen Kissen. Es wirkte, als kneife der Kämpfer die Augen zu. Die Schläuche, die ihm in Nase und Mund steckten, waren mit Tape fixiert. Man hörte das Pochen und Sirren der Überwachungsinstrumente, die digitalen Skalen glommen kobaltblau und neongrün, und wenn man für kurze Zeit vergaß, was sich am Nachmittag ereignet hatte, hätte man denken können, dass das warme, gleichmäßige Pumpgeräusch der Herz-Lungen-Maschine den alten Mann in den wohlverdienten Schlaf gewiegt habe.

Nachdem Chanhs Mann eine Woche lang nicht aus dem Koma erwacht war, kündigten Toms Eltern das Zimmer im *Stoney Creek Inn* und nahmen sie in ihrem Haus auf. Auch Tom und Phi zogen vom Campus in eines der Gästezimmer, um Chanh beistehen zu können. Zweimal täglich besuchten sie nun, mal zu dritt, mal zusammen mit Paul oder Liza, den ins Koma Gefallenen, ohne je ein anderes Bild zu sehen als das eines friedlichen Tiefschläfers.

Anfang Herbst, nach zwei Monaten Aufenthalt in der Klinik, machte sich die Seele des alten Kämpfers auf den Weg und hinterließ den so erleichterten wie erschütterten Hinterbliebenen einen mageren, ausgezehrten Körper, der wegen seiner dunklen Hautfarbe und der fortgeschrittenen Dehydrierung entfernt an eine Mumie erinnerte.

Phi und ihrer Mutter überführten den Leichnam nach Vientiane, wo es sowohl eine traditionelle buddhistische Feuerbestattung im Familienkreis gab als auch ein angemessenes kommunistisches Operettenbegräbnis samt funkelnder Orden, Reden und Musik.

Die Asche des Kämpfers wurde in einem sechs Meter hohen rosafarbenen, mit Blattgold verzierten Stupa zur letzten Ruhe gebettet, der von einem eisernen Zaun umgeben war und in Sichtweite von That Luang stand, dem goldenen Nationalheiligtum im Herzen der Hauptstadt.

»Dieser Stupa ist so groß«, sagte Yai, »dass man ihn bei Google Earth deutlich erkennen kann.«

Wir hatten den Gipfel der Anhöhe erreicht und fuhren nun, gleichfalls in Serpentinen, ins Tal hinunter, wo sich im Kessel die staubige Landschaft der Großbaustelle ausbreitete. Am Horizont konnte ich den Fuß des Dammes erkennen. In der anderen Richtung, am gegenüberliegenden Hang, ballten sich helle Wellblechcontainer mit kleinen rechteckigen Fenstern und provisorischen Holzterrassen vor den schmalen Standardtüren zu einer zusammen. Auf gespannten Schnüren trockneten Unterhemden, flatterten Jeans und Handtücher im warmen Wind. Die Fenster waren verhängt, eine große, an einem Holzmast befestigte Satellitenschüssel prangte wie ein silbernes Stadtwappen über dieser freundlichen kleinen Favela, die jetzt verlassen in der Mittagssonne dörrte.

»Da wohnen die Wanderarbeiter«, erklärte Yai.

»Weißt du eigentlich«, fragte ich, »dass *deine* Mutter einmal zusammen mit Chanh und meiner Mutter in der DDR gewesen ist? Das war im Sommer 1965. Sie haben damals in den Ferien die Eltern meines Vaters besucht.«

»Nein«, sagte Yai. »Es kann aber sein, dass meine Mutter davon erzählt hat, und ich es bloß vergessen habe.«

»Kein Problem«, sagte ich. »Ich weiß selbst nicht, wie ich jetzt drauf komme. Vielleicht weil es eine ähnliche Reise war wie die von Phis Vater, anstrengend irgendwie, ungeheuer. Vor allem als meine Mutter dann im übernächsten Jahr wiedergekommen ist, allein, nicht einmal mein Vater war anfänglich bei ihr. Und sie hat gewusst, dass sie bleiben würde, fern der Heimat, für immer. Ich habe keine Ahnung, wie man so etwas aushalten soll.«

9. April, Nacht und folgender Morgen

Zweimal überquerten wir die Baustelle rund um den Staudamm, dann lenkte Yai den Geländewagen auf die nächste Schotterpiste, und wir fuhren nach Vientiane zurück.

Wir kamen durch zerklüftete grüne Karstformationen, die erst im Dunst des Horizonts endeten, der in der Mittagshitze aus dem Dschungel stieg. Wir hielten in einem Städtchen und aßen im Schatten eines Tamarindenbaums Klebreis und gegrillten Fisch, anschließend passierten wir trockene Reisfelder und Schlammlöcher, in denen die Wasserbüffel Kühlung suchten.

Es war schon dunkel, als Yai den Wagen vor dem Eingang des *Lane Xang* stoppte.

»Wollen wir noch ein Bier trinken?«, fragte ich.

»Ich würde ja gern«, sagte Yai, »aber ich muss morgen ziemlich früh wieder zur Baustelle.«

Wir verabschiedeten uns, dann brachte ich meine Sachen aufs Zimmer und ging allein los.

In der Setthathirath, drei Häuser vom Internetcafé entfernt, gab es ein Restaurant mit einer Terrasse, die an diesem Abend gut besetzt war. Das Publikum bestand zum Großteil aus Touristen mittleren Alters, Holländern, Briten und Skandinaviern. An zwei Tischen saßen junge Laoten in westlicher Markenkleidung, die zur *Jeunesse dorée* Vientianes zu gehören schienen. Die Jungs protzten mit ihren Mobiltelefonen, die Mädchen trugen trotz der Dunkelheit Sonnenbrillen in den stark geschminkten Gesichtern. Während ich an der Terrassenbar einen Gin Tonic trank, beobachtete ich ihr affektiertes Verhalten.

Kurz vor zehn zahlte ich und ging in den Supermarkt auf der gegenüberliegenden Straßenseite, wo ich eine Tüte mit deutschen Gummibärchen kaufte.

Das Mädchen am Tresen sah mich überrascht an, als ich ihr die bunte Tüte in die Hand drückte, lächelte dann aber und sagte artig Danke.

»Ich komme jetzt wahrscheinlich häufiger hierher«, sagte ich auf Englisch.

»Danke«, sagte sie noch einmal.

»Du verstehst mich nicht, oder?«

»Ich verstehe«, sagte sie.

»Weißt du was? Ich werde einfach anfangen Laotisch zu lernen, und in ein paar Wochen können wir uns schon unterhalten. Dann werde ich dich endlich nach deinem Namen fragen, okay?«

»Gern geschehen«, sagte sie, »Nummer fünf.«

Ich nahm zwei Getränkebüchsen aus dem Kühlschrank, stellte ihr die Cola auf den Tresen und setzte mich mit dem Bier vor Computer Nummer fünf, obwohl auch alle anderen Plätze frei waren.

Mehr als hundert Zeilen tippte ich in der folgenden Stunde in die Tastatur, hundert Zeilen, in denen ich noch einmal die Geschichte wiederholte, die mir Yai erzählt hatte, von Cousine Phi und ihrem amerikanischen Mann Tom und von Chanh und dem irgendwie tragischen und ein bisschen komischen Tod ihres Gatten. Mehr als hundert Zeilen, obwohl ich eigentlich meinem Vater nur kurz hatte mitteilen wollen, dass ich angekommen sei und es mir gut gehe. Wir hatten uns nie längere Briefe geschrieben, und mit Sicherheit würde er sich über diese E-Mail wundern, die ihm möglicherweise nur eines sagen wollte: dass jene Art Unglück, die man *Schicksalsschlag* nannte, jeden treffen konnte und dass genau in diesem Zufallsprinzip der Trost verborgen lag, den es zu entdecken galt.

Die Tüte mit den Gummibärchen war fast leer, als ich die Rechnung bezahlte.

Zum Abschied sagte ich auf Deutsch: *Bis morgen*, und das Mädchen hinterm Tresen lachte und sagte: *Bye-bye.*

Ich beschloss, einen letzten Gin Tonic an der Terrassenbar zu trinken und dann ins Bett zu gehen. Die Europäer waren gegangen, und an ihrer Stelle saßen nun gemischte Paare, bestehend aus weißen Männern und einheimischen Frauen. Die Männer trugen kurze Hosen, was sich im Land nicht ziemte, Sandalen und bunt gemusterte Hemden. Die meiste Zeit saßen sie stumm neben ihren Begleiterinnen, die ebenfalls schwiegen. Hatten die Frauen ihren Drink geleert, bestellten die Männer hastig einen nächsten.

Ich wandte mich von der Terrasse ab, der Setthathirath zu: Der Supermarkt war noch immer geöffnet, und sein kaltes Neonlicht fiel wie ein Block auf die dunkle Straße. Fast alle anderen Ladengeschäfte waren dunkel. Dort allerdings, wo sich das Büro Gordon Freemans befand, leuchtete es schwach durch die schiefe Lamellenjalousie. Ich kniff die Augen für einige Sekunden zusammen und riss sie dann wieder auf: Ich hatte mich nicht getäuscht. In dem obskuren Büro brannte Licht. Ich kippte den Gin Tonic hinunter und ließ mir noch einen bringen. Ich schwor mir selbst, wenn nach diesem Getränk noch immer Licht brennen würde, an Gordon Freemans Tür zu klopfen und mich vorzustellen.

Ich erkannte ihn sofort, als ich unter der gelupften Jalousie der Nummer 12 hindurch in den Raum sah, obwohl er mit dem Rücken zum Fenster saß. Seinen Stiernacken, den er noch aus den Tagen der Kinder- und Jugendsportschule hatte, damals Mitte der Achtzigerjahre, als es sein unerfüllter Traum gewesen war, für die DDR-Nationalmannschaft im Rudern anzutreten. Der kahl rasierte Schädel, die schmalen Metallbügel seiner Lesebrille. Er trug ein khakifarbenes Hemd mit Schulterklappen, hatte kurze Hosen an, und seine Füße steckten in Flip-Flops. Im Grunde sah er aus wie einer der Männer von der Restaurantterrasse eben.

Ich ging zur Tür und griff nach der Klinke.

»Na, auferstanden von den Toten?«, fragte ich.

»Das hat aber gedauert«, sagte Michael, wandte sich um und grinste, bevor er einen Zug von seiner Zigarette nahm.

»Der feine Herr Lyriker!«

»Du sprichst in Rätseln«, sagte er und klappte sein Notebook zu, auf dem eine Tabelle zu sehen gewesen war.

Auf dem Schreibtisch türmte sich Papier, an der Decke rotierte ein Ventilator. An der hinteren Wand standen ein schwarzes Ledersofa und ein Kühlschrank, aus dem Michael zwei Büchsen Bier nahm, bevor wir uns auf das Sofa fallen ließen.

Ich erzählte vom Suppenladen, von Kupfer und Katharina, von den Telefonaten mit seiner Exfrau Susanne, von ihren Bemühungen, ihn zu finden, und von dem Stapel Gedichte, den sie bei aller Wut auf ihn für wichtig genug gehalten hatte, um ihn mir zu geben. Mir wurde schnell die Zunge schwer, vielleicht auch nur, weil ich es nicht mehr gewohnt war, so ausführlich in der vertrauten Sprache zu reden.

Ich erwähnte auch das Mädchen aus dem Internetcafé, wobei ich versuchte, einen schwärmerischen Tonfall zu vermeiden.

»Niedlich, die Kleine, oder?«, sagte Michael.

»Sie versteht kein Englisch.«

»Na und?«

»Ich mein ja nur.«

»Das mit den Gedichten ... na, du weißt schon, das ist mir ein bisschen peinlich«, sagte Michael, »keine Ahnung, wo meine Ex die ausgegraben hat.«

»Muss es doch nicht«, sagte ich, »wir waren eben jung und brauchten, na ja – die Poesie.«

»Wenn *du* das sagst.«

»Ja, das sag ich, aber jetzt bist du dran.«

Ich forderte Michael mit einer Handbewegung zum Sprechen auf, doch während der Freund erzählte, schweiften meine Gedanken immer wieder zu dem Mädchen hinüber, das auf der anderen Straßenseite Computerplätze vermietete und jetzt vielleicht noch immer im Laden war.

So viel bekam ich trotzdem mit: Alles hatte damit begonnen, dass Michael, ohnehin in desperater Verfassung wegen des familiären Ärgers zu Hause in Berlin, sich in ein Thai-Mädchen verliebte. Er brach abrupt seine Recherchen ab, in der festen Absicht, das Mädchen, fünfundzwanzig und Mutter eines unehelichen Kindes, zu heiraten, und er plünderte sein Konto, weil er in seinem Liebesrausch eine Rückkehr nach Europa kategorisch ausschloss. Die Hälfte des Geldes, die er dem Mädchen für die Hochzeitsvorbereitungen gab, verschwand nur Tage später zusammen mit der betrügerischen Braut. Mit der anderen Hälfte war Michael nach Laos gekommen, um für ein paar Wochen Ruhe zu finden und über die Zukunft nachzudenken. Außerdem ließ sich von dem Geld hier länger auskommen als in Thailand.

Wenige Tage nach seiner Ankunft in Vientiane hatte er auf einer Veranstaltung zum deutschen Film meinen Onkel Than angesprochen, von dem ich ihm auf unserem Ostseeurlaub erzählt hatte, dass er bei der deutschen Botschaft arbeite. Michael war auf ihn zugegangen und hatte sich ihm als mein bester Freund aus Berlin vorgestellt. Onkel Than wiederum hatte ihn zu Tante Chanh mitgenommen, die erfreut gewesen war, nach mehr als zwanzig Jahren etwas von mir, ihrem Neffen, zu hören. Tante Chanhs weit verzweigte Kontakte hatten es Michael schließlich ermöglicht, ein eigenes Geschäft aufzubauen: ein nach EU-Standard zertifiziertes, von europäischen, südkoreanischen und australischen Stellen gefördertes Ökocamp für Individualtouristen nördlich von Luang Prabang, das am Ende der nächsten Regenzeit eröffnet werden sollte. In der südlichen Provinz Champasak, dort, wo die tausend Inseln im kilometerbreiten Mekong lagen, war ein zweites Camp geplant.

Über die Zeit war Michael ein Vertrauter der Familie geworden, die nun sogar eigenes Geld in das Ökocamp investierte, und als er von den Vorbereitungen zum runden Geburtstag meiner Großmutter Wind bekam, bot er an, sich um das zu kümmern, was als offene Frage ohnehin die ganze Zeit im Raum gestanden hatte.

»Und das war?«

»Dich hierherzuholen, du Superhirn.«

»Aber warum diese Geheimniskrämerei? Dieser Gordon-Freeman-Scheiß?«

»Was weiß ich. Damit du dich nicht bei meiner Ex verplapperst, zum Beispiel. Und weil es auf diese Art lustiger ist.«

»Nur falls ich es eben nicht mitgekriegt hab: Warum genau eigentlich bist du hiergeblieben?«

Er sah mich verdutzt an, bevor er sagte: »Na, weil es keinen Sinn gemacht hätte zurückzufahren.«

»Versteh ich nicht«

»Ach komm, das ist doch nicht so schwer zu kapieren.«

»Nein, ehrlich nicht.«

»Das Leben in Deutschland hat … wie soll ich's sagen, ohne dass es dämlich klingt … Im Prinzip ist es ganz einfach: Es hat keinen Spaß mehr gemacht. Und weißt du, was noch schlimmer war?«

»Nein.«

»Es hat nicht mal mehr die Aussicht auf irgendeine Art von Spaß gegeben. Oder sagen wir lieber: Freude. Nicht mal in der Zukunft. Nicht mal in der allerfernsten. – Nur Überleben, nur Kampf. – *Fuck it!*«

»Ist das denn so?«

»Nicht anders!«

Michael hielt mir seine Zigarettenschachtel hin: »Du kannst gerne bei mir arbeiten, wenn du willst. Als mein Assistent oder so was. Als Kompagnon oder Projektmanager oder *Senior Vice President*. Such dir eine Bezeichnung aus, und wir lassen sie auf Visitenkarten drucken.«

»Ich denk drüber nach.«

»In meinem Haus ist noch ein Zimmer frei.«

»Du hast ein *Haus*?«

»Ja, komisch, nicht?«, sagte Michael und setzte ein feistes Kolonialistengrinsen auf. »Und sogar eines mit Haus*hälterin*.«

»Hört sich gut an.«

Wir beschlossen, dass er mich am nächsten Tag im *Lane Xang* abholen würde, um mir sein Haus zu zeigen, dann trennten wir uns für diese Nacht.

Aber nicht Michaels Anruf riss mich am folgenden Morgen kurz nach halb zehn aus dem Schlaf, sondern Cousin Yai war am Apparat. Er stand unten an der Rezeption und redete hektisch auf mich ein: Weil die Befunde der Visite günstig gewesen seien, würde die Großmutter schon zwei Tage früher als geplant aus Bangkok zurückkommen. Heute, noch vor dem Mittag. Die gesamte Familie versammle sich am Flughafen, ich solle mich beeilen, damit wir nicht zu spät kämen. Er selbst habe erst in der Frühe davon erfahren, kurz vor seinem Aufbruch zur Baustelle.

»In zehn Minuten bin ich unten«, rief ich in den Hörer und stürzte ins Bad. Während ich unter der Dusche stand, merkte ich, wie mein Herz schneller zu schlagen begann.

Als ich wenig später – im frischen Hemd und trotz der fünfunddreißig Grad im Schatten ein Jackett über der Schulter – Yai in der Lobby begrüßte, war die Nervosität sogar noch ein Stück gewachsen. Die monotone Elektromusik in seinem Dienstwagen, ein paar Zigaretten und der Anblick des Treibens draußen auf den Straßen beruhigten mich ein wenig, doch als wir dann auf dem glühenden Parkplatz von Wattay standen, zog die Pulsfrequenz wieder an.

Der Großmutter gehe es gut, sagte Yai, während wir durch die Abfertigungshalle hasteten, in der trotz des bevorstehenden Neujahrsfestes nur gemächlicher Betrieb herrschte. Wenn man ihr Alter und die Verletzungen berücksichtigte, die sie sich beim Attentat auf ihren Mann damals zugezogen hat, gehe es ihr sogar sehr gut.

Wir stiegen über eine Freitreppe in die erste Etage, wo es eine Galerie gab mit Restaurants, Boutiquen und Schmuckgeschäften. Die Läden waren von kühler westlicher Eleganz.

Von der Galerie ging eine unscheinbare Tür ab, die Yai wie selbstverständlich öffnete und die auf einen Gang führte, der wiederum an einer gepolsterten Doppeltür endete.

Auf einem goldenen Schild stand: *VIP-LOUNGE.*

»Are you ready?« Yai sah mich an.

Aus der VIP Lounge drang kein einziges Geräusch.

»No, I'm not«, sagte ich, »but anyway: Go ahead!«

Yai drückte die Klinke, und ein vielstimmiges Gemurmel drang an meine Ohren, das umso leiser wurde, je weiter er die Tür aufzog.

Als ich endlich an Yai vorbei einen Schritt nach vorn trat, in den Raum hinein, herrschte Stille.

Selbst die kleinen Kinder, die überall im Raum verteilt waren, schienen für Sekunden die Luft anzuhalten. Dann begann jemand zaghaft zu klatschen, und ein Zweiter fiel ein, und ein Dritter schloss sich den ersten beiden an. Yai schob mich nach vorn, schloss die Tür und trat in meinen Schatten.

Ich hätte gern die Hände zu einer beschwichtigenden Geste erhoben, wusste aber nicht, ob das als Beleidigung verstanden werden konnte. Schließlich faltete ich meine Hände vor der Brust und verbeugte mich für ein paar Sekunden. Der Applaus ebbte ab. Yai klopfte mir auf die Schulter. Aus der Mitte der Versammlung kam ein kleiner, schlanker Mann im dunklen Anzug auf mich zu. Er trug eine eckige Brille, und kurz bevor er mir zur Begrüßung die Hand reichte, flüsterte mir Yai ins Ohr, dass dies unser Onkel sei, der die Straße Nummer 13 hatte ausbauen lassen, der Minister.

Der Onkel nahm meine Hand und begann, ohne sie loszulassen, mit einer kleinen Rede, die ich nicht verstand. Nachdem er fertig war und der Applaus verklungen, trat eine ältere Frau hervor, die einen Wickelrock aus Seide trug. Ihre streng nach hinten frisierten Haare, in die sie eine Sonnenbrille geschoben hatte, waren von einigen grauen Strähnen durchsetzt, über der Schulter hing ihr ein Täschchen von Dior.

Sie kam langsam auf mich zu, so als fiele ihr das Gehen schwer, schaukelnd fast. Ich sah, wie sie die Arme ausbreitete, wie sie mich über ihr ganzes rundes Gesicht anstrahlte, und dann wusste ich sehr schnell, wer sie war. Sie sah noch immer aus wie auf den alten Fotos, die ich besaß, aus den Sechzigerjahren, als sie in Moskau eine junge Studentin gewesen war, aus den Siebzigerjahren, als sie uns mit der Großmutter zusammen im Wohngebiet besucht hatte. Nur etwas fülliger war sie geworden, und sie hatte ein paar mehr Falten im Gesicht, die ältere Schwester meiner Mutter, Tante Chanh.

Sie umarmte mich und gab mir einen Kuss auf jede Wange, die Leute begannen schon wieder zu klatschen, und dann drückte sie mich ein weiteres Mal an ihre Brust, und ich hörte, wie sie mir etwas ins Ohr flüsterte, auf Russisch, das ich jahrelang nicht mehr gesprochen hatte, und dennoch verstand ich schließlich, was sie sagte, denn sie wiederholte die gleichen Worte wieder und wieder: *Willkommen in der Heimat, du wirst mir wie ein Sohn sein.*

Und ich überlegte, dass meine Mutter, die ich als junge

Frau im Gedächtnis aufbewahrte, heute möglicherweise aussehen würde wie Chanh, vielleicht ein wenig schlanker.

Über die Schulter meiner Tante hinweg erkannte ich Cousine Phi, die auch jenem Foto ähnlich sah, das sie bei ihrer Einschulung in den Achtzigern zeigte, und der hoch aufgeschossene Kerl, der neben ihr stand, konnte niemand anderer sein als Tom, ihr amerikanischer Mann.

Als die Tante schließlich von mir ließ, sah ich, dass auch Michael in der VIP-Lounge weilte. Er stand zwischen Tom und Onkel Than, und er hielt ein Whiskyglas in der Hand, das er grinsend anhob, als er meinen Blick bemerkte.

Dann fingen die Kinder wieder an, durch den Raum zu jagen und von den Süßigkeiten zu naschen, die in großen Schalen auf den Klubtischen arrangiert waren. Die Wände der Lounge waren mit dunklem Holz getäfelt, eine durchgehende Fensterfront gab den Blick auf das Rollfeld frei, wo nur zwei kleine Propellermaschinen parkten.

Dreißig, vielleicht vierzig Personen befanden sich im Raum, meine kleinen Cousins und Cousinen, das jüngste Mädchen gerade einmal vier, wie mir Onkel Than erklärte, der ja Deutsch sprach. Die Teenager unter den Cousins und Cousinen saßen gelangweilt in einer Ecke, verglichen die Songlisten ihrer MP3-Player oder zeigten einander Fotos, die auf ihren Handys gespeichert waren.

Than führte mich von einer Tante zur nächsten, von einem Onkel zum anderen, und schnell schwirrte mir der Kopf von all den Namen und Berufsbezeichnungen.

Dann ging der Lautsprecher los, und eine sanfte Stimme verkündete in feinstem Englisch, dass sich die Maschine aus Bangkok im Anflug auf Vientiane-Wattay befinde und in wenigen Augenblicken landen werde.

Im nächsten Moment sah ich auch schon die Maschine auf dem Rollfeld aufsetzen. Irgendjemand drückte mir einen riesigen Blumenstrauß in die Hand, und ich wurde durch die Tür geschoben, die auf den überdachten VIP-Gang führte. Erst als ich langsam loslief, sanft von den Hinterleuten gedrängt, merkte ich, dass ich an diesem Tage das Begrüßungskomitee der Familie anführen sollte: Ich stand ganz vorn.

Einen halben Schritt hinter mir ging Michael, als sei er mein Adjutant. Hinter Michael liefen die kleinen Kinder, ganz still plötzlich, dann kamen die mürrischen Teenager, denen die Erwachsenen folgten.

Am Aufgang zur Abfertigungshalle legte Michael seine Hand auf meinen Arm, und ich blieb stehen. Die Touristen und Geschäftsleute, die vom Rollfeld herübergelaufen kamen, sahen uns neugierig an.

Dann war der Strom der Passagiere versiegt, und eine leichte Unruhe erfasste unsere Empfangsformation. Aber noch stand die Gangway an der Maschine, war die Flugzeugtür nicht geschlossen, und als endlich das Chrom des Rollstuhls in der Mittagssonne aufblitzte und die Großmutter und ihre beiden Pflegerinnen in der Kabinentür auftauchten, fingen die Kinder in meinem Rücken leise zu jubeln an.

Die Piloten halfen, den Rollstuhl mit der Großmutter die Gangway hinunterzuwuchten.

Ich nahm den Blumenstrauß vor die Brust und überlegte, was ich sagen sollte, wenn ich ihn ihr übergab. Ich wusste doch nur, was »Danke« hieß und »Guten Tag«.

Die Großmutter schien zu schlafen. Ihre Augen waren geschlossen, während sie jetzt langsam über das Rollfeld geschoben wurde, ihr Kopf war zur Seite geneigt. Ich hatte sie zwanzig Jahre nicht gesehen, es waren noch mehr: sechsundzwanzig. Meine Mutter hatte noch gelebt und der Bruder, und da wir nicht über Gästezimmer verfügten, hatte die Großmutter in meinem Bett geschlafen, während mir daneben ein Lager aus Sesselpolstern bereitet war. Und weil ich wusste, dass sie früh zu Bett ging, zwang ich mich jede Nacht, wach zu bleiben, bis sie hereinkam und einen Duft von exotischen Gewürzen und unbekanntem Parfum mit sich brachte. Durch eine schmale Lidspalte beobachtete ich, wie sie die Spange löste und ihr das schwarze Haar über die Schulter fiel. Und ich beobachtete, wie sie sich stehend das Haar bürstete, das ihr bis zu den Hüften reichte, minutenlang, und mir wurden die Augen schwer, und das leicht kratzende, monotone Geräusch der Bürste machte mich sehr schläfrig, und wenn sie die Bürste dann weglegte und ich hörte, wie sie den silbernen Gürtel löste, der ihren Wickelrock zusammenhielt, war dies für mich immer das Zeichen gewesen, allen Widerstand aufzugeben und in den Schlaf zu fallen.

Es war noch länger her, dass ich sie gesehen hatte, überlegte ich, während der Rollstuhl mit der dämmernden Großmutter näher kam, achtundzwanzig Jahre. Und es war Winter gewesen, und ich konnte mich erinnern, wie sie unsicher den zerschossenen Fuß, der in einem seltsam geformten orthopädischen Schuh steckte, in den frisch gefallenen Schnee auf dem Weg vor unserem Block gesetzt hatte, ein Kopftuch um die Ohren geschlungen, Wollstrumpfhosen unter dem Rock und trotz des eilig gekauften Anoraks ganz erbärmlich frierend.

Jetzt fehlte der zerschossene Fuß, und unter ihrem Rock konnte man eine grobe Prothese erkennen.

Ich war zu spät, fiel mir ein, ich war zwar da, aber sie würde es nicht bemerken.

Die Großmutter im Rollstuhl war noch fünfzehn Meter entfernt, als sich eine der Pflegerinnen zu ihr hinunterbeugte und etwas sagte. Dann zeigte sie mit dem Finger auf mich.

Im nächsten Moment stieß mich Michael nach vorn, eine Spur zu heftig. Ich geriet leicht ins Stolpern, und als ich wieder gerade stand und langsam und mit weichen Knien auf die Großmutter zuging, sah ich, dass ihre Augen offen waren. Ihr Haar war ganz weiß und ihr dunkles Gesicht mit der breiten Nase von Altersflecken gesprenkelt. Sie hob den Kopf, als ich vor ihr stand, sie sah mich an, und sie lächelte.

Hinter mir hörte ich ein Raunen durch die Reihen der Familie gehen. Dann deutete ich eine Verbeugung an und sagte:

»Sabai dii.«

Mein Dank geht

an Prof. Wolfgang Kubiczek, meinen Vater, insbesondere für die Gespräche und den Ansporn zur Reise;

an die Familie von Quinim und Phayboune Pholsena in Vientiane, Laos, an alle Onkel und Tanten, Cousins und Cousinen, für das Willkommen;

an »Gundelfingen« und »Kleinmachnow« für Gastfreundschaft, Bewirtung und alles andere;

an Petra Eggers und Matthias Teiting für die gute, unkomplizierte Zusammenarbeit;

an die Freunde;

nicht zuletzt an den Deutschen Literaturfonds e. V. Darmstadt für die Förderung des vorliegenden Buches.

A. K.

Für Khemkham Pholsena